지난날 누군가를 사랑했거나
지금 누군가를 사랑하고 있거나
다시 누군가를 사랑하게 될

당신에게

두번째사랑 3권

초판 1쇄   2017년 12월 22일

지은이   손성조
발행인   김재홍
디자인   이근택
교정·교열   김진섭
마케팅   이연실

발행처   도서출판 지식공감
등록번호   제396-2012-000018호
주소   경기도 고양시 일산동구 견달산로225번길 112
전화   02-3141-2700
팩스   02-322-3089
홈페이지   www.bookdaum.com

가격   15,000원
ISBN   979-11-5622-327-6 04810
SET ISBN   979-11-5622-324-5 04810

CIP제어번호   CIP2017028233
이 도서의 국립중앙도서관 출판예정도서목록(CIP)은 서지정보유통지원시스템 홈페이지(http://seoji.nl.go.kr)
와 국가자료공동목록시스템(http://www.nl.go.kr/kolisnet)에서 이용하실 수 있습니다.

두번째사랑 3권

손 성 조 장 편 소 설

제6부

제5부

오직 서로의 상처에 입 맞추느니
지금은 우리가 만나서 서로에게 고통뿐일지라도
그것이 이 어둠 건너 우리를 부활케 하리라_

태풍이 지나간 날

"오수연 씨 보호자 분!"

"예."

"애기 아빠 맞으시죠? 안으로 들어오세요."

복도 대기 의자에 앉아 있다가 나를 부르는 소리에 벌떡 일어났습니다. 간호사를 따라 진료실로 들어갔습니다. 아내는 진료대 위에 누워있었고 아직 젤을 바른 배를 내밀고 있었습니다.

"아직도 아기가 거꾸로 있어요."

초음파 검사기를 배에 대고 의사가 말했습니다. 그러니까 이 자식이 태아의 본래 자세를 갖추지 않고 엄마와 같은 자세로 계속 앉아있다는 겁니다. 그렇게 기다렸지만 태아는 자세를 쉽게 바꾸지 않았습니다.

금요일 오후 연차를 내고 처가인 전주(全州)로 아내와 함께 내려왔습니다. 출산할 때는 고향이며 친정인 전주에서 하고 싶다는 것이 아내의 생각이었습니다. 다른 것보다 친정엄마 옆이었기에 아내는 당연히 그런 선택을 했을 겁니다. 아무도 없는 성내동 집에서는 산후조리를 하기도 힘들었고 갓난아이를 같이 돌보아줄 사람도 마땅하지 않았습니다.

그렇게 출산과 산후조리, 육아를 겸해서 전주로 내려왔는데 짐이라고는 별로 없었습니다. 다음날 전북대 병원에 미리 예약이 되어있었습니다.

아내 배 속에 있는 그 자식이 어미와 같은 자세로 양반 다리를 하고 앉아있다는 말을 들은 것은 아마 30주 차 정도 되었을 때였습니다.

"여기 애기 보이시죠?"

아내가 정기 검진을 다녔던 강변역 근처에 있는 한 산부인과에 같이 갔을 때 초음파검사기로 나타나는 영상을 보여 주었습니다. 그 2차원 초음파 영상은 검은 바탕에 희미한 노이즈로밖에 보이지 않았습니다. 그런 영상을 처음 보는 나는 그 희끄무레한 물체가 인간의 아이라고는 추측할 수가 없었습니다.

"여기가 머리고, 손가락도 다 있고, 발가락도…."

마치 배 속에 들어있는 어떤 에이리언을 찾는 것과 같았지요.

"그런데 애기가 거꾸로 있어요."

"거꾸로요?"

"예. 역아(逆兒)라고 하는데, 쉽게 말해서 아이는 머리가 밑으로 있어야 하는데. 엄마하고 같은 자세로 앉아 있는 겁니다. 이놈이 아주 양반다리를 하고 앉아 있네."

의사는 아이를 가리켜 아예 '이놈'이라고 했습니다.

"일단 기다려보죠. 애기가 자세를 바로잡을 수도 있으니까. 양수가 좀 적어서 문제이긴 한데."

"계속 거꾸로 있으면 어떻게 되나요?"

"음. 그럼 자연분만은 어렵고 제왕절개를 해야 될 겁니다."

어쩐지 수태에 비해 아내의 배가 좀 작다고 했더니 역아가 되어있었습니다. 제왕절개술이 없다면 역아는 대표적인 난산이며 위험한 지경에 이를 수 있지만 현대 의학과 초음파 검사는 그런 것쯤은 미리 다 예측하고 대처할 수 있었습니다.

아이를 제자리로 돌린다는 임산부 체조가 그려진 안내문 한 장을 간호사가 아내의 손에 쥐여주었습니다.

"무거운 짐을 들지 마시고요, 너무 오래 걷지도 마세요. 하여튼 뭐든지 무리하지 마시고 부부관계도 좀 피하시는 게 좋겠어요."

그때 간호사가 말미에 일러 준 말이었습니다.

팔월을 지나면서 가을보다 먼저 태풍이 왔습니다. 구월 들어 벌써 두 번째 태풍이 들이닥쳤습니다. 끓어올랐던 지난여름의 열정이 열대성 저기압으로 모습을 바꾸고 다시 한반도를 찾아왔습니다. 두 번째 태풍이 찾아온 날은 병원 예약일이었고 나는 전주에서 그 태풍을 맞이했습니다.

전주에서 맞이한 태풍은 바람의 태풍이었습니다. 아파트 단지 마당에 미처 붙잡지 못한 온갖 잡쓰레기들과 어디서 날아왔는지 알 수 없는 스티로폼이 어지럽게 날리면서 뒹굴었습니다. 가로수 가지가 부러지고 바람 소리가 윙윙 귓전을 때리는 어수선한 거리는 인적 없이 휑하였고 우산을 붙잡고 있기도 어려웠습니다.

비가 내린다기보다는 폭풍우가 몰아치는 그런 악천후 속에서 검진 기록을 들고 아내와 병원을 찾았습니다. 그 토요일 전북대 병원에서 검진했는데 역시 태아는 자기 자세를 고집하고 있었습니다.

"일주일만 기다려 보겠는데… 수술 날짜를 잡는 게 좋겠어요."

이미 37주 차를 넘었습니다.

"양수가 터지기 전에 빨리 수술하는 게 좋겠습니다. 수술 이틀 전에 입원 수속을 밟아주세요. 밖에 바람 많이 불죠? 오늘 날씨

한번 대단하네."

그러면서 '좋은 날'을 잡으라는 식으로 얘기했습니다. 그 수술 날짜가 그 아이에게는 생일이 되며 그 시간이 사주(四柱)가 된다는 거죠.

택시를 타고 아내와 다시 처가로 돌아왔습니다. 아내는 몸이 노곤하여 장모님 방에 누웠고 나는 서울에 계신 어머니께 상황을 알렸습니다. 어머니께서 '좋은 날과 시간'을 빨리 잡겠다고 하셨습니다.

그날 오후 무렵에 한 통의 무선호출이 왔습니다. 네 자리의 숫자만 찍혀있었지만 나는 알았습니다. 당신이었습니다. 당신의 전화번호가 국번 없이 끝에 네 자리만 찍혀있었기 때문에 당신인 줄 바로 알았습니다. 우리가 자주 쓰던 방법이었죠. 끝에 네 자리만 찍는 것.

기다리던 당신의 연락이었지만 폭풍우 같은 상념이 머릿속을 어지럽게 했습니다. 그래서 금방 연락하지는 못했습니다. 망설였습니다.

하지만 무엇이 어찌 되든 당신을 한번은 만나야 할 필요는 있었습니다. 저녁을 먹기 전에 물티슈와 여러 가지 잡다한 생활용품과 내게 필요한 담배를 사기 위해 아파트 상가에 있는 슈퍼로 잠시 나왔습니다. 우산도 뒤집어지는 그 길에서 돌아오다 그 슈퍼 옆 공중전화 박스에서 당신에게 전화를 걸었습니다. 비닐봉지에 잔뜩 물건을 담아 내려놓고 바람에 날리지 않게 발로 밟은 채로 수화기를 들었습니다.

"여보세요?"

당신의 목소리가 들렸습니다. 와락 반가운 마음이 들었지만 내색하지 않고 담담하게 나를 알렸습니다.

"여보세요. 예. 접니다. 박민숩니다."

"예에. 저예요. 지영이에요."

"예. 연락하셨더라고요."

"예. 그런데 무슨 소리예요? 바람 소리예요? 어디예요? 잘 안 들려요."

"태풍 소리예요. 지금은 여기 전주예요."

목소리를 좀 높일 수밖에 없었습니다.

"전주에는 왜요?"

"아, 처갓집에 온 겁니다."

"아 그래요."

"서울은 어때요?"

"여긴 바람은 아직 많이 안 부는데 비가 내리기 시작했어요."

"아마 그쪽으로 올라가는 중이라는대요. 그래서 동해로 빠져나간다고 하던대요."

우리는 또 데면데면하게 말을 높였습니다. 그리고 서로가 잠시 말문이 막혔습니다. 날씨 정보를 공유하려고 서로 전화통을 붙잡고 있는 건 아니었을 겁니다.

"저기, 만나서 할 얘기가 있어요. 만났으면 하는데요."

당신이 연락한 용건을 말했습니다.

"그래요. 저도 할 얘기가 있는데 그러시죠."

"언제 오세요?"

"내일은 올라가야죠. 출근해야 되니까."

"혹시 같이 오세요?"

"아뇨. 저만 올라갈 거예요."

"그럼 내일도 혹시 만날 수 있어요?"

"내일? 음. 그러죠. 내일 만나요."

'큐피드'에서의 만남이 있고 한 달이 다 되어갔던 것 같습니다.

"그럼. 내일 저녁 7시쯤에 만날까요?"

"그렇게 빨리는 어려워요."

"그럼 8시?"

"9시나 되어야 할 것 같은데요."

"알겠어요. 어디가 좋겠어요?"

"고속버스로 올라갈 예정이니까. 방배동쯤도 좋을 것 같네요."

"그럼 방배동 '헤븐스' 아시죠? 기억나시죠?"

우리가 몇 번 갔던 장소를 대었습니다. 그곳의 풀네임은 노래 제목을 딴 '노킹 온 헤븐스 도어'이지만 우리는 그냥 줄여서 그렇게 불렀습니다.

"예."

"거기서 봬요. 기다릴게요."

우르릉 꽝. 그때 천둥이 쳤습니다.

"어머. 방금 천둥 친 거예요? 소리가 대단하네요. 여기까지 들려요."

건너편 가로수가 위태롭게 휘청거렸습니다. 태풍은 가로수 가지를 부러뜨릴 정도로 바람이 거세었습니다. 밤새 바람이 서울 쪽으로 불어 갔습니다.

아내는 자기 어머니 옆에서 일찍 잠이 들었습니다. 아파트 창문으로 위태로운 바깥 풍경을 내려다보았습니다. 부러진 나뭇가지까지 합세하여 난장판이 되어가고 있었습니다.

아까 통화할 때 우황청심환을 먹었느냐고, 집으로 혼자 돌아가다가 쓰러지거나 하는 불상사는 없었느냐고 물어보지 못했더군요. 하긴 지금 그때 일을 물어보아야 별 소용도 없는 것이었습니다. 밤늦게야 바람이 조금씩 잦아드는 것 같았습니다.

다음 날 아침부터 바람이 확실히 잦아들었습니다. 남은 바람은 마치 본 대오에서 낙오한 패잔병같이 바쁘게 쫓아갈 뿐 힘은 다 빠져 있었습니다. 오후가 되자 햇볕이 나오기 시작했습니다. 그러다 어느덧 구름 한 점 없이 깊고 푸른 가을 하늘이 펼쳐졌습니다. 견디지 못하고 부러진 나뭇가지만 억울한 그 날은 알맞은 습도에 청량한 공기가 새로이 샘솟았습니다. 자잘한 먼지와 습한 열기의 찌꺼기를 싹 몰아서 함께 데리고 한반도를 빠져나간 태풍으로 인해 모처럼 상쾌한 햇볕을 맞이할 수 있었습니다.

"박 서방, 저녁 먹고 갈 텐가?"

"아닙니다. 가다가 휴게소 같은 데서 먹을게요."

장모님이 저녁 여부를 물었지만 사양했습니다.

"그래. 내일 출근도 해야지. 너무 늦으면 그렇겠네. 박 서방, 피곤하겠네."

일요일 상행선 고속도로에 그때 출발해도 당신과의 약속 시간을 맞출지 장담할 수 없는 시간이었습니다.

"토요일에 내려올게. 몸조심하고. 수술만 하면 된다니까 너무 걱정하지 말자."

아내에게 인사를 했습니다.

"그래. 엄마가 계시니까 난 괜찮아."

아내가 한쪽 귀에 이어폰을 빼고 말했습니다. 아내는 워크맨에 이어폰을 꽂고 음악을 듣거나 주로 책을 읽었습니다. 편하게 통 넓은 치마를 입었지만 붓기도 별로 없어 임부(妊婦) 같지 않게 단아했습니다. 격정의 서울과 달리 고향인 친정은 그때에 그 자체로 그네의 마음을 위로해주었습니다. 아내는 거실에서 서서 초롱초롱한 눈매로 나를 배웅했습니다.

"입원 때는 어떨지 모르겠네. 올 수 있을지?"

"괜찮아. 입원은 엄마랑 같이 수속하면 되고. 애기 수술할 때 그때 오면 돼."

"수술 전날 올게."

"회사 일 많이 밀렸다며."

"아니야. 그래도. 수술하면 출산휴가 처리하면 되고. 전날은 또 연차 써야지 뭐."

전주 터미널에서 버스를 탔습니다. 그 전날 밤에 태풍이 올라갔던 그 길을 따라 서울로 올라갔습니다. 휴게소에서 쉬는 동안 나는 아무것도 먹지 않고 그냥 담배만 피웠습니다. 어느덧 도로는 어두워졌습니다. 창에 기대여 이런저런 생각에 사로잡혔습니다. 회사 일 생각도 하다가 아내 배 속에서 앉아있다는 아이 생각도 하다 수술을 앞둔 아내에 대해서도 생각했습니다.

그러다 서울이 가까워질수록 당신이 점점 다가온다는 생각이 들었습니다. 점점 당신과 나의 관계에 대해 생각했습니다. 오랜만에 만난다는 반가운 마음과 함께 헤쳐나갈 수 없는 답답함도 찾아왔습니다. 그동안 차일피일 연락을 미루었던 나의 비겁함도 들여다보았습니다. 무엇이 두려웠기 때문이었는지.

'그래, 마지막일 수도 있겠구나.'

오늘 이 자리가 이별의 자리가 될 수도 있겠다는 생각이 들었습니다.

만나서 당신에게 해야 할 이별의 말을 마음속에서 생각해 보았습니다. 이런저런 이유를 달면서 말하기보다는 한 구절의 말로 전하리라 생각했습니다. 어떤 것이 좋을지, 어떤 것이 개념에 맞는 말일지 마음속에서 이리저리 떠올렸습니다.

'잘 지내시기 바랍니다. 건강하시고요.'

너무 앙상하네. 내가 의사도 아니고.

'그동안 즐거웠습니다. 안녕히 가세요.'

이건 무슨 개소리인가.

'비록 당신을 떠나지만 그래도 당신의 행복을 빌겠습니다.'

이건 또 무슨 바보 같은 말인가.

'우리는 안 될 것 같습니다. 나는 유부남이에요. 그리고 당신은 유부녀이고요. 그래서…'

이건 또 얼마나 가증스러운 소리인가. 그래서 뭐 어쩌겠다는 말인지.

그 많은 책과 세미나와 널려있는 아포리즘(aphorism) 속에서도 이런 상황에서 던질 제대로 된 이별의 말이 생각나지 않았습니다.

그래, 어쩌면 아내에게 말한 대로 당신이 내게 오히려 이별의 말을 먼저 던질 수도 있다는 생각이 들었습니다.

'그동안 제가 일탈이 심했네요. 이만 만나요 우리. 잘 가세요.'

아니, 그보다 좀 더 나를 아끼고 애틋하게 생각했다면,

'오빠, 그동안 고마웠어요. 잊기 어렵겠지만. 우리 이제 서로 잊기로 해요.'

이런 정도, 아니면 좀 더 슬프게 말할 수 있겠지.

'마음이 너무 아프네요. 하지만 우리 여기쯤에서…'

그러면서 당신은 여자이니 눈물을 보일 수도 있겠지요.

어두운 도로를 버스는 달렸습니다. 어두운 차창에 흐릿하게 비친 싱숭생숭한 내 모습이 보기 싫었습니다. 눈을 감았습니다.

맘에 드는 대사가 떠올라야 외우든지 말든지 할 텐데.

머릿속에서는 계속 유치한 대사가 변 사또 기생 점고하듯이 퇴짜를 맞고 있었습니다.

고속버스에서 내렸을 때 이미 9시를 넘겼습니다. 하는 수 없이 아무런 이별의 말도 준비하지 못하고 당신과 이별하기 위해 방배동 약속 장소로 갔습니다.

"여기요."

'노킹 온 헤븐스 도어'의 출입문은 이름처럼 문이 움직일 때마다 '땡그랑' 소리를 냈습니다. 그 소리로 나를 알아본 당신은 손을 크게 흔들었습니다. 너무 반가워서 하마터면 나도 소리를 지를 뻔했습니다.

당신이 먼저 와서 기다리고 있었습니다. 재떨이를 보니 기다리는 사이 담배를 한 대 피웠더군요.

당신은 청량한 하늘색 원피스에 블랙 톤이 조금 다운된 컬러의 시크한 재킷을 걸치고 있었습니다. 그리고 자잘한 알이 달린 진주 네크리스를 늘어뜨려서 포인트를 주었는데 처음 보는 것이었습니다.

"고속도로가 밀려서 좀 늦었어요."

"잘 지내셨어요?"

늦은 걸 탓하지 않고 당신은 환하고 밝은 표정으로 반가움을 감추지 않았습니다. 태풍이 지나가고 맞이한 그 날의 맑은 하늘과 같은 표정이었습니다. 나도 순식간에 머릿속의 태풍이 지나가고 밝게 웃었습니다.

"맥주 시켰어요?"

테이블 위에 맥주가 한 병 있었습니다.

"네. 여기 맥주도 있더라고요."

"술은 잘 안 드시더니."

"그래도 가끔 댕길 때가 있잖아요. 많이는 못 해요."

우리는 오랜만이라 또 자기 편한 대로 '요'자 말투를 썼습니다.

"오빠도 맥주 한잔 하실래요?"

"예. 그러죠."

목도 칼칼하고 버스를 타고 오느라 갈증도 났었는데 잘 되었습니다.

"우리 되게 오랜만이다. 그죠."

당신은 오랜만에 만났다고 계속 생글생글하고 있었습니다.

"우리 못 만난 지 한 달이 다 되어가요."

그 날 우황청심환을 먹었냐고 물어보려다가 쓸데없는 질문인 것 같아 마음속에서 버렸습니다.

"어젯밤에 천둥 번개 치고 엄청났어요. 은서도 놀래서 울고… 나도 좀 무서웠지만. 난 엄마니까. 호."

어제 만났다 오늘 또 만나는 것처럼 당신은 아무렇지 않게 일상의 얘기를 꺼냈습니다.

"혹시 그 날, 잘 들어갔어요? 괜찮았어요?"

"예. 잘 들어갔어요."

'그 날'로 화제를 돌려보았습니다.

"언니, 되게 좋으시더라고요. 좋은 사람이야. 여유도 있고 멋있어요."

그리고 당신이 이렇게 아내를 회상하는 것이었습니다.

"언니는 정말 인상이 좋았어요. 키도 나보다 좀 더 크시고 특히 눈이 너무 예쁘신 거예요. 그리고 말씀을 하시는데 그 목소리 너무 나긋하고 차분하셨어요.”

그 한 번의 만남으로 당신은 아내를 쉽게 '언니'라고 불렀습니다.

'언니…?'

다른 호칭을 계속 생각해보았는데 잘 생각이 안 나더라고요. 그렇게 마땅히 잡아 줄 호칭이 없어서 당신이 그냥 '언니'라고 지칭하도록 놓아두었습니다.

“언니의 그런 태도에 난 좀 안정이 되었어요. 그것만으로도 언니가 고마웠어요. 그런 상황에서 소리치면 내 입장을 주절주절할 어떤 힘도 논리도 없었거든요. 그래서 이분에게는 모든 걸 솔직하게 말씀드리자 이렇게 생각했어요.”

얘기를 들으며 머리가 멍해졌습니다.

'단아하고 지적인 아내는 여유 있고 멋있으며 이해심도 있으시고 말씀을 조곤조곤하게 잘 이끌어내시더라'고 당신은 회상하였고, 아내는 '긴 생머리를 늘어뜨린 당신이 예쁘고 청순하고 솔직하더라'고 말했습니다.

도대체 두 여자는 서로 무슨 얘기를 나눈 겁니까? 나중에는 서로 연락해서 계라도 하나 만들기로 했나요?

“그런데 언니가 오빠랑 헤어지겠다고 말씀하시는 거예요. 난 겁이 덜컥 났어요. 그래서 아니라고. 제가 헤어지겠다고 했어요.”

그럼 나와 헤어지기로 한 사람은 도대체 누구인가요? 이 부분에 대한 진술이 서로 미세하게 틀렸습니다. 다시 삼자대면을 하자고 할 수도 없는 일인데 가장 중요한 핵심이 엇갈렸습니다.

“아마 그때 오빠가 나를 그냥 두고 언니와 같이 집으로 휙 돌아 갔다면 그걸 혼자서 바라보는 나도 쓸쓸했겠죠. 그런데 언니가 먼

19

저 가버리고 오빠와 내가 남았잖아요. 힘도 들고 맥이 풀려서 오빠가 집까지 바래다주면 좋겠다는 생각도 솔직히 들었죠. 하지만 아휴, 인간의 탈을 쓰고 어떻게 그렇게까지 하겠어요? 그때 언니 얼마나 화났겠어요? 빨리 언니를 좇아 집으로 가야지. 바보같이 그렇게 머뭇거리면 어떡해요?"

나만 아니었으면 두 여자는 선후배가 될 정도였습니다. 하긴, 보안상 '차단의 원칙'으로 인해 알 수 없어서 그렇지 우리는 모두 한때 반제애국전선의 조직원 세포였는지도 모릅니다.

"참, 언니는 건강하세요?"

"지금 친정에 있는데, 사실 애기 때문에 제왕절개를 해야 한다는대요."

"어머. 제왕절개 해야 한다고요?"

우리는 참으로 친숙했나 봅니다. 말투만 놓지 않을 뿐이지 어색함도 없이 대화가 술술 풀려갔습니다. 당신은 '역아와 제왕절개'라는 말을 듣고 '언니에게 잘 해주시라'는 당부까지 나에게 해대었습니다.

"저기 오빠, 이 옷 모르겠어요?"

당신이 입고 있던 재킷의 깃을 펄럭이며 말했습니다. 그 옷을 보니 가을이 다가왔다는 생각이 들었습니다.

"이제 가을인가요?"

"아니. 이거 데무. 오빠가 사 준 거잖아요. 호호."

이렇게 가다가는 이야기가 또 끝없이 흘러갈 것 같았습니다. 언제 당신이 이별의 말을 꺼낼지도 알 수 없는 일이었고, 준비된 이별의 문구는 없었고 하는 수 없이 그냥 나오는 대로 맡기기로 했습니다.

"잠깐 내가 할 얘기가 있는데…."

"뭔데요?"

"저기, 지영아. 내가 미안한데요. 우린 그만 헤어져야 할 것 같아서요."

겨우 한다는 말이 이랬습니다. 내 말에 당신은 갑자기 일순 조용해졌습니다. 그리고 갈증이 났는지 남은 맥주 반 잔을 단숨에 마셨습니다. 난 더 이상 아무 할 말이 없어서 고개를 숙이고 앉아있었습니다. 잠시 침묵이 흘렀습니다.

"그게 무슨 말이에요? 어떻게 나한테 이럴 수가 있어요?"

당신의 목소리가 떨렸습니다. 나는 잔뜩 찡그리며 입을 다물고 있었습니다.

"연락 한 번 안 하고 있다가. 진짜 나랑 헤어지려고 그러는 거예요?"

그 말을 다 끝나기도 전에 벌써 당신은 눈망울에 눈물이 그렁그렁했습니다. 당신이 울면 내 '연민병'이 도지는데 큰일 났습니다.

"울지 마요. 울지 마. 지영아."

냅킨을 내밀었는데 아내가 숟가락을 쳐냈듯이 당신도 손으로 탁 쳤습니다.

"연락 한 번 안 하다가… 겨우 내가 연락하니까 어떻게 이러기야?"

당신은 울먹이면서 버럭 소리를 질렀습니다. 완전 되로 주고 말로 받는 상황이었습니다. 일요일 밤이라 사람들이 별로 없고 음악 소리에 묻혀서 그나마 다행스러웠지 당혹스러웠습니다. 당신이 그렇게 고함까지 지를 줄이야.

"왜 모두 나를 떠나려고 하냔 말이야? 오빠까지 왜 그래? 안기부가 잡으러 온 것도 아니잖아."

당신은 앞뒤가 맞지 않는 말을 해댔습니다. 결국 **뺨** 위로 주르륵 눈물이 쏟아졌습니다. 내가 당신을 울린다는 것이 말이 됩니까? 그때 내가 엄청난 실수를 저질렀다는 것을 깨달았습니다. 나조차 당신이 눈물을 흘릴 거리가 되었다는 것을 끔찍하게 실감했습니다.

그래요. 생각해 보니 당신이 너무 비참해졌군요. 우리 동네 커피숍, 그런 자리까지 끌러 나오기도 했는데 결국 이렇게 이별을 통보받는다는 것이. 오랫동안 외로웠다가 겨우 이제 좀 재미있어졌는데 말입니다.

당신을 진정시키려고 자리를 옮겨 당신의 옆자리로 건너갔습니다. 그게 실수였는지도 모르겠습니다.

"울지 마."

냅킨을 또 내밀었는데 아랑곳하지 않고 당신이 바로 안겨 왔습니다. 당신이 내 어깨에 눈물 젖은 얼굴을 비벼서 축축해지고 있었습니다.

"진짜, 나 죽는 꼴 보려고 그래?

당신은 오만 얘기를 다 해댔습니다. 그 협박은 너무 무섭고 절실했습니다.

"지영아, 왜 이래? 무슨 소리야? 울지 마. 미안해."

"거짓말이지? 언니한테 미안하니까 한 얘기지? 거짓말이지?"

"그래. 그래. 거짓말이야. 거짓말."

거짓말 탐지에 있어서는 당신은 기무사보다 더 뛰어났습니다. 그래요, 나는 비겁하게 거짓말을 한 겁니다. 마음에도 없는 말을 지어내서 한 건 나였습니다. 나도 그동안 당신이 보고 싶었고 연락하고 싶었고 다시 만나고 싶었는데 만나서 겨우 그런 마음에도 없는 말이나 지껄이고, 가증스러운 건 나였어요.

"왜 거짓말을 해요?"

22

"미안하니까. 모두 다 미안하니까…."

울먹이는 당신에게 전염되어 달래러 옆에 왔던 내가 오히려 목소리가 침울해져 갔습니다. 나도 눈물이 나올 것 같았습니다.

"에이. 그건 다 마찬가지지."

훌쩍이던 당신이 이번에는 내 등을 두드리며 나를 위로했습니다. 그렇게 우리는 뒤엉키면서 서로를 위로했습니다. 그 시절 발화점이 낮았던 우리는 그런 행동만으로도 불이 붙었습니다.

'헤븐스'. 그곳에서 어느새 우리는 깊은 키스를 나누고 있었습니다. 당신의 남은 눈물이 내 뺨에도 묻었습니다. 당신은 내가 미운지 내 아랫입술을 세게 깨물었습니다. 때마침 그 가게의 상호와 같은 제목의 노래, 밥 딜런의 〈노킹 온 헤븐스 도어(Knockin' On Heaven's Door)〉가 흘러나왔습니다. 이래가지고서는 천국의 문을 두드리기는 틀렸습니다.

들어올 때는 천천히 들어왔지만 문을 닫자마자 우리는 서둘렀습니다. 이번에는 차례대로 욕실로 들어가지도 않았습니다. 신발을 벗고 들어서면서 우리는 눈이 마주쳤고 누가 먼저랄 것도 없이 바로 키스에 들어갔습니다. 이별의 위기 앞에서 돌아온 우리는 서로가 애틋했고 안타까웠습니다. 키스를 하는 동안 당신은 데무 재킷을 벗어서 옆으로 휙 던졌습니다. 이번에는 내가 당신을 안았고 손을 둘러 당신의 원피스 지퍼를 내렸습니다.

따져보면 우리 모두 오래 그런 육체적 관계에 굶주렸습니다. 당신은 당신대로, 나는 나대로.

어젯밤의 태풍처럼 우리는 격렬해졌습니다. 당신은 거칠어져서 내 셔츠 단추 하나를 뜯어버렸습니다. 당신의 발톱에 하늘색 페디큐어

23

가 그러데이션으로 칠해져 있었습니다. 맥주를 마신 탓인지 당신의 얼굴빛이 발그스름하게 달아오르더니 그 혈색이 목덜미를 지나 쇄골 언저리까지 내리뻗었습니다.

당신이 내 몸 위로 올라왔습니다. 처음으로 당신의 무게를 느꼈습니다. 아직 당신의 목에 걸려있는 진주 네크리스가 당신의 하얀 젖무덤 위에서 이리저리 흔들렸습니다. 당신이 머리를 묶고 있던 헤어밴드를 손목으로 옮겨서 묶였던 머리가 확 풀어졌습니다. 당신이 고개를 숙이면 머리칼이 내 얼굴을 쓸어 간지럽혔습니다. 앞으로 쏟아진 머리칼을 당신이 다시 손으로 잡아 한쪽으로 휘감아 젖혔습니다. 내 손가락 사이에서 당신의 유두(乳頭)가 팽팽해졌습니다.

내 가슴을 짚고 있는 당신의 팔에 하얀 솜털이 일어나 파르르 떨었습니다. 손을 뻗어 쓸어 올리니, 겨드랑이에는 한대(寒帶) 같은 닭살이 돋았고, 목덜미와 콧잔등에는 아열대(亞熱帶) 같은 땀방울이 송골송골 맺혀 있었습니다. 하지만 당신은 온대(溫帶) 같이 따뜻했어요.

"그러지 마요. 아…"

그 후로도 오랫동안 당신의 그 '그러지 마요'가 귓전을 울렸습니다. 그 아련한 최면과도 같은 흐느낌.

그래요, 나도 당신도 그런 상태에서는 도저히 끝낼 수가 없었습니다. 아직 우리는 서로를 더 알고 싶고 서로를 더 느끼고 싶은데 그렇게 어처구니없이 헤어질 수가 없었습니다.

이번에는 내가 당신을 눕혔습니다. 하얀 시트에 펼쳐진 당신의 검고 긴 머릿결, 떨리는 당신의 분홍빛 유두. 당신이 서늘한 손을 내 어깨에 걸쳤습니다. 그날은 나도 점점 거칠어졌습니다. 당신도 다소곳하지만은 않았어요.

어느 때에 당신이 다리를 들어 내 허리를 발꿈치로 찍어 눌렀습니다. 그 때문에 순간 허리가 뭉근해지며 불끈 힘이 들어갔습니다.

"가지 마. 그러지 마요."

나는 항복한다는 의미로 고개를 끄덕였습니다. 그런데도 당신은 남은 다리를 들어 아예 내 허리를 엑스 자로 감고 발목을 걸어버렸습니다. 이윽고 당신이 몸을 부르르 떨었습니다. 가볍게 도리질을 쳤습니다. 내 팔을 잡은 손에 힘이 잔뜩 들어가더니 허리를 활처럼 휘었습니다. 그리고 당신의 소리.

"오빠, 아… 그러지 마. 가지 마."

끝에 다다를 때쯤 나는 당신을 조금 밀쳐내려 했습니다.

"지영아. 좀… 놔 줘."

하지만 당신은 감은 다리를 여전히 풀어주지 않았습니다.

"괜찮아… 오늘은… 안에 해도…"

당신은 나를 오랫동안 놓지 않고 뱀처럼 휘감고 있었습니다. 당신은 너무했습니다.

한바탕 폭풍이 지나갔습니다. 하지만 그 시절 우리는 사랑을 하다 보니 서로 몸을 보게 된 것이지 몸을 보려고 사랑을 한 것은 아니었습니다.

작은 냉장고에서 생수 한 병을 꺼내 당신에게 주었습니다. 당신은 갈증이 심했는지 뚜껑을 박력 있게 따고 통째로 들이키다 물을 조금 흘렸습니다. 흘린 물이 턱에서 떨어져 진주 네크리스를 적시고 당신의 가슴골을 타고 내려갔습니다. 아직 옷을 입지 않아 당신은 시트를 당겨서 닦았습니다.

태풍이 지나간 것처럼 어수선한 그곳, 꾸겨진 시트 위에서 우리는 담배를 같이 피웠습니다.

"아까 '헤븐스'에서 소리 질러서 미안해요. 챙피했죠?"

나는 말 없이 웃으며 손빗을 만들어 당신의 흐트러진 머릿결을 쓰다듬어 빗겨주었습니다.

"미안. 앞으로 안 그럴게."

나도 갈증이 나서 당신이 들고 있던 생수를 빼앗아 마셨습니다.

"어젯밤에 태풍도 막 불고… 천둥 번개도 치고. 어두운 방에 누워서 오빠 생각을 했죠. 몰라. 되게 보고 싶더라고. 헤."

당신은 자기가 너무 심각하게 얘기한다 싶었는지 '헤' 하며 혀를 내밀고 표정을 풀었습니다.

그래요, 사람이 보고 싶으면 만나야지 별도리가 있겠습니까?

"언니 만났을 때. 그럼 내가 어떻게 오빠를 계속 만나겠다고 한단 말이야? 그걸 그렇게 생각하면 어떡해? 오빠, 정말 바보 아냐?"

그럼 결국 나와 헤어지겠다고 한 사람은 도대체 누구입니까? 진실은 알 수 없는 곳으로 이미 멀리 도망을 친 다음이었습니다.

"그리고 우리 조심해요."

상황은 어려워졌지만, 우리는 엄청난 보안 투쟁을 벌이기로 했습니다. 그렇게 문제는 더 심각해졌습니다. 우리는 서로에게 눈이 멀어서 사악해지기로 결심해버렸으니까요.

"참, 아까 계단 올라올 때 여기 벽에 붙어있는 그림 봤어요? 나 그 그림 마음에 안 들어. 좀 무서워."

그림? 모텔 계단에 뭉크의 유명한 작품 '절규'가 걸려있었습니다.

"아, 그거 뭉크라고 유명한 화가 작품인데."

"나도 알아. 〈절규〉잖아. 그 자체가 싫다고요. 다리 위에서 쳐다보는 두 사람이 뒤에 있는 게 싫어. 오빠는 뭉크 그림 좋아?"

"아니, 나도 싫어."

당신이 그러니 그때부터 나도 뭉크가 싫어졌습니다.

"여기 말고 다음에는 다른 데로 가요."

"그림 때문에."

"하여튼."

"알았어."

용감한 듯 불안한 당신의 내면이 까탈을 부렸습니다. 트라우마가 강했던 당신의 세상은 위험과 불안으로 가득 차 있었는지도 모릅니다. 우리는 옷을 다 입고 밖으로 나오기 전에 다시 한번 키스로 세상에 나서는 서로를 격려했습니다.

내 실수로 자칫 우리는 이별의 낭떠러지 앞에 섰다 돌아섰습니다. 당신이 시의적절하게 비상 연락선을 가동시켰기 때문입니다. 내가 비록 반제애국전선을 재건시키지는 못했지만, 당신과의 관계는 재건시켜야겠다는 생각이 들었습니다.

그 시절 아내도, 당신도 나와 헤어지지 않겠다고 번복했습니다. 모두 서로에게 거짓말을 하고 있는 그런 형국이 벌어졌습니다. 아내는 당신에게 거짓말을 했고 당신은 아내에게 거짓말을 했습니다. 나는 두 여자에게 다 거짓말을 했고 이제부터 아내에게는 새로운 거짓말을 거듭해야 했습니다. 당신도 아내가 나와 헤어지겠다는 말이 거짓말임을 깨달아야 했습니다. 결국 모두 다 거짓말투성이였습니다. '거짓말탐지기' 따위로는 알 수 없는 거짓과 기망의 소용돌이였습니다.

그 시절 정계 은퇴를 선언했던 김대중도 다시 그 말을 번복하고 돌아왔고, 실은 반제애국전선의 지도책 이중하도 내게 거짓말을 했는데 나라고 못 할 것도 없습니다. 말하자면 거짓말이 아니고 일종의 '차단의 원칙'이라고 생각하면 됩니다. 비합법적 조직처럼 우리도 그냥 비합법적 관계라고 여기면 됩니다. 당신과 내가 일종의 세포 점조직으로 단일 라인으로만 접선한다고 생각하면 그뿐입니다. 누가 상층이고 누가 하층인지는 상관없습니다.

이제 나는 아주 사악해지기로 결심을 해버렸습니다. '반제애국전선', 그 비합법 지하투쟁에서 배운 그 보안 기술을 이제 써먹을 때가 왔습니다. 당신 말대로 우리 조심하자고요.

당신을 보내고 집으로 돌아오니 텅 비어 있었습니다. 그날은 너무 늦어 처갓집으로 전화하지 않았고 다음 날 아침 아내에게 전화를 걸었습니다. 수술 날짜가 잡혔습니다.

아이는 끝내 자세를 바꾸지 않고 태내에서 버텼습니다. 39주 차를 넘어서고 있었습니다. 제왕절개를 하기로 하고 날짜를 잡고 입원을 했습니다.

"괜찮아? 몸은 어때? 여보."

수술 전날 밤에 나는 전주로 내려가서 바로 병원부터 들렀습니다.

"응. 괜찮아. 당신은 회사에서 바로 오는 길이야?"

"응. 연차 내고 출산 휴가 처리하고 왔어."

아내는 금식을 하고 있었습니다. 산모라기보다는 수술 환자에 가까웠는데 산통이 없었으므로 아내는 편안하게 보였습니다. 머리맡에 읽던 책이 있었고 이어폰도 놓여있었습니다.

"나 이제 잘래. 집에 갔다 내일 와. 수술은 내일 아침 10시에 한대."

그렇게 다음 날 아내는 수술실로 향했습니다. 간호사와 함께 아내의 베드를 밀었습니다. 아내는 눈을 감지 않고 나를 쳐다보았습니다. 손을 잡아주었습니다.

"오수연 씨 보호자 계세요? 오수연 씨 보호자?"

"예."

수술실 밖에서 앉아 있는데 간호사가 나를 급히 찾았습니다.

"무통 주사요?"

수술에서 통증을 줄이기 위한 무통 주사를 사용할 것인지를 물었습니다. 7만 원이라면서요. 그 참 물어보나마나한 얘기를 묻기 위해 나를 찾았답니다. 아니 자기 아내가 수술을 받는데 통증을 줄이기 위해 7만 원짜리 진통제를 쓰겠다는 걸 반대할 남편이 세상에 누가 있다고 그걸 이 급한 순간에 물어보는지. 병원도 참, 미리 좀 하시지.

"이거 원무과에 납부하시고 영수증을 수술실 쪽으로 가져오세요."

병원 복도를 막 뛰었습니다. 간호사가 무통 주사 납부 영수증을 받아가지고 수술실로 다시 들어갔습니다.

자연 분만과는 달리 제왕 절개는 일종의 수술입니다. 수술 환자가 들어가고 밖에서는 수술이 잘 되기를 기다리는 딱 그런 풍경입니다. 그러나 한편으로는 그 날이 그 아이의 생일날이기도 할 것입니다.

시간이 흘렀습니다. 간호사가 또 불렀습니다. 이번에는 카트를 밀고 나왔습니다.

"애기예요. 아들이네요. 축하합니다."

그 카트 안에 처음 보는 갓난아기가 있었습니다. 열 달 동안 그렇게 아내의 배 속에서 아내의 몸을 무겁게 하고 움직임을 둔하게 하고 영양을 놓고 다투던 한 생명이 이제 세상에 나왔습니다. 아내와 나의 아기가 그렇게 수술을 통해 세상으로 나온 겁니다. 아내는 아직 마취에서 깨어나지 않았기에 자연분만과 달리 제왕절개는 아빠인 내가 먼저 아이를 보게 되었습니다. 간호사가 할 일을 알려주었습니다.

"애기, 3층 신생아실에 산모 이름 대고 보내주시고요. 그리고 저기 회복실로 오시면 곧 산모가 나올 겁니다."

카트 안에 녀석은 눈을 뜨지도 못하고 잔뜩 찡그린 표정에 움켜쥔 작은 손으로 자기 얼굴을 긁고 있었습니다. 배꼽에는 탯줄이 집혀 있었고 양수에 불은 살결이 쭈글쭈글했습니다.

끝내 양반다리 자세를 바꾸지 않았던 고집스러운 녀석이 바로 이 아기이구나.

녀석은 갑자기 불려 나온 세상이 싫은지 그사이에 금세 울음을 터트렸습니다. 힘겹게 응앵 응앵 대는 울음이 애처롭게 들렸습니다.

그래, 아기야, 니가 내 아이로구나.

신비롭고 반갑고 애틋한 마음이 들었습니다. 신생아실까지 카트를 직접 밀어 아이를 건네주었습니다.

회복실에 들어가니 마취에서 덜 풀린 아내는 아직 눈을 뜨지 못하고 있었습니다.

"산모님, 깨우세요."

간호사가 아내를 깨우라고 지시했습니다. '여보, 여보' 하다가 '수연아, 수연아' 하면서 아내의 이름을 불렀습니다.

"아무래도 빨리 깨우시는 게 좋아요. 그래가지고는 너무 약하고요. 뺨을 때려서라도 빨리 깨우시는 게 좋아요."

"예."

하지만 아내의 몸을 흔들기는 했을 뿐 감히 뺨을 때리지는 못했습니다. 계속 이름을 불렀습니다.

"수연아, 수연아, 수연아! 수연아!"

아내가 조금 눈을 뜨다가 어지러운지 다시 감았습니다.

"수연아! 수연아! 수연아!"

아내의 이름을 부르는데 이상하게 애가 탔습니다. 목이 멨습니다.

간호사와 함께 아내의 베드를 밀어 입원실로 옮겼습니다. 입원실에는 얼굴이 부은 산모들이 많았습니다. 꽃을 가져온 남편이나 가족들이 있었는데 간호사들이 꽃은 알러지 문제가 있을 수 있다고 입원실 밖으로 빼냈습니다.

"애기 봤어?"

"응. 봤어. 많이 힘들었지?"

내 말에 아내는 약간 찡그리며 웃었습니다.

"애기 괜찮아?"

"응. 건강해. 응애 응애 하고 울어."

아내는 그제야 미소를 지었습니다. 아내는 소변 줄도 아직 빼지 못했고 아이를 보지 못했습니다. 장모님이 입원실에 계셨고 오후에 서울에서 어머니도 손자를 보려 내려왔습니다. 두 사부인이 신생아실에서 아이를 면회했습니다. 눈도 뜨지 않고 꼬물거리는 녀석을 더 잘 보려고 두 분은 발돋움을 하셨습니다.

"저놈이 아직 여기가 어디냐 하겠네요."

"산도로 안 나오고 양반다리하고 쉽게 나온 놈이네. 이놈아."

어머니도 아내를 위무했습니다. 출산은 일을 저지른 한 남자와 일을 치른 산모와 그를 둘러싼 여러 여자분들의 축제이기도 했습니다. 그렇게 나와 아내의 인연을 빌어 한 아이가 이 세상에 태어났습니다.

나중에 장인어른도 병원에 찾아왔습니다. 어른들이 가득 오셔서 아내의 노고를 격려하고 있었습니다.

그 북적대는 사이 병원 구내 공중전화로 당신에게 전화를 했습니다. 당신으로부터 삐삐가 온 지 한참이 지났을 때였습니다.

"애기 낳았어요?"

"응. 낳았어."

"호. 언니는 괜찮아요?"

"응. 수술해서 지금 회복 중이야. 괜찮은 것 같애."

"다행이네요. 딸이야? 아들이야?"

"응, 아들…."

"오, 그래요. 축하해요."

전화로 더는 별다른 말은 할 수 없었습니다.

"서울 오면 연락해요."

제왕절개는 자연분만보다는 회복이 늦기에 병원에서 5일간 더 입원해야 했습니다. 아내는 수술 환자와 다른 바가 없었습니다. 소변줄을 빼고 가스가 나오고 미음을 먹기 시작하고 그래도 아내는 순조롭게 몸을 회복했습니다. 마침내 링거를 꽂은 아내와 같이 신생아실 앞에 서서 아이를 보았습니다.

8년 전, 학생회관 창밖을 내다보다 눈이 마주쳤던 그 여학생과 이렇게 아이를 낳았는데 일은 이 지경이 되고 말았습니다.

이 세상에서 인간이 할 수 있는 그 어떤 일이 있어 여자가 아이를 낳는 일만큼 거룩하고 위대한 일을 할 수 있겠습니까? 대숲을 휘젓고 산바람처럼 돌아치는 남자들의 방랑기를 잠재우는 것은 그 꼬물거리는 어린 것입니다. 아이는 작고 연약하지만 쉽게 끊어지지 않는 아니 끊을 수 없는 굵고 단단한 인연의 타래를 엮어주었습니다.

지금은 우리가 만나서

"성현이라고 하자."

"성현이?"

"그래. 밝을 성(晟), 어질 현(賢), 박성현."

"박성현… 성현이. 성현아. 성현아."

누나가 적극적으로 추천하여 아이 이름을 '성현'이라고 지었습니다. 동사무소에 출생신고를 했습니다. 덕분에 나는 성현이 아빠가 되었고 아내는 성현이 엄마가 되었습니다. 생각해보니 당신은 은서 엄마였군요.

아이는 집안 식구 모두에게 기쁨과 새로운 경험을 안겨주었습니다. 병원에 있을 때 아내의 품에서 녀석은 눈을 감고도 어미의 젖꼭지를 찾아갔습니다. 그 모습을 보니 우리가 확실히 포유류임을 느꼈습니다.

집에 와서 보니 녀석은 엉덩이에 시퍼런 몽고반점이 있었습니다. 아이는 무얼 그리 놓지 않으려는지 조그만 주먹을 꼭 쥐고 그 새까만 눈동자를 이리저리 굴리면서 바뀐 세상을 탐색했습니다. 그러다 또 무엇이 불만스러운지 '으앙'하고 울어버리면 장모님도 뛰어나오고 어미도 달려오고 모든 것이 그 어린 것을 중심으로 움직였습니다.

"그 녀석 배고픈 거 아니냐? 빨리 젖 먹여라."

장인어른까지 궁금하신지 거실 소파에 뉘어 놓은 아이를 보러 천천히 나오셨습니다. 오랜만에 보는 갓난아기였기에 장인어른은 아이를 귀여워하셨습니다. 포대기에 싸인 그 꼼지락거리는 어린 것이 궁금하여 귀가까지 빨라지셨습니다. 탯줄이 말라서 자연히 떨어져 나갔습니다.

아기 목욕은 큰일이었습니다. 먼저 아기 엄마인 아내보다 장모님이 시범을 보이셨습니다. 작은 플라스틱 욕조에 물을 채우고 팔꿈치로 물 온도를 잽니다. 물에 넣기 전에 가재 수건으로 눈곱과 코밑을 살짝 닦아줍니다. 손으로 물을 퍼서 배냇머리도 살살 감겨줍니다. 물에 넣을 때도 덤벙 넣지 않고 배냇저고리 끈만 풀고 그대로 천천히 발부터 입수시킵니다. 목욕을 시키면서 젖은 배냇저고리를 벗겨냅니다.

"귀에 물 들어가지 않게 해라."

아내는 장모님을 도와서 아기 머리를 꼭 바치고 있었습니다. 그때도 가재 수건은 아기 배 위에 올려놓고 접힌 목덜미를 닦아줍니다. 녀석은 찡그리면서 버둥거리다 물이 튀기면 또 울어댑니다.

"오이. 다 끝났다. 그래그래 좀만 더 하면 돼요. 옳지. 옳지."

장모님은 마치 그 녀석이 알아듣기라도 하는 듯 꼭 말씀을 하면서 아이를 돌보았습니다. 그런 할머니나 어미가 걸어오는 말이 아이가 이 세상에서 처음으로 듣는 인간의 언어일 것입니다.

나는 옆에서 포대기를 펼치고 수건을 가져오고 젖은 배냇저고리를 치웠습니다. 녀석은 눈을 감고 버덩 거리면서 울기 시작합니다. 그래도 아내는 꿋꿋하게 젖은 가재 수건으로 아이의 분홍빛 입속을 닦아주었습니다.

"우리 성현이 잘했다. 아 예뻐요."

아내는 우는 아이를 토닥였습니다. 베이비파우더를 엉덩이와 사타구니, 겨드랑이와 목덜미에 하얗게 바르고 새 배냇저고리로 감싸면 조금씩 울음이 잦아듭니다. 그러다 녀석은 눈을 감고 무언가를 오물거리다가 피곤한지 편안하게 잠이 듭니다.

아이가 자는 그 고요한 모습은 세상의 모든 갈등이 내려앉은 듯 평화로웠습니다. 어른들은 그 평온한 모습을 보는 것만으로도 마음이 가라앉았습니다. 그것이 평화였습니다.

그러다 녀석이 울면 또 온 집안이 전쟁에 휩싸입니다. 어미가 달려 나오고 할머니가 토닥토닥 두드려 주고 할아버지까지 나서서 업어주기도 합니다.

어미가 된 아내는 새벽에도 깨는 그 녀석을 잘도 안아서 젖을 먹였습니다. 아내의 품을 차지하고 눈을 감은 채 꿀떡꿀떡 젖을 먹는 녀석의 옆에 나는 물끄러미 앉아 있을 뿐이었습니다. 젖이 모자라면 분유를 타서 먹였습니다. 싱크대 옆에는 언제나 분유 병을 소독하여 물기가 쫙 빠지게 엎어놓았습니다. 분유나 젖을 먹이고는 꼭 아이의 등을 두드려서 트림을 시켜주었습니다. 아이가 젖이나 분유를 먹고 바로 잠이 들 때는 위장이 왼쪽에 있으므로 오른쪽으로 눕히고 머리를 조금 높여줍니다.

아이는 먹고 자고 싸고 하면서 하루를 보냈습니다. 그렇게 성장하는 것이 그 시절 녀석의 가장 중요한 일이었으니까요.

아이를 보러 전주 처갓집에 오면 나는 제일 먼저 손부터 깨끗이 씻고 아이 곁으로 갔습니다. 이제 녀석이 가끔 나를 보고 웃기도 합니다. 아내는 때때로 '쭉쭉이' 하면서 아이의 다리와 팔을 당겨 아기 체조를 시키며 스스로 흐뭇해서 웃었습니다.

보건소에서 BCG 접종과 B형 간염 1차 접종을 했습니다. 녀석은 주사를 맞으면서 처음으로 인생의 쓴맛을 보았을 겁니다. 아팠겠지만 불쌍한 녀석이 할 수 있는 일이라고는 대차게 울어대는 것밖에 없었습니다.

제왕절개로 조금 일찍 나와서 체중이 평균보다는 가벼웠지만 따뜻한 보살핌으로 조금씩 살이 오르고 팔다리 흔들기가 점점 활발해졌습니다. 녀석이 눈을 떴습니다. 밤같이 까만 눈동자를 이리저리 굴리다 자기를 어르는 엄마와 눈 맞추기를 했습니다. 그러다 방긋 웃습니다. 아내는 더 환하게 웃었습니다. 녀석이 사람들과 눈 맞추기를 시작했습니다.

"여보. 좀 있다 모빌 사서 달아도 되겠다. 우리 성현이 눈도 잘 맞추네."

천장에 모빌을 매달자고 아내가 말했습니다.

그때에 아내에게는 모유와 함께 사랑과 행복의 호르몬인 옥시토신(oxytocin)이 뇌하수체에서 분비되어 점점 마음이 평온해지고 가슴속에 차오르는 행복감이 밀려왔을 겁니다. 옥시토신은 출산과 수유, 모성애에 관여하는 사랑의 묘약으로 산모가 아기에게 강한 정서적 유대감을 느끼는 것에 이 호르몬이 작용합니다.

그러나 옥시토신은 이중성을 가진 물질입니다. 이 호르몬은 모성애를 촉발시키면서도 여성의 오르가즘에 작용하는 직접적인 화학물질입니다. 육체적 쾌락의 절정에 이를 때 나오는 호르몬이 아이가 배고파서 울 때도 동시에 분비된다는 것이 아이러니하지요. 물론 유두는 두 가지 경우에 다 융기합니다. 자연은 왜 성적 절정과 모성애를 하나로 묶어놓았을까요?

다행히 모든 것에 탈이 없었습니다. 이 모든 것을 당신도 이미 다 겪어 보았을 겁니다.

"전주에 간다고?"

"응. 주말에는 가야 돼. 애기 때문에."

"이젠 진짜 드라이브 잘할 수 있는데."

"운전 많이 늘었어?"

"그럼. 고속도로도 타봤고, 조금 더 있으면 폭주족 될 것 같애. 호호."

"그러다 사고 날라."

"사고는 무슨? 내가 전주까지 한번 모셔다드려야 믿으시겠나?"

더위에 힘겨웠던 여름이 가고 가을이 와서 하늘은 높고 파랗고 이 제는 햇볕이 견딜만했습니다. 바람도 서늘하게 불어 그 아득한 푸른 하늘 아래 어디론가 떠나고 싶은 날들이기도 했습니다. 당신 말대로 차창을 열어놓고 단풍이 물드는 어느 산천을 드라이브로 달려보기 알맞은 계절이었습니다. 하지만 우리는 어쩔 수 없이 도시의 한구석 에서 만났습니다.

"애기 이름이 성현이라고 그랬나? 애기 귀여워요?"

"응. 귀엽더라."

"피. 자기 자식 다 귀엽지 뭐. 그래, 오빠 닮았으면 진짜 귀여울 거 야. 언니는 어때요? 건강하세요?"

"응. 괜찮아. 잘 지내."

"알았어. 잘 갔다 와요, 전주."

당신은 주말에 만나는 것이 시간상으로 좋다고 했지만, 그때 나는 주말마다 전주로 내려가야 했기에 금요일에 보자고 했습니다. 당신은 아쉬워했지만 나의 이유나 일정이 당연한 것이라 이해해 주었습니다.

"지영이는 주말에 뭐하려고?"

"글쎄. 학원 교재 연구하다가… 심심하면 미친 듯 신디나 두들기 지 뭐. 괜찮아. 오빠는 애기 만나야지."

그렇게 토요일이면 전주로 내려갔다 아이를 보고 일요일 밤에 서울로 올라왔습니다. 덕분에 당신은 토요일에 나를 만나고 싶어 했지만 그럴 수가 없었습니다. 자동차를 몰고 나와 드라이브를 하고 싶었지만 혼자서 외로운 주행 연습을 계속했습니다. 운전 실력은 나아져서 어디서나 차선을 바꾸어 좌회전을 획획 하고 뻥 뚫린 길에서는 액셀을 밟으며 쏜살같이 달려나갔습니다. 그도 아니면 집에서 헤드폰을 쓰고 신시사이저를 두드렸습니다.

그래도 주 중에는 하루 정도 만날 수 있었습니다. 퇴근 이후에 겨우 만나는 것이라 서울을 벗어날 수는 없었습니다.

'언니는 건강해요? 애기는 잘 커요?' 당신은 지나는 말이라도 그때 산모와 아이의 안부를 꼭 물었습니다.

그러다 한번은 전주행 버스 시간을 앞두고 토요일에 만났습니다. 서로의 일 때문에 주 중에 만나지 못했기에 그렇게 시간을 낼 수밖에 없었습니다.

처음부터 약속장소를 코엑스에 있는 서점 '반디앤루니스' 아동도서 코너로 정했습니다. 이전에 약속했던 대로 은서의 책을 사기로 했거든요. 지하철을 타고 갔더니 당신이 먼저 와서 책을 고르고 있었습니다.

아동 교재 관련 책도 종류가 많았습니다. 이것저것 고르다 삼성출판사 시리즈로 결정했습니다. 만 3세부터 4세, 5세 이렇게 시리즈로 구성되어 있어 신뢰감이 높았거든요. 만 3세 한글부터 5세까지, 그리고 숫자 공부 책도 샀고 쓰기와 읽기, 스티커 붙이기, 그림책 등 당신의 욕심대로 책을 차례대로 쭉 골랐습니다.

"오빠는 이거 필요하지 않아?"

당신이 '출산 육아 대백과'라는 책을 들고 흔들었습니다.

"다 있어."

"하긴 언니가 어련히 알아서 하실까?"

당신은 그 책을 다시 내려놓았습니다. 계산을 하고 포장을 하니 당신의 무분별한 욕심으로 하도 책을 많이 골라서 서로 나누어서 들었는데도 묵직했습니다.

"은서, 걔 놀기만 하더니. 인제 이거 빡세게 시켜야겠다. 호, 고것도 좋은 시절 다 갔네."

"과잉학습이 좋은 게 아니야. 그냥 천천히 흥미를 갖도록 해야지."

"아냐. 고거 내가 좀 불쌍하다고 오냐오냐하면서 키웠더니. 글도 모르면서 입만 살아가지고, 다섯 살이나 된 게 무식해서 안 되겠어. 오늘부터 좀 굴려야겠어. 호호."

"이 엄마 안 되겠네. 아동학대 조짐이 보여."

"왜에 내가 엄만데. 내 맘이야."

"이래 봬도 내가 『아동청년발달』과 『교육학 개론』을 공부한 사범대 출신에 교사자격증을 가진 사람이야. 공부는 억압하면 안 돼. 처음에는 흥미를 가지게 하는 게 제일 중요하다고. 평생 해야 하는 게 공분데."

잘난 척하면서 한 말이지 사실 사범대와 육아는 뭐 그리 큰 상관이 없고 나는 교육학에 대해서도 별로 아는 게 없었습니다. '아동청년발달'도 피아제라는 학자 이름과 구강기, 항문기, 남근기 같은 이상한 리비도(Libido)에 따른 분석만 기억에 남아 있었습니다.

"그래. 역시 아이한테는 엄마 아빠가 있는 게 좋은데. 나 혼자 왔으면 이 책도 못 들고 갔을 거야."

당신은 내 농담 같은 말을 전혀 다르게 왜곡해서 받아들였어요.

"지영아. 그런 뜻 아닌데…"

오버했다고 생각했는지 당신은 내 눈치를 보며 약간 씁쓸한 듯 웃었습니다.

터미널 버스 시간이 빠듯하니 먹는 건 간단하게 코엑스에 있는 패스트푸드점을 찾았습니다. 거기서 당신이 가방에서 뭘 꺼냈습니다.

"참, 그리고 이거."

"뭐야. 이게?"

아기곰 푸우가 그려진 포장지에 싸여 있는 것으로 보아 선물이었습니다.

"모빌이야. 아기 선물이야. 이거 나비도 들어있고 조립하면 예쁘다고. 잘 골랐는지 모르겠네. 호호."

"이런 걸 뭐하러 샀어?"

"왜에. 오빠 나한테 선물 많이 해줬잖아. 오늘 책도 잔뜩 사주고. 실은 내가 살까 말까 망설여지긴 했는데… 그냥 오빠가 샀다 그래. 아니면 회사에서 누가 사줬다고 하든지."

아내도 모빌을 찾았기에 그렇게 말하면 되겠지만 그래도 망설여졌습니다.

"안 받으려고?"

"아냐. 고마워."

하지만 눈앞에 선물을 내미는 사람 앞에서 그걸 거부할 수는 없었지요. 당신의 선물을 받아 내 가방에 집어넣었습니다.

그 당시 당신이 집에서 혼자 신시사이저를 쳤다면 나는 혼자 있는 조용한 집에서 인터넷에 접속했습니다. 그때는 천리안 PC 통신에 접속한 다음 '트럼펫 윈속(Trumpet winsock)'을 띄워 그 드라이브를 이용해야 인터넷에 접속할 수 있었습니다. 아직 인터넷은 초기였고 접속 자체부터가 그리 쉽지 않았습니다. '모자이크'라는 프로그램보다 훨씬 발전한 '넷스케이프 네비게이터(Netscape Navigator)'를 자료실에서 다운 받아 설치했습니다. 처음으로 만나는 브라우저(browser) 프로그램이었지요.

그 브라우저를 열면 오른쪽 상단에 범선의 키잡이가 반짝이며 마치 바다를 항해하는 듯 새로운 모험을 예고했습니다. 블루 스크린으로 가득 찬 PC 통신과는 전혀 다른 세계였습니다. 화면이 열리기까지는 한참을 기다려야 했지만 날마다 펼쳐지는 새로운 세상을 항해하느라 거실에 놓인 컴퓨터 앞에서 밤도 깊어갔습니다.

그렇게 서핑을 하는 중에 'www.hanmail.net'이라는 우리나라 사이트에서 무료로 이메일 계정을 나누어주는 것을 알게 되었습니다. 회사에서는 별도로 메일 서버가 없었기에 PC 통신 천리안 계정 이외에는 진정한 의미의 전자 우편이 없었습니다. 업무에도 필요했기에 그 사이트에 가입하고 웹메일 계정을 하나 받았습니다. 지금은 전 국민이 다 가지고 있다고 할 만큼 너무나 일반화되었지만, 당시에 내가 받은 한메일 계정은 순서로 볼 때 만 명 이내에 속하는 것이었습니다.

"이메일이라는 건데… 그러니까 이 주소로 내용을 보내면 내가 받아볼 수 있어."

우리가 가진 통신수단이 너무 미약하여 당시 내 한메일 주소를 적어주며 그때 이메일에 관해서 설명했습니다.

"그러니까… 이게 편지 보내는 것과 비슷한 주소라는 거야?"

맞아요, 당신은 그때 옥중의 남편과 주고받는 편지를 5년째 계속해오고 있었으니 편지와는 아주 가까운 삶을 살고 있었습니다. 가을우체국만이 아니라 봄, 여름, 겨울, 사계절 모두 당신은 우체국에 갈 일이 많았지요. 하지만 노래나 시에 나오는 것처럼 그리 낭만적인 이유가 아니라 옥중의 사람과 가늘게 연결된 유일한 통로로서 편

지나 우편환 영치금을 보내야 했기 때문이었습니다.

"그렇지. 이메일이 우리말로 전자우편이니까. 이게 주소라고 생각하면 되는 거지."

"근데… 솔직히 무슨 말인지 모르겠어. 그러고 나, 집에 컴퓨터 없어."

하긴, 이메일의 개념을 설명한다 하더라도 트럼펫 윈속 드라이버를 설치하고 넷스케이프를 깔고 웹으로 접속시키는 것을 설명하기에는 난망이었습니다.

"오빠. 그런 것보다, 왜 카폰 같은 것 있잖아. 차에 달려 있는 것. 그런 게 있으면 좋지. 차에서 막 전화할 수 있잖아. 너무 비싸겠지?"

당시 그 벽돌만 한 모토롤라 카폰은 우리 사장 차에도 없었습니다.

"카폰은 당연히 비싸지. 그보다 무선으로 전화하는 게 곧 나올 거야."

"무선으로 전화?"

"그럼. 카폰같이 선이 없는 전화. 계획이 발표됐어. 지금 있는 한국이동통신말고도 LG 컨소시엄하고 신세기통신이 채택됐는데… PCS라고. 내년쯤이면 그런 세상이 올 거야."

"PCS가 뭔데?"

"퍼스널 커뮤니케이션 서비스의 약자인데. 아니 그런 용어가 중요한 게 아니고. 쉽게 말해서 사람들이 모두 무선으로 자유롭게 갖고 다닐 수 있는 전화가 나온다는 거야."

"오. 그래. 그럼 삐삐 오면 공중전화로 가지 않고 그걸로 걸면 되겠네."

"아니지. 삐삐 자체가 필요 없지. 그 무선 전화로 바로 서로 통화하면 되니까."

"아, 그렇겠구나. 와, 그럼 삐삐가 필요 없는 세상이 온다고?"

"그렇지. 사람들이 다 각자 길에서도 자기 전화기를 들고 다니는 거야."

"와. 대단한데. 내년이면 그런다고? 내 주변에는 그런 얘기를 해주는 사람이 없던데."

"내가 해주잖아. 지금."

당신은 처음에는 내 말을 그리 쉽게 믿으려 들지는 않았습니다. 아직 오지 않은 미래를 겪어보기 전에는 실감하기가 어려웠겠지요.

포테이토를 집어 먹다가 당신은 무슨 생각이 났는지 이런 말을 툭 던졌습니다.

"혜, 오빠. 그래도 감옥에 있는 사람한테는 그런 전화기 안 주겠지?"

무선전화 시대가 올 것이라는 확신은 들었지만 당신의 그런 바람은 불가능할 것 같아서 무어라 해 줄 말이 없었습니다.

"지영아. 지금 가야 될 것 같은데. 버스 시간이."

당신이 고속버스터미널까지 태워주겠다고 하여 코엑스 주차장으로 같이 내려왔습니다. 당신과 나는 터덜터덜 넓은 주차장을 걸었습니다.

"무슨 생각해?"

"전화기 말이야… 그런 전화기가 있으면 오빠하고도 통화하기가 좋겠네."

말없이 골똘하며 운전하는 당신에게 물었더니 이런 대답을 했습니다.

"답답할 때. 무슨 얘기 나누고 싶을 때. 바로 전화할 수 있다면 얼마나 좋은 세상이야. 믿기지 않는다."

그리고 나를 보며 장난으로 슬쩍 윙크를 했습니다.

"그런 전화기 있으면 내가 오빠한테 바로 전화해줄게요. 전주, 잘 갔다 와요."

복잡한 터미널 주변에서도 당신은 잘도 운전하여 제시간에 도착 시켜주었습니다. 바빠서 차비는 주지 못했습니다.

전주에 오니 성현이는 그사이 부쩍 크고 살이 올랐습니다. 팔다 리가 포동포동한 게 운동량도 활발하고 귀여운 눈동자를 곧잘 내게 맞추었습니다.

"성현이. 쟤 옹알이를 한다."

아내는 아기가 커가는 것 자체로 마음이 뿌듯했습니다.

"옹알이? 오. 뭐라고 그래?"

"응. 엄마라고 해."

"에이 벌써?"

"진짜야. 엄마라고 했다니까. 나랑 자다가 깼나 봐. 근데 울지도 않고 뭐라고 옹알거리는데… 날 보고 엄맘마 하는 거야."

내가 볼 때 그 녀석은 그냥 코 자고 있었습니다. 갈수록 귀여워져 서 이빨로 살짝 손가락을 물었습니다.

그냥 옹알이 소리인지 아니면 진짜로 자기 엄마를 알아보고 하는 말인지는 알 수 없지만 아내는 성현이가 자신을 알아본다고 믿었습 니다. 아내는 아이를 보아도 보아도 질리지 않는 듯 옆에 끼고 있었 습니다.

그냥 왔다 갔다만 하는 날 쳐다만 볼 뿐 아내는 내가 서울에서 어 떻게 지내는지 물어보지도 않았습니다. 나는 점점 아내의 눈에 들어 오지 않았습니다.

"여보, 서울 가면 방에 아기 침대 좀 사놓아 줘."

"아기 침대? 어떤 거?"

"보니 클래식 타입으로. 왜 미국 영화 같은 데 보면 있잖아. 성현이 약간씩 뒹군단 말이야. 떨어지면 안 되니까. 원목 재질로 해줘."

아기 백일에 맞추어 모자(母子)가 함께 서울로 올라오기로 했습니다.

미안하지만 그때 당신이 준 선물은 꺼내 놓지 않았습니다. 다시 서울로 가져와서 사무실 책상 서랍에 그냥 넣어두었습니다.

그 계절 나는 서울에서 전주로, 전주에서 서울로 그리고 강남역에서 방배동으로, 코엑스에서 터미널로 그리고 이수동으로 바쁘게 돌아다녔습니다. 어느새 거리에는 은행잎이 가득 떨어지고 바람은 갈수록 차가워져 갔습니다.

어쩐 일인지 당신도 바빠져서 우리는 짧게 짧게 만날 수밖에 없었습니다. 매번 짧은 시간 때문에 우리는 얼마나 안타까웠는지 모릅니다. 그 시간을 조금이라도 늘려보려고 나는 항상 당신의 동네 이수동에서 만남을 끝냈습니다.

더는 붙잡지 못하고 돌아서는 당신이 어두운 골목을 다 지나갈 때까지 바라보았습니다. 어느 때에는 당신도 가던 길을 멈추고 돌아서서 그때까지 서 있는 나를 아쉽게 바라보았습니다.

다행히 '밤 11시에 전화하기'라는 비밀통로가 살아나서 바람이 차가워지는 밖에서 떨지 않고 아무도 없는 집에서 통화할 수는 있었습니다. 아직 무선 전화의 시대는 오지 않았습니다.

그 날은 서로 일이 있어 각자 따로 저녁을 먹고 나서야 겨우 만날 수 있었습니다. 방배동 '헤븐스'에서 전면 창이 환하게 옆에 놓인 자리에 마주 앉았습니다. 그날도 서로가 가진 시간이 별로 없었습니다.

"아이고. 인제 날씨가 썰렁해진다. 그치. 뭐 올 것 같다. 근데 요새 왜 이렇게 바빠? 지영아."

"응, 공연 있거든… 공연 연습한다니까."

"그래? 그럼 공연에 자기도 나오는 거야?

"그럼, 내가 메인 키보드야."

"호 대단한데."

"그것보다 이거 공연 티켓이 이렇게나 많아요. 이거 좀 사 주세요. 네?"

당신은 또 '네' 하면서 끝말을 올리며 간절하게 두 손을 모으고 귀여움을 떨었습니다.

가방에서 꺼낸 티켓이 한 뭉치는 되어 보였습니다. 당신은 그걸 테이블 위에 펼쳐놓았습니다.

"그래, 무슨 공연인가?"

"응, 양심수의 날 공연인데…"

"양심수의 날?"

나는 물끄러미 그 티켓을 쳐다보다가 가슴이 덜컹했습니다. 티켓에 그려진 그림 때문이었습니다.

그 그림은 안경을 쓰고 가슴에 수번을 단 초췌한 양심수가 어린아이와 자기 아내를 안고 있는 다소 슬픈 내용의 그림이었습니다. 그 티켓에 그려진 그림은 나도 본 적이 있는 유명한 그림입니다. 크레용으로 그려진 그 그림은 실제 어떤 양심수의 자녀가 그린 것이라 합니다.

그런데 만약 그 옆에 나 같은 남자가 하나 더 서 있다고 상상을 해보세요. 모든 내용이 확 깨지겠지요. 양심수에 대한 지원과 원호 그리고 가족애에 대한 진지한 성찰이 갑자기 치정극으로 치닫는 그

46

런 꼴이 되어버립니다. 제 발이 저려서 나는 그 애틋하고 의미심장한 그림을 도저히 바로 쳐다볼 수가 없을 정도였습니다.

"왜? 오빠. 좀 부담스러워? 사실 카드로는 안 되거든. 현금만 받어."

"아니, 아니. 그런 게 아니고."

그 그림 탓을 하며 티켓 그림을 바꿔 달라고 억지를 부릴 수는 없었습니다.

"내가 나온다니까요."

"음. 알았어. 돈은 다음에 만날 때 줘도 되지?"

"그럼. 당근이지."

그러나 역시 부담스러웠습니다.

"오빠는 꼭 오시고. 같이 올 사람 있으면 같이 와도 돼."

그러면서 당신은 내게 티켓을 30장이나 안겨주었습니다.

티켓이 30장이라 그 값이 부담스러웠던 것도 아니고, 그 행사가 싫다는 것도 아니고, 그 행사의 취지에 동의하지 않는다는 것도 아닌데 그 행사에 참석한다는 것 자체가 부담스러웠어요. 한때 스스로 양심수라고 생각했던 내가 이제는 마치 양심수의 적이 된 것 같았습니다.

아직 낙엽이 쌓인 거리에 갑자기 때 이른 첫눈이 내렸습니다. 기대하지 않았는데 우리는 그해의 첫눈을 같이 맞이했습니다.

"와아 눈이다! 오빠, 이거 이거 첫눈이지."

사람들은 아직도 첫눈을 보며 누군가를 떠올리는 그런 어린 낭만을 가지고 있을까요? 불볕과 태풍의 날들을 지내고 이렇게 첫눈을 같이 맞이한 것이 우리는 감격스러웠습니다. 당신은 내리는 눈을 보며 촉촉하게 젖어갔습니다.

"지영이는 눈이 오면 누가 생각나나요?"

"누가 생각나냐고?"

"응. 딱 떠오르는 사람. 뭐 첫사랑이나 그런 거?"

하고 보니 잘못된 질문 같았습니다. '첫사랑'이라는 단어를 쓰다가 순간 전주에 있는 내 첫사랑, 아내 수연이 떠올랐습니다. 그리고 그 네의 옆에 누워있을 귀여운 아이가 생각났습니다.

"피. 저는 박민수 씨가 생각납니다. 됐어요?"

당신은 목이 뻑뻑한지 고개를 좌우로 흔들다 살짝 웃으며 또 내게 윙크를 했습니다.

"뭐야? 그 외교적 멘트는. 나는 지금 옆에 있잖아. 혹시 '그대가 곁에 있어도 그대가 그립다.' 같은 거야?"

"'그대가 곁에 있어도 그대가 그립다.'는 뭐야?"

"응. 류시화 신데. 내가 좋아하는 시."

"그래. 그럼 외울 수 있어?"

"그럼. 외우지."

"오. 그럼. 한 번 외워 봐. 뭔지 한번 들어보게."

"음. 그래 들어 봐. '물속에는 물만 있는 것이 아니다. 하늘에는 그 하늘만 있는 것이 아니다. 그리고 내 안에는 나만 있는 것이 아니 다. 내 안에 있는 이여. 내 안에서 나를 흔드는 이여. 물처럼 하늘처 럼 내 깊은 곳 흘러서 은밀한 내 꿈과 만나는 이여. 그대가 곁에 있 어도 나는 그대가 그립다.'"

천천히 시를 외웠는데 카페의 배경음악은 영 조화롭지 못했습니다.

"어때?"

"음. 뭐 좋긴 한데… 좀 배부른 소리다."

"배부른 소리? 아니 왜?"

"아니, 그 놈의 그대가 곁에 없으니까 그리운 거지. 곁에 있는데 왜 그리워? 바보 아냐? 호호"

시를 이해하지 못하는 건지, 일부러 이해하고 싶지 않은 건지, 당신은 나를 놀렸습니다. 그런데 그 순간 나는 오랫동안 페이소스를 가졌던 그 시(詩), '그대가 곁에 있어도 나는 그대가 그립다'와 편안한 이별을 할 수 있었습니다. '곁에 없으니 그리운 것'이라는 당신의 그 명제가 너무 명쾌해서 오랫동안 내면에 숨어있었던 '그대가 곁에 있어도 그대가 그립다.'에 얽힌 젊은 날의 상처를 지울 수 있었습니다.

"곁에 있으면 데리고 살면서 만지고 같이 놀면 되지. 곁에 있는 데도 그리운 그런 그대가 어딨어? 그런 게 있나? 아니면 내가 좀 메말랐나? 오빠."

내게 있어 '그런 그대'가 혹시 '당신'이라고 말해줄까 하다가 너무 선수 같은 말 같아서 참았습니다.

"그보다 오빠. 우리 첫눈이 오면 꼭 만나는 거로 하자. 오늘처럼."

그런 소년 소녀 같은 낭만을 갖는다는 것은 좋은 일이겠지요. 사랑이란 생물학적 나이와 상관없는 온갖 유치한 것으로 가득 차 있으니까요.

"첫눈이 오면 만나자고…? 음. 그래 그러자. 가능한 한 그러자."

"가능한 한은 뭐야?"

"꼭 못 만날 수도 있잖아. 현실적으로 생각해서."

"그래 그럼. 서로 연락이라도 하는 걸로 하지 뭐. 삐삐하는 걸로. 그런데 '눈이 와요'는 숫자로 어떻게 표현하지? 참, 아니다. 오빠가 전에 말한 대로 모두 무선 전화 같은 걸 들고 다니게 되니까 전화해서 말로 하면 되겠다. 그치."

"오. 이제 내 말을 믿는 거야?"

"에이고 그럼. 믿지. 내가 언제 오빠를 안 믿었다고? 저는 오빠를 믿습니다. 다만 거짓말 빼고는 다 믿어요. 호."

말로 당신을 이기기는 어렵겠다는 생각이 들었습니다.

삐삐. 삐삐. 그때 당신의 호출기가 울렸습니다.

"지영아, 삐삐 오는데."

당신이 그걸 꺼내 보는데 언뜻 넘겨보니 네 자리의 번호만 찍혀 있었습니다. 우리 말고도 그런 식으로 연락하는 경우가 있나 봅니다.

"전화해야 되는 거 아닌가?"

"아냐. 나중에. 오빠 만날 때는 오빠한테 집중해야지. 우리 별로 시간도 못 내고 매번 아쉽잖아. 뭐. 밴드 연습 시간 알려주려고 하는 걸 거야."

눈 오는 저녁의 그런 말은 남자를 붕 띄워주는 말이었습니다.

"오빠, 근데 혹시 크리스마스이브 때나 크리스마스 때 뭐할 거야?"

"음. 그때? 그때는 전주 가야 될 것 같은데."

"또? 주말에만 가는 거 아냐?"

"아니. 애기 백일이 다 돼서. 이제 데리고 올라오려고. 서울로."

전주로 내려갈 때 두 식구였던 가족이 이제 세 식구가 되어 올라와야 했습니다.

"크리스마스 때는 왜? 그날 무슨 일 있어?"

내가 되물었습니다.

"아니. 뭐 별일은 없어. 괜찮아."

"무슨 일인지 말해 봐. 꼭 그날 아니라도 미리 할 수 있으면 하자."

"아냐. 그냥 은서하고 같이 놀러 가면 어떨까 했지. 롯데월드 같은데."

"나하고?"

"응. 내가 은서를 그런 데 데려가 본 적이 없어서. 그동안 좀 정신이 없었거든. 요새 은서가 한글 공부도 열심히 하고, 내가 공연 준비하느라고 늦을 때도 할머니 말씀도 잘 듣고 있다니까. 그래서…."

당신이 조금 쑥스럽게 자신의 계획을 말했습니다. 당신과 당신의 딸과 내가 크리스마스에 놀이동산을 찾아가보는 그런 생각을 했다는 겁니다. 하지만 나는 당신이 기대하는 역할 게임을 하지 못했습니다.

"어쩌지 전주 가야 하는데…."

"괜찮아. 그런 날 가봐야. 사람만 미어터질 텐데 뭐. 그리고 오빠는 당연히 애기 데리고 와야지. 잘 갔다 와요. 전주."

당신은 쿨하게 자신의 계획을 철회하고 눈이 내리는 창밖을 그윽하게 바라보았습니다. 가로등 불빛에 비치는 눈이 근사했습니다.

우리는 돌아가는 길거리에서 손바닥을 펼치고 그 눈을 맞이했습니다. 손을 잡고 눈발이 날리는 어지러운 하늘을 같이 올려다보기도 했습니다. 낭만적 사랑 위에 내리는 눈은 우리를 각자의 꿈이 영그는 좀 더 어린 영혼으로 바꾸었습니다. 그러나 대부분 그렇듯 첫눈은 아쉽게 바람에 날리다 흔적 없이 사라졌습니다.

서로의 아이를 돌보아야 하는 각자의 사정으로 우리는 그해 크리스마스를 함께 보내지는 못했습니다. 당신은 헤어지면서 거듭 '양심수의 날' 공연에 자기를 꼭 보러 오라고 당부했습니다.

장충체육관은 입구부터 사람들로 붐볐고 성황이었습니다. 시간이 가까워오자 지하철과 주차장에서 사람들이 계속 몰려나와 서로 떠들면서 어수선하게 밀려 들어왔습니다. 그 해 '양심수의 날' 공연은 장충체육관에서 있었습니다.

무대 위 현수막에 걸린 정식 이름은 '민주화운동가족협의회' 주최 '양심수를 위한 시와 노래의 밤'이었습니다. 그 행사는 양심수를 후원하고 양심수 문제를 환기시키고 양심수의 인권 문제를 생각하는 연말의 가장 크고 전통 있는 공연 행사입니다. 이른바 민중 가수뿐 아니라 행사 취지에 동의하는 많은 대중 가수도 참여하는 열린 마당이었습니다. 체육관을 꽉 채울 만큼 관객들도 많이 왔습니다.

'국가보안법 철폐하라!', '사상과 양심의 자유를 보장하라!', '양심수를 석방하라' 등등 현수막이 무대 옆과 객석 여기저기에 붙었습니다. 대부분 단체 단위로 온 관객들은 군데군데 자신들의 주장을 내건 피켓이나 현수막을 들고 있기도 했습니다.

체육관 로비에 '아직도 옥에 있는 양심수'라는 제목으로 패널 전시가 있었습니다. 그 시절 이른바 시국 사범을 총망라하여 사진을 걸고 해당 사건과 간단한 소개 또는 사연을 적어 한 칸에 한 명씩 전시했습니다. 그 전시 패널의 숫자가 백 장을 넘어갔습니다. 조직 사건별, 사건별 또는 노동운동, 학생운동 등으로 분류하여 나란히 알려주었습니다.

대표적으로 역시 반국가단체로 낙인찍힌 '사회주의노동자동맹' 사건의 관련자들이 있었습니다. 젊은 날 우리에게 생생한 현장의 언어로 신선한 감동을 주었던 『노동의 새벽』의 시인 박노해의 얼굴이 보였습니다. 얼굴 없는 시인으로 불렸던 그를 그 사건 이후에 그런 모습으로 만날 수밖에 없었습니다. '이정로'라는 필명으로 많은 저작을 열성적으로 쏟아내었던 백태웅의 얼굴도 있었습니다. 그리고 그 사건 관련자 여러 명의 얼굴과 이름, 수감처, 수번, 형량, 수감일 등이 체계적으로 나열되어 있었습니다.

그리고 그 옆으로 우리의 '반제애국전선' 사건 관련자들도 있었습니다. 지도책 이창섭이 있었고, '반딧불 야학'에서 만났던 어떤 강학의 얼굴도 있었고, 방북했던 문학소녀 김혜숙의 얼굴도 있었습니다. 사진이나마 모두들 오랜만에 만나는 얼굴들이었습니다. 그리고 그 옆으로 당신의 남편 최제원의 얼굴도 보였습니다.

당신의 남편은 '반제애국전선 대변인'이라는 직책으로 소개되어 있었고, 수감처는 '목포교도소'. 수번은 '35번'이라고 적혀있었습니다. 그리고 '8년 형'이라는 형량이 담담하게 표기되어 있었습니다. 수감일은 구속일을 기준으로 '1992년 9월'이라고만 적혀있었는데 그 사건 관련자는 모두 같은 일자였습니다. 모두 만 4년을 넘었습니다. 정종욱은 마침 그 얼마 전에 형기를 채우고 만기 출소했기에 거기에는 없었습니다.

모두가 처연하고 암울한 흑백사진으로 웃고 있는 표정은 하나도 없이 무거워서 보기가 딱했습니다. 죽은 이도 밝고 환한 모습으로 기억하려는 영정을 많이 쓰는데 반드시 살아있는 그들에게는 너무 어두운 사진 일색이었습니다. 그 시절 옥중에 살아있는 이를 꼭 암울하게 그리려고 한 것은 아닐 것입니다. 모두들 비합법 지하활동에 변변한 사진 한 장이 있을 턱이 없었습니다. 그러니 초췌한 어느 순간, 공안기관이나 언론이 제공한 사진을 내놓았기에 그런 모습이 대부분이었을 겁니다.

전시 패널은 여러 사람들의 다양한 사건과 사연을 안고 계속 길게 늘어서 있었습니다. 그 서글픈 전시를 보고 있는데 저쪽에서 사람들이 몰려들어 어떤 이와 악수를 나누는 모습이 눈에 들어왔습니다. 넘겨보니 앰네스티의 대표적인 양심수였던 김근태 씨가 국회의원이 되어 행사에 참석하였습니다. 사람들이 그를 둘러싸고 악수를 하고 가볍게 포옹을 하거나 뒤편에서는 박수를 치며 환영했습니다.

그날 김근태 의원은 로비에 서서 사람들과 조곤조곤 대화를 나누기도 했고 행사 때에는 무대에 올라 발언을 하며 양심수의 조속한 석방을 촉구했습니다.

로비의 한 구석에 각 단체에서 보낸 행사 축하 화환이 있었습니다. 축하 화환의 메시지도 양심수 석방을 촉구하고 악법을 규탄하는 내용이 대부분이었습니다. 그중에 당시 야당이었던 새정치국민회의 총재 김대중의 축하 화환도 있었습니다.

1992년 대선에서 패배한 후 정계 은퇴를 선언하고 영국으로 갔던 김대중은 귀국 이후 '아시아태평양평화재단'을 조직하고 이 조직을 기반으로 새로운 활로를 모색해 나갔습니다. 서서히 민주당을 측면 지원해오던 김대중은 1995년 6월 지방선거에서 민주당의 후보자들을 지원하는 활동을 시작으로 사실상 정치활동을 재개했습니다. 이 지방선거에서 민주당은 서울시장을 차지하는 등 승리를 거두었으며, 김대중은 이를 계기로 자신에 대한 지지자들의 지지를 받아들여 정계복귀를 선언했습니다.

하지만 김대중의 정계복귀는 당시 이기택 대표를 비롯한 민주당의 비(非)김대중계 정치인들의 반발을 샀습니다. 그의 정계 은퇴 번복에 대해 여론은 요동쳤고 노욕이냐 집념 어린 도전이냐를 놓고 설전이 계속되었습니다. 노무현, 김정길, 제정구, 이부영 등등 원칙이 강한 젊은 정치인들은 그 당시에는 그와 함께하지 않았습니다.

비DJ계 정치인들의 강한 반발에 부딪힌 김대중은 새로운 정당을 창당하겠다고 선언했습니다. 민주당의 새로운 분당사태였지만 김대중은 당내의 자기 추종세력과 아태재단에 참여하였던 인사들을 중심으로 꿋꿋하게 신당 창당을 추진했습니다. 이때 김대중은 재야정치세력을 이끌고 있던 김근태의 '통일시대민주주의국민회의'를 끌어들였습니다. 당의 이름도 거기에서 차용하여 '새정치국민회의'라고 정하고 당의 총재가 되었고 김근태는 부총재가 되었습니다.

김대중 총재는 새정치국민회의를 기반으로 네 번째 대권도전의 플랜을 차근차근 준비했습니다. 그는 '수평적 정권교체론'을 내걸고 참다운 정권 교체를 역설하면서 세력을 규합해나갔습니다. 이때 30대에 이른 전대협 세대와 80년대 학생운동권 출신들 중 일부는 젊은 정치세력의 꿈을 간직하고 서서히 제도권 정치에 합류하기 시작했습니다.

1996년 4월, 15대 총선에서 새정치국민회의는 호남과 수도권 지역의 지지에 힘입어 다시 제1야당이 되었고 김근태를 비롯한 새로운 신인들이 대거 정치 무대에 등장했습니다.

나는 그때 아내와 함께 투표소에 투표를 하러 갔다가 내가 아직 선거권이 없다는 것을 새삼 확인했습니다. 선거인 명부에서 내 이름을 못 찾아서 허둥대는 선거관계자에게 알 것 같으니 그만두라고 말했습니다. 그 사람은 주민등록증을 내민 내 이름이 왜 없는지 알 수 없어 고개를 갸우뚱거렸습니다. 아직 자격정지 4년이 풀리지 않았던 겁니다. 아내가 투표를 마치고 나오기를 기다려 같이 냉면을 사 먹었습니다.

한 입으로 두말하며 은퇴 선언이 번복되었든 말든, '수평적 정권교체'이든 '수직적 정권교체'이든, 어쨌든 정권교체만이 오늘 이렇게 패널에 전시되어 있는 양심수들의 운명을 한번 요동치게 바꾸어 줄 수 있었습니다. 그것이 그나마 현실적인 가능성이었습니다. 그 시절 어쩔 수 없이 현실 정치에서 한국 사회를 뒤흔들어 줄 사람도 김대중밖에는 기대하기가 난망이었습니다. 그것만이 당신의 남편을 비롯한 갇힌 사람들의 육중한 옥문을 조금이나마 열 수 있는 길이었습니다.

스스로 10년간의 정치적 근신을 선언했기에 나는 현실 정치에는 발가락도 담그지 않고 관심의 귀만 열어 놓고 있었습니다. 내가 아니라도 그런 일에 투신할 사람들이 줄을 섰습니다.

"오늘 공연 올 거지?"
"음. 그래. 갈 게."
낮에 당신이 회사로 전화를 걸어왔습니다.
"이제부터 공연 팀하고 움직이니까. 내가 전화하기는 힘들지 몰라. 오빠, 장충체육관 오면 나한테 왔다는 신호로 삐삐 쳐줘야 돼. 그래야 내가 힘을 내지. 내가 잘할 수 있게."
"알았어. 한지영! 파이팅!"
공연 티켓이 30장이나 있었지만 아무도 데려가지 않고 혼자만 갔습니다. 누군가를 데려가면서 이 공연에 내 애인이 나온다고 할 수는 없잖아요. 나 역시 티켓을 사주는 것만으로도 충분히 대신할 수 있었지만 단지 당신이 보러 와주었으면 해서 그래도 간 겁니다.
약속한 대로 체육관 내에 공중전화 박스에 줄을 서서 당신에게 삐삐를 쳤습니다. 그 체육관에서는 나도 받을 전화가 없었기에 그냥 내가 왔다는 서로 간의 암호만 보내었습니다. 곧 시작할 무대를 준비해야 했기에 당신도 내게 응답할 수는 없었습니다.
예상했던 대로 그 무대 옆에는 어떤 양심수의 자녀가 크레용으로 그렸다는 그 애틋한 그림이 큰 걸개그림으로 걸려있었습니다. 그 그림은 '양심수의 날'을 대표하는 그림입니다. 당신이 뭉크를 무서워했듯이 이상스레 나는 그 그림이 두려워서 바로 바라보지 못할 정도였습니다.
고개를 푹 숙이고 그 넓은 체육관의 가장 구석진 곳에 혼자 앉아

있었습니다. 혹시 아는 사람이라도 만나게 될 것이 두려워 거의 움직이지도 않았습니다. 나도 한때 양심수였는데 내가 어쩌다 이렇게 된 거죠?

내빈 소개가 끝나고 무대가 잠시 암전되었다가 밝아지면서 공연이 시작되었습니다. 공연에는 여러 가수가 나왔고 중간중간 발언과 낭송도 있었습니다. 그래서 이른바 '민중가요'뿐 아니라 함께 해준 대중 가수들의 가요도 나왔는데 모두 편견 없이 박수와 함성으로 함께 해 주었습니다.

어느 때에 당신의 밴드 팀이 나와 무대 뒤쪽에서 연주를 했습니다. 머리를 질끈 묶은 당신은 하얀색 롱스커트에 블랙 셔츠를 입고 그 데무 재킷을 걸치고 있었습니다. 그 재킷은 겨울철 옷은 아니었지만 실내의 열기가 더워서 충분했습니다.

무대는 멀었지만 이상스럽게 신시사이저 앞에 선 당신의 실루엣이 생생하게 보였습니다. 내 시력이 갑자기 좋아진 듯이 느껴질 정도였습니다. 당신은 가수가 아니고 세션(session)이었기에 하이라이트를 받지는 않았지만 조명이 바뀔 때마다 그 빛이 당신의 하얀 롱스커트를 신비롭게 물들였습니다.

출연자가 MR 테이프를 사용할 때를 빼고는 당신의 팀이 메인 세션이었기에 당신은 꽤 많은 곡을 연주했습니다. 그리고 마침내 당신이 고심했던 노래가 흘러나왔습니다.

"오빠, 이거 한 번 들어볼래? '지금은 우리가 만나서' 신디 쳐본 건데. 느낌이 어떤가 한번 들어봐."

공연 연습을 한다던 어느 날 당신이 내게 이어폰을 꽂아주며 말했습니다. 윤민석의 '지금은 우리가 만나서'를 약간 편곡하여 신시사이저 반주를 연습했다는데, 그 연주가 녹음된 테이프를 들려주며 내 느낌을 물었던 적이 있었지요.

"글쎄… 윤민석하고는 느낌이 좀 다르네. 음. 그래도 좋은데. 뭐랄까… 처절함이 좀 빠지고 마치 발라드 느낌으로 힘을 좀 뺀 것 같네."

"그래. 그런 느낌으로 한 건데. 좀 이상하지 않아? 어때?"

"확실한 건 다른 세션이나 가수 보이스 칼라를 들어봐야 알 것 같은데."

"음. 편곡한 건데. 민석이 형한테 욕먹으려나? 걱정스럽네. 이거."

"아니야. 괜찮아. 느낌은 좋아."

나는 좋다고 격려했지만 당신은 계속 고심된다고 망설였습니다. 그렇게 당신이 고심하면서 맹연습을 했다는 그 노래가 흘러나왔습니다.

'지금은 우리가 만나서', 옥중의 벗을 그리는 그 노래.

벗과 같은 동지, 동지이기도 한 남편.

아, 당신의 사연이 알알이 상징으로 새겨진 그 노래가 당신이 연주하는 신시사이저 소리로 시작되었습니다. 그래서 그랬던 걸까요? 당신은 그 노래를 마치 '낯설게 하기'와 같이 너무 부드럽게 편곡하여 한지영 버전의 발라드 스타일로 울렸습니다.

지금은 우리가 만나서 서로에게 고통뿐일지라도
벗이여 어서 오게나 고통만이 아름다운 밤에
지금은 우리가 상처로 서로를 확인하는 때
지금은 흐르는 피로 하나 되는 때
벗이여 어서 오게나 움푹 패인 수갑 자국 그대로
벗이여 어서 오게나 고통에 패인 주름살 그대로
우리 총칼에도 굴하지 않고 어떤 안락에도 굴하지 않고

오직 서로의 상처에 입 맞추느니
지금은 우리가 만나서 서로에게 고통뿐일지라도
그것이 이 어둠 건너 우리를 부활케 하리라
우리를 부활케 하리라

체육관에 당신의 신시사이저 소리가 가득 찼습니다. 나는 가수의 노래보다, 연주를 이끌고 가는 기타 소리보다, 오로지 당신의 신시사이저 소리만 집중해서 들었습니다. 나중에는 마치 당신의 독주회에 온 것처럼 그 소리만이 따로 들리는 경지에 이르렀습니다.

그 날 무대 한구석 신시사이저 앞에 서 있는 당신은 너무 크고 너무 당당해서 그 자체로 양심수의 아내이며 전사의 아내였습니다. 나와 만날 때는 나약한 듯 억지를 부리기도 했고, 어떨 때는 옅은 질투에 휩싸인 여자의 모습으로 앵앵거리기도 했지만 무대 위의 당신은 의연하고 의젓했습니다. 열정적인 연주 모습에 무대가 주는 카리스마가 더해져 감히 범접하기 힘든 아우라(aura)를 보여주었습니다.

'이 공연에는 양심수의 가족도 공연 출연진으로 직접 참여하고 있다.'고 중간에 사회자의 안내 멘트가 있어 관객들의 박수를 유도했습니다. 당신이 바로 그 주인공인 것 같은데 당신은 신경도 쓰지 않고 관객들에게 인사도 하지 않았습니다. 연주가 없을 때는 그냥 어둠 속으로 사라져 쉬고 있었나 봅니다.

'국가보안법 철폐, 사상 양심의 자유 보장, 양심수 석방, 양심수를 가족의 품으로.' 사회자는 중간중간 구호도 유도하며 그 공연의 의미를 되새겼습니다. 밖에는 12월의 삭풍이 지나갔지만 무대와 객석은 열기를 높여갔습니다. 체육관은 사람들의 열띤 호응과 참여로 점점 뜨거워졌습니다.

사회자가 이 공연의 출연진들은 모두 노개런티로 기부 참여하고 있으며, 공연의 수익금은 모두 민가협을 통해 양심수를 지원하고 그 가족들을 후원하는 일에 쓰일 것이라고 했습니다. 당신은 노개런티로 참여한 출연진의 한 사람이면서 또 반대로 민가협 가족회원으로 후원을 받아야 할 대상이기도 한 복합적 위치에 서 있었습니다.

당신은 그런 말을 왜 미리 하지 않았어요? 그런 것이었다면 내가 30장이 아니라 40장, 50장 아니 능력이 된다면 100장이라도 살 걸 그랬나 봅니다.

어느덧 당신은 재킷을 벗고 셔츠를 반팔로 걷어 올린 채 키보드를 두드렸습니다. 당신의 주변으로 희뿌연 연기와 뜨거운 조명의 열기가 휩쓸고 지나갔습니다. 당신은 메인 세션 중의 한 사람이었기에 상당히 오랜 시간 연주를 했는데 사실 나는 처음부터 걱정스러운 마음이었습니다. 내가 목격한 대로 당신이 또 덜덜 떨고 다리에 힘이 풀려서 혹시 픽 쓰러질까 봐요.

하지만 그건 기우(杞憂)에 불과했어요. 당신은 자세를 꼿꼿하게 잡고 어떤 흔들림도 없이 그 큰 공연에서 자신의 맡은 바를 완벽하게 해내고 있었습니다.

"국민학교 때 단거리 육상 선수도 했었어. 나."

어린 시절을 회상할 때 당신은 이렇게 말한 적도 있었지요. 그래요, 당신은 본래 건강하고 고상한 여체를 타고났었군요. 역시 자율신경 문제였어요. 아무리 후천적 병증이 세다 하더라도 당신이 가진 생득적 열정을 이기지는 못할 것입니다. 실은 당신의 강한 다리 힘을 나도 한번 느껴 본 적이 있잖아요. 감히 저항하기 힘들 정도로 강했습니다.

두 시간 삼십 분이 넘어서고서야 모두 일어나 '함께 가자 우리 이

길을'과 '님을 위한 행진곡'을 합창하면서 대단원의 막을 내렸습니다. 객석의 모든 사람들이 일어났고 무대 위에는 출연진들이 모두 나와서 그 노래를 함께 불렀습니다. 무대와 객석이 어우러졌던 그 한마당에서 당신은 신시사이저로 노래 반주를 했습니다. 나도 조용히 자리에서 일어나 당신의 반주에 맞추어 노래를 불렀습니다. 노래를 부르는 동안 가슴이 벅차오르고 감격스러웠습니다.

당신의 신시사이저 연주, 그러니까 음악 활동은 당신이 우울증과 자율신경 실조증을 이기는 또 하나의 길이었다는 생각이 들었습니다. 음악이 가진 그 위대한 힘. 당신이 진정으로 사랑했고 젊은 날 오랫동안 헌신했던 문화 운동의 길. 어렵고 팍팍한 현실에서도 운동의 현장을 쉽게 떠나지 않았던 당신의 그 연주를 들으며 나는 가슴 한쪽이 찌릿하게 아려왔습니다.

공연이 끝나 객석에도 불이 켜지면서 사람들이 일어나 체육관을 빠져나갔고 일부 사람들은 무대 위로 꽃다발을 올려보냈습니다. 무대 위에는 여러 스태프와 출연진들이 나와 꽃다발을 받거나 무대를 정리하고 있었습니다. 나는 내 자리에서 조금도 움직이지 않고 그 모습을 꿋꿋하게 바라보았습니다. 나도 당신에게 달려가 꽃다발 따위를 내밀고 싶었지만 그럴 용기가 없었습니다.

당신도 무대 위에서 신시사이저의 코드를 뽑고 악기와 악보를 정리하고 있었습니다. 무사히 공연이 끝났기에 당신은 함께 한 밴드 팀과 하이파이브를 하기도 했고 스태프로 보이는 몇몇 사람들은 당신을 찾아서 포옹하기도 했습니다. 당신이 왜 그렇게 바빴는지 실감하게 되었고 확인하게 되었습니다. 어느새 당신도 어디서 받았는지 꽃다발을 두 개나 들고 있었습니다.

할 수만 있다면 나도 당신에게 다가가서 포옹하고 꽃다발을 한 아름 안겨주고 싶었습니다. 나아가 내가 참으로 연민하고 경외하고 그리고 사랑하는 사람이라고 외치고도 싶었습니다. 하지만 넓은 객석 한구석에 미동도 하지 않고 가만히 앉아서 당신을 바라보기만 했습니다.

어느 때보니 당신은 쏟아지는 무대 조명 빛을 손으로 가리면서 객석을 살펴보고 있었습니다. 마치 나를 찾는 듯했지요. 무대와 객석의 불평등한 시선 때문에 당신은 나를 발견하지 못했습니다. 객석은 체육관을 빠져나가는 사람들로 어수선했고 조명이 당신의 눈을 부시게 하여 당신은 계속 두리번거렸습니다.

당신은 내 이름을 부르지 못했습니다. 나도 당신의 이름을 부르지 못했습니다. 내가 여기 있다고 일어나서 손을 흔들지도 못했습니다. 주변에 있던 당신의 동료들이 그만 무대를 내려가자고 당신을 재촉하는 듯했습니다. 당신은 마지못한 듯 그들을 따라갔습니다. 당신이 무대에서 사라지자 나의 공연 관람도 그제야 끝이 났습니다. 나도 그만 천천히 일어났습니다.

주위 사람들의 재촉으로 당신은 그들과 공연 뒤풀이를 갔을 것입니다. 술을 그리 좋아하지는 않는다지만 당신도 이런 날은 반드시 한잔해야 했을 겁니다. 나도 할 수 있었다면 당신과 당신의 동료들과 어울려 떠들썩한 뒤풀이에서 잔을 부딪치며 술을 마시고 함께 떠들었으면 좋았을 텐데 말입니다. 하지만 나는 귀신처럼 왔다가 귀신처럼 사라졌습니다.

티켓을 받았을 때부터 이상스럽게 마음이 편치 않았던 행사였지만 그래도 잘 왔다는 생각이 들었습니다. 빈 집에 돌아와서 참지 못하고 '밤 11시에 전화 걸기'를 통해 당신의 집으로 전화를 걸었습니다. 네 번이 울렸는데 받지 않아 그냥 수화기를 내려놓았습니다. 당신에게 오늘 너무 멋있었고 아름다웠고 감격스러웠다고 그리고 자랑스럽다고 말해주고 싶었는데 전할 길이 없었습니다.

그래요, 이런 날 벌써 집으로 돌아오기는 아쉬울 겁니다. 이런 밤은 함께 했던 멋진 동료들과 이야기꽃을 피우고 술잔을 나누고 서로의 노고를 치하하면서 동료애를 높여야 하는 밤일 겁니다. 누구의 아내가 아니라 당신이 스스로 걸어왔던 그 노래운동의 길에 서서 세상 누구도 침해할 수 없는 자신의 인생을 벅차게 살아야 했을 겁니다. 누구도 대신 살아주지 않을 내 삶과 내 사랑의 환희를 만끽하면서요.

어디에 있든 무엇을 하든 우리를 함께 비추고 있을 도시의 달을 혼자서 바라보았습니다. 먼 길을 가는지 달빛 사이로 기러기 떼가 빈 하늘을 줄지어 날았습니다.

나도 이른바 '민중가요'에 조예가 전혀 없지는 않은데 당신은 내게 그런 부분에 대해 어떤 역할을 요구하지는 않았습니다. 실제 당신 주변에는 그런 음악에 전문성과 활동성을 가지고 있는 동료와 선후배들이 많았기에 굳이 나까지 필요하지는 않았을 것입니다. 물론 내 앞에서 신시사이저로 연습한 곡을 들려주거나 익숙한 멋진 연주를 들려준 적은 있지만 거기에 어떤 의미도 부여하지 않았습니다.

당신은 문화 운동이나 노래 활동에 대한 얘기보다는 '각선미에 좀 자신이 없어서 미니스커트는 이제 안 입고 주로 롱스커트로 입겠다.'는 그런 식의 얘기를 내게 합니다 그려. 뭐, 글쎄, 당신의 다리가 그렇게 위축될 정도는 아니라고 생각했는데… 하여튼 그런 건 당신이 알아서 하세요.

그 시절 당신은 같이 활동하던 동료들에게는 운동성을 내보이고 내게는 당신의 속물성을 드러내며 적절하게 조화시켜 왔는지 모릅니다. 하지만 어떤 모습이든지 내게는 상관없었습니다. 어쩌면 우리 본성의 진면목은 옷을 입고 있는 운동성의 표면에 있는 것이 아니라 벌거벗고 있는 속물성의 이면에 자리하고 있을지도 모르는 일입니다.

당신은 자신이 원하는 대로 나를 다루었습니다. 당신은 마치 동성 친구를 대하듯이 내게 자신의 내밀한 얘기를 한 적도 많습니다. 당신이 나를 자신의 친구로 착각을 한 것인지 아니면 그런 얘기라도 하고 싶었는지는 모르겠지만, 그 시절 나는 당신의 어떤 이야기에도 '수용'의 자세를 잃지 않으려 했습니다. 자율신경 실조증의 환자는 먼저 얘기를 잘 들어주어야 한다는 그 치료법, 말입니다.

그러나 당신은 내 무의식을 향해 마치 이렇게 속삭입니다.

'나는 낮엔 숙녀이고 밤엔 요부예요. 오빠의 약점을 잘 알 것 같아요. 오빠는 내가 내미는 빨간 약을 먹었어요. 이제 죽을 때까지 내 유혹을 벗어나지 못할 거예요.

나는 '언니'와 달라요. 나는 노래를 좋아하고 무대에 환상을 가지고 있는 오빠에게 이 세상 어디에도 없는 아우라를 보여주었어요. 나는 청순과 관능을 마음대로 보여주는 남자들의 로망이에요. 내가 만들어 놓은 연민과 열정과 욕망의 깊은 늪에서 쉽게 벗어나지 못할 거예요. 이제 패러다임을 바꾸세요. 이전의 패러다임은 깨졌어요.'

당신은 내 안에서 계속 속삭입니다. 내 내면의 '아니마(anima)'를 불러일으키며 당신은 자신의 모습으로 들어앉으려고 했습니다. 기어코 당신은 내 마음속으로 들어와서 양가감정의 한쪽 시소 끝에 앉았습니다. 당신은 내 약점을 잘 알고 있는 듯했습니다.

내가 생각하는 나의 아니마는 '공감(共感)'입니다. 나의 학생운동의 출발은 문제 해결에 대한 어떤 추구가 아니라 단지 공감으로 함께하고자 하는 데에 있었습니다.

나는 민중이 주인 되는 새로운 세상에 대한 비전도, 독재자에 대한 불타는 적개심도 없었습니다. 그냥 내가 좋아했던 선배들이 나서는 길을 따라간 것입니다. 그들의 고민과 주장, 그로 인해 그들이 받는 고통에 공감하려고 했던 것뿐입니다. 조국의 통일과 민중이 주인 되는 위대한 나라를 추구한 것이 아니라 나는 단지 고통 앞에서 눈물을 흘리는 이웃들의 옆에 가만히 서 있고자 했을 뿐입니다.

나의 의식화는 고3 시절, 교육 문제에 대한 출판과 관련하여 임신한 몸으로 남영동 대공분실에 갑자기 끌려간 누나에 대한 이해와 공감에서 출발했습니다. 그렇게 나는 절대로 전위가 아니고 리더도 될 수 없었으며 사실 그냥 '따라쟁이'였어요.

우리나라의 문제와 모순을 해결하고자 하는 투쟁의 방법이나 노선은 다양하게 제기될 수 있으며 서로 입장과 행동을 달리할 수도 있습니다. 그런 이유로 참 많이도 서로 간에 갈등과 분열이 있었던 것도 사실입니다.

대학 시절 남학생들이 그런 과정에서 어떤 헤게모니를 잡기 위해 설치는 것을 많이 보았습니다. 반대로 오히려 소수이며 마치 운동의 한 구석에 내몰린듯한 여학생들이 공감의 깊은 눈물을 흘리는 것도 많이 보았습니다. 그녀들과 가끔 취중에 같이 눈물을 흘리면서 그때 나는 내 내면의 아니마를 묵묵히 바라보았습니다.

그렇게 나는 다소 눈물이 많은 남자가 되었어요. 하지만 나는 남자였기 때문에 좀 더 바리케이드 앞으로 나아가야 했고 조금 더 멀리 돌을 던져야 했습니다.

당신이 나의 아니마를 파고 들어왔듯이 반대로 보면 그 시절 당신은 온화하고 따뜻하며 조금은 유머러스하게 쳐놓은 나의 그물에 걸려들기 시작했습니다. 보통보다 조금 더 깊고 부드럽게 관용과 공감의 가면을 쓰고 있는 박민수라는 깊은 늪 속으로 당신은 빨려들어 왔습니다.

나로 말하자면, 처용과 같은 장면을 목격하면서도 인내했던 사람입니다. 처용가를 부르면서도 자기 여자를 끝까지 쟁취하기 위해 참고 또 참은 그런 훈련을 받은 사람입니다.

당신처럼 외롭다고 절절매고 골키퍼조차 없는 그런 여자는 거의 식은 죽 먹기입니다. 나와의 편안한 연락망을 원하고, 조그마한 선물 하나를 받고도 애교스런 감사를 다소 요란스럽게 표시하고, 나를 만나고 싶어서 애태우며 자기 일정을 조정해보려는 그런 여자, 너무 쉽고 간편하더군요.

그러니 앞으로 한번 느껴보세요. 영원히 잊지 못할 추억과 새록새록 생각나는 쾌락을 안겨 드릴게요. 이제 죽고 싶다는 생각은 싹 사라지고 너무 살고 싶다는 생각이 넘치도록 만들어드릴게요. 여자가 뭐 별거 있겠어요. 거기서 거기지.

내 아내를 만나서는 죄송하다고 사과를 하고는 나를 만나서는 죽겠다는 협박을 하는 그런 이중성을 서슴없이 드러내면서 매달리는 당신이라는 여자는 더 이상 전사의 아내도 후배의 아내도 아닙니다. 당신은 바람난 욕망 덩어리이며 조증(躁症)과 울증(鬱症)이 교차하는 중증의 환자에 불과합니다. 적어도 그때 우울증의 깊은 터널을 통과하여 내가 조증(躁症) 하나를 끌어내기는 했습니다.

원체 본성이 밝고 쾌활하며 발랄한 당신. 얄밉기까지 한 당신의 욕망의 한 조각을 무너진 사랑탑의 폐허 속에서 내가 찾아냈습니다. 단지 내 앞에서는 여자이고 싶었던 당신의 내밀한 욕망의 소리를 듣고 나는 오랫동안 깊은 감회에 젖었습니다.

그러나 그 시절, 문화 운동도 사상도 정숙한 아내이며 음전한 엄마로서의 자세도 흐르는 세월과 인고(忍苦)의 현실 때문에 바람 앞의 촛불처럼 흔들리고 있었습니다. 엄습한 우울증과 자살 충동이 어둠 속에서 당신을 노리고 있습니다.

『자살보다 섹스』, 일본 작가 무라카미 류는 이런 제목의 에세이집을 내기도 했습니다. 이 강렬한 표현을 아세요.

자살, 자신을 죽이고 싶어 하는 충동은 사실 타인에 대한 지극한 적개심의 이면입니다. 자신의 무의식 속에 표출하지 못하고 해소할 수 없는 분노는 거꾸로 내면으로 방향을 돌려 천천히 그러나 꾸준하게 자신을 죽이려고 합니다. 우울증과 자살 충동은 전형적으로 내면화된 분노입니다.

우울증은 그 자체로 소리 없는 살인자입니다. 참으로 경계하지 않으면 안 되는 상대입니다. 더구나 여자는 감정 변화와 생리적 변화가 남자보다 복잡하고 다양하기에 그 상대에 더욱 취약합니다.

작가 김형경은 『천 개의 공감』에서 이렇게 충고했습니다.

'타나토스는 곧 에로스와 한 몸입니다. 죽고 싶다고 느끼는 것만큼 반대로 그만큼의 간절한 살고 싶음이 있습니다. 아니 제대로 더 잘 더 행복하게 살고 싶은 욕망을 가지고 있는 것입니다.'

죽음에 대한 충동을 우리는 반드시 삶에 대한 욕망으로 바꾸어야 합니다. 그것이 성적 욕망이든 물질적 욕망이든 관계에 대한 갈구이든 그 어느 것이라 하더라도 자기 애착의 진정한 '말나식(末那識)'을 찾아가야 합니다.

오온성고(五蘊盛苦)일 수밖에 없는 전오식(前五識)과 온갖 이데올로기가 가득 찬 의식(意識)만이 모든 유식(唯識)이 아닙니다. 생명은 제칠식

^(第七識), '말나식'으로 살아 있는 겁니다.

눈도 귀도 입도 없고 의식이 머물 뇌도 없는 식물조차도 자신을 죽이려고 하지 않습니다. 있어도 그만 없어도 그만인 그런 풀꽃 하나조차 척박한 돌 틈에서도 햇볕을 향한 자기 애착의 광합성을 계속하려고 합니다. 그런 것을 볼 때 생명은 감각과 의식으로 살아있는 것이 아니고 자기 애착의 말나식으로 살아있습니다. 우리도 그렇게 햇빛을 향하면서 자기 애착의 광합성을 해야 합니다.

자살을 하기보다는 차라리 섹스를 하세요.

그래요, 여자로 태어난 것이 어떤 행복인지 한번 느끼게 해 드릴게요. 내가 노력하겠습니다. 여자라는 것이 어떤 억겁의 공덕과 업력에서 탄생한 인과응보인지 한번 느끼게 해 드리겠습니다.

딸을 낳고 오랫동안 혼자였던 당신, 무너진 사랑 탑을 안고 궁상을 계속 떨 필요는 없어요. 외로웠다고 외로웠다고 질질 짜지 말고 남자인 나를 한번 꽉 안아보세요. 감당할 수 없는 열락^(悅樂)의 신음소리가 터져 나올 겁니다. 내가 육보시^(肉報施)조차 피하지 않고 해 드리겠습니다.

제발 울지는 마세요. 실은 내가 힘들어서 그래요. 나도 '연민병'을 앓는 중증 환자입니다.

"무슨 남자가 이렇게 살이 부드러워요."

나를 만지며 당신이 이렇게 속삭인 적도 있지만 그래도 여자인 당신이 훨씬 더 부드럽고 입체적이겠지요.

매일 만날 수 없었던 우리는 이렇게 만나고 헤어지면 언제 또 볼 수 있을까 하는 심정으로 소중한 보석을 다루듯이 그렇게 서로를 어루만졌습니다.

68

모든 사랑은 남는 장사

"옳지. 옳지. 그래. 아이고. 고 녀석 귀엽네. 애가 몇 개월 된 거예요?"

"예. 이제 만 3개월 지났고 백일 되어가요."

"그래. 그래. 아이고. 저 보조개 좀 봐. 딸이에요? 아들이에요?"

"아들이에요."

옆을 지나가던 어떤 아줌마 승객이 성현이가 귀엽다고 아내에게 말을 걸었습니다. 녀석은 웃을 때 계집애처럼 볼우물이 패였습니다. 아내는 자기 아들과 처음으로 먼 외출길에 오르면서 마음이 한껏 뿌듯했습니다.

크리스마스 전날 전주로 내려가서 크리스마스 날 아이와 아내를 데리고 함께 서울로 올라왔습니다. 전주로 갈 때는 두 식구였는데 집으로 돌아올 때는 세 식구가 되었습니다. 내려갈 때 단출했던 짐이 올라올 때는 매고 걸치고 들고 한가득이었습니다.

녀석이 제법 고개를 가누면서 안기가 한결 편해졌습니다. 밤낮없이 빽빽 잘 울던 녀석이 기특하게도 기차에서는 울지도 않고 방긋방긋 웃었습니다. 처음 타보는 기차였겠지요. 녀석에게는 모든 것이 태어나서 처음 겪어보는 순간이었을 겁니다. 옹알거리며 옹알이도 곧잘

했습니다. 지나가던 승객 중에 몇몇이 아이가 귀엽다며 한 번씩 어르고 가기도 했습니다. 아내는 딸랑이를 흔들며 아이와 놀았습니다.

아내가 시간에 맞추어 분유를 먹이고 트림을 시키자 녀석은 눈을 껌뻑거리더니 이내 잠이 들었습니다. 녀석이 누워서 잘 수 있게 나는 일어나서 내 자리를 양보했습니다.

성내동 집 안방에 아기 침대를 놓았고 그 위 천정에 내가 모빌을 사다가 미리 붙여놓았습니다. 미키마우스 인형도 사놓았는데 녀석은 특히 그 인형을 좋아했습니다.

며칠 뒤 성산동 본가에서 가족들만 모여 조촐하게 아기 백일을 기념했습니다. 그 전날 동네 사진관에서 아기 백일 기념사진을 찍었습니다. 내가 권해서 아내와 아기가 함께 기념사진을 찍기도 했습니다.

먼저 쌀밥 세 사발, 소고기미역국 세 탕기, 삼색 나물, 냉수 세 대접을 한상에 나란히 차려서 안방 아랫목에 놓아두었습니다. 어머니는 삼신(三神)에 대한 차림이라고 하셨습니다. 백일상에는 반드시 백설기가 있어야 한다고 어머니께서 준비해 주셨고 바람 떡과 곶감에 과일을 소담스럽게 담아놓고 잡채 정도를 놓았습니다. 여동생 민희가 그런 것보다 케이크가 더 좋다면서 아예 가운데에 케이크를 사다 올려놓았습니다.

그 날 누나도 오고 동생 민희네도 왔는데 그해 봄에 민희가 앞서 딸아이를 낳았습니다. 그래서 아기 둘이 모이게 되었습니다. 한 아기는 기고, 한 아기는 버둥대며 고개를 끄덕거리고 사촌지간인 두 아기는 서로 만지고 뭉개면서 첫 만남을 반가워했습니다. 그러다 나란히 분유를 먹고 잠이 들었습니다. 안방을 차지하고 누운 아기들을 둘러싸고 어른들은 모두 들여다보고 어르느라고 서로 간에 나눈 얘기도 별로 없었습니다. 매제가 사진기로 두 아기의 모습을 담았습니다.

"애기, 서울 왔어?"

"응. 왔어."

"백일이라더니. 잘 지냈어?"

"응. 잘 지냈어."

우리가 잊지 못할 그 해가 며칠 남지 않은 때 겨우 당신과 전화 통화를 했습니다. 당신이 크리스마스 날에 계획한 대로 딸인 은서와 어찌 잘 보내었는지 나는 물어보지 못했습니다. 우리는 '양심수의 날' 공연 날에도 겨우 통화만 짧게 하고 만나지 못했고 이후로 한 번도 만나지 못한 채 해를 넘겼습니다. 우리의 운명이 장대비 속에서 소용돌이쳤던 그해를 별다른 기념도 없이 아쉽게 보냈습니다. 새해 인사도 고작 전화 통화로 했습니다.

"여보. 분유가 떨어졌어. 사 와야겠다."

"알았어. 뭐로 살까?

"남양 꺼 프리미엄으로 사. 여보, 나 너무 졸려서 좀 누워있을 게. 성현이 분유 좀 먹이고 재워 줄 수 있어?"

"그래. 내가 성현이 먹이고 재울 게. 걔 먹기만 하면 잘 자잖아."

"오늘 성현이가 자꾸 칭얼대더라고. 왜 그런지? 열은 없는데?"

아내는 하루 종일 칭얼대는 아이를 보느라고 피곤했는지 '아음'하고 하품을 하며 자리에 누웠습니다.

그렇게 분유를 사러 나왔습니다. 동네 슈퍼에서 분유를 사 가지고 나오다 시간을 보니 마침 밤 11시였습니다. 슈퍼 옆에 공중전화가 있었고 참지 못한 나는 당신에게 전화를 걸었습니다.

"여보세요?"

"어. 오빠, 웬일이야? 쿨럭… 집에서 하는 거 아니지?"

당신은 아내가 서울로 올라온 것은 알고 있었기에 그때 밤에 거는 내 전화에 약간 겁을 먹었습니다. 내심 미안했지요.

"아냐. 아냐. 밖에 나왔다가 잠깐 하는 거야. 지영아, 근데 어디 아퍼? 목소리가 왜 그래?

"콜록, 콜록… 응, 나 아퍼. 열도 나고 몸살에 지금 너무 아파."

당신은 혼자 앓고 있었습니다. 끙끙대는 신음을 약하게 내면서 목소리도 꽉 막혔고 기침을 콜록대면서 아팠습니다.

"그래. 약은 먹었니?"

"약? 약 없어. 엄마도 주무시고… 약도 못 사 지금… 어… 어지럽고… 오빠, 나 아프다."

"지영아. 그래도 약은 먹고 자야지."

"약도 못 먹어. 누가 사 줘야지. 오빠. 지금 나, 약 좀 사 줘. 몸살인가 봐. 아무도 없어… 진짜 미치겠다."

"그래도 약 먹어."

"에이씨. 누가 약 못 먹어서 그래? 약이 없다니까. 오빠가 지금 나 몸살약 좀 사 줘. 약 좀 갖다 줘."

나도 미치겠더군요. 아기 분유를 들고 어디로 간단 말입니까? 아내 몰래 살짝 전화를 하는 건데 지금 약을 사 들고 이수동까지 어떻게 간단 말이에요? 집에 가서 배고픈 아이에게 분유도 먹여야 하는데.

"지영아, 내일 내가 점심시간에 약 사 가지고 갈게."

"뭐야, 지금 아프다는데… 내일 와서 뭐해?"

"지금 갈 수가 없잖아."

"씨. 그래 나 죽은 다음에 와라."

당신은 짜증을 내더군요. 억지를 부렸습니다. 하긴, 아픈데 약도

72

못 먹고 어두운 방에 혼자서 누워있을 모습을 생각하니 안쓰러웠습니다.

"몰라. 나 힘들어… 끊어."

아픈 몸에 아픈 감정이 상해서 막 내지르는 당신을 빨리 가서 보듬어 주지 못하는 내 처지가 답답했습니다. 그까짓 몸살, 약도 약이지만 누군가 옆에서 손만 잡아줘도 바로 평온해질 텐데 말입니다.

무거운 발걸음으로 집에 돌아와서 분유를 탔습니다. 분유 병을 한 번 헹군 다음, 온도가 맞는지 얼굴에 대어보았습니다. 성현이는 자기 침대에서 침을 흘리며 손가락을 빨고 있었습니다. 가재 수건으로 닦아주고 안아 올렸습니다.

"성현아. 자아 분유 먹자."

하루 종일 아이와 실랑이에 피곤했든지 아내는 침대에 누워있다 잠이 들었습니다. 까만 눈동자의 성현이는 꿀떡꿀떡 그 분유를 잘도 먹었습니다. 내가 안고 등을 몇 번 두드리니 트림을 하더니 고 녀석도 새근새근 잠이 들었습니다. 다정한 모자(母子)가 잠든 어두운 방에서 벽을 기대고 앉았습니다. 당신이 걱정스러워서 나는 잠도 잘 오지 않았습니다.

다음날 점심시간을 이용해서 몸살약을 사 들고 이수동으로 찾아갔습니다.

"지영아, 옷 갈아입지 말고 그냥 와. 그냥 약만 받고 다시 들어가. 나도 다시 들어가야 하니까. 여기 이수동이야. '하늬바람' 여기서 기다릴게."

그곳은 당신과 몇 번 만났던 이수동의 작은 카페였는데 좌석이 많지 않은 아담한 곳이었습니다. 당신은 내 연락을 받고 기다리던 나를 힘겹게 찾아왔습니다. 야구 모자를 푹 눌러쓰고 화장은 하지 않고 수수하고 편하게 나왔습니다. 몸살은 약간 나았다지만 많이 아팠는지 그새 좀 핼쑥해졌습니다. 다크서클이 조금 드리운 여자의 아픈 모습에서도 처연한 아름다움이 배여 나왔습니다.

"뭐하러 왔어? 나 오늘 시간 없어."

"나도 회사로 가야 돼. 점심시간이라 온 거야. 밥은 먹었어?"

"아니. 지금 못 먹을 것 같애. 입맛도 없고 먹으면 토할 것 같아."

"그럼. 죽이라도 먹을래. 나가면서 죽 포장해서 사자."

"에이. 오빠도 점심도 못 먹었지? 괜히 나 때문에 밥도 못 먹고. 미안해."

화장기 없는 눈매에 눈그늘이 드리운 당신의 모습은 생소했지만 가련한 미모였습니다.

"미안하긴 뭘. 그보다 약이 늦었네. 배달이 늦었으니까 약값은 안 받을게."

"흠. 어제 내가 한 말 화내지 않는 거지?"

"어제 무슨 말 했는데? 기억 안 나. 그런 거보다 얼릉 빨리 낫기나 하세요."

"고마워. 오빠."

밤새 몸살을 되게 앓고 난 당신은 애처롭게 힘없이 웃었습니다.

"그래 우리 웃자. 지영아. 웃는 게 훨씬 예뻐."

"오빠부터 좀 찡그리지 말고 웃어. 오빠, 환하게 웃으면 얼마나 보기 좋은 줄 알아? 내가 다 반한다."

당신은 내가 사 온 약을 받았습니다. 뒤늦게 약 배달이 이루어졌는데 그래도 받아준 당신이 오히려 고맙더군요. 그 날 나는 점심도 먹지 않았지만 전혀 배고픈 줄을 몰랐습니다.

"이렇게 점심시간에 웬일인가 했더니. 어머. 애인 약 사주러 오신 거예요. 멋있다. 좋으시겠다."

우리밖에 없었던 조용한 카페에서 그 장면을 본 카페 주인이 인사랍시고 했던 말입니다. 그곳의 주인은 우리를 진실로 연인으로 착각하고 있었습니다. 주로 그런 모습만 보았으니까요. 카페 주인의 호들갑에 당신은 하는 수 없이 힘겹게 웃었습니다.

보안 투쟁의 원칙상 이 카페는 다시 이용하지 말아야겠다는 생각이 들었습니다. 당신의 동네에서는 더 조심해야겠더군요.

하루는 짜증을 내고 하루는 고마워하고 이제 당신은 감정의 롤러코스터를 타기 시작했습니다. 황홀과 낙담, 쾌락과 실망의 널뛰기가 시작되었어요. 당신은 내가 섭섭했다가 반가웠다가 야속했다가 고마웠다가 하였고, 나는 당신이 귀여웠다가 애처로웠다가 연민했다가 경이롭기까지 했습니다.

그 시절 우리는 서로의 응답과 행동으로 어떨 때는 세상을 다 가진 것처럼 뿌듯했다가 어떨 때는 마치 모래가 다 새어나간 빈손을 쥐고 있는 것처럼 허무하기도 했습니다.

당신은 이제 나를 살피기 시작했습니다. 나 역시 당신을 더 알고 싶었고 당신의 일상마저도 궁금해졌습니다. 우리는 친밀감을 넘어 서로에 대한 소유욕으로 한 걸음 전진했습니다. 낭만적 사랑의 한복판으로 들어왔습니다. 그러나 끝내 서로 독점적 지위를 주장할 수는 없었습니다.

남자와 여자는 누구를 막론하고 서로 만나면서 약간의 의심을 가지고 있습니다. 그것이 미팅이든 지인의 보증을 통한 소개팅이나 맞선이든 서로 내놓는 분분한 데이터를 해석하며 상대의 진실성에 대하여 일단 의구심을 가지고 접근합니다.

그런 면에서는 사실 우리는 꽝입니다. 즉자적이고 비도덕적이며 단말의 욕망을 향해 일체의 이성적 판단이 없었던 우리의 첫 만남과 키스. 다른 누구에게 이해를 구할 수 없는 맹동주의적 작태.

반대로 그건 서로에 대한 의심을 불러오기도 합니다. 서로의 묵직한 과거는 다 아는 사실이고 서로 숨기지도 않았습니다. 우리가 이렇게 만나는 데 있어서 치러야 할 대가는 엄청나게 컸습니다. 당신도 나도 성실한 배우자로서 정절의 의무를 지키지 못했으니까요.

특히, 당신은 내가 혹시 바람둥이가 아닐까 조심하고 경계했을 것입니다. 여자로서 당신이 가장 두려워했던 것은 그것입니다. 그건 거의 본능적인 방어 기제입니다. 내가 자기를 데리고 놀기 위해서 그냥 한번 만나보는 그런 바람둥이라면 당신은 참으로 비참한 처지로 떨어지기 때문입니다.

하지만 당신은 두 가지 사건으로 자신의 내면을 완전히 드러냈습니다.

첫째는 내 아내를 만난 것.

그 이후 거짓과 기만 속에서도 나를 놓지 않으려 한 것으로 자신의 욕망을 밖으로 드러냈습니다.

둘째는 아파서 짜증을 내면서 애원한 것.

감정이 무너지며 우아하고 청순한 자신의 이미지마저 잠시 잃어버렸습니다. 도도해야 할 숙녀의 자세를 잃어버리고 누군가를 갈망하는 자신의 내면을 내게도 자기 자신에게도 들켜버렸습니다.

억눌린 욕망의 표출. 너무도 상투적인 일탈과 외도의 이유입니다. 몸은 아프고 죽겠는데 자신을 바라보는 딱딱한 당위적 요구와 시대적 무게감이 과중한 시선 속에서 당신은 오랫동안 억눌려있었어요. 일종의 억압된 욕망이라 할까요?

당신의 통제되고 억압된 욕망이 '나'라는 어떤 비밀통로를 발견하고 탈주를 시작했습니다. 물론 처음부터 일어나는 대규모 탈주라기보다는 척후병을 띄우고 그 통로의 안전성과 진실성을 끊임없이 점검하면서 이루어졌습니다. 그 안전성과 진실성에 대한 판단은 만난 횟수와 더불어 대화의 내용과 태도를 분석하고 어느 정도 일정한 시간을 필요로 하겠지요.

그 과정에서 나의 실수로 내 아내를 만나면서 안전성에서 다소 큰 문제가 발생했는데 반대로 생각할 때 진실성에서 특별히 책잡을 것이 없었는지 당신은 그 사건을 그냥 받아들였습니다.

어느 토요일 점심을 같이한 때였습니다. 당신이 좋아하는 해산물과 내가 그때 해장을 좀 하고 싶어 해서 절충한 것으로 해물탕을 먹기로 했습니다. 그 전날 내가 과음을 했거든요.

"아, 속이 좀 쓰리네."

"오빠, 술 너무 많이 먹지 마."

"그래야지. 그래도… 가끔 그렇게 먹어야 되는 상황이 있어. 이거 먹으면 괜찮을 거야."

"아침도 안 먹었어? 아침에 해장을 해야지. 지금까지 그러면 얼마나 속이 쓰리겠어?"

"응, 난 아침 안 먹어."

"그래? 그럼, 언니가 편하겠네."

아침을 안 먹는 건 밥보다 잠을 택한 내 습관인데 당신은 생활을 그렇게 해석하더군요.

"제원 씨 술 먹었을 때, 난 아침에 꼭 해장국 해주고 그랬는데…."

그 대목에서 솔직히 내가 당신을 안 귀여워할 수가 없었어요. 그런 자랑을 하는 당신을 안 예뻐할 수가 없었습니다. 삶의 짙은 페이소스를 가진 당신이 그렇게 내 앞에서 천생 여자이고 싶어 하는데 그 어떤 멍청이라도 감흥이 없겠습니까? 어떤 남자가 당신의 그 해장국을 마다할 수 있겠어요?

그 해물탕집에서 싱싱함을 자랑하느라고 살아있는 낙지를 통째로 가져와서 우리가 보는 앞에서 끓는 탕에 집어넣었습니다. 죽음을 앞에 두고 낙지는 뜨거운 탕에서 꿈틀거렸습니다. 유리 뚜껑이라 그 모습이 바로 보였습니다.

"야이. 이거 못 보겠다."

"오빠, 어떻게 좀 해 봐."

싱싱한 건 둘째치고 낙지의 그런 꿈틀대는 모습을 당신도 나도 보기 싫었습니다. 내가 옆에 있던 신문지를 가져와서 가렸습니다. 그러면서 다 익으면 그 싱싱한 낙지를 잘라 먹는 것이 또 인간입니다.

그때쯤 내가 약간 당혹해하면서 할 수 없이 받아들인 당신의 감정이 하나 있습니다. 당신은요. 질투심을 살짝 드러냈습니다. 이건 미묘한 부분이라 딱히 뭐라고 꼬집을 수는 없는데요. 내가 눈치챈 당신의 감정은 숨길 수 없는 질투입니다. 당신은 감출 수 없는 질투를 약간씩 드러내면서 자신의 여성성을 자랑하려고 했어요. 물론 아주 센 질투는 아니고 툭툭 던지는 잽과 같은 옅은 질투였습니다. 부인하지는 마세요.

'언니는 어때요?', '이럴 때 언니는 어떻게 해요?'

가끔 그런 질문을 했습니다. 내 아내의 행동이나 대처에 대해 알고 싶어 했습니다.

왜 그런 질문을 하죠? 당신은 내 아내가 아닙니다. 그럴수록 당신만 초라해질 뿐입니다.

하지만 솔직히 그런 옅은 질투를 보이다가 얼른 집어넣는 당신이 전혀 밉지 않았습니다. 밉기보다는 귀여워 보이더군요.

　그러면서 당신은 자기 자랑을 슬쩍 하더군요. 헌데 자랑의 내용이 적이 웃깁니다. 여성스러운 자기의 성격이나 소질, 능력 주로 이런 것들이었습니다.

　"그럼. 나 제사 음식 다 할 줄 알아."

　그러면서 재료에 따른 전 부치기의 순서와 유의점에 대해서 나열했습니다.

　"제원 씨 친구들 올 때, 집들이도 내가 다 준비했다고. 잡채, 샐러드, 탕수육 하나도 안 시켰어. 갈비도 내가 재우고. 내가 다 만들었지."

　그러면서 집들이는 오는 손님의 숫자와 음식의 양에 따른 장보기가 첫 번째로 중요하다고 말했습니다. 잡채를 붇지 않게 하는 것과 탕수육이 타지 않게 하는 것과 갈비를 재울 때 어떤 과일 소스를 쓰는 것이 좋은지에 대해서도 얘기했습니다.

　"음식 짜게 하면 안 좋아. 짜게 하면 혀가 얼얼해져서 점점 나트륨이 많아진다고. 건강에도 안 좋고. 싱겁게 하면서도 재료의 맛을 살리는 게 좋지."

　'살림을 잘할 자신이 있다. 제사 음식, 잔치 음식, 천연 이유식 다 할 수 있다. 신혼 때 집들이도 자기가 음식을 다 준비해서 치렀다. 남편 해장국도 끓였고 시댁 식구 생일도 챙겼고 말할 것도 없이 아이도 혼자서 키웠고 앞으로도 잘 키울 것이다.' 라고 당신은 자랑했습니다. 물론 나는 충분히 자랑할 만한 내용이라고 인정합니다.

　"빨래는 꼭 두 번 이상 탁탁 털어서 널어야 구겨지지 않는다고. 반찬도 냉장고에서 그냥 꺼내서 먹지 말고 접시에 따로 담는 게 좋고.

싱크대에 물기가 있으면 그게 다 세균의 온상이 돼요."

'빨래는 항상 두 번 이상 털어서 널어야 깔끔하다, 냉장고에서 음식을 바로 꺼내서 먹지 말고 항상 먹을 만큼 조금씩 접시에 따로 담아야 한다. 설거지는 쌓이게 하지 말고 바로바로. 싱크대의 물기를 깨끗이.' 그런 살림의 원칙을 가지고 실행한다고 했습니다.

그 원칙을 실행하게 된 것은 엄마, 그러니까 당신의 어머니로부터 어릴 때부터 보고 배웠다는 겁니다. 하긴 그런 걸 가르쳐주는 학원은 없겠지요. 학교도 그런 건 잘 가르쳐주지 않았습니다.

사실 그건 아주 귀중한 가르침이기도 합니다. 그건 마치 자전거 타기나 수영처럼 몸으로 체험해서 익혀야 하는 교육입니다. 궁극적으로 삶의 질을 풍성하게 하는 것으로 슬로우 라이프이기는 하나 웰빙 라이프는 될 것입니다. 현재 그걸 발휘할 무대가 없다는 것이 좀 아쉽기는 하지만요.

그런 기술은 대가족이나 시댁 어른들 앞에서 해 보이면 꽤 칭찬이 따라다닐 텐데요. 일단, 따님과 자기 자신을 위해서 먼저 그 실력을 사용하세요. 나는 당신의 그런 여성성과 배려의 기술이 가족이나 다른 사람들, 또 사랑하는 사람에게 베푸는 것도 좋겠지만 자기 자신에게 먼저 베풀기를 바랍니다. 항상 자중자애(自重自愛)하기를요.

당신이 그런 자랑을 하기에 나도 뭔가 집안일에 대해서 자랑을 하고 싶었는데 돌이켜보니 특별히 내세울 것이 없었습니다. 당신이 전부치기, 탕국 끓이기 같은 제사 음식이나 탕수육, 잡채, 양념 갈비 같은 집들이 음식이나 생과일로 이유식 만들기 같은 요리를 술술 만들었다는데 겨우 라면 끓이기, 김치볶음밥, 계란 후라이 같은 패스트푸드로는 도저히 이길 수가 없었습니다.

"나는 심부름 잘해. 분유도 있잖아. 남양 프리미엄을 사러 갔는데

80

만약 없잖아. 그럼, 길 건너 끝까지 가서라도 내가 사 온다니까. 그리고 시키면 설거지는 다 할 수 있어. 하여튼 내 주특기는 심부름이야."

예, 심부름이 내 주특기일 수도 있겠네요. 옛날 미아동에서 동거하던 시절에는 아침부터 가게에 가서 당시 애인이었던 아내 수연의 스타킹을 사다 준 적도 있을 정도였습니다. 그 얘기까지는 사례로 들지 않았습니다.

"호호. 그 정도면 아주 훌륭하십니다요. 심부름만 잘해도 얼마나 도움 되는데."

당신은 그래도 그 정도라도 훌륭하다고 칭찬을 해주었습니다. 가끔 그렇게 웃기기도 했던 우리들의 대화, 즐거웠습니다.

당신에게 칭찬도 들었겠다, 내친김에 조금 더 나갔습니다.

"그리고 나, 양말 이런 거 막 벗어던지지 않고. 재킷도 옷장에 제대로 걸고, 빨랫감은 항상 제자리에 갖다 놓는다고."

"알아. 모텔에서도 옷 잘 개잖아."

당신이 그런 관찰을 꺼낼지는 몰랐습니다. 나만 그런 건 아니었지요. 폭풍우처럼 격렬했던 때를 빼고는 우리는 옷도 바르게 걸고 잘 개켜서 놓았습니다. 당신과 나는 부부가 아니었기에 벗은 옷을 획획 집어 던지지 않았습니다. 속옷 같은 건 언제나 겉옷 밑에 잘 감추어 두기도 했습니다. 우리는 모텔과 같은 폐쇄된 공간에서도 서로 정중한 예의를 갖추려고 노력했습니다. 그러기에 나는 당신의 민낯이나 흐트러진 모습을 별로 만나볼 수 없었습니다.

그리고 참으로 심부름을 잘하는 내 모습을 당신은 체험하게 됩니다.

"끝나면 배고프다. 늦어서 뭐 하는 데도 없더라고… 집에 가서도 혼자서 늦게 뭘 먹기가 좀 그래."

당신이 학원을 늦게 마칠 때면 먹을 데도 없고 집에 가서 혼자서 불을 켜고 밥을 먹기도 마땅치 않다고 했습니다.

"그래. 그럼 내가 도시락 갖다 줄까?"

"도시락?"

그래서 학원이 늦게 마치는 날은 내가 도시락을 배달해주기로 자청했습니다. 내가 도시락을 만들지는 못하니 그걸 사서 가져다주는 일종의 심부름이었죠. 물론 도시락을 사는 것도 내가 샀습니다.

그렇게 당신이 일했던 서초동 어느 아파트단지 학원 근처에서 도시락을 들고 기다렸습니다. 차가운 비가 내리면 우산을 사서 기다리고, 눈이 내리면 그냥 맞기도 하면서요. 일주일 두 번 있는 그 도시락 심부름을 나는 한 주일의 고정된 일정처럼 여기고 내 업무계획과 약속을 짰습니다. 그건 반드시 지켜야 할 선약으로 당신이 부탁하기 전에 내가 스스로 공약한 것이었습니다.

김밥부터 시작해서 유부초밥 도시락을 사고 나중에는 초밥을 좋아하는 것 같아서 초밥 도시락집을 알아내서 샀습니다. 가끔은 한솥 도시락도 샀고요. 당신은 배가 고파서인지 특별히 메뉴도 주문하지 않고 내가 주는 도시락을 차에 앉아서 잘도 먹었습니다. 가끔은 내게도 먹으라고도 권했지만, 난 이미 저녁을 먹었고 또 당신이 내가 사준 도시락을 먹는 모습 그 자체가 좋아서 주로 그냥 가만히 쳐다보기만 했습니다.

목이 멜지 모르니 따뜻한 차를 준비하는 것이 좋겠는데 기다리는 동안 다 식어버렸기 때문에 항상 따뜻한 음료를 준비하는 것은 어려웠습니다. 그 도시락 심부름은 학원 타임이 조정될 때까지 상당 기간 진행되었습니다. 그 시절 서로 일상의 행동반경이 가까웠다는 것은 다행스러운 일입니다.

"오빠, 이제 도시락 안 해도 돼."

"왜? 좀 질려?"

"아니. 그런 거 아니고."

"그럼 왜? 밤에 먹으면 살찔까 봐?"

"피. 바보. 그런 거 아냐. 그냥 이제 하지 마."

여자들은 우직한 심부름꾼에게서 어떤 헌신성을 발견하고 감격스러워 하기도 하나 봅니다. 내가 따뜻한 녹차를 주었는데도 그날 당신은 도시락을 먹다가 갑자기 목이 멘다고 했습니다. 감격스럽다고 했어요. 당신은 내 도시락 심부름에 굴복했습니다.

"남자가 큰일을 해야지. 심부름만 해서 되겠어? 이렇게 착하기만 해서 어떡해?"

같이 차를 타고 이수동으로 올 때 당신이 손을 뻗어 내 얼굴을 어루만지며 말했습니다. 남은 한 손으로도 핸들을 잘 돌렸습니다.

'큰일? 무슨 큰일?'

지금 뜬금없이 옥중에 들어가서 면벽할 수도 없고, 기무사가 기대한 대로 내가 무너진 반국가단체를 다시 재건 할 수도 없고, 10년간 근신하기로 내심 정했으니 정치판을 기웃거릴 일도 없었습니다. 살다 보니 먹고 사는 것만큼 '큰일'도 없었습니다 그려. 생계 투쟁만큼 지난하고 신성한 투쟁이 있겠습니까?

그리고 그 시절 나는 당신이 다시 우울증에 빠져 어느 날 자살을 시도하거나 갑자기 죽지 않게 지키는 것이 내게 있어 '큰일'이라고도 생각했습니다.

다만 하나, 넷스케이프 네비게이터 속에 펼쳐지는 월드와이드 웹을 보면서 점점 신비롭게 다가오는 새로운 세상에 대한 동경이 생겼습니다. 인터넷이 펼치는 저 너머의 세상에 동참하고 싶었습니다. 멀티미디어 패키지 소프트웨어보다는 인터넷 비즈니스와 같은 그런 일에 종사하고 싶었어요. 빌 게이츠의 『미래로 가는 길』이라는 책에서 예언한 대로 어느 날 정보고속도로라는 것이 뻗어서 어떤 다른 세상으로 우리를 데리고 갈 수도 있지 않나 내일 세상을 기대하고 있었습니다.

당신이 극구 이제 도시락이 필요 없다고 하여 그 다음번에 학원 근처에서 만날 때는 빈손으로 갔습니다. 그 시절 우리는 우연히 서초동의 한 카페를 발견하고 몇 번 같이 가게도 되었습니다.

"오빠, 주변에 어디 커피숍 같은 데 없을까?"

공중전화로 통화했을 때 당신은 차가 고장 나서 가져오지 않았다고 했습니다. 마침 꽃샘추위 속에 차가운 비가 내렸습니다. 당신은 밤 10시 30분은 넘어야 만날 수 있고 비는 내리고 식당들은 문을 닫았고 인근은 컴컴했고 커피숍은 보이지 않았습니다. 어떤 건물 처마 밑에 비를 피하며 서 있었는데 저쪽 건너편 골목에 작은 네온사인 간판이 보였습니다. 혹시 하는 마음으로 가보았더니 마침 카페였습니다. 마치 해가 진 숲속에서 불이 켜진 민가를 발견한 듯했지요.

가까이서 보니 간판에 '나르시스(narcissus)'라고 적혀있었어요. 2층에 있는 그 카페로 올라갔습니다.

"어서 오세요."

실내가 밖에서 짐작한 것보다 훨씬 넓었고 조명은 다소 어두웠습니다. 창 쪽으로 푹신한 소파 자리가 쭉 놓였는데 모두 하얀 레이스의 커튼이 쳐져서 분위기가 야릇했습니다. 레이스 커튼이 쳐 있는 안쪽 자리에 두 군데 정도 몇몇 남녀가 어울려 같이 앉아있었고 나머지 빈자리가 넉넉했습니다.

"누구 찾으세요?"

카페의 여자가 물었습니다.

"아뇨."

"혼자 오셨어요?"

"예. 아니, 누굴 좀 기다리는데요."

"아, 예. 천천히 기다리세요. 밖에 춥죠? 비 많이 오나요?"

그 여자가 천천히 자리를 안내했습니다. 겨울비 내리는 날인데 계절에 맞지 않게 그녀는 쇄골이 드러나는 탑을 입고 있었습니다. 물론 실내는 훈훈해서 그런 차림도 상관은 없었습니다. 테이블에 그 카페 이름과 같은 수선화 꽃병이 놓여있어 멋졌습니다.

"예. 많이는 아닌데 좀 오네요. 꽤 쌀쌀해요. 혹시 여기 사장님이세요?"

"예. 제가 사장이에요. 처음 오셨구나."

이제 대충 알 것 같았습니다. 그 카페에는 그 여사장만 있는 것이 아니라 아가씨들이 몇몇 더 있었습니다. 그런데 그녀들은 서빙만 하는 것이 아니라 손님들 좌석에 합석하여 같이 얘기를 나누며 술잔을 나누는 그런 가게였습니다. 우리 같은 아베크(avec)가 올 곳은 아니었습니다.

"저기, 차만 마셔도 됩니까?"

한번 물어보고 아니면 나가려고 했습니다.

"그럼요. 얼마든지. 쌀쌀한데 따뜻한 거로 드세요. 뭐로 드릴까요?"

"혹시 얼그레이 될까요?"

다행히 차만 마시겠다는 나를 터부 하지 않았습니다.

"밖에서 기다렸다 오셨나 보다. 얼그레이에 우유를 좀 타서 드시면 좋을 거예요."

그 카페 여사장은 친절했습니다. 투명한 다기(茶器)에 홍차를 내오면서 밀크티를 즐길 수 있게 우유까지 따로 담아왔습니다. 고급스러운 은쟁반에 바쳐서 나왔는데 얼었던 몸이 풀릴 만큼 따뜻했고 향이 진했습니다. 받을 전화를 그 카페 전화로 하고 당신에게 삐삐를 쳤습니다. 얼마 후 그 집 카운터로 당신의 전화가 왔기에 그곳을 설명했습니다.

"여자친구 분 기다리시나 보다."

그녀가 당신의 전화를 바꿔주었기 때문에 대뜸 그렇게 말했습니다.

"아, 예."

"이제 오신대요?"

"예. 그런다네요."

이윽고 당신이 그 카페에 들어섰고 사장은 바로 알아보고 당신을 안쪽에 있는 내 자리로 안내했습니다.

"이제 오셨네요. 안녕하세요?"

그녀는 당신을 보고 친절하게 웃으면서 인사를 했습니다. 당신도 빙긋이 웃으면서 '안녕하세요?' 하며 고개를 까닥였습니다.

"어머. 참 예쁜 분이시네요. 그러니까 남자친구 분이 이렇게 기다리시는구나."

진심인지는 알 수 없지만 여자들은 그런 게 밥 먹듯 하는 인사였습니다. 그녀는 금방 돌아가지 않고 우리 사이에 끼어들어 몇 마디 말을 걸었습니다.

"남자친구 분이 한 시간도 넘게 많이 기다리셨어요. 왜 빨리 오시잖고?"

그녀가 당신에게 붙임성 있게 물었습니다.

"제가 일이 이제 끝났어요. 호."

"그랬구나. 무슨 일인데 이렇게 늦게 끝났어요?"

"아. 학원 수업하느라고요."

"어머. 선생님이시구나."

당신은 재스민차를 주문했는데 역시 은쟁반에 바쳐왔고 작은 접시에 예쁜 쿠키까지 곁들였습니다. 세팅 감각이 좋았습니다.

"오빠, 여기 좋은데. 조용하고, 음악도 좋고. 여기는 주로 쌍쌍이 오나 봐?"

"그게… 여기가 좀 그런 데야."

"뭐가 좀 그런 데?"

"그러니까. 여기 여자들이 뭐냐면. 뭐 하여튼 그렇다고."

"여자들이 뭐? 말을 해봐."

"여기 여자들은 자기처럼 손님이 아니고 다 여기서 일하는 사람들이야."

"일?"

"응. 그러니까 서빙도 하고 남자 손님하고 같이 얘기도 하고 뭐 술도 마시고 그런 거."

당신은 알아들었는지 고개를 끄덕이며 주위를 한번 돌아보았습니다.

"아. 그래서 늦은 시간인데도 자리에 다 여자들이 있구나."

"그러니까. 불편하면 딴 데 갈까?"

"딴 데? 갈 데가 어딨다고? 아니 괜찮아. 밖에 추워. 여기 따뜻하고 음악도 좋은데. 이런 데는 또 어떻게 알았어? 참."

"어떻게 알긴. 그냥 막 찾아 들어와서 물어본 거지. 이 주변에 갈 데가 없잖아."

"하긴 그래. 깜깜하고. 식당은 다 문 닫고. 오, 차 맛있다."

당신은 재스민을 한 입 머금고는 음미했습니다. 그러더니 무엇이 생각난 듯 말했습니다.

"아. 이제 조금 알 것 같다. 그게 그런 말이었구나."

"뭐가?"

"왜, 내가 양심수의 날 공연 연습할 때 되게 늦은 적이 있었어. 반주 맞추느라고 스튜디오에서 새벽까지 팀 연습을 했거든. 끝나고 할 수 없이 새벽쯤에 택시를 탔다. 근데 택시기사가 새벽부터 출근하시나요? 그래서 아니라고, 지금 뭐 일 마치고 집에 가는 길이라고 하니까, 이런다, 카페에서 일하냐고 물어보더라고. 뭔 말인가 했는데. 그런 카페가 이런 데를 말하는 거였구나."

추측하건대 그건 새벽에 일을 마쳤다고 하면서 그 시간까지 분명 당신이 화장에다 귀걸이에 성장(盛粧)을 하고 있어서 그런 오해를 했을 거라고 알려주려다가 말았습니다. 하긴 당신도 공연 연습하다가 시간이 늦었다고 갑자기 클렌징을 할 수는 없었겠지요.

그런 사이 카페 여사장이 서비스라면서 과일을 조금 접시에 내왔습니다.

"이거 좀 드세요."

완전 우리를 '환영합니다.' 하는 모드였습니다.

"여기 우리도 맥주 두 병만 주세요. 하이네켄 있어요?"

"예. 그럼요."

"재떨이도요."

당신이 맥주까지 시켜놓고 담배를 물었습니다. 그러다 내가 업무 관계로 삐삐가 와서 그 가게 카운터에서 전화를 하고 돌아왔습니다.

몇 가지 꼬인 문제가 있어 통화가 조금 길었습니다.

자리에 돌아오니 그사이 당신과 그 카페 여사장이 마주 앉아서 같이 담배를 피우며 대화를 하고 있었습니다.

"오, 이제 통화 끝났어요. 뭐가 그리 바쁘세요? 예쁜 분 이렇게 혼자 두면 안 돼요. 누가 채가면 어쩌려고. 호호."

카페 사장이 자리를 비켜주며 내게 충고하는 말이었습니다.

"여기 사장님, 완전 친절하고 좋아. 우리보고 언제든지 와도 좋대. 자리도 충분하니까. 그리고 여기 사장님, 원래는 음악 하시는 분이래."

당신은 붙임성 좋게 그 카페 여자와 말을 텄습니다. 그 카페 사장은 꼭 술손님만 받고 싶지는 않았나 봅니다. 하긴 우리 같은 연인 모드도 받아주어야 카페 본연의 자세이기도 합니다.

거기까지는 좋았습니다만, 당신이 화장실을 다녀오는데 손님으로 온 어떤 남자가 당신을 아래위로 훑어보는 게 느껴져서 그때부터 내가 좀 불편해졌습니다.

그리고 나도 화장실을 다녀오는 길에 그 카페 사장이 손님과 같이 앉은 자리를 지나치다 그녀가 말하는 걸 들었습니다.

"아이. 저쪽에 아가씨는 손님이에요. 새로 온 애가 아니고. 남자는 그 손님 남자친구래요. 김 사장님은 내 남자친구고. 호호."

지나치다 언뜻 그런 얘기를 들으니 기분이 묘하고 한편 불안해졌습니다. 궁해서 왔기는 했지만 괜히 왔다는 생각이 들었지요.

"지영아, 여기 좀 그렇지 않아?"

"왜? 나는 좋은데. 이 주변에 깜깜하고 이 시간에 문 연 데도 없잖아. 사장도 친절하고. 차도 맛있고. 오빠 좋아하는 술도 있는데 뭐."

"그래도. 좀 분위기가. 이 시간에 남자하고 여자하고 같이 앉아서."

"그게 뭐. 우리도 남자 여자잖아."

"아니, 그건 다르지. 여기 남자들은 손님이고 여자들은 종업원이잖아. 그럼 우리도 그렇게 볼 수 있잖아."

"아이고. 그럴 수도 있지. 우리만 아니면 되는 거지. 오빠는 남들이 보는 걸 뭘 그리 신경 쓰십니까?"

"자기를 그렇게 볼까 봐."

"내가 아니면 되는 거지. 참네. 그런 거 다 설명하고 다니면서 어떻게 살려고? 괜찮아. 조용하고 좋기만 하구만."

설득에 실패하고 에이, 나도 담배나 하나 물었습니다. 맥주를 들이켰습니다.

"여기 아저씨들 집에도 안 가고 놀고 있다 그치. 킥킥. 음. 남자들 이렇구나."

뭐, 집에 안 가고 놀고 있기는 나도 마찬가지 아닙니까?

"남자들 밖에서 이러는 거 난 좀 이해해주는 편이야. 오빠도 나 기다리는 동안 여기 사장하고 얘기하면서 있으면 덜 심심할 것 아냐. 여기 사장 언니 세련되고 예쁘잖아. 친절하고. 와, 의상 봐. 겨울인데도 탑을 입었어."

당신도 참. 당신의 그런 유도심문에 내가 넘어갈 것 같습니까? 그 시절, 얕은 질투를 살짝 내보이는 당신에게 그런 모습을 보였다가는 어떤 후환이 기다리고 있을지 모를 일입니다. 배려를 가장한 당신의 함정에 걸려들지 않고 나도 짧고 노련하게 받아쳤습니다.

"그 여자랑 내가 무슨 얘기를 해? 싫어."

당신은 내 응답이 만족스러운지 배시시 웃었습니다.

"그나저나 이런 데서 일하면 돈은 많이 버나?"

"몰라. 나도. 사장한테 물어봐."

내가 퉁명스럽게 받아치자 그 카페의 여자들처럼 당신이 슬쩍 내 자리 옆으로 건너왔습니다.

"자, 드시와요. 오빠가 내 손님이야. 크크크."

호기심 많은 장난꾸러기 당신은 또 윙크를 살짝 하면서 곱게 맥주를 따라주었습니다. 어깨에 기대오는 당신을 안고 마시는 하이네켄 맛이 시큼 달콤했습니다.

주변은 여전히 캄캄하고 문을 연 데는 없고 학원에서 길 건너 가까웠기에 그 뒤로 우리는 그 카페에 몇 번 더 갔습니다. 카페 여사장은 우리와 전혀 인맥이 닿지 않았고 우리의 실체를 몰랐으며, 레이스 커튼이 얼굴을 가려주어 나름대로 보안 수칙에도 어긋나지 않는 장소였습니다.

나보다도 그 카페 여사장은 당신과 곧잘 얘기를 나누었지요. 어느 날은 당신이 학원을 일찍 마쳤다며 그곳으로 오라고 했습니다. 회사 일을 마치고 내가 도착하니 당신이 이미 먼저 와서 카페 바텐테이블에 앉아있었습니다. 거기 사장과 친해져서 이런 저런 얘기를 나누고 있었지요. 그날따라 치마도 짧은 걸 입고 다리를 꼬고 앉아 같이 담배도 피우면서요.

내가 카페에 들어서자 당신은 담배를 비비 끄며 환하게 웃으면서 다가왔습니다. 나를 보며 한다는 인사가 이렇게 장난을 쳤습니다.

"어서 오세요. 오빠."

내게 팔짱을 끼며 교태를 부리는 당신은 영락없는 카페의 여자 같았습니다.

봄이 오고 꽃이 폈지만 먹고사니즘의 올가미에 단단히 묶인 우리는 쉬이 서울을 벗어나지 못했습니다. 나는 주로 낮에 일을 했고 당신은 주로 저녁부터 일을 했기에 늦은 저녁 시간이나 밤 시간밖에 우리가 가진 시간이 없었습니다. 그리고 토요일 오후가 있을 뿐이었습니다. 어두운 도시의 그런 장소가 주 무대일 수밖에 없었지요.

실은 당신 몰래 나도 그 카페 여사장과 잠깐 대화를 나눈 적이 있습니다.

"음. 귀걸이 목걸이 세트로 하면 어떻겠어요? 예쁠 것 같은데."

당신의 생일이 어느 봄날인 것을 알게 되었습니다. 당신의 생일 선물로 뭐가 좋겠냐고 그녀에게 상담을 한번 받았거든요. 그랬더니 압구정동 갤러리아에 스와로브스키(Swarovski) 매장이 있는데 거기 가면 당신에게 어울릴만한 것이 충분히 있을 거라고 그녀가 알려주었습니다.

생일날도 당신은 학원 일로 늦었고, 봄밤 그 카페에서 그날을 축하해줄 수밖에 없었습니다.

"호, 이게 뭐야?"

"오다가 주웠어. 펴 봐."

당신은 자신의 생일을 맞이하여 미장원에도 갔다 왔다며 정성 들여 몸단장한 듯했고, 나로 말할 것 같으면 스와로브스키를 테이블 위에 슬쩍 올려놓았습니다. 당신은 또 참지 못하고 내 옆자리로 건너왔습니다. 옆트임 치마가 벌어져서 허벅지가 보이는지도 모르고 선물 포장을 후다닥 풀었습니다.

그 시절 당신은 나를 자기의 내밀한 욕망을 풀어헤치기 아주 좋은 만만한 대상으로 보았던 것일까요?

내가 가끔 과음으로 속이 쓰려 '윽윽' 댔다면 어느 날 당신은 얼굴을 찡그리면서 '아아' 댔습니다.

"지영아, 또 어디 아프니? 또 실조증 오니?"

이렇게 물으니,

"아냐. 아냐. 오빠, 오늘은 생리통이야."

아무렇지 않게 이렇게 말했지요.

뭐 할 말이 없더군요. 자율신경 문제로 그 통증이 좀 센 것 같은데, 전혀 경험한 바도 없고 짐작하는 바도 없는 통증이라 그냥 가만 있었습니다. 그런데 당신이 호호 대면서 이상한 농담을 하더군요.

"아하, 오늘은 매직 데이야. 호호. 미안해요."

'미안해요?' 아니 그런 이유로 미안할 필요는 없어요. 아무리 생각해도 미안할 일은 아닌데요. '매직 데이'라서 미안한 것이 여자의 어떤 입장인지는 모르겠지만, 난 그 정도로 수준이 낮은 사람은 아니잖아요.

나도 한때는 고도의 사고력을 가지고 대중운동의 전략 전술을 구사하려고 오랫동안 노력하고 훈련받아온 이른바 전위 출신입니다. 나는 적어도 당신 남편의 선배에 해당하는 사람이 아닌가요. 내가 반제애국전선의 전신인 반제애국위원회 11인 중앙위원 중의 한 사람이고 방북 제안서를 작성했으며 고대 학생운동권을 그 반국가단체로 끌고 들어간 포탈의 역할을 한 사람임을 잊고 있더군요. 나는 한때 전대협의 물적 토대를 제공한 사람이며, 전대협 의장 출신과 친한 친구이며, 그때까지도 자격정지 4년에 걸려있는 정통 국보법 빵잽이 출신입니다.

하지만 당신은 나를 그렇게 취급하지 않았습니다. 나를 그냥 애욕에 물든 바람둥이 따위로 보았던 걸까요?

당신과 나는 만날 때나 헤어졌을 때 서로가 주는 데이터만을 가지고 분석을 해야 했습니다. 결국 우리는 서로 깔끔하지 못했습니다. 원초적 의심과 일탈로 인해서 끝까지 100% 완벽하게 서로를 내보이지 못했습니다. 묘한 긴장감과 어떤 감춤 속에서 우리는 만났고 서로를 살폈습니다. 우리는 그렇게 완전히 감추지도 드러내지도 못했습니다.

더구나 우리의 관계를 이해하고 우리를 도와줄 단 한 사람의 지지자나 조력자가 없었기 때문에 아주 약간의 문제나 오해가 발생할 경우 이를 해결해 줄 방편을 갖지 못했습니다. 오로지 모든 문제를 둘의 태도와 언행에서 실마리를 찾아 풀어야 했습니다.

이런 처지는 관계가 좋을 때는 누구에게도 방해받지 않는 집중력을 발휘하지만, 만약 약간의 오해가 발생할 때는 그 실타래가 갈수록 꼬여가는 그런 현상을 불러올 것입니다. 본질적으로 비합법적 관계인 우리가 밝은 태양 아래 나서서 주위로부터 인정받는 것은 마치 반국가단체인 반제애국전선이 합법적인 조직으로 인정받는 것만큼 어려운 것이었습니다.

그러나 그 사랑이 해서는 안 될 사랑이든, 해도 되는 사랑이든, 또 이루어질 수 있든 없든, 모든 사랑은 '남는 장사'라고 하더군요. 무의미한 날들을 그냥 흘려보내기보다는 고민도 해보고, 갈등도 하고, 죄책감에도 사로잡히고, 갈망도 하고, 의심도 해보고, 질투도 좀 해보고, 거짓말도 가끔 하고, 유혹도 해보고, 배신도 하고, 그리고 마침내 그리워하고 결국 사랑만이 가장 입체적인 나날입니다.

그래요. 너무 겁먹을 필요는 없어요. 우리가 누군가를 헤치려고 하는 건 아니잖아요. 삶의 사정(事情)은 다양하고 그래서 사랑의 모습도 다양할 수밖에 없습니다.

그리고 살다 보면 누구나 실수를 할 수가 있습니다. 짧지 않은 시

94

간을 보내면서 당신도 나도 서로에게 어떤 실수를 했을 수도 있습니다. 우리가 어떻게 그런 실수들을 서로 이해하며 극복했는지를, 또 한편으로는 우리가 서로를 얼마나 갖고 싶어 하면서도 주저했는지를 기억하나요? 그 위태로운 순간순간을 지켜준 것이 결국 사랑이었을 수도 있다고 생각합니다.

"여보. 나야."

그 날은 오후 나절에 집에서 갑자기 전화가 왔습니다. 수화기 너머 아내의 목소리가 다급했습니다.

"응. 웬일이야?"

"성현이가 다쳤어."

"헉. 어디? 많이 다쳤어?"

"몰라. 놀이터에서 놀다가… 막 울어."

수화기 너머로 아이의 울음소리가 들렸습니다. 놀이터에서 놀던 아들 성현이가 갑자기 다쳤다며, 아내가 도와달라고 전화를 했습니다. 나는 급한 마음에 빨리 다녀오리란 생각으로 직장 동료들에게 얘기도 하지 않고 바로 달려갔습니다. 다행히 큰 사고는 아니라서 병원에 데려갔더니 마데카솔 정도를 바르고 차분히 진정시키는 수밖에 별도리가 없었습니다. 아이도 울음을 그치고 어느 정도 안정이 되어 아내에게 맡기고 다시 회사로 돌아올 수 있었습니다. 급히 달려가느라 무선호출기를 책상 위에 그냥 꺼내놓고 잊어버리고 갔었나 봅니다.

회사로 돌아오니 사장의 총애를 받는 염 대리가 물었습니다.

"박 대리, 어디 갔다 온 거야?"

"응, 집에 좀… 애가 갑자기 좀 다쳐서."

"그래? 그럼 뭐야? 집에서 전화 온 게 아니네. 박 대리, 너, 혹시 여자 있어?"

여자? 이 자식이 갑자기 무슨 소리야.

"왜 그래? 뭔 소리 하는 거야?"

"니 자리로 어떤 여자가 하도 전화를 걸어서 그거 때문에 회사 업무 마비 상태야."

염 대리 얘기가 내가 나가고 내 호출기가 계속 삐삐대면서 울었답니다.

하도 울어대서 내가 호출기를 놓고 어디 갔다고 말해주려고 화면을 보니 네 자리의 숫자밖에 없어 전화를 걸어줄 수도 없었답니다. 그냥 놔두었는데, 5분 있다가 오고, 또 오고, 또 오고 해서 회의하는데 시끄러워서 그냥 내 호출기를 꺼 놓았다는군요.

그런데 한 10분 있다, 내 자리로 전화가 오기 시작했다는데요. 처음엔 댕겨 받으니 그냥 끊었답니다. 그러더니 또 전화가 오고 받으면 끊고 하기를 몇 번 했답니다.

"저, 박민수 대리 안 계세요?"

그러더니 어떤 여자 목소리가 들렸답니다.

"예, 박 대리 외근 중입니다."

했더니, 또 한 3분 있다 주인 없는 내 자리에 벨이 울려서 댕겨 받았더니,

"박민수 대리 안 계세요?"

"예, 자리에 없습니다."

"혹시 어디 가신지 아세요?"

"잘 모르겠는데요, 들어오겠죠. 누구라고 전해드릴까요?"

그러니 뚝 끊어 버리더랍니다. 그다음부터는 계속 전화 오고, 당겨 받아서 '여보세요' 하면 끊고, 그걸 아예 2분 단위로 반복을 하더

란 겁니다.

"야, 안 되겠다. 박 대리 자리 전화선 뽑자."

결국엔 모두 지쳐서 전화선을 아예 뽑으려는데 내가 돌아왔다는
군요.

'이런… 당신이군요.'

"외상값 때문에 그러나…."

나는 말도 안 되는 알리바이를 하나 던지면서 삐삐를 들고 밖으로
나왔습니다. 염 대리는 전혀 믿지를 않고 내 뒤에 대고 외쳤습니다.

"여자야? 스토커야? 뭐야? 이해해줄께, 뭐든지 말해봐."

나는 그 소리에 대꾸도 안 했습니다. 예상대로 호출기를 켜보니 당
신의 번호가 12번이나 와 있더군요. 밖으로 나와 당신에게 전화를
걸었습니다.

"나야. 전화 많이 했었네."

보안 수칙을 어긴 당신으로 인해 당혹스러웠지만, 그래도 참고 점
잖고 부드럽게 당신을 다루려고 했습니다. 오히려 목소리를 높이고
화를 먼저 내는 것은 당신이었어요.

"삐삐도 꺼놓고, 어디 가서 뭐 한 거야? 어떤 년 만난다고, 삐삐까
지 꺼놓는 거야?"

이 무슨 적반하장이란 말입니까? 날 무슨 개 날라리로 보나?

당신은 정신이 나가서 자기가 무슨 잘못을 했는지도 모르고 억지
를 부렸습니다.

"왜 이래? 집에 갔었어."

"집에는 왜? 낮부터 한번 하러 간 거야? 언니랑은 밤에 하면 되
잖아."

무엇 때문인지 당신은 잠시 약간 돌았더군요.

"무슨 소리 하는 거야? 지금. 한지영! 정신 차려!"

내가 따끔하게 질렀습니다.

"내가 얼마나 전화한 줄 알아?"

한 소리 듣고 그제야 당신은 약간 기가 꺾여 목소릴 낮추었습니다. 아니, 사람이 집에 간 게 뭐 그리 이유가 있어야 하는지 모르겠지만 설명을 해주었습니다.

"애가, 성현이가 아파서… 다쳤어. 급하게 병원에 좀 데려가느라구."

당신은 이유가 나름 정당했다고 생각했는지 잠시 말을 끊고 목소리를 낮추더군요.

"미안해. 잘못했어. 할 얘기 있었단 말이에요."

당신은 드디어 당신의 조그마한 집을 얻었습니다. 사실 친정에서 완전히 벗어난 것은 아니고 물론 그럴 필요도 없지만, 부모님이 신축한 빌라 밑에 반지하 한 채를 당신이 받았습니다. 어쨌든 현관문이 다른 당신의 집이 생긴 겁니다.

"이것저것 살 게 한두 가지가 아니야. 지금 빨리 살림살이 사러 가요."

그래서 당신은 당연히 나를 찾았던 겁니다. 그 반가운 소식을 빨리 알려주고 싶었고 같이 쇼핑을 가야 할 이유가 있었던 겁니다.

"지금은 안 돼. 회사 일해야 된다고. 끝나고 보자."

"치. 집에는 잘 갔다 오면서. 끝나면 밤이잖아. 밤에는 시장이 문을 닫아서 살 데가 없단 말이야."

"억지 그만 부려. 왜 요새 할인마트 같은 게 있다니까 밤에도 있을 거야. 내가 알아볼게."

"알았어요. 난 애가 아니라는 거지. 끝나면 바로 연락 줘. 지금부터 계속 기다린다."

할 수 없이 회사 일을 빠르게 마무리했습니다.

회사가 끝나고 이수동에서 만난 우리는 반포동 킴스클럽을 찾아냈습니다. 지금의 대형마트 전신이라고 할 수 있는 그런 맹아적 형태가 그때 막 생기고 있었습니다. 내가 인터넷으로 그런 창고형 할인점이 있다는 것을 미리 파악했습니다. 위치를 정확하게 몰라서 택시를 타고 갔습니다.

맨 처음 방문이라 그런 창고형 할인점이 생소했지만, 우리는 곧 신유통의 시스템에 익숙해졌습니다. 상당히 편리한 점이 있었지요. 당신이 사고 싶었던 모든 물건보다 더 많은 상품이 있었으니까요. 그래서 당신은 적어 온 리스트보다 두 배나 더 많이 물건을 샀습니다.

뭐, 주방 바닥에 깔 매트부터 국자, 비트, 피존, 주방세제, 설탕, 락스, 물먹는 하마, 티슈와 휴지, 은서 방에 바를 띠벽지에 먹을거리까지 기타 등등 이런 물건들을 카트에 가득 실었습니다. 반은 즉석에서 선택한 충동구매였습니다. 그 카트를 내가 밀고 당신이 당기면서 무빙워크를 오르고 내리고 했더니, 우리는 영락없는 신혼부부가 된 것 같았습니다. 무분별한 당신의 욕심 때문에 나와 당신이 두 손에 가득 들고도 낑낑댈 만큼 물건을 많이 사게 되었습니다.

"이거 어떡하지?"

"그냥 같이 집에 가요."

"집? 내가 집엘 어떻게 가?"

"괜찮아, 은서는 위에서 엄마랑 잔다구. 지금은 나 혼자야. 차도 안 가져왔는데 이걸 나 혼자 어떻게 들고 가."

아니, 들고 가주는 거야 문제가 없지만 집이라니까 망설여지더라고요.

"낮에 내가 억지 부려서 아직도 화난 거야? 아까 미안했어. 내가 사과할게."

"아냐. 화나긴 뭘."

"오빠, 낮엔 진짜 미안해. 오빠한테 빨리 말해주고 싶은데 너무 연락이 안 되니까 내가 살짝 돌았나 봐. 한번 봐주라. 지금 내가 초대할게. 어서 와요."

그래요, 초대를 거절할 수는 없지요. 나는 당신에게 더욱 다가가고 싶었으니까요. 그렇게 물건 배달 차 겸사겸사해서 당신의 집을 처음으로 방문하게 되었습니다.

"들어 와."

밤이 늦어 우리는 살금살금 들어갔습니다. 뒤를 돌아보니 당신의 신발과 내 신발이 나란히 놓이게 되었습니다. 그 순간 나는 어떤 무의식이 작용하여 내 신발을 그냥 벗어놓지 않고 살짝 옆에 있던 신발장 안에 집어넣었습니다. 다시 돌아보니 현관 참에는 당신의 신발만 놓여있었습니다.

큰 짐은 자리를 잡았는데 작은 짐들은 아직 다 자리를 찾지 못한 막 이사한 뒤의 그런 풍경이었습니다. 집은 작아서 거실에 소파를 놓을 수는 없었지만 아담했고 싱크대에는 물기 하나 없이 깔끔했습니다.

"발부터 좀 먼저 씻자."

"응. 저기. 욕실이야."

당신의 욕실에 들어가서 발을 씻고 세수를 했습니다. 샴푸와 린스, 샤워 코롱 같은 것들이 가득 놓여 있었습니다. 무엇에 쓰는 물건인지 도저히 알 수 없는 몇 가지도 있었습니다. 욕실 장에 수건과 잡다한 물건과 당신 것으로 보이는 생리대가 차곡차곡 쌓여 있는 것이 보였습니다. 면도기가 없는 것으로 보아 확실히 여자의 집이었습니다. 욕실 장에서 수건을 꺼내 닦았습니다.

"좀 어수선하지. 저기 작은 방에 있어."

욕실에서 나오니 그사이 당신은 분홍색 폭넓은 치마로 갈아입었더군요. 당신은 나를 어느 정도 정돈이 된 작은 방으로 보내고는 재빨리 커피 한 잔을 내주었습니다.

"나도 세수 좀 하고 올게."

이번에는 당신이 욕실에 들어갔습니다. 거실이 좁아 그 작은 방에 TV를 놓았더군요. 조그마한 책장이 있었는데 요리책, 노래책, 소설책 몇 권 그리고 사회과학 책들이 있었습니다. 그리고 노래 악보 몇 장과 '화성학' 책이 눈에 띄었습니다. 일별하건대 아내가 보는 책보다는 확실히 덜 심각했습니다. 그 시절 아내는 사회과학뿐 아니라 물리학과 생물학, 무슨 수학책까지 보고 있었거든요. 그리고 한구석에 당신의 신시사이저가 세워져 있었습니다.

내가 했으면 세수를 열 번 정도 할 수 있을 만큼 한참 있다 머리를 묶어 올리고 얼굴에 뭘 찍어 바르고 문대면서 민낯의 당신이 다시 나타났습니다. 커피는 다 식었는데 빨리 내 곁으로 오지 않고 이번에는 우리가 물건을 잔뜩 담아온 비닐봉지를 뒤적였습니다.

"오빠, 우리가 뭘 샀기에 이렇게 무거웠지? 어디 한번 보자."

당신은 영수증을 꺼내서 펼쳐보며 봉지 안의 물건을 하나씩 꺼내서 보려고 했습니다.

"그거 나중에 해. 나도 이따 집에 가야지."

나는 손님이지 이 집 주인이 아니라고, 자고 갈 수 없단 말이에요.

"그래. 그래. 나중에 할게."

당신은 궁금했지만 내가 만류해서 겨우 다시 집어넣고 아쉬운 듯 내 곁으로 왔습니다. 식어가는 내 커피를 빼앗아 조금 마시더니 또 자리에서 일어났습니다.

"아 참, 빨래 널어야 된다. 빨래는 두 번 털어서 널어야 돼요."

당신은 나를 작은 방에 그대로 두고는 베란다에 있는 세탁기 쪽으로 갔습니다.

"뭐 해?"

"빨래 널어. 빨리하고 갈 게."

집이 작아 각자의 자리에서 말이 다 통했습니다.

나도 집에 가야 한단 말이에요. 심심하게 커피나 마시고 가라는 건 아니겠지요.

나는 빨래를 널고 있다는 걸 알면서 당신 뒤로 다가갔습니다. 당신은 부끄러움도 없이 당신의 치마와 속옷, 원피스 등을 툭툭 두 번씩 털어서 널었습니다. 당신의 빨랫줄은 금방 컬러풀하게 변했습니다. 하긴, 여긴 당신의 집이지요.

"나중에 해."

"지금 해야 된다고. 조금만 기다려."

슬며시 치기가 올랐습니다. 나는 기다리지 않고 당신을 뒤에서 가만히 안았습니다. 그런데도 당신은 꿋꿋하게 계속 빨래를 널더군요. 약이 올라 당신의 가슴 속으로 손을 집어넣었습니다. 내게 빨리 연락이 안 된다고 억지를 부렸던 당신처럼 나도 나를 돌보지 않는 당신에게 억지를 부렸습니다.

"아잉. 좀만 기다려."

당신은 나보다 빨래를 먼저 돌보려고 했지만 내가 가만두지 않았습니다. 당신의 몸을 더듬으며 치마 끝단을 걷어 올렸습니다.

"아이, 왜 이래?"

처음에는 당신도 내 손을 잡으며 주저했지만 낮의 잘못이 있어 그리 세게 저항하지는 못했습니다. 내가 치마 속으로 손을 넣어 당신의 속옷을 끌어 내리자 하는 수 없이 당신이 몸을 돌렸습니다. 칭얼대는 내게 키스를 해주며 달래지 않을 수 없었습니다.

무겁게 담아온 한 살림을 거실에 쌓아놓고 우리는 또 그렇게 사랑에 빠졌습니다. 당신은 결국 빨래를 다 널지 못했습니다. 당신의 빨래가 만국기처럼 휘날리는 그 밑에서 우리는 신혼부부처럼 행복했습니다.

"지영아, 난데 혹시 오늘 시간 돼? 보고 싶은데…."

그 날은 오후부터 당신이 보고 싶었습니다. 내가 당신 집으로 전화를 다 걸었으니 말입니다.

"나, 오늘 집에 그냥 있을 건데. 밖에 일도 없고 청소도 좀 해야 하고."

"그러니?"

"음. 오빠, 그럼 차라리 끝나고 집으로 올래?"

"집에? 집으로 가도 돼?"

"응. 엄마가 어디 가시면서 은서 데리고 가셨어. 오빠, 그냥 오늘 우리 집으로 와라. 저녁때 빨리 오면 맛있는 볶음밥 해줄게. 킴스클럽에서 산 굴 소스로 하면 맛있다고."

"집에서 밥 먹자고?"

"그래. 오늘 우리 집에서 저녁 먹고 놀자. 차도 마시고, 아니면 아예 맥주 한잔하게 술상을 차릴까? 내가 신디도 쳐 줄게. 한번 들어보시고요."

멋진 제안이었어요. 그러니까 회사 일을 마치고 당신의 집으로 퇴근을 한단 말이죠. 기대감으로 마음이 설레었습니다. 덕분에 그때부터 퇴근까지 시간이 너무 천천히 가는 듯했습니다. 그런데 갑자기 일이 생겨버렸습니다.

"박 대리, '포스원소프트'하고 오늘 저녁 미팅 잡혔어. 거기 전 과장하고 박 사장도 같이 나오니까, 배석하라고."

오후 늦게 사장님이 나를 불러 말했습니다. 당시 나는 어떤 프로젝트 매니저였는데, 내가 맡은 프로젝트의 클라이언트와 사장님과의 약속이 있었고 나는 배석을 해야 했습니다. 그런 비즈니스 다이닝보다 당신이 해주는 볶음밥을 먹고 싶었는데 회사에 묶인 직장인이 별도리가 없었습니다.

"지영아, 어떡하지? 갑자기 회사 일이 생겼다. 끝나고 가도 될까?"

"회사 일? 그럼 저녁은 먹고 오는 거야?"

"그럴 것 같은데."

"준비 다 했는데. 할 수 없지 뭐. 나, 집에 있으니까 일 보고 와."

저녁 식사를 마치고 사장님은 또 클라이언트를 접대하기 위해 강남 국기원 근처에 있는 '시슬리'라는 자기가 아는 룸살롱으로 일행을 인도했습니다.

아, 정말로 나는 그냥 빨리빨리 끝났으면 하는 심정이었습니다. 그런 술보다 당신과 간단하게 맥주 한 잔이 훨씬 더 좋은데 말입니다. 우리가 접대하는 쪽이니 하는 수 없이 적극성을 발휘 안 할 수가 없더군요. 폭탄주도 한 석 잔 마시게 되고 어떤 순간인가 클라이언트들 분위기를 맞추어 주느라고 뭐 옆에 아가씨와 블루스 흉내도 내게 되었습니다. 앉아 있을 때는 몰랐는데 그 아가씨가 전작이 있어 좀 취했더군요. 사실 춤을 춘 게 아니라 그냥 비틀거리기만 했습니다.

다행히 그 정도 선에서 자리가 끝나는 분위기였습니다. 여명808을 마시고 조금 정신을 차려 그 룸살롱 카운트 옆에서 당신에게 전화를 했습니다.

"왜 이렇게 안 와? 아직 안 끝났어?"

"이제 곧 끝나. 지금이라도 가도 되지?"

"피, 참 빨리도 오네. 그럼, 대신 하겐다즈 두 개 사 와요."

겨우겨우 끝나고 늦게야 당신의 집으로 출발할 수 있었습니다. 편의점에 들러 하겐다즈와 제크를 사다가 카운터 옆에서 슬쩍 콘돔도 한 갑 샀습니다. 물론, 콘돔은 재킷 주머니에 따로 넣었습니다.

당신의 집에 도착해서 나는 또 신발을 신발장에 넣었습니다.

"그냥 둬도 되는데. 신발장엔 왜 자꾸 넣어?"

"뭐 그냥. 그런 게 있어. 나도 트라우마가 있다고."

"신발에 트라우마가 있어? 참 알다가도 모르겠네."

왜 그런지에 대해 설명할 수는 없었습니다.

내가 늦었지만 당신은 하겐다즈가 좋아서 다 용서해 주자는 분위기였습니다.

"늦어서 미안."

"괜찮아."

하겐다즈 하나는 킵(keep)하고 하나는 바로 먹으려고 했습니다. 당신은 집을 깔끔하게 청소해놓고 작은 식탁 위 꽃병에 노란 후레지아까지 꽂아 놓아 한결 화사했습니다. 작은 방에 신시사이저도 세팅이 되어 있었습니다. 정리를 마친 당신의 공간은 아늑하고 포근했습니다.

당신은 슬림한 핏의 오렌지색 맥시 원피스를 홈웨어 삼아 입고 있었습니다. 저건 혹시 어떻게 아래로 벗겨야 하나, 위로 벗겨야 하나, 음흉한 상상을 잠시 했습니다.

재킷을 벗는데 이번에는 당신이 받아주고 옷걸이에 걸어도 주었습니다.

"그래, 저녁은 먹었다고?"

"응. 저녁 약속이 잡힌 거라 먹을 수밖에 없었어. 어떡하지? 볶음밥?"

"괜찮아. 랩으로 싸서 냉동시켰어. 나중에 먹지 뭐. 하겐다즈나 먹자."

하겐다즈를 가운데 놓고 일단 작은 방에서 당신과 마주 앉았는데 그때부터 당신의 표정이 약간 바뀌더군요. 그러나 나는 그것이 무엇인지 금방 알아채지 못했습니다. 나는 나를 볼 수 없지만 당신은 나를 바로 가까이서 바라볼 수 있었던 거지요. 당신은 하겐다즈를 한 입 떠먹으려다 그냥 스푼을 내려놓았습니다.

"아이구, 어디서 이렇게 술을 많이 먹었어?"

"아니, 뭐 일로… 조금밖에 안 먹었어."

"뭘, 보니까 많이 먹었네."

나는 겸연쩍어서 웃는 척했습니다.

"오늘 뭐 했어? 왜 이렇게 늦었어?"

괜찮다더니 왜 늦었느냐고 다시 따지기 시작했습니다.

"갑자기 회사 일이 생겼다고. 사장님이 거래처하고 약속을 잡아가지고."

"그건 들었고. 무슨 회사 일을 한 거야?"

"뭐 거래처하고 식사하고 뭐 그런 거지."

"식사만 했어?"

"식사하면서 에… 술 한잔 곁들인 거지 뭐."

아마 내가 말을 더듬거렸을 겁니다.

"내가 이해는 하려고 하는데. 도저히 신경 쓰여서 못 참겠어. 뭐, 식사하면서 술 한잔했다고? 또 거짓말할 거야? 에이. 속상해. 무슨 일 했어? 어디 갔다 온 거야?"

갑자기 웬 거짓말 탐지를 시작하면서 당신이 막 쏘아붙였습니다.

"아니, 술 좀 먹었는데… 지금은 괜찮아."

"내가 술 먹은 것 때문에 이런 줄 알아. 거울이나 좀 보시지. 셔츠 좀 봐."

거울? 셔츠? 그랬구나. 욕실에 들어와서 거울을 보니 내가 봐도 알 수 있게 셔츠 왼쪽 카라 부분에는 여자 화장품 자국이 왼쪽 어깨 부분에는 무슨 립스틱 자국 같은 것이 옅게 묻어 있었습니다. 하얀 셔츠라 보이기도 잘 보였습니다.

'아, 이런 씨발 씨쓸리! 진짜 짜증 나네.'

창피하고 당혹스러운 일이었습니다.

"자기도 보여? 그게 뭐야? 그러고 다닌 거야?"

당신은 당혹스러워하는 나를 나무라면서 스스로는 분해했습니다. 나는 자초지종을 두서없이 막 자백했습니다. 정황도 있고 증거도 있는데 어쩌겠습니까? 당신은 마치 마누라처럼 나를 따끔하게 질책했지만 그리 길게 끌지는 않았습니다.

"뭐, 얼마나 끌어안고 논거야? 그게 회사 일이야?"

"아니. 그 여자가 좀 취했더라고."

"누군지 몰라도 그 여자는 서비스업에 종사할 자격이 없다. 손님 옷에 그런 거나 묻히고."

그리고 당신은 또 다른 이유를 대더군요.

"그래. 남자들이 그럴 수도 있는데. 언니가 봤으면, 어떡할 뻔했어? 혹시 나라고 생각했을 거 아니야? 조심 좀 하지."

아, 그랬군요. 그 시절, 당신도 생각이 많았습니다.

"이런 얘기까지는 안 하려고 했는데. 내가 오빠 만날 때 얼마나 조심하는 줄 알아? 그런데 엉뚱한 데서… 에이씨."

"아이, 참. 진짜 미안하고 죄송합니다. 지영아, 오늘은 그냥 갈게."

나는 사과를 하고 빨리 자리를 모면하려고 했습니다. 그러자 당신이 말렸습니다.

"바보 아냐? 그리고 어딜 가려고? 그거 언니한테도 보여주게."

아, 그런가? 어떡하지?

나는 이러지도 저러지도 못하고 서 있었습니다.

"으이그, 내가 못 살아. 벗어 봐요."

"벗으라고?"

"벗어야 빨든지 말든지 할 거 아냐."

하는 수 없이 나는 후다닥 셔츠를 벗어주고 런닝 차림으로 방구석에 가서 쭈그리고 앉았습니다. 참 꼴이 말이 아니었습니다.

"지영아, 나 무릎 꿇고 손들고 있을까?"

나의 그 진심 어린 그러나 좀 뜬금없는 반성에 당신은 참지 못하고 실소가 터졌습니다.

"푸하하. 아이고, 쌤통이다."

당신은 웃다가 화가 조금 더 풀렸습니다.

"푸풋, 아이고, 그냥 계세요."

당신은 내 셔츠를 욕실로 가져가서 빨래를 하기 시작했습니다. 다행히 왼쪽 카라와 왼쪽 어깨 부분이라 부분 세탁을 했습니다.

"에이씨, 잘 지지도 않네."

당신은 아닌 밤중에 손빨래를 해야 했습니다. 덕분에 당신의 맥시 원피스 끝자락에 물도 좀 튀었습니다. 나는 그냥저냥 무릎도 꿇지 않고 하겐다즈를 먼저 떠먹었습니다.

뭘 어떻게 했는지 당신은 정말 잘 지웠더군요. 그리고 다리미를

꺼내 쓱쓱 다려서 말려주었습니다. 오, 이제 내 셔츠는 다시 순결해
졌습니다.

"하겐다즈 다 먹은 거 아니지?"

"네 숟가락밖에 안 먹었어."

"인제 이거 다 내 꺼야."

당신은 더는 뭐라 하지 않고 남은 하겐다즈를 독차지하려고 할 뿐
이었습니다.

"셔츠는 그렇다 치고 그 이상한 여자 향수 냄새하고… 그런 건 어
떡할 건데?"

"가자마자 샤워하지 뭐."

"그냥 들어가지 말고, 동네 한 바퀴 돌고 들어가."

"알았어."

나는 창피하고 당신이 또 야단칠까 봐 빨리 당신의 집을 빠져나왔
습니다. 동네 한 바퀴를 돌면서 콘돔 한 갑을 쓰레기통에 그냥 버렸
습니다. 집에 오자마자 옷을 싹 세탁기에 집어넣고 샤워를 하고 깨
끗이 갈아입었습니다. 아내는 자고 있었고 성현이가 잠결에 칭얼거
려 내가 토닥토닥 재웠습니다.

다음날 나는 점심시간에 향수를 하나 샀습니다. 내가 쓰려고요.
센 건 아니고 은은하고 중성적인 향수, '캘빈클라인 원'으로 샀습니
다. 생각해보니 당신의 향기도 좀 진하거든요. 보안 투쟁 상 중화(中
和)를 시킬 필요가 있었습니다.

대체로 이런 문제에서 노련한 쪽은 여자들입니다. 남자들은 말이
에요. 대부분 서툴다고 봐야 합니다. 여자들은 내가 그 사람에게 어

떻게 보일까 하는 염려를 많이 하는 것 같습니다. 여자들은 만날 때나 헤어지고 난 다음에도 내가 과연 그 사람에게 어떻게 보였나? 당신들은 자신의 섹스어필을 염려합니다. 남자는 여자를 마주 보면서도 가끔 그녀의 벗은 몸을 상상하지만, 여자는 옷을 벗는 순간에도 어떻게 보일까를 걱정한다지요.

앞을 보지 못하는 남자가 아니라면 본다는 것은 아주 일상적인 일이겠지요. 그것 때문에 당신들은 졸려 죽겠는데도 화장을 지우고 세안을 하고 오버 나이트 크림을 바르고 아침에 일어나서 다시 얼굴을 그리고 하는 그런 귀찮고 소모적인 행동을 반복합니다.

그런데 남자들은 말입니다. 만나는 과정에서 혹시 내가 무언가 실수하지 않을까 하는 걱정을 합니다. 사실 남자들은 실수투성이입니다. 그래서 남자들이 짜는 전략은 대부분 실수를 줄이고 실수를 감추는 것에 있습니다.

여자들은 대체로 냉정한 심판관들입니다. 남자는 마치 떨리는 마음으로 뜀틀 앞에 선 체조선수와 같은데, 여자들은 무엇을 실수하는지를 찾아 감점을 매기려는 체조 심판처럼 냉정하게 바라봅니다.

한편 계속 본다는 것은 결국 일종의 이미지 창출 작업입니다. 익숙한 대상은 필연적으로 이미지화가 이루어집니다. 이미지를 만든다는 것은 묘한 일입니다. '이미지란 무엇인가?' 하는 것에 대한 세 가지 다른 관점이 있습니다.

'이미지는 본질을 반영한다. 아니다. 이미지는 본질을 은폐하고 변질시킨다. 아니다. 이미지는 본질과는 관계가 없다. 보는 사람이 스스로 만들어 낸 것이다.'

이미지는 대상을 반영합니까, 아니면 대상을 왜곡하나요? 이미지는 보는 사람이 만들어 낸 허상인가요, 아니면 보여주는 사람이 만들어 낸 허상인가요? 알 수 없는 일입니다.

계속적으로 본다는 것은 '핑크 렌즈 효과'를 불러옵니다. 쉽게 말해서 눈에 콩깍지가 씌는 과정입니다. 그러나 여자들은 냉정하고 가혹한 심판관으로서의 자세를 잃지 않더군요. 그녀들은 콩깍지조차 없는 것 같아요. 생각해보세요. 뜀틀에서 매번 9.7 이상의 멋진 연기를 보여주는 것은 어렵습니다. 여자들이여, 채점표를 던져버리고 같이 뜀틀을 넘어 봐요. 당신들은 더욱 행복해질 것입니다.

당신은 낭만적 사랑에 빠져서인지, 하겐다즈의 달콤함에 녹아서인지 그 날 나를 채점하지 않았습니다.

'사랑해'라는 흔한 말

"박민수 씨. 업무 경력은 인정됩니다. 인터뷰이긴 하지만, 미리 말씀드린 대로 우리 좀 디스커션(discussion) 하는 스타일로 하겠습니다. 생각하시는 대로 자유롭게 말씀하시면 됩니다. 먼저 인터넷 비즈니스의 방향성에 대하여 생각하신 바가 있다면 말씀해주세요."

"예, 지금은 인터넷 비즈니스가 ISP를 중심으로 한 커넥팅에 초점이 맞추어져 있지만, 앞으로는 3C, 즉, 콘텐츠, 커머스, 커뮤니티를 통합하는 서비스 프로바이더(provider)가 이끌어갈 것이라고 생각합니다."

아주 화창한 5월의 어느 토요일 오후, 그런 날 당신은 나를 만나 햇살이 반짝이는 강변을 따라 드라이브를 하고 싶어 했지만 내가 만나주지 않았습니다. 그날 나는 당신을 만나지 않고 혼자서 여의도로 갔습니다. 그리고 여의도에 있는 LG그룹 본사 빌딩 트윈타워 동관 17층 회의실에 앉아있었어요.

회의실에는 다섯 명의 면접관들이 나를 맞이했습니다. 그때 나는 LG그룹에서 신규 설립하려는 인터넷 서비스회사에 경력 사원으로 지원을 했거든요. 경력 지원자들을 위해 그룹에서는 토요일 오후 면접 시간을 배려해 주었습니다. '전자신문' 1면 하단에 실린 '신입 및 경력 지원자 모집 광고'를 보고 망설이기도 했지만 결국 지원을 했습니다.

다행히 서류 전형에서 통과되었다며 면접 날짜를 알려주었습니다.

"그럼 3C에서 가장 중요한 것이 뭐라고 생각하세요?"

"다 중요합니다. 콘텐츠(Contents)는 지금 아주 부족한 상태이고 영원히 부족하여 항상 새로운 콘텐츠가 요구될 겁니다. 커머스 (Commerce)는 일단 수익성의 원천이니 당연하고요. 문제는 커뮤니티 (Community)인데, 서비스 기획은 이 커뮤니티 형성에 초점을 맞추어야 한다고 생각합니다. 서비스 공급자와 사용자는 하나의 커뮤니티로 형성된 관계라고 볼 수도 있거든요."

"그래요, 그런 점에서 우리는 천리안을 주목하고 있는데요, 천리안 은 우리가 추구하는 가장 좋은 롤모델인데 어떻게 생각하시나요?"

"아니오, 저는 그건 인터넷 자체가 아니라고 생각합니다. 현재 천 리안은 커넥팅 서비스만으로 인터넷을 한정 짓고 있어요. 만약 천리 안이 자기 전체를 하나의 커뮤니티로 하고 오픈 아키텍처(architecture) 로 인터넷을 다룬다면 상당한 강자가 되리라고 생각합니다."

그 순간에 다른 면접관이 치고 들어왔습니다.

"그래도, AOL의 성공사례가 있지 않습니까?"

"예, 그렇지만 아메리카 온라인의 성공은 아직 현재진행형이라고 볼 수 있습니다. e-비즈니스는 변화가 많고 변곡점이 수없이 존재합 니다. 클로우즈 아키텍처를 기반으로 하면 기본적으로 오픈 아키텍 처인 인터넷에 맞지 않습니다. 야후의 성공 역시 만만치 않습니다. 라이코스도 그렇고요. 중요한 것은 인터넷 접속 후에 사람들이 첫 번째로 방문하는 페이지, 즉 관문이라고 할 수 있는 포탈(portal)이 강 세를 띨 것입니다. 그 첫 번째 페이지로 파워 시프트(power shift)가 일 어날 것으로 생각합니다."

개인적인 스펙이나 경력은 서류로 다 확인했다는 듯 개인적인 질문은 하나도 없었습니다. 상당한 순발력을 요구하며 정말로 토론하듯이 질문을 던져왔습니다. 처음부터 다섯 명의 면접관 중에서 누구든지 언제든지 무슨 말이든지 할 수 있다고 했고, 내게도 무슨 말이든지 해도 좋다고 했습니다. 아주 자유로운 분위기였지만 그 이면에는 말 없는 한 사람이 모든 것을 꼼꼼하게 평가하고 있었습니다. 그렇게 자본주의는 상당히 세련된 압박이었습니다.

"좋습니다. 그럼 우리가 구상하는 새로운 서비스를 어떻게 팔 수 있다고 생각하십니까?"

이번에는 또 다른 사람이 질문을 던졌습니다.

"기본적으로 회원제 마케팅이 되겠습니다만, 인터넷 서비스는 고정된 상품을 판매하는 것은 아닐 것입니다. 고객도 아는 만큼에 한해서 구매할 수 있기에 먼저 가치에 대한 공유가 필요하다고 생각합니다. 쉐어드 벨류(shared value) 말입니다.

그래서 대고객 교육팀이 있어야 합니다. 벨류를 모르는데 구매를 강요할 수는 없잖습니까? 지금 인터넷 서비스는 이게 마케팅의 핵심이 될 수도 있다고 생각합니다."

"그 점은 일치하는군요. 조직 내에 고객 교육팀, 고객 지원팀을 상당히 강화해서 만들 생각입니다. 마케팅 어프로치로 다른 점은 없습니까?"

"음. 가치를 이미지화시켜야 합니다. 그래서 일관된 이미지, 즉 브랜드로 소비자에게 각인시키지 않으면 마케팅이란 결국 허공에 총을 쏘는 것과 비슷한 꼴이 될지도 모릅니다."

"음. 전형적인 '브랜드 마케팅'과 다를 바 없다고 보신다 이거죠?"

이때 또 다른 사람이 끼어들었습니다.

"기술적인 부분입니다만, 박민수 씨, 브라우저는 어떻게 보세요?

114

지금 넷스케이프냐, IE냐 하는데…?"

"브라우저는 일단 우리가 결정할 영역은 아닙니다. 그냥 플랫폼일 뿐이죠. 넷스케이프와 IE의 점유율이 지금 한 8:2쯤 되는 걸로 알고 있는데요. 하지만 MS는 절대 만만히 볼 수 없습니다. 빌 게이츠는 OS에 IE를 번들링(bundling)시킬 테니까요. 격차는 서서히 줄다가 어느 순간 급격하게 줄 겁니다. 역전될 수도 있습니다."

"우리는 일단 넷스케이프 모듈로 준비하는데… 변화가 필요하다고 보십니까?"

"지금은 둘 다 해야 합니다. 넷스케이프만 하면 안 됩니다. 차라리 힘의 균형이 깨지고 빨리 무언가 하나로 표준이 잡히는 게 좋겠지요. 그런데 소프트웨어 시장에서 이기는 쪽은 가장 기능이 좋은 쪽이 아니라, 가장 많이 팔린 쪽이 표준이 되는 경우가 많습니다. 홈비디오 시장에서 베타보다 VHS가 그렇게 된 사례가 있지 않습니까.

도시바와 소니의 협상으로 만든 DVD 표준처럼 협상으로 소모전을 줄여주면 좋겠지만, 그렇지 않다면 결국 이기는 쪽을 따라갈 수밖에 없습니다. 저는 결국 승자는 마이크로소프트(Microsoft)가 될 거라고 보는데요."

내게 웹의 경이로움을 처음으로 만나게 해 준 첫 번째 브라우저 넷스케이프 네비게이터의 전망이 그리 밝지 않다고 생각했습니다. 나는 두 번째 만난 브라우저인 인터넷 익스플로러의 편을 들었습니다.

처음부터 끝까지 말이 없는 한 사람은 무언가를 계속 적고만 있었습니다. 그 옆으로 맨 처음 말문을 트게 했던 사람이 다시 입을 열었습니다.

"박민수 씨는 서비스기획보다는 마케팅팀이 더 맞지 않을까 생각합니다. 일단 시장을 보는 관점이나 그간 경력이 프로젝트 자체보다는 매니지먼트와 마케팅에 더 강한 것으로 보여지는데요. 이 점을 수긍해주시면 저희도 결정하기가 수월할 것 같습니다만. 어떻습니까?"

1지망한 서비스기획팀보다는 2지망인 마케팅팀으로 바꾸라는 뜻이라 여겨졌습니다.

"예, 알겠습니다. 전망은 다 열어놓겠습니다."

대학 입학도 아닌데 1지망, 2지망이 중요한 게 아니고 일단 경력사원으로 뽑히는 게 더 중요했습니다.

"감사합니다. 수고하셨고요. 결과는 추후에 연락드리도록 하겠습니다."

느낌상 면접은 잘 된 것 같았습니다. 예감은 좋았습니다. 다행히 뒷조사를 하여 '혹시 집행유예 기간은 언제 끝납니까?', '자격정지는 언제 풀립니까?'와 같은 질문은 안 나왔습니다. 그런 질문에는 '이제 한 8개월만 있으면 다 풀립니다.'라고 간단히 답할 수는 있겠지만 선입견 때문에 면접 점수는 꽝이 되었겠지요.

나는 정들었던 한길정보통신 몰래 LG그룹의 인터넷 신사업 경력사원 모집에 지원했습니다. 직장을 옮기는 데야 여러 가지 이유가 있지만, 먼저 전망이 좋고 회사가 튼튼하고 연봉을 더 주고 경력에 더 좋으면 옮길 수 있는 게 아니겠습니까?

솔직히 전망과 경력은 둘째 치고 나는 연봉이 좀 더 필요했습니다. 직장인에게 있어 페이(pay)는 중요한 것입니다. 특히 당신과의 만남으로 인해 나는 늘 돈이 모자랐거든요. 전직(轉職)하려는 가장 중요한 사유는 돈이었던 같습니다.

그리고 또 하나 그 시절 나는 멀티미디어 패키지 소프트웨어보다는 진정으로 인터넷 비즈니스에 동참하고 싶었던 거지요. 그래서 이 새로운 회사로 오기 위해 밤을 새워 자기소개서를 작성하고 비즈니

116

스 의견서를 첨부하였습니다. 인사담당자가 하는 말이 내가 제출한 비즈니스 의견서를 잘 보았다고 하더군요. 인상적이었다고 평가해주었습니다. 수천 장의 지원서가 왔는데, 나의 그 의견서가 자신들이 선택하는 데 오히려 도움을 주었다고 말했습니다.

물론, 입사하게 된다면 아까 토의한 대로 그렇게 거창한 일을 결정하지는 않을 것입니다. 결국에는 또 거래처를 돌아다니고 회의를 하고 고객 모집을 위해 바닥을 박박 기겠지요. 아까 나눈 얘기는 IT 업계의 CEO들이 고민하고 CTO들이나 판단해야 할 문제들입니다. 겨우 대리급이나 될 내가 결정할 문제는 아닙니다만, 물어보니 주절주절했던 것입니다.

냉전시대 소련의 미사일 공격에 대비하기 위해 분산 네트워크를 추구했던 미 국방성 프로젝트인 아르파넷(ARPANet)이 오늘날 인터넷의 맹아(萌芽)였습니다. 적의 공격으로부터 중요한 서버와 정보를 보호하기 위하여 차라리 자원을 분산시킴으로써 피해를 최소화할 목적으로 개발된 것이 기본 개념입니다. 그러니까 인터넷이라는 것도 일종에 냉전의 산물이기도 합니다.

이 분산 네트워크 백본망에 UCLA와 스탠퍼드 대학 등의 학술 망이 물리면서 명실공히 네트워크의 네트워크로 발전했습니다. 1970년대에는 이메일과 TCP/IP 규약이 정립되어 주소체계가 만들어졌고 텔넷, 유즈넷 등 다양한 네트워크로 성장해 나갔습니다. 그러나 그때까지는 일부 전문가들의 네트워크에 불과했습니다.

결정적인 대중화는 웹(Web)이 등장하면서 이루어졌습니다. 유럽입자물리연구소(CERN)의 팀 버너스 리(Tim Berners Lee) 박사가 HTML과 웹 기술 표준을 구축했습니다. 그는 자신의 입자물리 연구라는 과학적 작업을 웹 환경에서 정보 공유하고자 했던 것이지만 인터넷 역사에서 그의 업적은 영원히 잊혀지지 않는 공로가 되었습니다. 그는 웹에 대해 어떠한 지적재산권도 주장하지 않았고 모두가 편히 쓸 수 있게 공개했습니다.

그 시절 내가 본 그 인터넷 세계는 아직 다가오지 않은 미래의 헤게모니를 놓고 벌이는 충돌과 격돌의 현장이기도 했습니다.

첫 번째 격돌은 브라우저 전쟁이었습니다. 초기 인터넷 바다를 항해하는 조타수 역할을 해준 웹 브라우저 넷스케이프 네비게이터가 등장하면서 사용자들의 PC 화면을 서서히 점령해나갔습니다. 뒤이어 마이크로소프트가 인터넷 익스플로러를 내놓으면서 정면충돌하였습니다.

아주 특별한 경우가 아니라면 한 명의 배우자만으로도 충분히 행복한 혼인 생활이 가동될 수 있는 것처럼 사실 사용자 PC에 두 개의 브라우저는 필요하지 않습니다. 그 살아남을 단 하나를 놓고 벌이는 피할 수 없는 격돌이었습니다.

야후가 등장하면서 카테고리의 성찬이 차려지기 시작했습니다. 알고 보면 하이퍼링크의 체계적 나열에 불과한 그 카테고리는 인터넷이 PC 통신과 얼마나 다른 세상인지를 극명하게 드러내며 당시 천리안의 메인 화면을 일순간에 멍청한 블루 스크린으로 여기게 만들었습니다.

그리고 어디가 시작이고 끝인지 알 수 없는 사이버 세상에서 길을 물어 찾아가게 해주는 검색엔진이 필요했습니다. 야후, 알타비스타, 라이코스 등 미국의 검색엔진과 더불어 국내에서는 까치네, 엠파스 등이 등장하더니 그해 봄 삼성SDS 사내 벤처팀의 대리급들이 모여 '네이버'라는 검색 서비스를 시작했습니다. 다양한 검색 엔진과 더불어 이제 인터넷으로 들어가기 위한 첫 번째 문이자 시작의 좌표로서 포탈(portal)의 역할이 대두되었습니다.

그리고 내게 처음으로 웹 메일 계정을 무료로 주었던 한메일의 사용자 계정은 비약적으로 성장했습니다. 너도나도 명함에 이메일 주소를 새롭게 적어 넣는 문화까지 등장하며 그 회사도 한 축을 형성하고 있었습니다. 거기에 미국에서는 아마존이라는 온라인 서점이 등장하면서 인터넷이 실물 경제와 결합될 수 있다는 가능성을 보여주었습니다.

이 춘추전국과 제자백가의 시대에 누가 명멸하고 누가 번창할지 아직은 알 수 없었습니다. 내 마음도 덩달아 요동치고 바빴습니다. 초창기 인터넷 비즈니스의 승자가 누구일지 모르는 상황에서 형성된 전선에서는 날마다 국지전이 벌어지고 있었고 언제 어디서 신무기가 등장할지 몰랐습니다.

데스크톱은 윈텔(wintel) 연합이 완전 장악하였고 삼성과 LG 그리고 대만 업체들이 끼어들었습니다. PC는 시스템을 뜯어보면 그 자체로 미군을 중심으로 한 다국적 연합군처럼 구성되어 있었습니다. 내가 처음 접했던 DOS는 이제 그게 뭔지도 모르는 사람들이 늘어나면서 역사 속으로 사라졌습니다.

내가 잘 모르는 분야이지만 하드웨어와 서버 분야에서도 더 이상 IBM과 HP뿐 아니라 오라클, 썬마이크로시스템즈, 시스코, 루슨트테크놀러지 등등의 이름이 힘을 얻어가고 있었습니다. 애플의 매킨토시는 그런 전장에서 홀로 핀 고고한 예술가의 화단처럼 여겨졌습니다.

달러와 핵무기와 군대뿐 아니라 미국은 소프트웨어와 네트워크, 벤처 그리고 새로운 실험과 창의력을 보여주며 세계 IT를 이끌어 갔습니다. 너무나 창의적인 제국주의를 보여주고 있다고 나는 인정하지 않을 수 없었습니다. 적어도 정보통신에 있어서는 '반제민족주의(反帝民族主義)'란 존재할 수 없었습니다.

정보통신업계는 날마다 죽어 나가고 새로 생기고 하는 전쟁터이기도 했습니다. 쓸모없어진 기술의 시체를 딛고 미래는 계속 전진해나갔습니다. 하지만 그래도 그런 격돌은 미래를 위한 유쾌한 경쟁이었습니다.

문제는 다른 쪽에 있었습니다. '전자신문'에는 새로운 용어와 회사들이 점점 자주 등장하기 시작했는데 반해 경제신문은 날로 심각해졌습니다.

그해 연초부터 한보철강이 부도가 나더니 모그룹인 당시 재계 서열 14위이던 한보그룹도 부도를 맞았습니다. 부실 대출의 규모가 5조 7,000억여 원에 달하는 엄청난 액수여서 은행장들이 뛰어다니고 세상이 술렁거리기 시작했습니다. 그러나 그건 폭풍의 시작에 불과했습니다.

한보사태를 통해 한국 사회를 오랫동안 움직여왔던 권력형 금융부정과 특혜 대출 비리가 드러났습니다. 부실한 기업과 사업에 천문학적 금액을 대출하는 과정에서 정계와 관계, 금융계의 핵심부가 서로 유착하면서 저지른 부정과 비리가 드러났습니다. '정경유착(政經癒着)'이라는 단어가 신문에 등장하기 시작했습니다. 국회에서는 '한보사태 국정조사특별위원회'가 열렸고 당시 김영삼 대통령의 차남이 이 사건에 연루되어 구속되는 상황이 벌어지기도 했습니다.

그런 과정은 금융기관의 자금난과 신용경색을 불러일으켜 한국 경제의 병들고 썩은 일면을 점차 드러내기 시작했습니다. 정확하게는 무슨 사업을 하는지는 몰랐지만 '삼미 슈퍼스타즈'라는 프로야구

팀으로 이름을 알린 삼미그룹이 자금난을 견디지 못하고 3월에 부도를 냈습니다. 곧이어 4월에는 진로소주를 만들기에 한국인이 소주를 마시는 한 도저히 부도와는 거리가 멀 것 같았던 진로그룹이 부도를 맞았습니다. 5월에 대동그룹에도 부도유예협약이 적용되었고 한신공영은 부도 처리되었습니다.

그런 크고 작은 그룹사들의 부도는 그 자체뿐 아니라 연관된 수많은 하청기업과 거래처를 연쇄 도산시켰고 불길이 잡히지 않는 화재 현장과 같았습니다. 정부의 '부실기업정상화 대책'은 금융권에 또 다른 문제를 야기시키면서 사태는 걷잡을 수 없었습니다. 마치 기름이 타는 불길에 물만 뿌리는 꼴이었습니다. 신문에 '실업자 급증'이라는 헤드라인이 떠올랐습니다.

"심상찮아. 경제라는 게 서로 줄줄이 걸려 있는 건데. 연쇄 반응이 일어난다니까."

술자리에서 우리 직장인들도 걱정스러운 말을 주고받았습니다. 당시 우리 경제와 사회를 지배해온 신화 중의 하나가 바로 '대기업은 절대 죽지 않는다.'였습니다. 그런 '대마불사(大馬不死)'의 신화가 끝났다고 평론가들이 말하기 시작했습니다.

적벽대전에서 연환계에 속아 조조가 흔들리는 배를 묶은 것이 대패(大敗)를 가져온 것처럼 불화살이 날아오자 '선단식(船團式) 경영'이 전체를 침몰시킬 수 있다고 경고가 나오기 시작했습니다. 그러나 폭풍과 큰 파도가 몰아치는 거센 바다에서 먼저 가라앉는 것은 일단 이름 없는 작은 쪽배들이었고 그런 건 눈에 들어오지도 않았습니다. 먼저 물에 빠진 이들을 구해줄 수도 없었습니다. 사람들의 삶의 기반이 조금씩 무너지고 있었습니다.

다행히 IT업계는 아직 태동기였고 그런 '선단식 경영'에 크게 묶여

있지 않았기 때문에 정반대의 사정이었습니다. 정보통신업계는 대부분 '중후장대(重厚長大)'한 설치산업이 아니라 '경박단소(輕薄短小)'했기 때문에 강력 엔진이 달린 가벼운 보트처럼 거친 물살을 헤치고 앞으로 나아갔습니다.

"문제는 아직 시작도 한 게 아니라는 거야."

그 동료의 예측이 맞았습니다. 그건 아직 시작도 하지 않은 것이었습니다. 삼풍백화점이 무너지듯이 한순간에 와르르 무너지지는 않았지만, 한국 경제라는 큰 배는 마치 빙산에 부딪치고 이제야 물이 들어오기 시작하는 타이타닉처럼 위태롭게 그 해를 항해하고 있었습니다.

문제는 그 배에는 타이타닉과는 비교할 수도 없을 만큼 많은 사람들이 타고 있다는 것입니다. 먹고 사는 것은 참으로 '큰일'이 아니라 할 수 없습니다. 생계 투쟁을 넘어 생존 투쟁의 어두운 터널이 기다리고 있었습니다.

"어디야? 왜 이렇게 주변이 시끄러워?"

당신이 무슨 일로 전화를 걸어왔는데 주변이 꽤나 시끄럽게 들렸습니다.

"응. 여기 지금 집회 준비 중이야. 그래서… 들려?"

"집회?"

"응. 민노총 집횐데. 노동법 날치기 통과 반대하고… 뭐 구조조정 반대 그런 거야. 오늘 반주하기로 했거든."

그 시절 당신은 노조 집회에서 가끔 공연을 하거나 예의 그 '오부리 밴드'와 함께 반주를 했습니다. 당신은 그냥 일종의 아르바이트라고 했지만요. 노조 노래패의 강사도 한다고 했으니까요. 민주노총의 성장과 한국 경제 상황의 급변으로 지금도 그렇지만 노동자 집회가 매우 다양하게 요구되었습니다.

"괜찮니?"

"뭐가?"

나는 집회라고 하면 전통적으로 전경이 막고 경찰이 진압에 들어오고 그래서 들고 뛰고 하는 상황이 생각나서 그렇게 물었습니다.

"괜찮아. 이런 겁쟁이. 끝나고 우리 오부리 밴드 오랜만에 뒤풀이도 하기로 했는데 뭐."

그때에 우리 사회에는 더 무서운 파도가 문 밖에서 기다리고 있었지만 나의 걱정은 겨우 그런 정도였습니다.

"근데… 왜?"

"오빠. 10일 날 시간 돼. 그날 보자고….'

당신과 나는 '우리 만난 지 며칠째'와 같은 연인들의 기념일을 가질 수는 없었습니다. 애들도 아닌 데다, 좀 떳떳하지 못했기 때문이기도 하고 가장 큰 이유로는 도대체 우리가 어떤 날을 기준으로 삼아야 할지 알 수도 없었기 때문입니다. 하지만 우리도 함께 기념하는 기념일이 없었던 것은 아닙니다.

"오늘 무슨 날인지 알아?"

"알지 그럼. 어찌 우리 이날을 잊을 수 있겠어?"

잊을 수 없는 그 날은 '6월 항쟁 10주년 기념일'이었습니다. 나도 당신도 아내도 그리고 당신의 남편도 모두 10년 전 오늘, 6월의 그 뜨거운 아스팔트 위를 달렸겠지요. 나와 아내는 대학교 3학년으로, 당신의 남편은 2학년, 당신은 1학년으로 우리의 젊고 푸른 그 6월을 '호헌철폐 독재타도'의 함성으로 함께 했겠지요.

"나, 오늘 마로니에 공원에서 행사가 있어. 거기서 6·10 기념 전시회도 있고 간단한 공연도 있거든. 그전에 오빠, 우리 기념으로 점심 같이 안 하시렵니까?"

당신은 당연히 그런 날 어떤 행사와 일정이 있었고, 나는 아무 일정이 없었습니다. 그런 뜻깊은 날 회사는 아무런 기념을 하지 않더군요. 하는 수 없이 나 혼자라도 기념하기로 했습니다. 물론 당신과 함께. 오늘은 마땅히 우리가 가장 밝고 맑게 추억해야 할 우리들의 기념일이었습니다.

당신이 대학로에서 여섯 시부터 일정이 있는데 그 전에 시간이 있으니 늦게나마 점심식사를 같이 하자고 했어요. 나는 당연히 받아들이고 그 날 점심을 거른 채 오후 3시까지 기다렸습니다.

"저기 오늘 엄마가 어디 가신 데다가, 내가 오늘 은서 데리고 같이 다니려고 하는데."

"그러세요."

당신이 딸과 함께 나오겠다고 하더군요. 이수동으로 와 달라고 부탁했습니다. 그 인근에서 늦은 점심을 함께하고 대학로까지 동행하는 것으로 우리의 일정을 짰습니다. 먼저 당신 동네에 일찍 가서 일전에 보아둔 게 요리 전문점을 직접 예약했는데, 점심시간이 지난 뒤라 예약이 별 의미가 없었습니다. 한가했으니까요.

6월의 그 날은 찬란하다 할 정도로 구름 한 점 없이 날씨가 맑았습니다. 식당을 예약해놓고 거리에 나와 당신이 걸어올 길을 바라보는데 쏟아지는 햇살로 눈이 부실 지경이었습니다. 그 눈부신 햇살 속에서 나는 오랫동안 기억에 남을 아련한 광경을 만날 수 있었습니다.

거리에서 서서 당신의 집 쪽을 바라보니 멀리서 아름다운 어떤 두 모녀가 천천히 걸어오는 것이 보였습니다. 사실 모녀라기보다는 무슨 아가씨가 큰 조카를 데리고 오는 것 같았죠. 당신과 은서였습니다.

두 모녀가 차양을 겸해서 모두 챙이 넓고 둥근 여름 모자를 썼더군요. 같은 색깔 같은 디자인의 모자를 숙녀는 큰 모자로 소녀는 작은 모자로 맞추었습니다. 인상적인 모습이었어요. 나를 알아보며 천천히 다가오는 그 모습은 옆에 화가가 있다면 한번 그려달라고 부탁하고 싶은 그런 그림 같은 풍경이었습니다.

당신은 뿌듯한 표정으로 내게 자기의 딸을 소개했습니다.

"오빠, 은서야."

"오, 그래. 은서야. 네가 은서구나."

쏟아지는 햇빛 아래 의젓한 그 아이가 감격스러웠습니다. 그 아이가 마치 코제트처럼 느껴졌습니다.

"은서야, 삼촌에게 인사드려야지."

당신은 나를 삼촌이라고 소개했습니다. 적당한 소개 같았어요.

"안녕하세요."

또박또박한 어린 목소리로 당신의 딸, 은서가 내게 인사를 했습니다.

"그래. 은서야, 안녕. 배고프지?"

우리는 예약한 식당으로 가기 위해 잠깐 같이 걸었습니다. 그런데 걷는 동안 내가 당신 옆에 서기도 뭐하고 은서 옆에 서기도 뭐하고 그렇다고 뒤에 서기도 뭐했습니다. 그래도 앞서는 것이 제일 나은 것 같아서 내가 앞장서서 예약한 식당으로 들어갔습니다. 이미 한가해진 그곳에서 방을 잡고 앉았습니다.

"세트 두 개만 해도 되지 않아요?"

주문을 하는 데 아낀다고 당신은 종업원에게 어른 세트로 두 개만 주문하려고 했습니다.

"안 돼. 은서 것도 시켜야지. 오늘은 자기보다 은서가 더 귀빈이야. 여기요, 어른 둘에 어린이 세트도 하나 주세요."

내가 당신을 면박 주었는데도 평소 같으면 뭐라고 좋알거렸을 당신이 딸 앞이라 꼼짝 못 했습니다. 나를 보며 은은하게 웃기만 했습니다. 그렇게 모두 각자 다 자기 세트를 갖추었습니다. 은서는 그때 유치원을 다니고 있었습니다.

우리는 이렇게 밝은 낮에 만난 것이 오랜만이라 덩달아 표정까지 밝아졌습니다. 역시 밤의 언어와 낮의 언어는 다른 것 같아요.

당신은 바다 쪽을 항상 좋아해서 게 요리가 좋았지만 아이가 혼자 먹기에는 다소 어려운 음식이었습니다. 은서를 옆에 두고 당신은 은서가 먹을 수 있게 음식을 발라주었습니다.

그래서 좀처럼 당신이 먹지 못하는 것 같아 내가 당신이 먹을 수 있게 게 요리를 발라주었습니다. 그러자 다시 당신이 내가 먹을 수 있게 발라주었습니다. 게 요리는 정말 서로 발라주는 재미가 상당했어요.

"오빠, 많이 먹어. 맛있어."

"응, 그래. 그래."

나는 은서를 바라보느라고, 음식을 먹는 것도 대충하고 있었습니다. 은서가 부드러운 게살을 곧잘 먹었어요.

"은서야, 이거 뭐야?"

"'왕'. '돌'. '잠'."

당신이 시켜서 은서는 게살을 먹으면서도 숟가락 포장지에 적힌 한글을 또박또박 읽어야 했습니다. 식사하는 자리에서 애를 괴롭히는 나쁜 엄마인 당신을 혼내려다가 참았습니다.

그래요, 이 아이가 당신이 살아가는 데 큰 힘을 준 아이이군요.

부모가 자식에게 주는 것은 주로 물질적인 것이지만, 자식이 부모에게 주는 것은 처음부터 주로 정신적인 것이라 하더군요. 어느 것이 더 귀중하고 가치 있는 것일까요? 따지고 보면 우리가 아이들을 어른으로 키우는 것이 아니라 아이들이 우리를 더 어른으로 만들었는지도 모릅니다.

너무 뜻깊은 날에 너무 뜻깊은 아이와 함께한 그 날의 식사가 오랫동안 기억에 남았습니다. 나는 깊은 감회에 젖었습니다.

이윽고 식사를 마치고 두 모녀를 에스코트해서 택시에 태우고 나는 앞좌석에 앉았습니다. 그렇게 대학로 마로니에 공원을 찾아가는데 뒤에 앉은 아름다운 두 모녀가 너무 궁금해서 이따금 고개를 휙 돌려 뒤를 돌아보았습니다. 당신은 그런 나와 눈이 마주치자 환하게 웃어주었습니다. 행복이 가득한 천진한 표정이었습니다.

그래요, 당신이 밝은 태양 아래 이렇게 밝은 표정으로 웃으니 당신을 행복하게 만들겠다는 나의 이 미친 투쟁도 헛된 것만은 아니리라, 나는 어떤 보람마저 느꼈습니다.

행사는 마로니에 공원에서 있는데 우리는 동행 일정이 끝나가는 것이 아쉬워서 이화동에서 내려 잠시 걸었습니다. 날씨가 아주 좋았고 사람들이 모여드는 대학로는 마치 축제 현장처럼 술렁였습니다. 그 길에서 마주친 솜사탕을 은서에게 하나 사주었습니다. 그리고 이제 우리는 은서를 사이에 두고 나란히 걸었습니다. 우리는 할 수 있는 한 아주 천천히 걸었습니다.

그러나 공원이 가까워져 오자 우리는 가볍게 눈인사를 하고 조금씩 거리를 벌리기 시작했습니다. 우리는 공개적인 자리에는 절대 나서지 말아야 하니까요. 당신은 작은 속삭임에 큰 입모양으로 말했습니다.

"전화할게요."

그리고 은서를 데리고 마로니에 공원 안으로 들어갔습니다. 나는 금방 돌아서지 못하고 멀찍이 떨어져서 그 뒷모습을 바라보았습니다. 먼발치에서 당신과 은서를 환영하는 한 무리의 인파를 보았습니다. 당신의 지인들도 너무 흐뭇해하더군요.

"오, 언니. 얘가 언니 딸이야? 어머 벌써 이렇게 컸네. 언니, 반만 하다."

은서를 당신의 지인들이 둘러싸고 쓰다듬고 안아 올리는 모습을 나는 지켜보았습니다.

참으로 뜻깊은 '6월 항쟁 10주년 기념일'이었습니다. 10년 전 그 날 나는 롯데백화점 앞 아스팔트 위에서 백골단에게 팔이 꺾이고 허리를 잡혀서 닭장차를 타고 용산경찰서로 끌려갔습니다. 그날의 그 씁쓸한 추억이 이제 당신으로 인해 오늘은 이렇게 아름답게 바뀌었습니다.

나도 당신을 환영하는 그 인파 속에 함께 할 수 있었다면 같이 기념사진이라도 한번 찍었으면 좋았을걸요. 그러나 그럴 수는 없었습니다. 나는 그 날 회사로 돌아와서 늦게까지 야근을 했습니다. 낮에 거래처 외근 간다고 땡땡이친 것을 보상해야 했기 때문입니다. 회사에서는 그런 뜻깊은 날을 기념해주지 않으니 할 수 없었던 것이지요.

그 기념일이 아련하게 저물어갔습니다.

오늘, 이렇게 좋은 날 당신은 지금 어디에서 행복한가요?

그리고 일주일쯤이 지났을 때 집에서 아내로부터 전화가 왔습니다. 아내가 급한 연락이라고 생각했는지 바로 그 내용을 말해주었습니다.

"여보, 좀 전에 전보가 왔는데, 엘지에서 보낸 거야. 내용이 이번 주 일요일까지 영등포 진단방사능병원에서 신체검사 받으라는데. 안내전화번호가 어디 보자…."

됐군요. 신체검사를 받아서 큰 병만 나오지 않는다면 나는 LG에 입사할 수 있게 되었습니다.

오, 자격정지가 풀리지 않아 교사자격증은커녕 당시 선거권도 없던 내가 LG그룹에 입사하게 되다니.

직장에 사정을 얘기하니 무척 서운해했지만, 나의 앞길을 막을 수는 없었습니다. 나는 건강했기에 무사히 입사 절차를 마쳤습니다. 그렇게 그룹의 신생 법인이며 당시 그룹의 53번째 계열사인 새로운 회사 'LG 온라인'에 입사했습니다. 기대한 대로 연봉도 꽤 오르게 되었고 무엇보다 은행에서 대출을 쉽게 받을 수 있는 안정된 신분이 되었습니다. 나중에는 10년짜리 미국 비자(VISA)까지 취득하게 될 정도였습니다. 그렇게 나는 점점 완전한 합법적 존재가 되어갔는데 당신과의 관계는 여전히 비합법이었습니다.

그 시절 인재가 드물었던 인터넷 비즈니스는 굴뚝 산업과는 색다른 문화와 색다른 도전을 요구했습니다. 사무실 출근에 앞서 제일 먼저 경기도 이천에 있는 그룹 연수원인 'LG 인화원'에서 열흘에 걸쳐 연수를 받아야 했습니다. 신입, 경력 할 것 없이 우리 입사 동기 전체가 연수에 들어왔는데 그룹 연수는 여러 가지 재미있는 프로그램도 많았고 유익한 것도 많았습니다.

"일단 네크로폰테 교수의 『비잉 디지털(Being Digital)』하고 『가상사회와 전자상거래』, 모두 수요일까지 읽으시고 초록으로 제출해주세요."

여기서도 '초록'이라는 용어가 등장했습니다. 그런데 읽어야 할 책과 발표해야 할 과제, 협력하여 해결해야 할 프로그램 등등 숙제도 상당히 내주더군요. 아주 피곤하다기보다는 사람에게 개인 시간을 주지 않아 사실 정신이 없었습니다.

그래서 일과를 마친 밤이면 모두들 줄을 서서 공중전화로 각자의 사정대로 전화를 걸었는데, 나는 항상 줄을 두 번 서야 했습니다. 한번은 집으로 해야 했고, 한번은 당신에게 전화를 해야 했기 때문입니다.

"조직력이란 결국 어떤 컨센서스(consensus)를 만들어내고 공유하느냐 하는 것입니다. 모든 디스커션과 커뮤니케이션은 어떤 컨센서스를 만들어가는 과정이 되어야 합니다."

맥킨지(McKinsey) 컨설팅 프로그램이 작동되었습니다. 맥킨지 컨설턴트들과 집단 디스커션을 한판 벌였습니다. 컨설턴트들은 입에 반은 영어를 달고 말했습니다. 발음도 기차게 좋았습니다. 맥킨지 기본 교육 프로그램은 서울로 돌아간 뒤에도 의무적으로 교육을 수행해야 한다고 했습니다. 특히 마케팅팀이 된 나는 학점 이수하듯이 일을 하면서도 마케팅 과정을 이수하고 과제를 제출해야 했습니다. 그러니까 맥킨지는 군대로 치면 '정훈'에 가까운 기업경영의 이데올로기들이었습니다. 영어로 적힌 맥킨지 팜플렛을 한가득 안겨주었습니다.

"사무실로 가면 여러분 책상 위에 LG텔레콤의 첫 번째 핸드폰이 놓여있을 겁니다. 이제 막 시범 서비스가 시작된 그룹의 정보통신 서비스의 위대한 첫걸음입니다. 마침내 PCS 시대가 열렸습니다. 여러분은 아예 모니터링 고객이라 생각하고 품질 모니터링도 부탁합니다."

나를 면접했던 사람 중의 한 사람이 업무지원팀이 되었다며 그런 말을 했습니다. 예상한 대로 무선 전화의 시대가 왔어요. 그룹은 그 이동통신사업자로 선정되었기에 나는 누구보다 먼저 그 기기를 지급받을 수 있었습니다.

"우리 엘지 온라인은 또 하나의 그룹 계열사라는 통념을 버려주십시오. 우리는 엘지라는 이름도 버리고 갈 수 있습니다. 대기업 집단이라 생각하지 말고 도전하는 벤처라고 생각하십시오."

챌린지 프로그램에서 그렇게 벤처라고 했지만, 라면은 먹이지 않았고 그 연수원의 부식은 너무 깔끔하고 맛깔났습니다.

"새로 오는 사장도 이번에 공모로 선출했습니다. 그룹 최초로 30대 후반의 CEO입니다. AOL처럼, 야후처럼, 애플처럼! 여러분은 그룹의 젊은 피입니다."

함께 한 면면들도 대단했습니다. 공모라기보다는 스카우트된 사장은 서울대 공대 학사, 예일대 석사 출신에 실리콘밸리에서 비행기를 타고 막 귀국했습니다. 반은 학력이 석사 이상이었고 유학파 출신 동료도 수두룩했고 기자 출신, 사진작가 출신, LG 애드에서 옮긴 사람, 삼성 출신, 그룹 구조조정본부에서 파견된 사람들에다 나같은 야전 장돌뱅이 출신에 이르기까지. 하긴 그룹이 몰라서 그렇지 까놓고 보면 나도 간단찮은 이력이라고 할 수 있겠지요.

"여러분, 그룹은 21세기를 맞이하며 3대 사업으로 선택과 집중을 할 겁니다. 첫째, 전자. 둘째는 화학. 셋째는 여러분과 함께 만들고자 합니다. 정보통신입니다. 이 세 가지 비전으로 그룹은 21세기를 준비할 것입니다. 여러분은 그 한 축인 정보통신의 핵심 역량들입니다."

그룹 비전을 알려주는 시간에는 자존감을 한껏 높여주어서 자만심이 생길 정도였습니다.

200페이지가 넘는 'LG 그룹의 역사'라는 책자를 주었습니다. 특별히 과제는 없었고 한번 읽어보라는 식이었습니다. 인상적인 것은 LG 그룹사는 구씨 가문과 허씨 가문의 아름다운 동업 50년의 역사였습니다. 경남 진주에서 출발하여 일제시대 '동동 구리모'라는 여성용 화장 크림을 팔면서 그룹은 시작했습니다. 해방 이후에는 미제 치약을 연구 분석하여 국내 최초로 럭키 치약을 만들어 부뚜막에 소금을 밀어내고 한국인들이 치약으로 양치질을 하게 했습니다. 우리나라 최초로 플라스틱 바가지도 만들었습니다.

신규 설립된 우리 'LG 온라인'을 인큐베이팅(Incubating)하는 그룹 주력계열사는 일단 'LG 전자'가 맡았습니다. 몇 해 전 그룹 통합 CI를 통해 'LG 전자'라는 이름을 얻기 전에는 오랫동안 '금성사'였습니다. 그 금성사는 한국 최초로 선풍기와 라디오, 전화기와 흑백 TV를 생산해냈습니다. 내 기억에도 어린 시절 고향 툇마루에서 돌아가던 선풍기가 금성사 제품이었습니다.

일대일로 연봉 협상을 마치고 연수의 공식 일정이 끝나자 연수 마지막 저녁에 뒤풀이가 벌어졌습니다. 1차로 식당에서 전체 회식을 한 다음 각자 그룹별, 팀별로 자유롭게 어울리는 파티 분위기였습니다. 여자 동료들은 연수원 식당에서 뒤풀이를 댄스파티로 몰고 갈 만큼 기가 세고 자유분방한 프로우먼들이었습니다. 러닝센터 강사들뿐 아니라 맥킨지 컨설턴트들도 가운데로 끌려 나와서 춤을 춰야 했습니다. 그녀들 중 몇몇은 빡센 연수로 자신들을 괴롭힌 강사를 골라 같이 춤을 추고 몸을 비비며 섹시한 몸짓으로 당혹하게 하여 앙갚음했습니다.

3차쯤에서 어디서나 잘 모인다는 고대 교우회는 그런 자리에서도 통문을 돌려 상무님 방에 소집을 시켰습니다. 조니워커 블루를 맥주에 섞어 폭탄주를 네 순배나 돌렸습니다. 자리를 만든 상무도 하나도 피하지 않고 받았습니다.

"야, 오늘은 취해도 좋으니, 맘대로 마셔. 진짜 반갑다. 민족 고대! 우리 죽도록 한번 해보자!"

추억과 감성을 불러일으키며 전장에서 '돌격 앞으로'를 외치면 목숨 걸고 달려나가게 할 만큼 조직은 사람을 잘 다루었습니다. 남자들은 그런 선동에 몸이 달아 목숨을 던지기도 합니다.

그래도 제일 마음에 들었던 것은 LG 그룹의 그룹 훈(訓)인 '인화단결(人和團結)'이었습니다. 가문의 평화를 위해서는 반드시 장자 상속을 해야 한다고 생각하는 그룹은 저변에 '유교의 가치'를 지키고 싶어 했습니다. 동도서기(東道西器)하고 싶다고 했습니다. 마음에 들었습니다. 반제애국전선과는 전혀 다르지만 강한 조직과 붙는다는 생각이 들었습니다.

아, 그러나 대기업 집단은 겪어보니 세련된 것은 분명하고 뭔가 든든한 지원이 있는 것 같기는 한데 사람을 꽤 뚫어보는 것 같았습니다. 은근히 숙제를 내주고 디스커션이라는 이름으로 사람을 평가하고 컨센서스라는 이름으로 묘한 집단성을 요구했습니다.

그러나 그 순간에도 '한국경제호'에는 바닷물이 쏟아져 들어오고 있었습니다. 벌써 상당수가 물에 빠져 허우적대고 있었습니다. 같은 여의도에 있는 기아 자동차 그룹이 두 손을 들고 정부를 바라보았습니다. 기아그룹의 28개 계열사가 부도에 직면했습니다. 그 안에는 옛날 야학 시절에 노동자 학생이 다니던 기아특수강도 들어있었습니다. 청와대에서 긴급하게 확대 경제장관 회의가 열렸습니다. 당시 재계 서열 8위였던 그 자동차 그룹이 부도 사태를 맞이했습니다. 그건 물이 갑판 위로까지 올라왔다는 겁니다.

연수에 들어오기 전에 입사 기념으로 당신에게 PC를 선물했습니다. LG 그룹의 일원이 되기 때문에 주문도 LG 홈쇼핑에서 하고 PC도 LG IBM으로 벌써 내부거래를 했습니다. 입사는 내가 하는데 왜 당신이 선물을 받아야 하는지는 잘 모르겠지만요. 하여튼 당신도 그런 물건의 유용성을 알게 되어 갖고 싶다고 해서 샀습니다. 컴퓨터 책상은 자기가 미리 사놓았다고 했습니다.

이번에는 연수원에서 맞이하는 우리들의 통화 시간, 밤 11시였습니다. 사실 나는 집으로 전화를 걸어 아내와 통화하고 성현이의 옹알이도 들은 다음에 당신에게 전화를 한 겁니다.

"오, 오빠. 잘 있는 거야? 힘들어서 어떡해?"

"그래, 난 잘 있어."

"연수받는 거, 그런 거 너무 힘들지. 몸은 괜찮아?"

당신은 기업 연수를 무슨 군대 훈련쯤으로 생각하는지 상당히 애틋하게 물었습니다. 연수를 길게 받았으면 자칫 면회라도 올 모양이었나요.

"아냐, 뭘, 힘들게 뭐 있겠어? 좀 시간이 없어서 그렇지. 참, PC는 왔어?"

"응, 왔어."

"잘 돼?"

"잘 되긴 뭘. 그냥 놓고만 가던데. 내가 뭘 할 줄 알아야 하지. 그냥 박스도 안 풀어봤어. 구석에 그냥 있어. 오빠, 어서 와서 좀 해줘."

그렇구나, 당신이 그 시스템 설치를 할 줄 모르는구나. 그렇게 어렵지는 않은데. 할 수 없이 내가 설치를 해주겠다고 했습니다.

당신의 부탁을 듣고 나는 바로 달려갈 수가 없었습니다. 입사하기 위해서 연수를 받아야 했으니까요. 무단으로 이탈했다가는 바로 퇴사 처리되겠지요. 그 부탁을 듣고 나흘이 지나서야 당신의 집으로 찾아갈 수 있었습니다.

그룹 연수원을 나서는 날, 단체 버스를 타고 고속버스터미널 근처에서 내렸을 때는 마침 토요일이었고 점심도 전이었습니다. 나는 그날 저녁 무렵까지만 집으로 들어가면 되었기에 어느 정도 시간이 확보되었습니다.

"나야. 왔어. 지금 서울이야."

"으응. 왔어?"

전화를 받을 때 당신은 아직 잠이 덜 깬 목소리였습니다.

"아직 자냐? 나 왔는데."

"으응. 어제 일이 너무 늦어지고. 오빠, 그냥 지금 와도 돼. 혼자 있어. 내가 문 살짝 열어 놓을 게. 들어 와."

당신이 미리 준비하지 않았을 것이라 예측하여 멀티 탭을 사 들고 당신의 집으로 찾아갔을 때 당신은 아직 잠에서 깨지도 않았습니다. 나만 들어오라고 살짝 문만 열어 놓고 자기 침실에서 자고 있었습니다.

나는 그런 것에 아랑곳하지 않고 박스를 풀고 본체와 모니터 등을 꺼내어 성실하게 PC를 설치했습니다. 그리고 필요한 소프트웨어를 깔고 다른 하드웨어를 세팅하면서 설렁설렁 시간을 보내었습니다. 어려운 건 아닌데, 절대적으로 시간이 다소 소요되었습니다.

"오, 오빠 왔어?"

그런 사이 늦잠을 자고 일어난 당신은 일어나자마자 씻지도 않고 내가 PC를 설치하고 있는 작은 거실로 왔습니다. 자다가 일어난 그대로 슬립 차림으로 속살이 내비치는데도 부끄러움도 없이 다가왔습니다. 그리고는 덥석 그 차림 그대로 나를 안았습니다.

"오오. 깼는데 오빠가 와 있네. 깜작이야. 이럴 수가. 너무 좋아!"

아까 통화를 하고 문을 열어 놓고선 이렇게 천연덕스럽게 감탄했습니다.

"어머. 컴퓨터도 설치하고. 이런 너무 착하다. 나, 너무 좋아. 꿈은 아니겠지? 세상에 이럴 수도 있구나."

무엇 때문인지 당신은 과도하게 감격하더군요. 당신은 나를 안고 내 등짝을 비비고 가슴으로 파고들었습니다. 잠시 일을 멈추어야 할 정도였습니다. 따뜻한 당신의 몸의 온기가 그대로 전해왔습니다. 방문 설치 기사가 그 집 안주인을 꾄 듯한, 또는 그 반대인 듯한 이상한 모양이 연출되었지만 따뜻한 몸 내음이 좋아서 그냥 그대로 서 있었습니다. 아침부터 우리는 몸을 섞었습니다. 부드럽고 포근했습니다.

그날 당신은 저녁에는 일을 해야 했고 나도 그때까지는 집으로 돌아가야 했지요. 하지만 오랜만에 우리는 낮 시간을 가질 수 있었습니다.

"오빠, 우리 같이 드라이브할래?"

"그래. 우리도 탈(脫)서울해서 어디론가 가보자."

당신의 오랜 숙원을 이제야 들어줄 수 있었습니다. 그룹 연수 귀환의 틈바구니에서 빈틈이 생겨 겨우 그런 기회가 찾아왔습니다. 잠꾸러기 당신 때문에 그래도 주어진 시간은 여섯 시간 남짓이었습니다.

"그럼 나 준비해야 되는데. 여기서 기다릴 수 있어?"

"그래, 나도 여기 소프트웨어도 좀 더 깔아야 하니까. 그래도 빨리해. 머리는 감지 마. 머리 감으면 한 시간 넘게 걸리잖아. 내가 30분 줄게."

"안 돼. 30분 너무 짧은데."

"에이, 빨리해. 빨리빨리. 에즈 순 에즈 파시블(As soon as possible). 허리 업(hurry up)!"

당신은 그때부터 욕실로 안방 화장대로 외출 준비를 하기 위해 우당탕댔습니다. 주는 시간이 적다고 몇 번이나 투덜대면서도 당신은 열심히 서둘렀습니다. 하지만 재촉하는 나도, 서두르는 당신도 그 모든 것이 우리는 즐거웠습니다. 그런 일상조차 당신에게는 잊혔던 색다른 경험이었지요.

"오빠, 오빠. 뭐가 좋을까?"

오른손과 왼손에 옷을 두 벌 들고 와서 몸에 갖다 대며 내게 물어보기도 했습니다. 당신이 스와로브스키를 꺼내기에 시간을 절약하려고 귀걸이는 당신이 직접 달게 하고 목걸이는 내가 도와서 걸어주었습니다. 마지막으로 향수를 뿌리고 당신은 슬리브리스 원피스에 시스루 볼레로를 손에 쥐고 나섰습니다.

"아 참. 모자."

계단을 오르다 거리에 쏟아지는 햇빛을 보고 당신이 다시 돌아섰습니다. 모자를 쓰고는 허겁지겁 집을 나섰습니다. 그래도 30분은 넘었고 결국 한 50분 정도 걸렸던 것 같습니다.

이번에는 운전대를 내가 잡았습니다. 7월의 따가운 햇볕이 한강 위에 가득 펼쳐졌습니다. 멀리 유람선이 지나가고 있었고 아직 바람은 습도가 낮아 처음에는 차창을 열었습니다.

그런 대낮의 드라이브는 우리를 들뜨웠습니다. 그러나 불행히도 서울은 우리를 놓아주기 싫은지 도로는 답답했습니다. 멀리 윈드서핑하는 사람들만 한가롭고 상쾌하게 보였고, 거침없이 달려보고 싶은 마음을 올림픽대로는 허락하지 않았습니다. 그 토요일, 우리처럼 계획한 사람이 한둘이 아니었나 봅니다. 동쪽으로 가는 길이 너무 밀려서 겨우 조금씩 나아갈 뿐이었습니다. 창문을 올리고 에어컨을 틀었습니다.

"음. 우리 타고 있는 이 차를 만든 기아자동차까지 협조융자를 신청하다니 문제네."

"오빠, 큰 문제가 생기는 거야?"

"사실상 부도라는 얘긴데. 여의도가 들썩들썩하다는데 지금 기아가 그 정도라면 앞으로 어찌 될는지 걱정이네."

"에이. 그런 거 말고 다른 얘기해. 자꾸 불안한 얘기 하지 말고. 차도 밀리는데."

"알았어. 알았어."

그래요, 그런 날 당신과 한국 경제 문제를 화젯거리로 할 필요는 없었습니다.

"연수는 어땠어? 힘들었지? 막 굴려?"

"굴리 긴. 군대냐 뭐."

하긴 해야 될 숙제가 한가득 있었습니다. 내일은 꼼짝없이 읽고 정리하면서 하루를 보내어야 했습니다. 길이 지루해서 좀 웃겨줄까 생각이 들었습니다.

"참, 지영아. 연수 갔다가 들었는데. 그룹 마케팅팀이 소비자 의식 조사를 하면서… 이대생 천 명에게 물었는데 글쎄, 장래에 결혼하고 싶은 상대, 2위가 군인이래."

"뭐? 군인이라고? 에이 어떻게 군인이 2위야? 내가 이대 출신인데… 그럴 리가."

"아냐, 진짜야. 조사 결과라니까."

"그래? 군인이라고? 오빠 말대로 요새 경제가 어렵다고 하더니 후배 애들이 변했나? 그런 얘기 처음 듣는데… 그래, 그럼 1위는 뭐야?"

"응, 1위는 민간인."

138

"뭐야! 풋하하. 아, 웃겨. 호호호. 잉, 장난꾸러기."

당신은 내 농담에 웃음이 터졌습니다. 당신은 웃으면서 내 어깨를 쳤습니다.

"야야. 지영아, 나 운전 중이야. 치지 마."

울면서 만난 당신이 어느새 웃기 시작했습니다. 그리고 그때 내가 볼 때는 당신의 자율신경 실조 병증도 눈에 띄게 좋아졌습니다. 당신의 통증은 조금씩 조금씩 가라앉고 있었어요.

당신은 그렇게 웃다가 이제는 민간인이 되어 선택지 1위에 오른 나를 갖고 싶어서 참을 수가 없었습니다. 그래서 우리는 대낮인데도 모텔을 찾아갔습니다. 길바닥에서 더 이상 아까운 시간을 버릴 수 없어서 양평 서종면 목적지는 다음 기회로 미루었습니다. 나도 좀 피곤이 몰려왔지요.

팔당쯤에 분명히 공주가 살았거나 왕족이 살 것 같은 모텔들이 점점이 있었습니다. 햇볕이 따가운 대낮이었지만 모텔 주차장으로 들어갔습니다. 낮이냐 밤이냐가 중요한 게 아니라 서로가 가진 시간 때문에 할 수 없었던 거지요. 그런 곳은 다 커튼이 있기에 커튼만 치면 괜찮았습니다.

모텔 종업원이 뛰어나와 자동차 번호판을 가려주었는데 괜히 사람을 주눅 들게 만드는 행동이었습니다. 우리가 무슨 나쁜 짓을 하려고 하는 사람들처럼 말입니다. 당신은 개의치 않고 당당히 걸었습니다.

내가 말렸는데도 당신은 참지 못하고 결국 모텔에 들어와서 머리를 감느라고 물에 적셨습니다. 드라이로 급히 말렸지만 어쩔 수 없이 좀 젖은 채 당신은 내게 안겨왔습니다.

"오빠, 혹시 향수 써?"

당신이 젖은 머리칼을 스치며 내 가슴을 파고들다 물었습니다.

"응. 나도 하나 샀어. 왜 싫어?"

"아냐. 괜찮아. 좋아. 그런 건 또 언제 샀어? 나한테 말도 안 하고."

당신의 미향(微香)을 중화시키는 보안 투쟁용이라고 알려주지는 않았습니다.

그런 중요한 얘기를 왜 그 순간에 하는지 그건 대화가 아닙니다. 아니면 그냥 당신의 독백인가요?

"아. 사. 랑. 해."

당신은 자신에게 열중하는 내 귓가에 이렇게 속삭였습니다. 나는 그저 '응, 응'이라고만 했습니다.

분절음도 아니고 유음도 아니고 당신은 그저 그렇게 비음을 내질렀습니다. 이제 당신은 내가 흘려보내는 노르에피네프린으로 인해 자율신경 조절도 어느 정도 이루어졌습니다. 그 날 당신은 넘치는 도파민과 아드레날린과 에스트로겐으로 더욱 깊어지고 아득해졌습니다.

완전 암흑은 항상 싫다는 당신 때문에 우리는 낮의 모텔에서도 커튼을 치고 캄캄하면 미등을 켜놓기도 했습니다. 때론 이중 커튼이 있을 때는 자연광만 은은하게 차단하여 조도를 낮추기도 했고요.

젊었지만 나도 피곤했겠지요. 열흘 동안 연수를 마치고 바로 당신과 누웠으니 나른했습니다. 달콤한 피로감이 한없이 밀려왔어요. 당신도 어제 늦었다더니 팔베개를 베고는 살며시 눈을 감았습니다. 우리는 같이 스르륵 단잠에 들었습니다.

"오빠, 아직도 자?"

"으응. 지영아, 깼어?"

"나, 하고 싶은 말이 있어."

"응. 뭔데?"

"해도 돼?"

가끔 황당하게 잘도 말하던 당신이 웬 뜸을 들였습니다. 아직 드리워진 커튼 사이로 스며드는 옅은 빛이 아늑했습니다.

"하고 싶은 말이 있으면 해야지. 새삼스럽게 왜 이래? 또 뭐 사고 싶은 게 있어?"

"아니, 그런 거 아니고. 민수 오빠."

당신이 내 이름까지 불렀습니다.

"응. 왜에?"

"오빠… 사랑해…"

"응?"

"나, 오빠 사랑해. 사랑한다고."

아까는 흐느낌처럼 말하더니 이번에는 또렷하게 말했습니다.

아까 말했잖아요. 내가 혹시 못 알아들었을까 다시 말해주는 것인가요?

말을 해놓고 부끄러운 당신은 내게 파고들며 입술을 가져왔습니다.

하지만 당신, 그때 '사랑해'라고만 하지 말고 '행복해'라고도 내게 말해주지 그랬어요. 그랬다면 나는 조금 덜 아팠을 텐데요. 당신이 내 '연민병'에 대해 조그마한 연민이라도 있었다면 당신의 자율신경 실조증이 확연히 나아졌듯 내 '연민병'도 좀 나았을 텐데 말입니다. 하여튼 당신은 내게 '행복해'라고 하지 않고 다만 '사랑해'라고만 했습니다.

'사랑해'

 전공필수 과목이라 도저히 만나기를 피해 갈 수 없었던 소쉬르에 따르면 말과 사물 사이에는 필연적 관계가 없고 자의적일 뿐이라고 합니다. 그러니까 '사랑'이라는 말과 '사랑'이라는 진실은 원래 아무런 관계가 없다는 것이지요. 우리가 '사랑한다'라는 말 대신 '아프다'라는 말을 해도 서로 그런 뜻으로 약속을 하면 된다는 겁니다.

 하지만 만약 우리에게 '사랑'이라는 말이 없다면 나는 당신을 어떻게 사랑할 수 있을까요? '사랑'이라는 우리말이 없으면 '사랑'이라는 마음을 생각할 수도 없잖아요. 영어로 'love'라고 생각해야 하나요? 어쨌든 '사랑'이란 말은 '사랑'과는 필연적인 관계가 없다는 겁니다.

 그러나 소쉬르는 하나의 기표(signifiant)는 반드시 하나의 기의(signifie), 즉 '뜻하는 바'를 가진다고 했습니다. 그래서 '사랑'이란 말도 무언가 반드시 뜻하는 바가 있다고 했습니다.

 레비 스토로스는 의미란 기호와 사물 사이의 필연적 관계가 아니라 관계와 차이에서 성립한다고 다른 해석을 내놓았습니다. 그러니까 내가 당신에게만 '사랑해'라고 말한다면 그것을 통해 '당신'과 '당신을 제외한 이 세상 사람들'을 구별할 수는 있다는 겁니다. 즉, 변별은 가능하답니다. 사실 그거면 다된 겁니다.

 그리고 말이에요. '사랑'은 단순한 명사나 동사가 아닐 겁니다. 그건 일종의 의성어이며 의태어일지도 몰라요.

 소리와 움직임이 없는 '사랑'이 무슨 의미가 있을까요? 가만히 '사랑해'라고 말을 해보세요. 그건 의미 없는 기표들의 나열이 아니라 진지하고 따뜻한 소리이며 부드럽고 열정적인 움직임이 분명합니다.

 '사', '랑', '해', 이것이 어떻게 의성어 의태어가 아니겠습니까?

 그래서 그 날 당신은 그 말을 온전히 하나의 의성어이며 의태어로 내게 들려주었나 봅니다. 그것이 당신의 빠롤(parole)이었습니다. 당신은 언어의 연금술사였습니다.

    돌아오는 길에 핸들은 당신이 잡았습니다. 내 목적지는 성내동이었고 당신은 서초동까지였기 때문에 지나다 나를 내려주기로 했습니다. 오는 길은 가는 길보다는 원활했습니다. 풍경이 하나도 궁금하지 않아서 운전하는 당신을 물끄러미 쳐다보았습니다. 우리는 또 아쉽게 헤어지러 가는 길이었습니다.

    "지금 나 보고 있는 거야?"

    "응."

    "예뻐서 보는구나. 그치? 크크"

    "아무래도 그렇겠지. 나는 어때?"

    "오빠도 멋지지. 자부심을 가져. 오빠는 이대생이 희망하는 1위, 민간인이잖아. 호호."

    나는 당신을 안심시키기 위해 한 가지 은유를 생각해냈습니다.

    "지영아, 나도 하고 싶은 말이 있는데?"

    "뭔데? 뭔데? 해 봐."

    "지영아, 너 아프잖아. 내가 너를 완치시키는 치료제가 될 수는 없지만 진통을 덜게 하는 모르핀은 될게."

    "몰핀?"

    "그래, 모르핀. 일종의 무통 주사와 같은 거지."

    나의 존재로 인한 당신의 어떤 도덕적 부담을 덜어주어야 할 필요가 있었습니다. 나도 내 존재 개념을 잡을 필요가 있었고요.

    당신과 나는 정상적인 연애를 하고 있는 것이 아니었습니다. 우리는 미팅을 한 것도 아니고 맞선을 본 것도 아니고 그리고 처녀 총각도 아니었습니다. 그런 우리가 사랑 타령을 하고 있을 수는 없었습니다. 그럴 수는 없었어요.

"에, 또 좀, 어려운 얘기 하시네. 국어를 왜 그렇게 어렵게 공부를 하셨어?"

하지만 나의 은유(隱喩)가 너무 강해서 당신은 그 말을 별로 좋아하지 않았습니다.

나도 당신에게 그냥 '사랑해'라고 고백을 할 걸 그랬나 봐요. '기표는 기의에 항상 미끄러진다.'고 소쉬르는 왜 그런 이상한 소리를 해서 나를 헷갈리게 만들었는지. 미끄러지든 말든 한국어를 모국어로 쓰는 나는 당신에게 '지영아, 나도 사랑해.'라고 하면 가장 좋은 말이었을까요? 생각해보니 당신에게 '사랑해'라는 그 흔한 말 한마디를 해주지 못했네요.

"그나저나 오빠, 배 안 고파? 수업 들어가면 먹을 시간도 없는데."

"여기쯤인가? 조금 더 가면 비빔냉면 잘하는 데가 있던데."

"어디 어디? 냉면 좋아. 빨리 가자."

"오, 저기. 그래. 저기 앞에서 우회전해서 들어 가."

시원한 비빔냉면을 함께 먹고 나서 우리는 서울로 다시 돌아왔습니다. 당신이 나를 성내동에 내려주었어요. 당신에게 정당한 '차비'를 주고 트렁크에서 내 트렁크를 꺼냈습니다. 그날은 경기도 이천에서 이수동으로 다시 팔당을 거쳐 성내동 집으로 오는 긴 여정이었습니다. 이런 얘기까지 하기는 좀 그렇지만 집에 와서도 바로 잠들지 못했습니다.

집에 오자마자 또 욕실에 들어가 샤워를 했습니다. 연수원에서 나오면서 한번, 팔당 모텔에서 두 번, 그날만 벌써 네 번째 샤워였습니다. 뭐 깨끗해서 나쁠 건 없지요.

"저녁 안 먹었지? 볶음밥 했는데."

아내와 같이 저녁으로 볶음밥을 먹었습니다. 아내는 아이도 같이 먹이면서 자기도 저녁을 먹었습니다.

"엘지, 새로 나가는 데가 사무실이 여의도야?"

"응. 일단 여의도 트윈타워로 가야 돼."

"좀 멀어졌네. 뭐 타고 가야 되는 거야?"

"아침에 더 일찍 일어나야 돼. 지하철 타고 버스로 갈아타야 될 것 같은데."

아내는 짧은 반바지에 가슴골까지 패인 슬리브리스 티를 입었지만 집안이니 상관없었지요. 아이는 착하게도 일찍 잠들었습니다. 7월의 밤, 아내도 샤워로 몸을 깔끔히 했습니다.

"많이 피곤해?"

"아니. 괜찮아."

그렇게 묻기만 했을 뿐 아내도 내 가슴을 파고 들어왔습니다. 내가 연수를 간 동안 아내도 나를 기다렸나 봅니다. 그것이 어떤 신호인지 알기에 그냥 돌아누울 수는 없었어요. 당연히 피곤하긴 했지만 다음 날은 일요일이라 늦잠을 자도 되니 충분했습니다.

처음에는 아내가 먼저 애무도 해주고 적극성을 발휘하며 리드했습니다. 아내는 뭐가 묻을까 봐 당신처럼 걱정할 필요도 없었습니다. 집안이니 거칠 것 없이 벗은 옷을 침대 밑으로 집어 던지고 아내가 먼저 내 몸 위로 올라왔습니다. 그것도 부부간의 배려라면 배려입니다.

당신은 밤에 아이들을 가르치고 있었고 나는 그렇게 누워있었습니다. 그런 것으로 가책을 받아서는 이 보안 투쟁을 지속할 수가 없습니다. 같은 뮤지컬도 두 번 보고, 영화도 두 번 볼 수 있고, 전화도 두 번 걸어야 하고, 샤워는 여러 번 할 수도 있고, 어떤 경우에는 저녁도 두 번 먹을 수 있게 언제나 마음을 굳세게 먹어야 합니다.

특히 이상스럽게 아내와 당신은 약간 다른 듯하면서 비슷한 모습을 내게 보이거나 같은 행동을 반복시키기도 했습니다. 두 분은 처음 만나자마자 눈물을 보이고 내게 키스를 해주고 혼자 있는 자기네 집에 나를 초대하기도 했습니다. 내게 심부름을 시키고 볶음밥을 먹여주려고 하는 것까지도요.

그리고 처음 만났을 때 두 분 다 일단 처녀도 아니었습니다. 뭐 그런 것에 진심으로 섭섭하지는 않았습니다. 그게 다 두 분이 매력적이었기에 그런 거라고 담담하게 이해합니다. 문제는 당신들이 내게 키스하던 그 순간에도 당신들은 옆에 다른 누군가를 하나씩 달고 있었다는 겁니다. 물론 각자의 이유로 당신들의 곁에 있지는 않았지만요. 미묘한 데자뷰(deja vu)이었지요.

이제 강남역을 떠나 여의도로 다녀야 합니다. 그러나 평범한 직장인의 일상이 크게 달라지기야 하겠어요. 당신과는 거리상으로 조금 더 멀어졌군요.

두 번째 사랑

"누나. 나야, 민수."

"응. 그래. 웬일이니? 잘 지내지? 성현이도 잘 지내고?"

"응. 성현이는 잘 커. 근데, 누나. 저기 내가 지금 누나네로 좀 가면 안 될까? 할 얘기도 있고."

"지금? 이 밤에?"

그날 밤 야수의 심장으로 두 개의 가방을 들고 어두운 밤거리에 내가 서 있었습니다. 나는 집을 나왔습니다. 이제 막 돌을 지난 아들과 그 애만 보면서 매달려 있는 아내를 놓고 내가 집을 나왔습니다.

가장 큰 이유는 통장 문제였습니다. 월급 통장을 달라는 거예요. 생각해보면 아내의 권리로서 당연한 얘기일 수 있습니다. 그런데 나는 그걸 절대로 줄 수가 없었습니다.

맹세컨대 돈을 못 주겠다, 처자를 부양하지 못하겠다는 그런 마음은 전혀 없었습니다. 그걸 주면 난리가 나니까요. 일단 페이를 약간 낮추어 얘기한 게 걸리고 그다음에 돈의 움직임이 너무 복잡했기에. 몇 푼 되지도 않는 월급이 들어있는 주 계좌의 움직임이 너무 화려했습니다. 월급과는 별도로 대출받은 돈과 게다가 이자로 빠져나가는 부분이 있었습니다. 그리고 카드 대금 그러니까 당신과 사용한 카드 할부 결제 금액 등등이 빼곡하게 기록되어 있었습니다.

이 금융실명제하에서 정말로 계좌추적을 당하면 난리가 나는 상황입니다. 이제 기무사 지하실에서 관절꺾기 기술자를 만나 뼈가 부러져도 계좌를 불면 안 되는 그런 상황이었습니다.

잘못하면 그것을 증거로 발단되어 구속될 수도 있었어요. 간통으로. 나만 구속이 되면 괜찮지만, 간통이라는 죄가 꼭 상대를 물고 들어가잖아요. 외부에서 볼 때 홀로 수절하고 있는 당신을 데리고 간통으로 철창에 들어갈 수는 없는 일이 아닙니까?

물론 단아한 아내가 그 정도로 몰아세울 것이라고 생각하지는 않습니다. 아내는 차라리 이혼을 하면 했지 그런 식으로 사람을 잡는 사람은 아닙니다. 그리고 그 시절 아내는 아직 나에 대한 애착이 남아 있었습니다.

"급여 통장이라는 게 있을 것 아냐?"

"급여 받는 대로 당신 통장으로 다 이체하잖아."

"그거 말고. 급여 통장 말이야?"

"따로 없어. 이 통장 저 통장으로 그때그때 받는다고."

"그러니까, 그 받는 통장을 달라고."

"별도로 없는데 어떻게 갖다 줘? 월급날 바로 당신 통장으로 돈이 들어오잖아. 더 필요한 돈 얘기하면 내가 구해다 주면 되잖아. 꼭 이렇게까지 해야 돼?"

그 계좌를 갖다 줄 수 없다고 말도 안 되는 이유를 댔습니다. 뭐 도박을 하다 빚이 있다고 할 수도 없었고요. 내가 그런 거 별로 안 좋아하는 것 아내가 다 아는데요 뭘.

'당신 별로 살림에 관심 없잖아. 가계부도 안 쓰잖아. 내가 월 얼마는 반드시 부양한다. 그리고 당신이 사달라는 거 다 사주겠다. 그러니 내가 주는 대로 당신이 맘대로 사용하면 되잖아. 내가 당신에게 무슨 살림을 어떻게 사는지 한 번이라도 물어보지도 않잖아. 모자라면 필요한대로 내가 다 마련해줄게.' 라고 변명을 했는데, 내가 생각해보아도 진술에 진실성이 전혀 없습니다. 거짓말 탐지기를 태울 필요도 없겠더라고요.

처음에는 온갖 감언이설로 겨우 진정시켰습니다. 그러나 그건 진정을 시킨 것이 아니라 아내가 보기에 너무 가증스러워서 그냥 덮어준 것이었습니다. 일주일 있다가 또 급여 통장 얘기를 했습니다.

"사실, 염 대리하고 공동으로 계좌 만들어서 주식에 좀 넣었어. 그러다 보니까 돈이 뒤섞인 거야. 무조건 반 반 하기로 했으니까. 그거 찾으면 현금화 돼."

이제 주식을 한다고 거짓말을 했습니다. 그때 나는 캔들 차트도 볼 줄을 몰랐어요. 그냥저냥 들은 풍월만 있었고요. 물론 아내도 주식에는 문외한이었습니다.

"월급 다 갖다 준다면서. 어디서 돈이 나서 주식을 하는 건데?"

"사실, 작년에 염 대리가 꼬셔서 주식에 들어갔는데. 작년까지는 좋아서 좀 벌었어. 이번에 작전주 하나 있다고 해서 왕창 넣었는데 그게 좀 물렸어. 지금 뺄 수도 없어. 지수가 좋으니까 곧 만회될 것 같아."

날마다 부도 뉴스가 떠오르는 상황에서 지수가 좋아진다는 말도 안 되는 얘기를 했습니다. 아내는 얼마나 어떻게 주식을 하느냐고 따졌습니다. 거짓말을 했더니 또 거짓말이 나왔습니다. 한번 한 거짓말이 끝없이 거짓과 기만을 계속 낳았습니다.

"이거 뭐야?"

아내가 이불 하나와 베개를 내게 던졌습니다.

"거실에서 좀 자. 성현이랑 같이 좀 자게."

도저히 그런 상태에서 부부관계를 지속하기가 어려웠습니다. 아내는 나와의 관계조차 거부할 만큼 화가 나 있었습니다. 아내는 한때 내게 포켓볼을 배워 같이 다니면서 재미있어했고 곧잘 쳤습니다. 이제는 당구장을 같이 가기는커녕 밥도 같이 먹기 싫다는 표정이었습니다. 잘 때도 애를 꼭 끼고 누워서 나를 거부했습니다.

그래요, 아무리 소박하고 담백한 아내라 할지라도 무언가 불길한 짐작이 있는데 마음이 편할 수가 없겠지요. 모든 걸 떠나서 아내는 '나'라는 인간에 절망하기 시작했습니다.

하지만 나는 진실을 말할 수가 없었습니다. 그건 아내에게도 나에게도 당신에게도 우리 모두에게 너무 위험한 일이기 때문입니다. 왜 위험하냐면 질투의 단계에서 그건 최상의 단계입니다.

자신의 파트너가 다른 사람에게 어떤 친밀감을 느낀다, 이것도 질투의 대상이 됩니다. 남자들은 잘 몰라도 여자들은 이 단계부터가 얼마나 위험한 것인지 알고 있습니다.

자신의 파트너가 다른 이와 어떤 육체적 관계가 있다, 이건 엄청난 질투의 대상이 됩니다. 남자들 같은 경우는 거의 미치죠. 좀 관대한 여자들조차도 이 단계는 견디기 힘든 질투의 고통이 찾아옵니다.

그런데 나아가 자신의 파트너가 다른 상대에게 시간과 자원 즉 어떤 금전적 제공을 한다, 이건 질투의 거의 마지막 단계입니다. 여자들도 이런 경우 나쁜 파트너를 죽일 수도 있다는 상태에 이릅니다. 그런 불행한 일은 막아야 합니다.

이전에 내가 저지른 감정적 실수로 당신과 나는 하마터면 이별할 뻔도 했습니다. 이제 문제는 그 정도가 아니라 정말 아차 하면 나와 당신이 간통으로 고소당할 수도 있는 사태가 벌어집니다. 또 아내가 나를 죽일 수도 있는 상황, 그러니까 서로 죽고 죽일 수 있는 상황에 갈 수도 있는 그런 증거를 순순히 자백할 수는 없는 거예요.

진짜 뼈가 부러져도 이제는 불면 안 되는 상황입니다. 그때 내 계좌는 마치 비합법 지하조직의 조직원 명단이 적힌 조직도와 같은 것이었습니다.

와장창.

드디어 참지 못한 아내가 접시를 확 집어던져서 거실 바닥에 깨진 접시 조각이 가득했습니다. 그 날도 싸웠다기보다는 도대체 진술을 하지 않는 나를 놓고 수사가 난항에 부딪친 그런 형국이었습니다.

방에 앉아있다 소리에 놀라서 주방 쪽으로 가보니 조그만 주방과 거실 쪽으로 깨진 접시의 파편이 널려있었습니다. 떨어뜨린 것이 아니고 아내가 집어 던진 것이었습니다. 살면서 스스로 그런 짓을 한 번도 해본 적이 없었던 아내는 깨어진 파편이 가득한 것을 보고 순간 놀라서 가만히 서 있었습니다.

"수연아, 잠깐 그대로 있어. 움직이지 마. 여보, 괜찮아? 가만있어."

나는 아내를 타박하지 않았습니다. 아내가 움직이면 깨어진 접시 파편에 발을 다칠 수도 있으니 그렇게 달래면서 얼른 걸레를 찾아 깨진 조각을 훔쳤습니다. 아내는 그런 나를 물끄러미 쳐다보며 부탁한 대로 그 자리에 가만히 있었습니다.

재빨리 깨진 파편 조각을 치운다고 치웠지만 역시 한 번 깨진 접시는 다시 붙일 수가 없었어요. 아내가 움직일까 봐 빨리 치우느라고 사실 내가 그 파편 조각에 발을 약간 베었는데 모른 척했습니다. 다음 날 밴드를 하나 사다가 붙였습니다.

그 시절, 아들 성현이가 있었다는 것은 대단히 다행스러운 일이었습니다. 아내는 처음으로 안은 자신의 아이를 무척이나 사랑하고 자랑스러워했습니다. 아이를 대하는 마음과 나를 대하는 마음은 본

151

질적으로 다른 것이었습니다.

결혼 이후 무언가 무심하고 뭐든지 무관심하고 남편인 나에게조차 애착이 없는 듯했던 아내는 그 아이에게만은 많은 애착을 보였습니다. 하긴, 어미가 아이를 사랑하는 것, 너무 당연한 것이겠지요.

아내는 모유를 수유했고 젖이 모자라 분유를 병행했습니다. 아이를 직접 목욕시키고 내게도 목욕 시중을 들게 했습니다. 평소 자기 옷이나 물건, 다른 살림살이는 별로 사지를 않았던 아내는 아이에게 필요한 물건들은 바로바로 샀습니다. 유모차를 사고 장난감을 사고 미국 스타일의 아기 침대도 별도로 샀습니다. 아이가 기기 시작하자 집안 구석구석 모난 곳을 막기 위해 세이프티(safety)를 사서 붙였습니다.

젖병을 삶고 분유를 타기 위해 커피포트에는 물이 항상 적당히 끓었고 모자 수첩에는 성현이의 예방접종 시기가 정확하게 기록되어 있었습니다. 성현이가 몸을 뒤집고 까르륵 웃고 '어엄마마아'라는 불분명한 옹알이에도 감격하며 아이가 무언가를 잡고 일어나는 그 환희의 순간에 박수가 터졌습니다. 이 모든 것이 아내의 육아일기에 차곡차곡 기록되었습니다.

놀이터에 데리고 가서 모래 장난을 마음껏 하게 하고 옷을 버리든 모래 위에서 뒹굴든 아내는 아이에게 무언가를 강요하거나 탓하지 않고 원하는 대로 어미로서 모든 것을 제공하려고 했습니다. 신문이나 잡지에 나온 정보를 찾아 아이를 데리고 여러 가지 체험 시설을 찾아가고 내게도 동행을 요구했습니다.

"아유, 귀엽다. 애기."

"어머. 아기 귀엽다. 몇 개월이에요?"

아내는 가끔 유모차에 아이를 태우고 잠실 롯데백화점에 아이 물건을 사러 쇼핑을 갔습니다. 그런 백화점에서 자주 아이가 귀엽다고 모여드는 아가씨들과 사람들의 반응을 마주칠 수 있었습니다. 아내는 그 사람들이 충분히 성현이를 볼 수 있게 아예 유모차를 멈추기도 했습니다. 귀여운 아이를 사람들에게 자랑하는 시간보다 바쁜 일은 하나도 없었고 아내는 흐뭇하게 그런 상황을 즐겼습니다.

아내는 내 아들이며 자신의 아들인 성현이를 사랑했어요. 누군가를 사랑하는 사람은 반드시 삶의 의지를 잃지 않습니다. 그런 점에서 성현이의 탄생은 내게도 기쁨이었지만 아내에게는 이루 말할 수 없는 환희였습니다. 아이는 아내가 가치 있는 삶을 지속해야 할 위대한 힘이었습니다.

"여보, 빨리 나와. 젖병 챙겼어?"

또 저녁을 먹고는 나를 재촉하여 유모차에 아이를 태우고 석촌호수를 한 바퀴 도는 산책을 했습니다. 이 일이 항상 아내가 가장 좋아하는 저녁 시간의 일상이 되었습니다. 아내는 나를 기다리기보다는 아이를 유모차에 태우고 산책시키는 이 저녁 시간을 기다렸습니다.

"도대체 엘지는 월급이 얼마야?"

"이백오십이라고 했잖아."

"오르긴 많이 올랐네."

"그러니까 내 용돈 빼고 이백 그대로 보내잖아. 그 용돈으로 당신 사라는 유모차도 샀고, 당신이 사라는 대로 성현이 꺼 사는 거야."

석촌호수로 산책하러 갔던 어느 저녁, 돌아오는 길에 또 한 번 월급 통장 문제로 말다툼이 있었습니다. 아주 크게 소리치면서 싸운 것은 아니었습니다. 그 날 아내 수연은 무섭게 나를 노려보았습니다. 우리 부부는 서로 노려보고 소리치는 정도가 가장 큰 싸움이었습니다. 그것조차도 몇 번 없었습니다.

하여튼 겨우 달래서 같이 잠이 들었습니다. 그렇게 잠을 살포시 자다가 아이가 자기 침대에서 일어나 칭얼대는 소리에 살짝 눈이 떠졌습니다. 옆을 보니 아내가 없었어요.

애가 칭얼대는데 어딜 갔지?

몸을 일으켰는데 저쪽 구석 어둠 속에 아내가 벽에 기대어 앉아있었습니다.

"수연아."

내가 아내를 발견하고 이름을 불렀습니다. 아내는 아무 대답도 하지 않고 가만히 있었습니다. 칭얼대는 아이를 돌보지도 않았습니다.

"여보, 왜 안 자고 그러고 있어?"

가만히 보니 어둠 속에 앉아있는 아내의 손에 칼이 들려 있었습니다. 그 칼을 보는 순간 아내가 왜 무너져 내려서 앉아있는지 알 것 같았습니다.

나도 놀랐지만 사실 아내도 자신의 그런 행동에 스스로 놀라서 멍하게 무너져 앉아있는 모습이었습니다. 스스로 놀라서 앉아있는 아내 앞에서 나까지 놀란 모습을 보여주면 안 될 것 같아서 나는 담대하게 아내에게 다가갔습니다.

"수연아. 가만있어. 괜찮아."

나는 천천히 아내 곁으로 갔습니다.

"수연아. 이리 줘. 괜찮아. 괜찮아. 진정하고…"

힘없이 앉아있는 아내에게서 칼을 내가 넘겨받았습니다. 그리고 바로 부엌에 원래 자리로 갖다 놓았습니다. 그리고 물을 한 잔 담아 왔습니다.

"수연아, 괜찮아. 진정해."

내가 아내의 손을 잡고 끌어서 가만히 어깨를 감싸 안았습니다. 아내는 저항하지 않고 가볍게 안겨왔습니다. 흐느끼고 있는 것 같았어요. 아내는 아무 말이 없었고 나는 아내를 진정시키려고 했습니다.

"괜찮아. 여보. 괜찮아… 수연아, 미안해."

옆에서 칭얼대던 아이는 무슨 이유인지는 모르지만 아빠가 엄마를 안고 있는 모습이 좋아 보였는지 칭얼거림을 멈추고 방긋방긋 웃기 시작했습니다. '까르르' 소리까지 내면서 웃는 그런 성현이는 어릴 때부터 효자였어요.

다음 날, 나는 회사에서 일을 하면서도 한참을 생각했습니다. 어젯밤처럼 문제를 극단적 상황으로 몰고 가는 것은 더 심각한 문제를 만들 것이라는 생각이 들었습니다. 월급 통장 계좌 얘기가 나올 때마다 그런 일이 반복될 수 있다는 현실이 답답했습니다. 무언가 나도 회피하고 싶었습니다. 현실 회피에 대한 나약한 욕구가 생겨났습니다.

저녁을 먹고 아내와 오랜만에 따뜻한 차를 놓고 마주했습니다. 아내도 지난밤 자신의 충동에 스스로 충격을 받은 듯했기에 그런 걸 다시 끄집어내지는 않았습니다. 내가 다소 차갑게 느낄 수도 있지만 현실적인 대안을 제시했습니다.

"수연아, 일단 우리 좀 떨어져 있자. 나는 성산동 본가에 좀 가 있을게. 사실 회사도 멀어서 아침마다 출근하기도 너무 피곤해. 거기다 다음 주부터는 출근 시간이 더 앞당겨졌어. 마케팅팀 비상이 걸려가지고 매일 아침 회의부터 하고 업무 시작이야."

출근 시간이 앞당겨진 것은 거짓이 아니었고 사실이었습니다.

"어떻게 할 생각인데?"

"우리 서로 생각 좀 하자. 성현이 일이나 다른 일, 필요한 게 있으면 언제든 연락해. 핸드폰 있으니까. 내가 필요하면 언제든 올게. 여보, 우리 너무 심하면 이러면 안 돼. 서로 크게 다칠 수 있어. 그러니까 잠시 좀 떨어져 있자."

아내는 아무 화를 내지 않고 순순히 내 제안을 받아들였어요. 아내도 자신의 행동에 스스로 놀라며 진정을 하려고 했습니다.

"그럼 토요일에는 와서 성현이 데려가고 일요일에 데려다줘. 나도 주말에는 혼자 있고 싶어. 책도 좀 봐야 하고."

아내는 오히려 주말에는 자기 시간도 필요하다고 아이를 내가 보라고 지정하였습니다. 나는 그러겠다고 했습니다.

"수연아, 연락할게. 그리고 주말에 올게."

그렇게 밤중에 집을 나왔어요. 그 날은 아무런 말다툼이 없었습니다. 가방 두 개에 읽던 책과 셔츠 몇 벌, 속옷 등 별 중요하지도 않은 그런 짐을 상징적으로 싼 다음 성현이에게 다가가 마치 출장을 가는 아빠처럼 아이를 안아 올렸습니다. 아이를 들어 위아래로 어르고 내려놓았습니다. 나의 그런 행동과 모습을 아내는 아무 말 없이 담담하게 쳐다보았습니다.

나는 단지 그 계좌추적의 문제로 가출을 한 겁니다. 내 아들과 내 아내와 헤어지고 싶은 생각은 전혀 없었습니다. 이 부분의 내 감정이 정작 알 수 없는 부분입니다.

그리고 아내와 더 감정적이고 격렬한 다툼을 전개시키고 싶지 않았습니다. 하긴 귀책사유는 나에게 있는데 내가 맞설 수는 없는 것이고 그냥 당해야 하는 입장이지만, 다툼이라는 것이 어떤 식으로 전개될지는 모르는 일이니까요. 지금도 충분히 아내에게 씻을 수 없는 아픔을 주었는데 살면서 자꾸 다투면서 자잘하게 짜증나는 상처를 주기는 싫었습니다.

나는 아내의 담대한 시선과 처분을 알고 있습니다. 아내는 내 마음가짐에 본질적으로 문제를 제기하는 것이지 어떤 시간적 제약이

나 바가지 같은 행동을 통해서 나를 잡으려고 하지는 않았습니다. 물론 질투에 불타는 여자의 한이 깊고도 깊겠지만 아내는 시시한 여자가 아닙니다. 감정과 분노에 휩싸여 나 정도의 인간에게 매달려 인생을 망치려는 그런 수준의 여자는 아닐 것입니다.

그때 먼저 누나 집으로 갔습니다. 당신의 마음이 조금 이해가 되더라고요. 나의 친정이라고 할 수도 있는 어머니가 계신 집으로 바로 가지 못했습니다. 그런 상태에서 나도 어머니가 계신 본가(本家)로 갈 수는 없더군요. 사정은 다르지만 밤중에 시댁을 나온 당신이 왜 금방 친정으로 가지 못했는지 묘한 동질적 이해가 생겼습니다. 그래도 나는 애를 업고 가지는 않는 홀가분한 모습이었습니다. 그게 남자와 여자 또는 아비와 어미의 차이점인 것 같습니다.

'여보, 제발 계좌를 열려고 하지 마세요. 내 급여통장 당신이 쥐는 것 너무 당연합니다. 그런데 지금 상황이 너무 특수하고 내 병이 너무 심각합니다. 제발 내 계좌를 열지 마세요. 우리 다 죽을 수 있어요.'

나의 이 가증스러운 애원도 결국 이 비루한 인연을 조금 더 연장해보고 싶은 욕심입니다.

어머니로부터 전화가 왔습니다. 누나한테 들었다고 퇴근하고 빨리 집으로 오라고 하셨습니다. 여의도와 성산동 본가는 가까웠기 때문에 금방 갈 수는 있었습니다. 아내와 약간의 갈등이 있었지만 궁극적으로 어머니는 아내의 편이었습니다.

"너 이 자식, 뭐하는 짓이야? 응. 어딜 집을 나와서 이러고 있어!"

어머니는 오랜만에 다 큰 아들인 내 등짝을 손바닥으로 한 대 철썩 때리셨습니다.

"너, 남의 눈에 눈물 나게 하면 니 눈에 피눈물 나는 거 몰라. 어디 애 엄마를 두고 뭐하는 짓이야."

어머니께 그렇게 꾸지람을 듣고 나는 아무 말 없이 고개를 숙이고 있었습니다. 그날은 본가에서도 쫓겨나다시피 해서 홀로 여관방에서 잤습니다. 그런 이야기를 가지고 당신처럼 찾아갈 선배네 집도 없었습니다.

문제가 좀 있어서 해결하는 과정으로 잠시 그러는 거라고 버티며 누나네에서 며칠 있다 본가로 다시 들어갔습니다. 총각 시절 쓰던 작은 방이 하나 남아 있었기에.

주말에는 집에 가서 아들 성현이를 데리고 본가로 갔습니다. 어머니는 계속 '너 뭐하는 짓이냐고 빨리 들어가라'고 하셨지만, 그때마다 대충 어머니의 손자인 아이를 보여주면서 넘겼습니다. 어머니도 손자 앞에서 다 큰 아들인 나를 계속 때릴 수도 없고 등짝을 떠밀어 움직이게 할 수도 없는 상황이었습니다.

생각해보면 처자에 대한 부양의 문제는 아니었습니다. 계산을 해보면 받은 월급에서 내 용돈을 제하고는 거의 다 아내에게 보내었고 나머지는 아이 양육과 관련하여 사용했습니다. 결국 월급을 받아서 살림에 다 쓴 것입니다. 그러나 문제는 그런 수치적 결론이 아니라 절차상의 정당성이겠지요. 그 점 부당했다는 것 인정합니다.

당신과 함께 사용했던 돈, 주로 카드 할부에다가 자잘한 현금 사용, 그러니까 사실 그건 빌린 것이었습니다. 물론 아내에게 허락받지 않고 아내가 모르게 그런 행동을 한 것 역시 잘못된 것입니다. 하지만 그 일을 어떻게 아내에게 동의를 구할 수 있단 말입니까?

덮고 갈 것은 덮고 가야지요. 보안만 잘 지킨다면 했던 일도 안 했던 일도 결국 없었던 일이 되는 것입니다. 반제애국전선의 비극도, 그로 인한 당신의 비극도 애초부터 보안 의식이 투철하지 못했기 때문입니다. 그렇게 어설픈데 안 잡히는 게 이상할 정도였습니다.

'작전에 실패한 군인은 용서할 수 있어도 경계에 실패한 군인은 용서할 수 없다'라는 군의 유명한 어록이 있습니다. 나는 감히 말합니다. '투쟁에 실패한 조직은 용서할 수 있어도 보안에 실패한 조직은 용서할 수 없다'라고요. 나 이전에 공안기관에서도 먼저 용서하지 않을 것입니다.

내가 당신을 위한 모르핀의 역할을 다하기 위해 세상이 무너져도 당신과의 관계를 철저한 보안에 붙이겠습니다. '철저한 보안'을 넘어 '처절한 보안 투쟁'을 하겠습니다. 이제 다시 기무사에 끌려가 뼈가 부러져도 불지 않을 것입니다.

어떤 감정이 찾아와도 어떤 사건이 벌어져도 가까운 사람 누구에게도 떠벌리지 않을 것입니다. 굳은 마음으로 버틸 것입니다. 당신의 이름 석 자와 당신이 누구라는 것은 절대로 말하지 않을 것입니다.

그러기 위해서는 먼저 당신에 대한 일체의 탐욕과 욕심을 버려야 합니다. 당신을 염려하고 걱정하며 지켜주고자 하는 깨끗한 초발심으로 나서야 합니다. 옛날에 내가 아내 수연과 함께 저지른 그 시대적 과오, 정치적 치기에서 비롯된 당신의 비극 앞에 무릎을 꿇겠습니다. 나는 당신에게 아무것도 원하지도 바라지도 않겠습니다.

그 시절, 나의 폭력적이고 무책임한 가출은 반대로 우리에게 아주 자유로운 시간을 주었습니다. 가장 먼저 당신은 내게 마음대로 전화를 할 수 있게 되었습니다. 당신은 나에게 전화를 받기만 하다가 이제 자신이 필요할 때 바로 전화를 할 수 있다는 사실을 매우 감격스럽게도 기뻐했습니다.

혹시 이때에 만약 당신이 몸살 같은 것으로 아프다면 내게 바로 전화할 수 있었고 나도 곧바로 당신에게 약을 사다 줄 수 있는 그런 환경적 변화였습니다. 그런 환경의 변화는 우리를 더욱 행복하게까지 만들었습니다.

그것이 어떤 이의 눈물과 어떤 이의 그리움에 대한 배반 위에서 펼쳐지는 가증스러운 만남이라 할지라도. 그것이 끝이 보이지 않는 어둠의 터널 속에서 이루어지는 관계라 할지라도. 우리는 우리의 인생 전체를 통해서 오랫동안 그 시절의 로맨틱한 추억을 잊을 수 없었습니다.

조금이나마 정상적이고 편한 관계였다면 우리는 이미 그때 서로의 사랑 게임에 종지부를 찍을 수 있었을 겁니다. 골인을 시킬 수 있었어요. 그때는 내가 겨우 들꽃 다발을 꺾어다 내밀며 청혼했어도 당신은 냉큼 받았을 정도였습니다.

나도 당신도 우리는 그때 서로에게 완전히 매료되었습니다. 문제는 내가 수없이 골을 넣었는데, 부정 선수라고 세상은 결국 골로 인정을 안 해주더군요.

우리가 자주 갔던 방배동의 한 모텔 침대 시트에는 독특한 미향이 있었습니다. '이게 뭐지?' 금방 알아채지는 못했지만, 나중에 그것이 락스 세탁으로 인해 풍겨나는 은은하고 묘한 락스 향기였다는 것을 알게 되었습니다. 나는 그 독특한 락스 향이 싫지 않았어요.

그때 나는 도파민과 테스토스테론이 넘쳐났고, 당신 역시 같은 호르몬에 에스트로겐을 하나 더 추가했습니다. 당신이 가진 그 에스트로겐은 당신의 유두를 더욱 분홍빛으로 물들이고 당신의 입술을 더 촉촉하게 만들었으며 당신의 허리를 더욱 활처럼 휘게 만들었습니다. 그리고 당신으로 하여금 잊지 못할 독특한 향기를 풍기게 했습니다. 그 락스 향과 당신의 체취가 뒤섞여 내게는 오랫동안 잊혀지지 않는 하나의 담향(淡香)을 만들어 냈습니다.

어쨌든 우리는 보기 좋은 한 쌍의 연인이 되어갔습니다. 잘 어울렸어요. 나의 허세와 당신의 발랄함이 묘하게 뒤섞인 그런 데이트와 만남이 이어졌습니다. 우리는 점점 대담해졌고 갈수록 친숙해졌습니다.

"오빠, 오늘 집에 와도 되는데. 응. 엄마랑 은서, 시골에 갔어. 이수동 와서 전화해."

당신은 기회만 된다면 나를 자신의 집으로 초대하려고 했어요. 그러나 현실적으로 그런 기회가 많을 수는 없었습니다. 몇 번 되지는 않았어요. 하지만 당신이 기회가 되어 나를 초대한다면 이제 내가 응할 수 있다는 그것만으로도 우리는 행복해했습니다.

진화심리학의 연구에 따르면 여자와 남자는 혼자 사는 이성의 집에 초대받았을 때 서로 다르게 행동한답니다. 여자는 주저하는 케이스가 많지만 남자는 혼자 있는 여자가 자신의 집으로 초대하면 거의 대부분 응합니다. 나는 이미 스물세 살 시절부터 애인 수연의 자취방에 따라가지 않았습니까? 나를 사랑하는 당신들은 모두 나를 자신들의 공간으로 초대하고 싶어 했습니다.

이수동 집에 가서 LG 온라인 전용 브라우저를 당신의 PC에 설치하고 인터넷 접속에 관해 설명해주었습니다. 원클릭으로 쉽게 할 수 있게 우리 회사가 개발했기에 당신도 금방 알아들었습니다. 이제 점점 넷스케이프를 깔 필요가 없어지고 있었습니다.

"자, 이거 들어 보세요."

내가 컴퓨터 키보드를 두드리는 사이 당신은 이어폰 한쪽을 내 귀에 꽂아주며 신시사이저 키보드를 두드렸습니다. 자고 갈 수는 없었지만 밤늦게까지 어떨 때는 새벽녘까지 한 방에 있을 수는 있었습니다.

그때는 나도 당신도 서로에게 푹 빠진 그런 세월이었습니다. 그리고 당신은 이제 점점 더 예뻐지기까지 했어요. 당신은 건강해지고 예뻐지고 쾌활해지고 발랄해지고 더욱 사랑스러워졌습니다. 나는 이 시절의 우리가 비주얼로 볼 때도 가장 아름답고 예쁘고 멋졌다고 추억합니다. 그런 생각은 나만의 착각은 아니었습니다.

"어머, 너무 잘 어울리세요. 두 분 결혼하실 거죠?"

급기야 당신 딸 은서에게 머리핀을 하나 사주려고 같이 들어간 팬시점에서 어떤 점원 아가씨가 이런 과도한 영업적 멘트를 날렸습니다. 그 점원 아가씨 물건 하나 팔기 위해서 뭐하자는 수작이었는지.

우리 이미 결혼했습니다. 서로 따로따로 해서 그렇지.

나도 당신도 아무 대꾸를 해주지 않았습니다.

그 팬시점에서 내가 은서에게 주라고 머리핀을 사주었는데, 다음에 보니 당신이 그 머리핀을 하고 나왔더라고요.

"아니, 왜 애 걸 뺏어가지고 하고 있어?"

"이거, 앙, 이거 예쁘더라고. 은서랑 내기해가지고 내가 이겼어. 그래서 내가 한 거야."

"아이고, 엄마가 돼 가지고, 어린 딸 애 걸 그렇게 뺏으면 되겠니?"

"에이, 오빠가 나는 안 사주고 은서 것만 사주니까 그렇지. 호호. 이거 너무 예뻐."

당신도 참, 그래도 은서보다 당신 것을 훨씬 많이 사주었는데 이런 욕심쟁이. 당신 같은 몹쓸 엄마 때문에 나는 할 수 없이 은서 머리핀을 한 번 더 사야 했습니다. 이번에는 빼앗아 가지 마세요.

"오빠, 은서 고거 되게 웃긴다. 크크."

"어떻게?"

"요새 말이 부쩍 늘어가지고. 걔가 이런다 나한테. 엄마, 솔직히 말해 봐. 엄마, 결혼했지? 할머니가 그러는데 엄마 결혼했다던데. 그러는 거야."

"하하. 그래서."

"그래서, 그래, 결혼했다고 그랬지. 그랬더니 앙 울면서 뭐 섭섭하다는 거야. 자기한테 얘기도 안 하고 결혼하냐고. '섭섭하다'는 말을 알더라고."

"하하하. 그러게 왜 은서 몰래 결혼을 했어? 섭섭해 할만하네. 다음에 할 때는 꼭 알려줘."

"피. 다음에 하긴 뭘 해?"

당신은 입을 삐죽 내밀었습니다.

우리는 쇼핑도 많이 했습니다. 보통 여자들도 그렇겠지만, 당신은 쇼핑하는 것을 굉장히 좋아했어요. 좋을 수밖에 없겠지요, 결제는 전부 내가 했으니까요.

나는 스타일리스트 수준은 아니었지만 마치 매니저 정도로 어드바이스를 했습니다. 당신은 그런 나를 재미있게 쳐다보고 내 의견을 존중해 주었어요. 나중에는 '오, 보는 눈이 있는데' 하는 그런 평가도 해주었습니다. 실은 그건 처음부터 있었던 식견이 아니라 하도 하다 보니 저절로 생긴 것이었습니다. 당신이 계속 물어보면서 나를 단련시킨 결과였습니다.

당신은 '데무'를 좋아했지만, 내가 보기에는 역시 '타임'이나 '구호'가 제일 나아 보였습니다. 뭔가 고급스럽고 은은하고, 한데 그걸 권하지 못한 것은 너무 비싸기 때문입니다. '타임' 정장이나 '구호' 코트 한 벌을 제값 주고 사려면 웬만한 중소기업 대리급 한 달 월급은 다 털어야 할걸요.

가격 대비로 볼 때 나는 '에고이스트'를 권하고 싶었지만 그리 강요하지는 않았습니다. '데무'는 너무 어두워요. 그런데 당신은 하여튼 '데무'를 고집했습니다.

"이거 하라고?"

"그래. 그걸로 해. 좋아."

딱 한 번 내가 권해서 '에고이스트' 시폰 원피스를 샀습니다.

"알았어. 근데 좀 짧다."

내가 보고 싶어서 골라준 거라 그랬어요. 당신은 약간 망설였지만 결제할 나를 생각해서 입어주었습니다.

"오빠, 이거 어때?"

당신은 결제자인 내 의견을 듣기 위해 몇 번이고 몇 번이고 옷을 갈아입었습니다. 이건 어때, 저건 어때 하면서요. 내가 조금이라도 싫어하면 미련 없이 내던졌습니다. 내가 컨펌(confirm) 할 때까지 포기하지 않고 계속할 기세라 먼저 지치는 쪽은 오히려 내 쪽이었습니다. 옷을 사는 당신이나 파는 판매원이나 여자들은 그런 귀찮은 일을 아무렇지 않게 잘도 하더군요.

"오빠, 전번에 산 거 이거야."

피팅이 완성되고 나중에 옷을 소유하게 되면, 당신은 그다음 만날 때쯤 그 옷을 한번 입고 나와서 보여주는 정도의 센스는 있었습니다.

"나도 머리 좀 바꾸고 싶어. 뭐가 좋을까?"

나중에는 헤어스타일을 어떻게 바꿀까 물어볼 정도였습니다. 현재의 스타일도 그렇게 나쁘지는 않은데 무언가 변화를 원했습니다.

"왜 지금 좋은데, 왜 바꿔? 자기 그 생머리. 남자들이 얼마나 좋아하는데."

"오빠도 참, 그렇게 다른 남자들이 좋아하는 게, 그게 그렇게 좋아? 진짜, 뭐야?"

당신은 동의해주지 않는다고 내 말을 트집 잡아 화를 내려고 할 지경이었습니다. 칭찬하는 말이었는데 오히려 속상해하려고 하는 겁니다.

"아니 그런 뜻이 아니고. 지금도 좋다는 거야."

"오빠, 나도 굵은 웨이브 한번 하자. 에이, 좀 하게 해주라."

"그래, 하자."

할 수 없이 동의했습니다. 당신은 내 동의를 구한 다음 아주 오랜 전통을 가진듯한 당신의 헤어스타일을 바꾸는 작업에 돌입했습니다. 그 작업은 많은 시간과 비용이 들어가는 아주 복잡한 화학적 실험 과정이었습니다. 미용실에서 그렇게 하는데 약 3시간이 넘는 한 4시간이나 걸리는 작업이었습니다. 나는 그 모든 과정을 처음부터 끝까지 함께했습니다. 물론 계속 쳐다보거나 작업에 참여한 것은 아니고 그냥 미용실 구석에 앉아서 알 리스의 명저 『마케팅 불변의 법칙』을 반이나 읽었습니다.

다행히 결과는 좋았습니다. 멋진 웨이브 컬에 브라운 톤으로 염색을 해서 또 다른 새로운 미녀를 소개받는 것 같았습니다. 청순가련한 여자는 어디로 가고 시크한 도시의 여자가 나타났습니다. 그러니까 그 시절 당신은 자신의 외모를 바꾸는 것조차 내게 동의를 구하고 나의 입회하에 시도했습니다.

"영수증. 버리려고?"

"응. 버리지 뭐해?"

"그거 버리지 마. 나 줘."

당신은 우리가 쇼핑을 하거나 물건을 사고 받은 영수증을 내가 그냥 버리려고 하니 언젠가부터 자기한테 달라고 하면서 챙겼습니다.

나는 사실 그 영수증이 별 필요가 없잖아요. 오늘은 이런 것들을 당신에게 사주었다고 회사에 보고할 것도 아니고, 그런 걸 모아서 연말정산에 제출할 것도 아니었습니다.

"영수증 가져가서 뭐하게?"

"응. 난, 영수증 모아. 오빠, 내가 가계부 꼬박꼬박 쓰는 거 알아?"

가계부? 무슨 가계부? 도대체 혼자서 살림을 얼마나 크게 한다고 가계부까지 쓴다는 것일까요? 아내도 쓰지 않는 가계부를 당신이 쓴다고 했습니다. 가계부를 쓴다고 하니 한 가지 의문점은 그럼 내가 당신에게 준 돈은 어떤 수입 내역으로 잡는지 궁금하더군요. 그러나 물어보지는 않았습니다. 그건 당신이 알아서 할 문제이니까요. 당신은 참 재미있는 여자예요.

더욱 신기한 당신의 행동이 있었습니다. 이너웨어 차림으로 모텔 침대에 걸터앉아 당신이 다이어리에 뭘 적고 있었습니다. 욕실에서 나오다 그 모습을 보니 야하면서도 진지해서 물었습니다.

"그거 뭐야? 공연 일정 보는 거야? 또 공연 잡혔어?"

"아니야. 이거. 음. 이거 비밀이야."

"비밀? 그래, 비밀이라면 보안이니까, 차단의 원칙으로 얘기 안 해도 돼. 지영이는 좀 비밀이 많은 여자네."

나는 보안 의식이 투철해서 더 캐묻지는 않으려고 했습니다. 그렇게 넘어가려고 했는데 당신이 스스로 얘기했지요.

"내가 비밀이 많은 사람으로 보이나 봐? 그래, 이거 오빠한테만 살짝 얘기해 줄게. 오빠하고 관련된 거니까. 어디 가서 얘기하지 마. 이거 오빠하고 관계한 날 표시한 거야. 나만 아는 기호로."

여자는 참으로 엄청난 고등동물이었습니다. 그리고 참네, 그걸 어디 가서 얘기하겠습니까?

그 시절 우리는 서로 하는 말도 점점 가벼워지고 야해지기도 했습니다.

"오빠. 내가 가슴이 좀 커진 것 같애. 그런 것 같지 않아?"

"어디 봐. 이렇게 눈으로 봐서 알 수 있나? 만져봐야지."

"치. 보면 몰라? 오빠 때문에 좀 커졌어. 가슴은 좀 만져줘야 커진다더니. 컵을 한 치수 올려야겠어. 인제 빡빡해."

가끔 우리는 이렇게 야한 얘기도 주고받았습니다. 물론 다른 사람이 듣게 하지는 않았지요.

"가슴, 내가 잘못한 건 아니겠지?"

"당근 잘못한 건 아니지. 이렇게 키워주시고. 이거 어떻게 감사를 드려야 할지요?"

우리는 서로 장난치고 농담하고 서로를 툭툭 건드리고 만지면서 더욱 친밀해졌습니다.

"지영아, 근데 그 뭐냐? 그러니까 다리로 내 허리를 감아서 꼬는 것 있잖아. 그거 좀 자제해 줄래."

"글쎄? 내가 그래? 내가 그런단 말이야?"

"그럴 때가 있지. 가끔."

"나도 잘 모르겠어. 왜 그런지. 오빠, 그거 싫은 거야?"

"싫다기보다는 그러면 내가 좀 빨리 끝난다고. 자극이 세서"

"으이그. 그럼 안 되지. 음. 나도 무의식적이라. 그럼 이러자. 만약 그래서 오빠가 힘들면, 이렇게 하자. 내 어깨를 두 번 툭툭 쳐. 그럼 내가 각성해서 풀어 줄게."

"에고. 뭐 레슬링 하니?"

우리는 결코 우울하지 않았습니다. 친밀한 둘만의 비밀이 있어 은밀하게 교환하는 재미가 쏠쏠했습니다.

드디어 시대가 도래했습니다. 내가 테이블 위에 작은 상자를 올려 놓았습니다.

"이게 뭐야? 오빠."

"PCS. 이제 당신도 LG 텔레콤 창업 고객입니다. 품질 모니터링을 좀 해주십시오. 내가 회사에서 먼저 뽑았어. 여기 신청서하고 수령 장에 사인해."

"와! 드디어 무선전화 아니 핸드폰이야."

이제는 당신도 핸드폰이 생겼습니다. 내가 사주었거든요. LG 텔레콤으로요. 플립형의 초창기 핸드폰을 들고 당신은 오랫동안 만지작거리며 감격스러워했습니다.

당연히 개통 전화는 나에게 제일 먼저 걸어왔고 당신의 그 핸드폰으로 처음 전화를 걸어준 사람도 나입니다. 당신은 특히 핸드폰을 아주 좋아했어요. 그 핸드폰은 내밀한 관계를 형성했던 우리가 내밀한 연락선 하나가 없어서 길거리 공중전화에서 떨었던 사연을 단숨에 과거로 돌려버렸습니다. 편하게 전화 한 통 제대로 하기 힘들었고 항상 시간 계산과 상황 판단을 해야 했던 그런 피곤함을 해소시켜 주었습니다. 바야흐로 시대는 정보화 시대로 접어들었습니다.

"있잖아. 방학이라 학원 타임이 바뀌었거든. 10시에 모닝콜 좀 해 줄 수 있어? 오빠, 방학 동안만."

밤 11시가 아니라 아침 10시에도 통화할 수 있게 하는 것, 핸드폰만이 가능하게 하는 일이었습니다.

꿈같은 세월이 흘러갔습니다. 그 시절 우리는 서로 정서적 일치감이 충만했습니다. 어떤 견해차나 정서 차이도 별로 나타나지 않았습니다. 외출할 때도 내가 선택한 옷으로 당신은 두말하지 않고 입었습니다.

사랑에서 정작 중요한 것은, 서로가 정말로 확인받고 싶은 것은 육체적 결합만이 아니라 바로 이 정서적 일치감입니다. 서로를 아끼고 서로를 생각하고 서로를 지켜주고 싶어 하는 이 감정을 나로부터도 상대로부터도 확인받는 이 정서적 일치감은 그 자체로 마음의 오르가즘입니다.

나는 당신의 옷과 화장품과 잡다한 물건을 사기 위해 쇼핑을 가고, 음반을 사고, 같이 저녁을 먹고, 어떨 때는 공연 연습을 하는 당신을 기다리고, 연습이 끝나고 나오는 당신을 만났습니다. 또 우리는 커피숍에 같이 앉아 있다가 작년에 이어 연속으로 첫눈을 같이 맞이하기도 했습니다.

심심한 어느 저녁에는 둘이서 노래방을 가기도 했습니다.

> "왜 내가 아는 저 많은 사람은 사랑의 과걸 잊는 걸까
> 좋았던 일도 많았을 텐데 감추려 하는 이유는 뭘까
> 난 항상 내 과걸 밝혀 왔는데 그게 싫어 떠난 사람도 있어
> 그런 사람들도 내 기억 속엔 좋은 느낌으로 남아있어
> 아하하하~ 난 누구에게도 말할 수 있어 내 경험에 대해
> 내가 사랑을 했던 모든 사람들을 사랑해 언제까지나~"

당신으로부터 주주클럽의 '나는 나'라는 노래를 처음으로 들었습니다. 당신은 자기가 부르고 싶은 부분만 부르고 '때때때때…' 하는 여음구는 불성실하게 생략했습니다.

"오빠, 이승철 노래 아는 거 있으면 하나 해 봐. 나, 이승철 좋아했거든. 여고생 때부터."

"알았어. 들어 봐."

'그대가 나에게'의 전주가 흘러나올 때부터 당신은 '오우' 하며 함

169

성을 질러주었습니다. 그 방에는 우리밖에 없어서 서로 호응해주지 않으면 자칫 가수가 외로울 수 있기에 우리는 서로 리액션을 해주느라고 열심이었어요.

　나의 어깨를 두드리면서 한없이 먼 길을 가라 했지
　그 길은 너무 먼 곳이기에 멍하니 그대 눈만 보았어.
　그대가 나에게 숨겨왔던 말 날 위해 떠나보내리라고
　나 몰래 흘려왔었던 눈물 아직도 그댈 울리고 있어.
　그대가 나에게 말해왔던 얘기 내게는 중요하진 않았어.
　이렇게 나를 떠나보내기 위한 얘긴 줄 몰랐던 거야 워~

　당신은 2절이 시작하기 전 간주 사이에 일어나서 내게 다가왔습니다. 리액션으로 내 품에 들어와 안겼습니다. 우리는 노래에 맞추어 가볍게 블루스 흉내도 내보았습니다. 정전기가 일어 당신의 웨이브 머리카락이 몇 가닥 입에 씹혔지만, 당신은 내 셔츠에 아무것도 묻히지 않고 깔끔하게 흔들어 주었습니다.

　그리고 우리는 정말 친한 친구처럼 많은 얘기를 나누었습니다. 이제 재미있었던 일, 재미있는 얘기를 찾았고 인생의 고단한 일에 대해서도 잠깐 얘기하고 불만스러운 누군가에 대한 푸념이나 찌질한 인간들에 대한 뒷담화도 같이 까면서 서로 수다쟁이 친구가 되어갔습니다.

　"아웃룩 있잖아. 거기서 메일함 정리를 어떻게 하는 거야?"

　특히 당신은 초창기 인터넷 사용이나 이메일 사용법, 설정에 대해서 질문을 자주 했습니다. 이제 내 설명에 귀를 기울이고 이해해보려고 노력도 했습니다.

　"다단 편집을 하면 돼. 아니면 표 만들기 기능을 써야 하고."

170

아래 한글에 대해서도 질문을 했고요. 그리고 우리 회사가 서비스하는 LG 온라인에 가입했습니다. 아, 그건 내가 대신 가입을 시켜 주었군요. 그렇게 당신은 나로 인해 인터넷을 좀 일찍 접하게 되었습니다.

"킥오프미팅 아젠다는 먼슬리 로드쇼 플랜 내놓는 거야. 위클리 리포터는 메즈너블하고 스테이너블하게 준비하고. 브레인스토밍부터 해야지. 일단 보틀넥이 어딘지 리서치 해봐. 유저 인터페이스가 초이스 안되면 디데이에 런칭이 임파서블하다. 디자인 매뉴얼을 레퍼런스 하는데 스킨은 딜리트시켜 그건 서드 파티가 할 롤이지.

당근 피티 준비해야지. 에이전시한테 AOL 벤치마킹이라도 하라 그래. 스타트킷은 언제 매뉴팩처링 들어간대? 아니 도메스틱 버전인데 그렇게 네고가 안 되면 노탱규지. 우리도 원오브뎀 취급이야?

맥킨지 OJT가 위켄드에 있다고? 또, 리얼리! 내 코멘트는 와이 낫이야. 김 부장님은 메타포에 오리엔티드 되어서 그런 거야. 딜레이 시키지 말고 컨센서스 미팅해서 아삽으로 파이널 컨펌 때려 달라 그래.

그건 데이터센터에 익스큐즈 받아서 EDS에 토스하고 챌린지 모드로 어플라이 해달라고 해. 디버깅하는 거니까 당연히 메인터넌스지. 뉴버전도 아닌데. 'Why 포탈' 세미나는 내일이야. 뉴비니지스 티에프도 인발부한데. 그니까 드래프트 아티컬이라도 픽스 시켜야지."

당신은 회사 일로 통화하며 이상한 영어를 남발하는 나를 물끄러미 쳐다보고는 말했습니다.

"무슨 말 하는 거야? 웬 이상한 영어가 그렇게 많아? 영어 선생인 내가 들어도 무슨 소린지 모르겠다. 다 콩글리시지?"

이제 강남 어느 카페를 가도, 어느 백화점을 가도, 어떤 영화관을 가도, 또 어떤 레스토랑이나 거리를 거닐어도 우리를 의심할 사람이 아무도 없었습니다. 나는 두 살 난 아들이 있었고 당신은 유치원에 다니는 딸이 있었지만, 그때 우리는 겨우 서른두 살과 서른 살에 불과했습니다. 요즘으로 치면 노총각과 노처녀 축에도 못 끼는 그런 나이였습니다. 게다가 우리는 둘 다 동안(童顔)이었어요. 당신은 유치원생 머리핀을 뺏어서 하고 다닐 정도였으니까요.

노을이 지고 비가 내리기 시작하면 이제 우리는 두 개의 우산도 필요하지 않았습니다. 단 하나의 우산만 있어도 그걸 같이 쓰고 거리를 아주 천천히 걸어갈 수 있었습니다. 다소 안전하다는 느낌이 들고 그런 공간이 확보되면 당신은 자연스럽게 내게 팔짱을 끼고 부드럽게 몸을 밀착시켜 왔습니다. 복잡한 메트로폴리탄 서울은 군중 속에 숨겨진 우리를 더욱 안전하게 은폐시켜 주었습니다.

역시 보안 투쟁은 대중 속에 숨어있는 것이 가장 안전합니다. 튀면 잡힙니다. 연인들이 우글거리는 그런 서울 강남의 거리와 방배동 카페거리에서 위장하고 있는 우리를 어떤 공안기관이라도 쉽게 찾아낼 수는 없었을 겁니다.

헤어질 때면 항상 당신을 집 앞까지 바래다주었습니다. 그렇게 이수동은 나에게 있어서 아주 친숙한 동네가 되어갔어요. 택시로 바래다줄 때도 있었고 당신 차로 바래다줄 때도 있었습니다. 헤어지는 길목에서 어둠이 우리를 숨겨준다면 우리는 작별의 키스도 가끔씩 나누었습니다. 그 헤어짐이 아쉽다는 감정을 서로 숨기지 않고 드러내었습니다.

"어서 들어가. 늦었다."

"오빠가 먼저 들어가. 아침에 출근해야 되잖아."

그래도 당신이 여자이니 내가 보는 앞에서 어두운 골목을 먼저 지나가야 합니다. 그렇게 어두운 골목길 끝으로 사라지는 당신의 뒷

모습을 보는 것은 항상 가슴이 싸한 아쉬움과 안타까움이었습니다. 조금씩 멀어져가는 당신의 모습을 보면서 더 이상 전진할 수 없는 어떤 금지선 앞에 서 있는 나를 보았습니다. 당신도 가끔 들어가다가 발걸음을 멈추고 다시 나를 돌아본 적도 있었습니다. 달려가서 안아주고 싶었지만 참았습니다.

우리는 오늘 작별하고 다음에 언제 또 만날 것을 약속한 적은 없었지만, 반드시 다시 만나리라고 서로 믿고 있었습니다. 서로에게 매료된 우리가 서로를 그냥 내버려 둘 수는 없으니까요.

"음. 솔직히 이제 제원 씨하고 같이 사는 건 힘들 것 같아. 이젠 너무 생소해서라도 같이 살긴 어려워."

어느 날 저녁 식사를 같이하면서 이런 저런 얘기를 하고 있었는데, 당신은 문득 그런 얘기를 꺼냈습니다.

"왜? 무슨 일 있었어?"

"무슨 일 보다. 제원 씨도 나 이런 거 다 알겠지. 자기 엄마랑 싸우지, 친정에 와있지, 내가 은서도 안 데려가지. 내가 제원 씨 집에, 거길 어떻게 가겠어? 얼마나 나한테 차갑게 하고 은서랑 힘들 때 모른 척하고, 더한 얘기도 있는데. 정말 생각하기도 싫다."

당신은 화를 내지는 않았지만 그 얘기를 하면서 심히 침울해했습니다. 당신은 그리 담배를 많이 피우는 사람은 아니었지만 그럴 때면 한 대 물었습니다.

"편지는 하지만, 요새 면회도 잘 안 가지. 제원 씨 친구들도 아는 사람들은 좀 알 거야. 나 이러는 거. 모르는 척해주는 거지. 속으로 욕하는지도 모르겠고 뭐."

침울한 당신을 위로할 말이 그 순간에 잘 떠오르지 않았습니다.

다만 '제원 씨 친구들'이라면 나도 전혀 모르는 면면들이 아닐 텐데 하는 걱정이 들어 살짝 주눅이 들었습니다.

"제원 씨랑 이혼할까 봐. 사실 우리 집에서도 다시 안 보내겠다는데 뭐."

"그래도 너무 단정 짓지 말고 좀 더 생각을 해봐. 아직 사람이 나오지도 않았잖아."

"그래. 알았어. 그래도 제원 씨, 나올 때까지는 기다려야지."

당신도 물론 그런 상태에서 옥중이혼을 진행시키겠다는 생각은 아니었어요. 그냥 소회를 말한 것뿐입니다. 하지만 내가 당신의 그런 소감에 얼른 동조하리라 생각하지는 않았겠지요. 우리는 비양심적이기는 했지만 그렇다고 야비하지는 않았습니다.

"조금만 더 기다리자. 선거 얼마 안 남았어. 이번에 DJ가 되면, 좀 더 빨리 가능성이 있을 거야. 사면까지는 아니라도 형 집행정지나 가석방이라도."

"글쎄요. 나는 모르겠네요. 별로 기대하지 않아."

나는 그런 식으로 위로했지만 당신은 가볍게 머리를 흔들었습니다.

진정으로 동지이며 연인이고 남편인 그 사람에게 헌신하고 싶은 마음이 당신이라고 어찌 없을 수 있겠습니까? 자신이 의식화를 시킨 것 같다고 스스로 회고했던 당신의 말에서 남편에 대한 애틋한 속마음을 읽을 수 있었습니다.

그러나 일시적인 크나큰 시련보다는 오래 지속되는 일상의 자잘한 짜증과 결핍으로 인한 회의(懷疑)가 오히려 그런 헌신과 의리에 파열을 냅니다. 왜냐면 사랑이란 그 어떤 인간의 감정보다도 복합적이고 미묘하며 그 자체로 엄청난 욕심꾸러기이기 때문입니다.

남자가 가진 미혹의 욕심 중에는 사랑을 어떤 소유와 독점으로 바라보는 자의식이 강합니다. 그래서 가끔 사랑을 쟁취와 투쟁으로 보기도 합니다. '향유(享有)와 공감(共感)'을 사랑이라고 보지 못하고 '소유(所有)와 독점(獨占)'만을 그것이라고 생각하는 이상 남자들은 영원히 전쟁 같은 사랑만을 하고 있는 겁니다.

반면 여성의 기대 속에는 '정중함'과 '헌신성'을 두 개의 축으로 '보살핌에 대한 기대'가 함께합니다. '보살핌'을 크게 세 가지로 구분하면 경제적 보살핌, 육체적 보살핌, 정서적 보살핌이라 할 수 있겠습니다.

물론 보살핌의 부재는 여자에게 실망을 안겨주고 여자의 마음을 회의(懷疑)의 구렁텅이에 빠트리기도 합니다. 그러나 여자는 특유의 인내심이 있어 주어진 현실 때문에 혹 경제적, 육체적 보살핌이 부재하더라도 참아내기도 합니다. 하지만 어떤 경우에도 정서적 보살핌에 대한 기대를 접지는 않습니다. 이 정서적 보살핌의 부재가 가장 직접적인 타격입니다.

당신도 옥중의 남편이 돈을 가져오지 않고 몸을 가져오지 않는다고 화가 난 것은 아닐 것입니다. 그 시절 최제원의 실수는 정서적 보살핌을 등한시한 것이 아닌가 합니다. 물론 영어(囹圄)의 몸으로는 무척 어려웠겠지요. 하지만 정서적 보살핌이란 따뜻한 말과 위로, 공감, 신뢰, 조건 없는 정서적 편들기 등을 통해서 어느 정도 할 수 있습니다. 감옥에서 돈을 벌 수도 없고 동침도 할 수 없지만 어렵더라도 언제나 따뜻한 위로와 격려는 해야 했습니다. 여자는 정서적 보살핌에 대한 기대를 쉽게 접지 않기 때문에 반드시 해야 할 일입니다.

경제적 보살핌이야 타인이 대체할 수도 있고 다른 방편이나 스스로 해결할 수도 있습니다. 육체적 보살핌의 부재는 인내하거나 역시 다른 방편을 찾을 수도 있습니다. 그러나 정서적 보살핌은 대체 불가능하고 스스로 해결할 수도 없는 그 자체로 사랑의 상호작용이기 때문입니다.

그런 점에서 보면 아내가 내게 통장을 달라고 한 것도 그리고 접시를 던지며 화를 낸 것도 경제적, 육체적 보살핌에 대한 불만이 아니라 일종의 정서적 배신을 지적한 것입니다.

남자들은 여자의 회의(懷疑)가 경제적, 육체적 보살핌의 부재에서 왔을 것이라고 지레짐작하지만 언제나 문제는 정서적 보살핌에 더 많이 있습니다. 남녀 공히 사람이 '외롭다'라고 말하는 것은 이 정서적 보살핌을 갈구하고 있다는 또 다른 표현이기도 합니다.

그러나 남자들은 멍청하고 여자들은 관대하지 않습니다. 사실, 사랑도 혁명도 어느 한쪽도 쉬운 것은 없습니다.

이제 차가운 길거리 공중전화에 매달려 있지 않아도 성산동 본가의 내 작은 방에서 밤이 늦으면 살며시 당신에게 전화할 수 있었습니다.

"어디야?"

"응, 오빠, 집이야. 지금 막 들어왔어. 지금 나 샤워 중이거든 좀 있다 다시 전화할게."

"그래."

당신은 내 전화를 놓치지 않기 위해서인지, 아니면 무슨 이유에서인지 내가 사준 그 핸드폰을 항상 꼭 쥐고 다녔습니다. 급기야 욕실에 들어가서 샤워를 하는 중에도 그걸 옆에 둘 정도였으니까요. 그동안 내가 선물한 것 중에서 가장 의미 있고 보람찬 물건이 바로 그 핸드폰 같았습니다.

혼자서 오래 외로웠던 당신에게 그 핸드폰은 이제 언제 어디서나 외부로 연결할 수 있는 자신만의 열린 통로가 아니겠습니까? 또한 그 선물은 당신만이 사용하는 것이 아니라 나도 이렇게 사용할 수

있으니 더 좋았습니다. 내가 종사하는 정보통신업계가 얼마나 보람
차고 의미 있게 사람들의 생활과 사회를 바꾸어 놓을까요? 나는 일
을 하는 중에도 우리 업계가 일으키는 경이로운 변화를 지켜보며
가슴이 떨리기도 했습니다. 투쟁과 혁명만이 변혁이 아닙니다. 나의
일과 나의 전망도 중요한 변화를 가져올 수 있었습니다.

　당신의 전화를 기다리며 나는 아예 누웠습니다. 얼마 후 샤워를
마친 당신이 내게 전화를 걸어왔습니다.

　"휴, 오빠. 나 지영이."

　"늦었네."

　"응, 공연 연습 있어서…."

　"많이 피곤하겠다."

　"괜찮아. 오빠, 오늘 어땠어? 회사 일이 많아?"

　"뭐 항상 그렇지. 지금 뭐 해?"

　"지금? 응 씻고 안티 에이징 바른다. 오빠가 사준 거, 이자녹스 있
잖아."

　대부분 별 쓰잘데기 없는 얘기들이었습니다. 깊은 밤, 하루의 일
과와 기분, 상태를 물어보는 그런 전화가 이어졌습니다. 대개 잡담
에 불과한 그런 내용이라 특별할 건 없었지만, 그 따뜻한 정서적 일
치감과 나긋하고 부드러운 당신의 음성은 귓가에 남았습니다.

　"우리, 얘기하면서 자자."

　나중에는 아예 서로 자리에 누워서도 얘기를 계속 이어갔습니다.
현실적으로 한집에서 살 수 없었던 우리는 그런 유치한 방법으로나
마 조금 더 서로를 나누고 싶었지요. 과도한 통신비가 들겠지만, 당
신은 그런 걸 걱정할 필요가 없었습니다. 당신의 핸드폰 요금도 내
비밀계좌에서 결제가 되었으니까요.

그러나 말입니다. 이때의 우리도 서로 할 수 없는 말이 있었습니다. 서로의 어제 한 일과 오늘 할 일, 내일 할 일에 대해서 공유하고 얘기할 수는 있었습니다. 그러나 서로의 미래에 대해서는 아무 계획을 할 수가 없었어요. 우리는 마치 끝이 낭떠러지와 같은 그 물길을 따라 빨려 갈 수밖에 없는 돛도 노도 없는 일엽편주였습니다.

우리의 관계는 노총각이 유부녀를 만나는 것도 아니고, 처녀가 유부남을 만나는 것도 아닌 민법적으로 엄연히 유부남이고 유부녀였습니다. 불륜으로 쳐도 겹 불륜의 관계이며 간통으로 쳐도 쌍 간통의 사이였습니다. 도대체가 어느 누구로부터도 이해될 수 있는 그런 상황이 아니었어요.

우리는 자신의 삶을 꾸리기 위해 공부하고 노력하기보다는 낭만적 사랑의 달콤함에 젖어서 서로 만나서 놀기에 바빴습니다. 우리가 아주 얇은 살얼음판 위에 있다는 것을 모르지는 않았지만, 사랑이라는 것이 그리 이성적이고 양심적인 바탕 위에 있는 욕망이 아니었습니다.

나는 당신이 만들어 놓은 연민과 열정과 욕망의 불길 위에서 차가운 줄도 뜨거운 줄도 모르고 날뛰었습니다. 추운 줄도 더운 줄도 모르고 돌아다녔습니다. 이성도 양심도 판단도 다 내팽개치고 불태웠습니다. 그냥 당신이 너무 사랑스러웠어요.

그래요, 솔직히 말씀드릴게요. 당신이 나를 원한다, 나를 유혹했다, 내가 당신을 연민한다, 병의 고통을 덜게 하겠다, 당신을 팍팍한 이 세상과 위험한 현실에서 지켜주겠다, 당신에게 찝쩍대는 어떤 껄떡쇠들로부터 지켜주겠다, 당신을 웃게 하겠다, 나에 대한 원망을 갈망으로 바꾸어 놓겠다, 모르핀이 어쩌고저쩌고하는 것까지 통틀어서 그 어떤 논리도 변명도 다 허위의식이고 기만이었습니다.

나는 단지 당신에게 매료되었을 뿐입니다. 당신을 사랑하고 있을 뿐이었습니다. 그런 것을 내가 묘하게 뒤집어서 언어유희를 하고 논리 조작을 하고 내러티브를 만들고 있었습니다. 이게 우리 운동권 출신들의 오래된 습성이며 스타일이 아니겠습니까? 별로 솔직하지 못한 것, 과도하게 의미를 부여하고 본능적으로 자기방어를 하고, 자기 의지를 어떤 대의로 포장하려 드는 것 말입니다.

당신은 나를 '착한 오빠'라고 했지만, 나는 착한 사람이 아니고 근본적으로는 나쁜 남자였어요. 당신에게 어떠한 장기적 약속을 할 수가 없었습니다. 간단히 말해서 나는 부정 선수이며 능력 미달 이전에 아예 자격 미달이었어요.

이 슬픈 이야기는 당신은 어떠한지 몰라도 나로서는 당신이 나의 '두 번째 사랑'이기에 벌어진 일입니다. 더구나 첫 번째 사랑을 깨끗하게 정리하지 못한 양가감정과 불륜의 양다리를 가지고서 우리가 더는 일을 진행시키기는 어려웠겠지요. 사랑의 내용과 약속도 중요하겠지만, 사랑의 이런 순서가 얼마나 중요하고 결정적인지 뼈저리게 깨닫게 되는 과정이기도 했습니다.

당신은 알지 못하겠지만, 내가 첫사랑인 아내를 만난 곳과 당신을 만난 곳이 같습니다. 바로 고려대학교 학생회관에서 두 여자를 처음으로 인지했습니다. 왜 내가 인생에서 가장 소중하고 영향력이 크나큰 두 사람을 같은 장소에서 만나게 되는 운명이었는지는 모르겠습니다. 다만 당신은 아내보다 8년이나 늦게 그곳을 찾아왔습니다. 그 시간의 깊은 간극이, 그 사랑의 순차가 이렇게 엄청난 차별을 가져왔습니다.

사랑하는 당신. 나를 만나러 오시려면 빨리 오시지, 왜 그렇게 늦게 오셨나요? 또 나는 왜 당신을 그렇게 늦게 발견했나요?

우리는 인생과 사랑에 있어서 게으른 지각생들이었습니다.

제6부

봄볕 내리는 날 뜨거운 바람 부는 날
붉은 꽃잎 져 흩어지고 꽃향기 머무는 날
묘비 없는 죽음에 커다란 이름 드리오
여기 죽지 않은 목숨에 이 노래 드리오
사랑이여 내 사랑이여_

구척 담장 아래 길고 깊은 그늘

"오빠, 뭐해? 일요일인데…."

"지금? 음, 지금은 애 보고 있어."

"애? 누구… 오빠 애?"

"그렇지. 누구 애겠어?"

그 날은 일요일이라 성현이를 성산동 본가로 데려왔는데 어머님이 친지 결혼식이 있다고 외출을 하셨습니다. 할 수 없이 두 살짜리 애를 낑낑대면서 혼자서 보고 있었습니다. 녀석이 잠도 자지 않고 계속 칭얼댔습니다.

오후에 당신으로부터 전화가 왔어요. 핸드폰이 생기기 전에는 일요일 연락은 시도조차 하지 못했는데 퍼스널 커뮤니케이션 서비스는 이런 것을 가능하게 해주었지요.

"오, 애도 보는구나. 남자가."

"그럼, 남자라고 왜 애를 안 봐? 어머니도 어디 가시고 성산동에 아무도 없거든."

보통 아빠들도 다 아기 봅니다. 당신이야 하도 특수한 상황이라 그런 걸 보지 못한 거지요. 그때 옆에서 성현이가 울었습니다.

"애기 우는 거 아냐? 에고, 애 운다. 잘 좀 봐. 아기 울잖아."

"지영아, 지금 성현이가 우니까. 좀 있다 내가 다시 전화할게. 그치면. 잠깐만."

"호호. 그래 애기 잘 봐요."

일요일의 통화는 우리를 즐겁게 했습니다. 서로의 개인 휴대전화가 우리에게 좋은 연락선을 만들어 주었습니다.

내가 성내동 집을 나와 성산동 본가로 옮겼을 때 그런 사정을 당신에게 바로 얘기하지는 않았습니다. 물론 당신과 내가 서로의 사정에 대해 그렇게까지 숨겨야 할 필요는 없지만 그렇다고 모든 것을 다일일이 고할 필요도 없었습니다. 특히 아내와 관계된 일을 당신에게 말하는 것은 일방적인 것으로 아내 입장에서는 일종의 모욕이 되는 것이라는 생각도 했기 때문입니다. 아내도 충분히 존중받아야 할 사람입니다.

"오빠, 성산동에 있다고. 왜?"

"아, 성내동이랑 회사가 멀어서. 아침 8시까지 출근해야 하는데. 너무 힘들더라고. 월요일은 7시까지 가야 할 때도 있고."

성산동 본가로 오고 한 달이 지나서야 얘기 중에 그런 사정을 당신이 알게 되었습니다. 그때서야 이런 저런 얘기 끝에 집에 가는 방향을 얘기하다 그런 얘기가 흘러나왔습니다.

"혹시 나 때문이야? 그때 그 일로."

당신은 주눅이 든 목소리로 슬며시 그런 질문을 했습니다. 내 말을 곧이곧대로 믿지 않는 눈치였습니다.

"아니야. 벌써 일 년도 지난 일인데. 꼭 그런 거 아니야."

"음. 그런 일로 오빠가 그렇게 된 거고 하면. 언니한테도 정말 죄송하고. 내가 두 분 그렇게 만든 거라면 나도 참 미칠 일이다. 이를 어찌해야 하나?"

"아니야. 꼭 그런 거 아니래도. 결혼 초부터 좀 그럴 일이 있었어. 본질은 우리 부부 문제니까. 부부 문제는 남들이 잘 몰라. 설명하기도 그렇고. 꼭 듣고 싶은 건 아니지?"

"그래. 맞아. 부부 문제가 그런 건 나도 이해해. 내가 뭐 처녀도 아니고. 나도 좀 그런데 뭐. 더 얘기 안 하셔도 돼요."

그럴 때는 당신도 어른이더군요. 하나 이수동으로 같이 가는 동안 당신은 입을 다물고 생각에 골똘했습니다. 당신은 영 믿지 않는 눈치였어요.

"그 생각하니? 자기 때문인가 생각하는 거야? 이거, 자기 영향력을 너무 확대해석하는 것 아냐? 그러지 말라니까. 자기를 그렇게 대단하게 생각하지 마. 흠."

농반진반(弄半眞半)으로 괜한 부담을 풀어주려고 했습니다.

"그런가? 내가 오바 하는 건가?"

"그렇다니까."

"그래 그럼. 알겠고. 그럼 저녁에 오빠 핸드폰으로 내가 전화해도 돼? 맨날 한다는 게 아니고 급하게 무슨 일이 생기면 할 수도 있는 거잖아?"

"그럼. 해도 돼. 이제 괜찮아."

"헤. 그럼 집에서 컴퓨터 하다가 잘 안 되는 거. 뭐 물어볼 수도 있겠네?"

그렇다고 밤에 당신이 먼저 전화를 걸어온 적은 별로 없었습니다. 주로 내가 걸었지요. 어느 날 당신이 밤중에 내게 전화를 한 적이 있는데 내가 바로 받으니 무척 반가워했습니다. 컴퓨팅에 대한 질문은 하지 않았고 또 그냥 일상의 이야기와 다음번 데이트는 어찌하자는 정도의 잡담만 나누었습니다만.

이메일에 이어 명함에 휴대전화 번호가 기재되면서 핸드폰으로도 업무 전화가 걸려오기 시작했습니다. 나는 하루에 업무상으로도 걸고 받는 전화가 점점 많아져서 그 내용이 중요하지 누가 걸고, 누가 받았는가는 두 번째 문제였습니다. 반면 당신이나 여자들은 발신자와 수신자의 관계에 더 민감했습니다. 누가 걸고 누가 받는가, 누가 먼저 전화를 걸어주었는가? 여자들은 그런 것도 관계의 한 척도로 여기는 것 같았어요. 여자는 수화기 너머에 존재하는 또 다른 세계에서 또 다른 모습으로 살고 있는 듯했습니다.

우는 아이를 겨우 달래서 등에 업고 당신에게 다시 전화를 했습니다.

"지영아, 나야. 애는 겨우 달랬다."

"오, 애기도 달래고, 오빠 잘한다. 크. 몇 살이라 그랬지?"

"두 살. 근데 웬일이야? 왜 전화한 거야?"

"뭘. 왜 하긴. 만나자고 한 거지. 나도 오늘 시간 되니까. 요새 오빠 너무 바쁘더라."

"이번 주 좀 그랬지. 솔직히 나도 보고 싶은데. 그런데 애가 있어서."

"애기 데려와. 뭐 어때? 귀엽겠다. 같이 와. 괜찮아, 오빠."

당신의 말에 용기를 얻어 나는 아이 관련 짐을 챙겼습니다. 기저귀, 우유병 뭐 이런 걸 대충 챙겨서 아이 가방에 넣었습니다.

아이를 차에 태우고 뒷좌석 유아 시트에 묶었는데 녀석이 계속 칭얼대서 약간 느슨하게 풀어줬습니다. 당신을 만나러 가는데 아이가 자꾸 칭얼대고 울고 해서 가면서 '이건 좀 무리다'라고 생각했습니다. 나선 길이라 할 수 없이 이수동에서 당신을 픽업했습니다.

"오빠 애기야? 얘가 성현이구나. 오, 귀엽다. 그래 안녕. 까꿍 성현아."

당신은 일단 앞자리에 앉았습니다. 그런데 녀석이 유아 시트에서 어떻게 빠져나왔는지 혼자서 뒹굴다가 운전하는 내 머리를 붙잡고 칭얼댔습니다.

"성현아. 아빠 운전하잖아. 이러면 위험해."

애가 그 말을 알아들을 턱이 없었지요. 내 머리를 붙잡아서 치웠더니 녀석은 또 앙앙 대면서 울었습니다.

"오빠, 애 운다. 크크. 어떡해?"

당신은 아예 나를 놀리더군요. 낭패였어요.

도저히 안 되겠다.

"지영아, 저기 뒤로 가서 애 좀 봐줄래. 운전이 안 된다. 정신없어, 지금."

"그래, 알았어. 저쪽에 세워줘."

나는 잠시 차를 길가에 세웠습니다. 당신은 뒷좌석으로 자리를 옮겨 앉았습니다. 그리고 본격적으로 아이를 안고 얼렀습니다.

"호호. 애기 귀엽다. 오빠 닮았어. 오오, 그래 그래. 성현아. 얼룰루 까꿍. 성현아, 우리 잼잼할까? 잼잼잼."

그런데 당신이 어르자, 녀석이 점점 울음을 그치는 거예요.

뭐야 이 자식, 내가 그렇게 달랬는데, 말도 안 듣더니.

룸미러로 보니 당신은 아예 아이를 가지고 놀았습니다. 녀석은 이제 까르르 웃기까지 했어요.

"호호. 진짜 웃는 것 똑같다. 오빠보다 더 귀엽다. 아이고, 귀여워라. 오, 그래. 그래. 까꿍"

당신은 내 아들에게 얼굴을 맞대 비비며 웃었습니다. 녀석도 좋은지 까르르하고 자지러졌습니다.

애들은 이상하게 여자를 좋아하더군요. 그 자식 나랑 있을 때는 하루 종일 칭얼대고 울기만 하더니, 처음 보는 당신이 어르자 방긋방긋 웃고 있으니 말입니다.

"그런데 애 뭐 먹이긴 한 거야? 손가락을 자꾸 빠는 거 보니까, 애기, 배고파하는 것 같아."

그런가? 뭘 먹였나 잘 생각이 안 나네. 아이고, 애를 그냥 굶기고 있었구나.

"글쎄. 오늘 먹인 게 없는 것 같다."

"진짜, 너무한다. 애기 배고픈 거 같은데. 아무것도 안 먹인 거야? 남자들 진짜 너무하다. 남자들한테 애 맡기면 안 되겠다."

하긴, 남자들이야 다 바보들의 행진이죠 뭐. 그냥 애가 우니까 귀찮기만 하고. 에이, 그리고 오늘 같은 날은 당신이랑 모텔도 갈 수 있는 한가하고 여유로운 좋은 그런 일요일인데 아이가 있으니 차마 그럴 수는 없었습니다.

당신은 그런 나의 욕구는 신경도 안 쓰고, 그냥 아이만 데리고 놀았습니다. 애만 귀엽고 당신을 원하는 나는 쳐다보지도 않는군요.

"무슨 기저귀만 있고 먹을 거라곤 하나도 없네, 참 네. 빨리, 애 뭐 좀 먹여야겠어. 저쪽으로 좀 가 봐요. 저기서 우회전해서. 빨리."

내가 가져온 아이 가방을 뒤지더니 그렇게 지시했습니다.

그래요, 아이에게는 엄마라는 여자가 필요하고, 여자에게는 남편이라는 남자가 필요합니다. 이 일차방정식이 안 맞아서 괴롭군요. 인연은 이차방정식으로 엮었고 상황은 삼차방정식으로 꼬여 가는데 우리는 일차방정식조차 풀지를 못하니까요.

어쨌든 그날 우는 아이를 달래주고 배고픈 내 아들에게 무언가를 먹여주었던 그 날의 당신에게 감사합니다. 나 혼자서 애 하나 보기가 그렇게 어렵더라고요. 당신이나 아내나, 어머니나, 누나나 여동생이나, 여자들은 도대체 어떻게 그렇게 애를 잘 키우고 있는지요. 여자들은 정말 타고난 양육자이며 뛰어난 조련사들입니다.

밖에 나가서 호랑이랑 싸우라고 시키면 어떻게든 한번 싸워보겠는데, 안에서 애를 먹이고 재우기가 그렇게 어렵더군요. 이제 오늘날 지구상에 몇 마리 남지 않은 호랑이랑 싸울 일은 없습니다. 하지만 아이를 키워야 하는 우리의 운명은 영원히 계속되고 있습니다. 시대는 바야흐로 여성의 시대입니다.

우리 인간종의 최대 모순은 우리의 어린 시절이 너무 길다는 것입니다. 지구상의 어떤 포유류도 우리만큼 길고 복잡한 성장과 양육기간을 갖고 있지 않습니다. 인간은 고도의 사고력과 상상력에 더불어 신체적 능력도 뛰어나지만, 그것은 마치 거미가 어미의 살을 파먹고 나오듯이 어머니의 희생으로 이루어진 것입니다.

자식은 끊임없이 어미의 젊음과 욕망이 희생되기를 요구합니다. 그것이 어머니와 할머니 그리고 아내와 당신을 비롯한 세상의 여성들이 겪었던 비극의 근본적인 이유입니다.

뇌만 비정상적으로 발달해서 유달리 머리가 큰 태아는 산도(産道)를 찢을 만큼의 산고(産苦)를 가져왔습니다. 그렇게 낳아보아도 정말 너무 하다시피 발달이 덜 된 유아들입니다. 팔다리를 더 키워야 하지만 그놈의 머리 때문에 배 속에서 더 키울 수도 없는 존재들이었습니다.

자연으로 볼 때 인간의 아이들은 사실상 모두 일종의 미숙아들입니다. 몇 년이 가도 기본적인 먹고 싸고 조차가 안 되는 인간의 아이들은 엄마의 시간과 엄마의 젊음을 송두리째 앗아갑니다. 10년이 가도 성징(性徵)이 완성되지 않고, 20년이 가도 성장(成長)이 멈추지 않는 이 인간의 자식은 우리 종이 만든 최대의 괴물이며 실패작입니다.

페미니즘이 아무리 달려나가도 결국에 그 앞길을 막아서는 것이 바로 이 미숙아들입니다. 여성 해방에 비협조적이고 폭력적인 마초(macho)들을 잘 설득하고 의식화시킨다 하더라도 도대체 아이들은 어떻게 할 작정입니까? 사랑으로 감싸는 것도 하루 이틀입니다. 그만 나가 죽으라고 할까요?

아이는 혁명의 적이기도 합니다. 혁명 봉기론에 따르면 혁명의 결정적 시기에는 무력과 무력이 충돌할 수도 있는 절박한 상황이 벌어집니다. 그럼 아이를 업고 산으로 들로, 진지로 돌아다녀야 합니까? 아니면, 계백 장군처럼 아예 죽이고 전선으로 달려가야 할까요? 계백 장군은 아무런 갈등이 없는 근친 살인마라 그런 끔찍한 짓을 저질렀을까요?

비합법적 지하투쟁을 하겠다는 전위조직을 꿈꾸는 사람들이 연애질에 결혼에 자식까지 퍼질러 놓고 도대체 뭘 하겠다는 것입니까? 한심하기 이를 데가 없습니다. 백번 양보해서 남녀 간에 낭만적 사랑과 정욕은 어쩔 수 없다고 합시다. 그러나 아이는 전혀 다른 문제입니다. 그런 천금 같은 볼모를 두고 무슨 전쟁을 치르고 혁명을 이룰 수 있단 말입니까?

그렇게 아이는 여자의 적이고, 혁명의 적입니다. 당신의 딸과 나의 아들. 우리가 유전학적으로 서로 다른 적(敵)을 가지고 있다는 것은 해(解)를 구할 수 없는 고차원 방정식으로 문제가 출제되었다는 겁니다. 자식을 가진 중고 인생과 자식이 없는 중고 인생은 근본적으로 다른 존재입니다. 자식이 없는 돌아온 싱글은 그냥 한 번의 웨딩 이벤트를 치른 것에 불과합니다. 그러나 자식을 가진 돌아온 싱글은 분명한 과거의 사랑을 함께 가지고 있는 것입니다.

어린 자식을 데리고 새로운 짝짓기 게임에 나서는 종족은 우리 인간종밖에 없습니다. 그 어떤 하등동물도 그런 짓거리는 잘 벌이지 않습니다. 새끼를 다 키우고 홀가분한 모습으로 나서지요. 동물들은 대부분 발정기와 발정기 사이에 자신들의 새끼를 양육할 수 있는 시간적 계산이 프로그래밍 되어 있습니다.

발정기조차 사라진 우리가 문제입니다. 우리 사랑의 방정식은 복잡하고 우리의 정욕은 날마다 분출하는데 자식은 도대체 빨리 크지를 않는 거예요. 그래서 할 수 없이 우리는 아이를 업고라도 짝짓기 게임에 나설 수밖에 없는 슬픈 운명을 타고났습니다.

애를 굶길 수는 없고 그렇다고 사랑을 굶길 수도 없잖아요.

그 날은 나른하고 평온한 오후가 지나가고 있었습니다. 회사에서 업무를 챙기고 거래처 여기저기에 업무 전화를 하고 평화롭게 앉아서 맥킨지가 좋아할 만한 문서를 그리고 있었습니다.

그때 갑자기 당신으로부터 전화가 왔습니다. 그 전화는 평화로운 정적을 단숨에 깼습니다.

"오빠, 나야. 오빠, 어디야?"

"응. 나야 뭐 지금 회사에 앉아있지. 뭐 하겠어?"

"오빠… 나아… 흑흑."

그런데 어쩐 일인지 요사이 상당히 괜찮았는데 내게 전화를 건 당신은 벌써 울먹이고 있었습니다.

"지영아, 왜 그러니? 우는 거니?"

무슨 이유인지 몰라도 당신은 거의 울고 있는 것 같았습니다. 수화기 너머 눈물을 흘리는 당신이 들렸습니다. 우는 것, 당신은 쉽게 그렇게 하는지 몰라도 그렇게 울면 사실 내가 너무 힘들어요. 당신은 내 깊은 병을 잘 모르지요.

"왜 그래? 무슨 일이야? 진정하고. 말을 해봐."

"나 빨리 제원 씨 면회 가야 해."

"면회? 그래, 면회는 가야지. 저기, 무슨 일 있었던 거야?"

"내일 아침에 접견해야겠어. 그동안 단식했대. 목포교도소 보안과에서 전화가 왔는데 빨리 좀 와 달래. 그리고 제원 씨도 할 얘기가 있나 봐."

"보안과에서 전화가 왔다고? 음. 그래. 빨리 가봐야겠네."

당신은 잠시 말이 없었습니다. 그리고 천천히 조심스럽게 말했습니다.

"내일 아침까지 목포로 오라는데. 지금 어떡하지? 미안한데… 오빠, 나 좀 데려다줄 수 있어?"

당신이 그 전화를 걸어온 때가 오후 3시가 조금 넘었을 때쯤, 가야 할 장소는 목포교도소, 당신이 접견을 바라는 시간은 내일 아침 10시경. 내일 아침에 그곳까지 갈 수 있게 해달라고 당신은 내게 부탁을 했습니다. 자기를 좀 데려다 달라고 했어요.

"알았어, 지영아. 내가 어떻게 해 볼 테니까. 좀 진정하고, 어차피 일박은 해야 하니까 자기는 내려갈 준비를 먼저하고 있어. 내가 알아보고 바로 연락할게."

"응. 오빠, 연락 줘. 기다릴게. 빨리."

"그래, 울지 말고 준비나 하고 있어."

당신의 울음 때문에 도지는 '연민병'을 나도 진정시켜야 했습니다. 먼저 마인드 컨트롤이 필요했습니다.

그래, 당신과 함께 뭘 하는 것이 아니라 하나의 회사 업무라고 생각하자. 우리 회사원들이 이런 급한 일 한두 번 처리해본 것도 아니고. 목포에서 갑자기 마케팅 로드쇼가 생겨 급히 내려가야 한다고 가정하자. 급한 출장이라고 생각하자.

그렇게 마음을 진정하고 재빠르게 행동했습니다.

"범한 여행사 여의도 지점이죠?"

지금 기차나 버스로 가기에는 서로 너무 피곤할 것 같아 항공편을 알아보기로 했습니다. 일단 여행사로 국내선을 알아보기 위해 전화를 돌렸습니다. 그런데 그 날 목포까지 바로 가는 직행 비행편은 이미 시간이 늦었습니다.

"그럼, 가장 가까운 공항이 어디죠?"

"광주공항입니다."

그래 그럼, 광주에서 숙박하고 다음 날 택시를 대절해서 목포로 간 다음 접견 이후에 목포공항에서 비행기를 타고 서울로 오자, 이렇게 일정을 짰습니다.

"대리님, 카드 번호 불러주시면 티켓팅 해서 회사로 갖다 드리겠습니다."

"호텔 부킹도 됩니까?"

그런데 하룻밤을 자려면 호텔이 필요한데, 밤에 도착할 것 같으니 잘 모르는 광주에서 우왕좌왕하지 말고 미리 호텔 예약을 해 놓자는 생각이 들었습니다.

"저희가 호텔 부킹은 안 되고요. 단체가 아니라. 대리님이 직접 하시는 게 더 나을 거예요."

"광주에 호텔로 어디가 좋을까요?"

"신양파크호텔이 괜찮은데요. 무등산 쪽에 있어요. 지금 광주 비엔날레 기간이거든요. 빨리 한 번 해보시죠. 전화번호 알려드릴게요."

다시 신양파크호텔 프런트로 전화를 걸어 예약 팀과 연결이 되었습니다. 당시 아마도 광주가 비엔날레 기간이었나 봅니다만, 호텔 예약은 그렇게 어렵지는 않았습니다.

"참 저기, 침대는 트윈베드로 해주세요."

"더블베드가 아니고요. 비엔날레 때문에 방이 별로 없어요. 지금 디럭스 트윈베드룸밖에 없습니다. 가격이 좀 올라가는데."

"아, 예. 하여튼 트윈베드룸으로 예약해주셔야 합니다."

"예. 그냥 업그레이드해드릴게요. 그렇게 준비하겠습니다."

그렇게 광주 무등산 근처 신양파크호텔에 예약하면서 더블베드가 아닌 트윈베드로 방을 잡았습니다. 상황이 상황인지라 나도 좀 부담스러웠습니다. 거기까지 가서 만약 베드가 더블베드라면… 하여튼 그 상황에서 당신과 같은 침대에 눕기가 께름칙했습니다.

호텔 예약을 마치고서야 마침내 어느 정도 준비가 되었다는 것을 느꼈습니다. 이제 내 일정을 빼야 했습니다. 당시 우리 마케팅팀 팀장이 교체되는 과정에서 공석이라 입사 동기가 대행하고 있었습니다. 그나마 잘 된 상황입니다. 그 입사 동기에게 오늘은 조퇴를 하고 내일 월차를 좀 하자고 부탁했습니다. 왜냐고 물었지만, 급한 집안일이 있다고 둘러댔습니다. 한편으로 이럴 때에 내가 가출한 상태라는 것이 다행이었습니다. 당신과 같이 움직일 수 있으니까요.

그 동료가 '박 대리, 야, 시국이 시국이니만큼 핸드폰은 반드시 열어놓는 조건으로 그렇게 하자.'라고 조건을 달았습니다. 서비스 런칭을 앞둔 회사의 사정을 그는 '시국'이라고 표현했습니다. 받아들일 수밖에 없었습니다.

"지영아, 이제 움직여. 갈 준비는 다 됐으니까. 근데 택시 타고라도 여의도로 좀 와줘. 여기서 공항으로 가서 비행기를 탈 거야."

"응. 알았어. 고마워. 가면서 연락할게."

당신은 숄더백을 메고 트렁크를 하나 끌고 왔습니다. 트렁크가 무거운지 들지도 못하고 질질 끌기에 내가 대신 받아주었습니다. 지금 내려가 봐야 겨우 잠만 자고 아침에 접견하고 바로 올라올 텐데 당신도 참 어지간했습니다.

얼마 전에 함께 산 '에고이스트' 시폰 원피스에 롱 카디건을 입었기에 패션은 발랄해 보였지만 표정은 새침했습니다. 평소처럼 '오빠, 저번에 산 거 이거야.' 하며 앞태와 뒤태를 번갈아 보여주며 애교를 떠는 그런 행동도 하지 않았습니다.

다행히 눈물은 그쳤고 인솔자인 나를 따라 따박따박 움직였습니다. 김포공항 활주로 위에 희끔한 얼굴을 한 낮달이 서쪽 하늘 구석에 떠있었습니다. 아시아나 항공 국내선 광주행 비행기는 18시 25분에 이륙했습니다. 그렇게 갑자기 당신과 국내선 비행기를 탔습니다. 우리가 처음으로 같이 타는 비행기였습니다. 시린 가을 하늘 위로 기체는 가볍게 날아올랐고 구름도 없는 맑은 날이라 비행은 편안했습니다.

"얼마 전에 편지에 애국전선 사람들하고 같이 뭐 결의가 돌았다고 행동에 들어갈 것 같은 뉘앙스를 적었거든. 그리고 그런 내용을 다른 교도소에 있는 몇몇 사람한테도 편지로 보내달라고 하더라고. 그래서 그렇게 해 주었는데… 또 단식 들어가나 보다 생각했는데. 무

194

슨 일이 생긴 것 같아."

그리 말하고는 비행기에서 당신은 침울해져서 내내 작은 창밖을 내다보았습니다. 근래에 그렇게 종알거리던 입을 다물고 나도 한번 봐주지 않고 고개를 돌리고 있었습니다. 내가 손을 한번 잡아주었는데 마치 자기 손이 아닌 것처럼 내던져놓고 미동도 없었습니다. 기울어가는 햇빛이 비행기 날개 끝에서 부서졌습니다.

광주공항을 빠져나오니 어느새 어둠이 내리고 있었습니다. 공항에서 택시를 타고 신양파크호텔로 와서 체크인을 했습니다. 호텔 서버가 당신의 트렁크를 끌어주었습니다. 예약된 방으로 들어와서야 그 바쁘고 갑작스러운 일정에서 고요한 우리들의 공간이 찾아온 것을 느꼈습니다. 어떻게 된 사유인지는 몰라도 갑자기 우리는 온전한 하룻밤을 같이 보낼 수 있는 그런 기회를 가지게 되었습니다. 그러나 그 상황이 너무 긴박해서 다른 생각은 하지 않았습니다.

그 방에는 더블베드 하나와 옆에 싱글베드가 하나 더 놓여있는 트윈베드룸이었습니다. 바닥에는 카펫이 깔려있었고 디럭스라 그런지 좁지 않고 아늑했습니다. 창밖으로 요란하지 않고 은은하게 느껴지는 광주의 야경이 멀리 보였고 산 가까이라 그런지 밤이 되자 공기가 꽤 쌀쌀하게 느껴졌습니다.

이건 뭐 밀월여행도 아니고 도대체 단식하는 옥중의 남편을 면회 오는 여자를 데리고 호텔의 한 방에 투숙한 그런 꼴이라니.

하지만 그 정도는 서로 이미 다 아는 사정입니다. 더구나 우리는 서울에서 연인처럼 놀았던 사이가 아닙니까? 내가 너무 쑥스러워하면 오히려 당신이 당혹해하겠더라고요. 나는 아무런 망설임 없이 재킷을 벗고 발을 씻고 바지를 걷고 앉았습니다. 당신은 그제야 내가 예약한 방이 트윈베드가 놓여있는 가족실이라는 것을 보았을 거예요. 당신도 카디건을 벗고 욕실에 들어가서 물을 틀어놓고 개인 일을 보고 나왔습니다.

한숨을 돌리고 시계를 보니 밤 9시가 넘어갔습니다. 너무 정신이 없군요. 참, 저녁도 못 먹었군요.

"저녁 안 먹었잖아. 나가서 밥 먹자."

"오빠, 배고프지? 난 그렇게 입맛이 없는데."

당신의 활동력은 서울과 달리 확 떨어졌습니다. 식욕도 마찬가지였습니다.

"그래. 그래도 조금이라도 먹자. 나가기 뭐하면, 룸서비스라도 부르지 뭐."

당신이 입맛도 없고 피곤해하는 것 같아서 간단하게 주스와 샌드위치, 샐러드 정도로 룸서비스를 불렀습니다. 내가 권해서 당신은 겨우 샌드위치 조금과 오렌지 주스 정도는 마셨습니다. 그 모습이 어찌나 새침하고 쌀쌀맞은지요. 잘 따라오기는 하는데 말을 걸기가 부담스러울 만치 당신은 가라앉아 있었습니다. 오히려 그런 모습이 이런 공간에서 당신 같은 여자와 함께 있는 데서 비롯될 남자의 어떤 음심(淫心)을 줄여주는 데 도움이 되기는 했습니다. 너무 조용한 것 같아 일부러 TV를 켜고 리모컨을 당신에게 주었습니다.

생각해보니 당신은 그래도 일박을 할 어떤 준비를 하고 왔는지 모르겠지만, 나야말로 아무 준비가 없었습니다. 그냥 그렇게 회사에서 바로 나와서 여기까지 온 겁니다. 갈아입을 속옷도 없고 개인 세면도구도 없어서 호텔 프런트에서 일회용을 샀습니다. 그런데 하다못해 내일 신을 새 양말도 없었어요. 내일을 위해 욕실에서 양말이라도 빨아야겠다고 생각했습니다.

"아… 또 나 가슴이 너무 울렁거려. 아하, 왜 이러지? 요새 괜찮았는데.”

“어디 아프니? 교도소에서 전화 받고 놀래서 그런가? 너무 걱정하
지 마. 무슨 큰일이야 있으려고.”

“그래, 알았어. 아하… 근데 좀 아프네. 아, 가슴도 답답하고….”

당신은 어떤 아픔이 오는지 혁혁대면서 가볍게 앓고 있었습니다.
또 자율신경 실조가 재발하여 육신의 깊은 곳으로부터 통증이 올라
오고 있었나 봅니다. 입술을 실룩거리면서 떨기 시작했습니다.

“그럼 편하게. 뜨끈한 물에 몸을 담그고 목욕을 좀 할래? 몸이 좀
풀리게. 저녁 되니까 갑자기 쌀쌀해져서 그럴 수도 있어. 옷도 좀 벗
고.”

“그럴까.”

나는 욕실에 들어가서 적당한 온도로 물을 맞추어 욕조에 틀어놓
았습니다. 손을 넣어 몇 번 온도를 맞춰보고 물이 채워지는 사이 내
가 먼저 다시 세수를 하고 머리를 감았습니다.

당신은 겉옷을 벗는데 새삼스레 부끄럼을 떠는 거예요. 내가 민망
해서 얼굴을 돌렸습니다. 당신이 겨우 슬립 차림으로 욕실로 들어갔
습니다.

“뜨겁지 않니?”

내가 밖에서 물었습니다.

“응, 괜찮아. 따뜻해요.”

찰랑 찰랑거리는 물소리와 함께 당신이 대답했습니다.

그런 사이 커튼을 쳤습니다. 이중 커튼이었는데 하얀 속 커튼 하
나를 치고 불을 끄니 푸른 달빛이 창가에서 쏟아져 들어왔습니다.
당신이 캄캄한 것을 싫어하니 침대 옆에 스탠드 등 하나는 켜놓았습
니다.

"지영아! 저기 나올 때 큰 타월 한 장하고 수건 좀 가지고 나와. 내가 마사지해줄게."

물소리만 졸졸졸 들렸습니다.

"내 말 들었어?"

"알았어요. 그럴게."

평소와 달리 오는 내내 당신은 침울했고 갑자기 내외하듯이 나를 부끄러워하는 것 같기도 했습니다. 그날 당신은 도시적인 관능을 벗고 오랜만에 다시 청순가련의 마스크를 꺼내 들었습니다.

당신의 지치고 긴장된 육신을 풀어주기 위해 따뜻한 마사지를 준비했습니다. 뜨거운 물에 수건을 적시고 그걸 깔끔하게 짜서 당신의 사지에 덮어주고 부드럽고 따뜻하게 당신을 주물렀습니다. 엎어놓고 눌러주는 것도 좋겠지만 침대의 쿠션이 있어 마사지의 감도가 반감되겠더라고요. 그래서 두 손으로 잡고 주물러주는 것이 좋겠더라고요. 당신은 내가 주무르는 마사지의 강도에 따라서 조금 세게 신음을 내기도 하고 조금 약하게 소리를 내기도 하면서 한숨을 쉬었습니다. 안단테로 시작하여 알레그레토로 올렸다가 다시 안단테, 아다지오로 엮었습니다.

그동안 당신은 이런 낯선 땅, 낯선 곳을 도대체 얼마나 찾아다닌 겁니까? 그래도 지금은 내가 있습니다. 내가 쉽게 비겁하게 돌아서지 않고 당신과 함께 이 먼 길을 찾아 왔습니다.

"그냥 빨리 자는 게 좋겠다. 내일 또 빨리 움직여야 되고. 졸리면 그냥 자."

"고마워. 오빠."

어느덧 당신은 숨소리가 조금 고르게 내쉬어지며 몸이 나른해졌습니다.

198

당신은 비밀 아지트와 같은 그 안전한 공간에서 감사의 얇은 키스를 살짝 해주었습니다. 그러나 우리는 그 이상은 전진시키지 않았습니다. 오늘 이 동행과 동침의 상황이 너무나 엄혹한 것이었기 때문입니다.

이 길은 단식 중이라는 당신의 남편을 만나기 위해 나선 길입니다. 오늘은 그냥 이렇게 자는 것이 좋겠어요.

나는 당신을 주물러서라도 재우려고 했습니다. 내가 원래 체온이 조금 높습니다. 손도 다른 사람보다 조금 더 따뜻합니다. 그 늦가을 쌀쌀한 바람을 이기기 위해 내가 노력했습니다. 이윽고 당신이 잠이 든 것 같아서 수건은 걷어내고 시트로 덮고 이불로 한 번 더 덮어주었습니다.

실내가 건조한 것 같아 욕실 세면대에 물을 받아놓고 욕실 문을 조금 열어 놓았습니다. 양말을 빨아 놓고 가습용으로 수건 두 장을 물에 적셔 옷걸이에 걸어서 의자와 테이블에 걸어놓았습니다. 당신을 돌아보니 당신은 새근새근 잠을 자고 있었습니다. 당신의 좁은 어깨와 가슴이 숨소리에 맞추어 가볍게 오르내리고 있었습니다.

그제야 나는 옆쪽에 마련된 또 다른 베드에서 겨우 피곤한 몸을 뉘었습니다. 옆으로 누우니 잠을 자고 있는 당신의 실루엣이 보였습니다. 스탠드등도 다 껐지만 스며들어오는 달빛이 이 이상한 동행의 밤을 푸른빛으로 물들이고 있었습니다. 밖은 고요하고 방안에는 리드미컬한 당신의 숨소리만 깊고 아득하게 멀어져 갔습니다.

서울 하늘 구석에 몰래 숨어있던 달이 밤이 되자 광주에서 정체를 드러내고 푸른빛을 마구 쏟아내고 있었습니다. 너무 희미하게 붙어있어 당신은 그놈이 저녁부터 하늘가에 있었던 것을 알지 못했을 겁니다. 그때 달이 우리를 지켜보고 있었어요. 그놈이 슬며시 푸른

빛으로 방안까지 들어오고 여기까지 몰래 우리를 따라왔습니다.

노피곰 도다샤 머리곰 비취는 달하. 달아, 어디 가서 떠들거니? 오늘 우리의 이야기를.

그래, 사랑이란 차라리 들통나버려야 드러내놓고 신명나게 너울거릴 수 있을 텐데. 주변 사람들의 호들갑스런 너스레와 떠벌림을 축복 삼아. 반대로 그들이 어떤 뒷담화와 저주와 도덕주의를 설파한다 하더라도 끝내 온전히 헤칠 수 없는 우리의 사랑을 확인하면서 말이죠.

잠들기 전 회사 일과 여러 가지 잡무에 대한 생각이 스쳐 지나갔습니다. 그리고 귀여운 아들을 생각했습니다.

너무 귀여운 아이예요. 내 아들, 성현이. 주말에는 성현이를 보러 가야겠어요. 슬며시 미소가 지어졌습니다. 나도 곤히 깊은 잠에 빠져들었습니다.

우리가 이렇게 한 공간에서도 서로 다른 꿈을 꾼다 할지라도 서로를 미워하지는 말자고요. 서로 다른 사연으로 서로 다른 사정으로 그렇게 끙끙대면서 신음을 내더라도 우리는 서로를 이해해주어야 합니다. 그럴 수밖에 없는 우리의 인생을 우리만이라도 돌보아주자고요. 이 세상에 누가 있어 우리를 이해해 줄 수 있겠어요? 오로지 우리가 서로를 챙기지 않는다면 누가 우리를 돌보아 주겠습니까?

사건과 관련되었든 아니든 세상 사람들은 이제 반제애국전선 사건을 모두 잊었습니다. 그러나 당신은 오랫동안 그 사건의 비극과 아픔에 갇혀있었습니다. 오랫동안 영어의 몸이 되어 있는 사람은 당신의 남편이지만, 당신의 삶과 꿈도 그 구척담장을 쉬이 벗어나지 못했습니다.

높고 긴 교도소 담장의 그늘 밑을 오랫동안 걸어왔던 당신. 기무사에서 왜 그들이 한 사람만 잡겠다고 했는지 나는 알 것 같았습니다. 한 사람만 잡아넣어도 인연의 굴레가 결국 둘 다를 그 담벼락 밑에 가두어두는 것이니까요.

다음 날 아침 당신은 코스메틱 파우치에서 무슨 화장품 같은 것을 쭉 깔아놓고 머리를 드라이로 말리고 있었습니다. 당신의 아침 일상이 펼쳐졌습니다. 양말을 털어 신는 것으로 나는 다 마쳤는데, 역시나 당신은 아직도 뭐 할 일이 많았습니다. 아직 옷도 못 입고 있었어요.

"아이. 어떡하지?"

"왜?"

"스타킹이 올이 다 나갔어."

슬립 차림으로 난처해하는 당신을 보니 또 어떤 기시감(既視感)이 떠올랐지만 내면에서 삼켰습니다.

"내가 사다 줄 게. 뭐로 사 오면 되는 거야?"

"음. 저기. 팬티스타킹. 커피색, 비너스 걸로. 고마워요."

그렇게 당신도 옛날의 아내처럼 내게 스타킹 심부름을 시켰습니다. 호텔 프런트에서 근처 편의점을 물었습니다. 걸어가면서 속으로 씁쓸하게 웃을 수밖에 없었습니다. 마치 짠 듯이 똑같은 심부름을 시키는 내 첫사랑과 두 번째 사랑. 이것도 질투인가 하는 묘한 생각이 들었습니다.

"택시 대절 되죠? 무안군 일로읍까지 갈 건데."

호텔 프런트에 택시 대절을 부탁했습니다. 광주에서 무안군 일로읍을 들러 목포공항까지 가는 것으로 준비시켰습니다. 교도소라는 장소는 미리 말하지 않았습니다.

당신이 영 생각 없어 해서 아침도 먹지 않고 방을 나섰습니다. 체크아웃을 하는 사이 이미 택시는 와 있었고 호텔 서버가 당신의 트렁크를 택시 트렁크에 넣었습니다. '지구의 여백, 제2회 광주 비엔날레'를 알리는 현수막과 포스터가 붙어있는 빛고을을 택시가 빠져나 갔습니다. 하늘은 어제와 같이 시리게 푸르렀고 높았습니다. 남도의 산들도 꽤 단풍물이 올랐습니다.

　"기사님. 일로에 목포교도소로 좀 가주세요. 면회가 있어서 그러니까 교도소 주차장에서 대기 좀 해주시겠어요?"

　택시를 타고 나서야 내가 정확한 행선지를 말했습니다. 한적한 도로를 택시는 시원하게 달렸습니다. 우리는 무안군 일로읍에 있는 목포교도소를 향해 갔습니다. 함평을 스쳐 지나고 무안읍을 지나서도 한참 남쪽으로 내려갔습니다. 도대체가 여자 혼자서 왔다 갔다 할 수 있는 편한 길이 아니었습니다.

　목포교도소는 행정구역만 무안군이지 거의 목포에 더 가까웠습니다. 영산강을 두 번째 건너고 어떤 저수지까지 건너자 목적지에 다다랐다고 기사가 말했습니다. 당신은 차창만 내다볼 뿐 그때까지도 말이 없었습니다.

　생각했던 것보다 면회 시간이 꽤 걸리더군요. 나는 접견을 하는 당신을 기다리면서 가을이 초겨울로 옮겨가는 그 마지막 햇살을 즐기고 있었습니다. 교도소 안은 몰라도 바깥 풍경은 이상스레 더 평화롭고 고요한 것이 그곳 풍경입니다. 나뭇잎들이 벌써 많이 떨어졌습니다. 높은 담장 그늘 아래 자연스레 피었다기보다는 누군가 많이 보살핀 듯한 코스모스에 국화, 부용, 물망초 등 여러 가지 가을꽃들이 치장하고 있었습니다. 너희들이 어떻게 생각할지 몰라도 우린 아름답고 평화롭다고 항변하는 듯한 그런 풍경이었습니다.

기다리는 동안 핸드폰이 울렸습니다. 팀장 대행을 맡고 있던 동료로부터 업무 전화가 왔습니다.

"박 대리, 연차 중에 미안하지만, 그룹 내부 고객 대상 로드쇼 플랜 픽스해야 하고 이따 오후에 LG 애드 시안 프레젠테이션 있는데 오늘 우리 광고 모델 초이스하고 시안 다 컨펌시켜야 돼. 오후까지라도 회사로 좀 들어올 수 있어?"

"알았어. 점심 지나서 오후쯤에 들어갈게."

핸드폰은 편리한 대신 사람을 항상 업무 대기 상태로 만들기도 했습니다. 담배를 한 대 태우다 다시 꽃밭을 내려다보았습니다.

그렇게 꽃을 보며 교도소 접견실 바깥에서 한참을 기다렸더니 저기서 걸어오는 당신이 보였습니다. 아니 당신은 걸어오는 것이 아니라 비틀거리며 무언가에 억지로 이끌리듯이 밀려왔습니다. 나는 담배를 튕겨 던져버리고 당신에게 달려갔습니다.

이런, 벌써 당신은 눈물 바람입니다. 손수건을 손에 쥐고 눈물을 찍어내고 있었습니다. 그리고 겨우 완화시켜 놓았는데 당신은 또 자율신경 문제로 몸을 덜덜 떨었습니다. 이제는 나도 당신의 그 모습을 쉽게 견딜 수가 없는데 말입니다. 나는 당신을 거의 부축하다시피 했습니다.

"아. 진정해. 지영아."

넝쿨이 메말라가는 목포교도소 야외 벤치에 앉아 당신은 그렁그렁한 눈물을 줄줄 흘렸습니다. 이럴 때는 조금 울게 내버려 두는 것이 차라리 낫겠다는 생각에 별수 없이 기다렸습니다. 옆에서 시끄럽게 주절대지 않고 조용히 손만 잡아주었습니다. 당신도 마음을 진정하려고 손수건을 쥐고 무척 애썼습니다. 무심한 잎들이 자꾸 떨어지고 있었습니다.

눈물이 그치고 진정하기를 한참 기다렸습니다. 당신도 손을 뿌리치지 않고 그냥 내게 맡겨놓은 채 스스로를 달래고 있었습니다.

"이제, 갈 수 있겠어?"

비행기 시간에 맞추기는 해야 했습니다. 당신은 가만히 고개를 끄덕였습니다. 나는 당신을 아예 어깨로 부축하고 겨우 택시 뒷자리에 태웠습니다. 목포 공항으로 가자고 미리 얘기해 놓았기에 기사는 휑하니 호쾌하게 출발했습니다. 나는 당신의 손을 꼭 잡았습니다.

"단식은 끝났대. 근데 제원 씨 너무 불쌍해요. 지금 너무 힘든가 봐."

그런 말만 하고 당신은 다시 입을 닫았습니다. 나는 아무것도 묻지 않고 당신이 진정하기를 기다렸습니다.

그날 서울로 오는 비행기가 김포공항에 내릴 때까지 당신은 눈물이 완전히 마르지 않았습니다. 나는 아무 말도 하지 않고 마냥 당신의 손만 꼭 잡고 있었습니다.

나를 만날 때 그렇게 생기발랄하고 욕심꾸러기 같고 얄밉기까지 하던 당신. 그러나 당신의 현실은 이 비극에서 쉽게 벗어나지 못했군요. 그래요, 이것이 당신의 본질적 인생이었습니다. 나는 모르핀이라도 되는 것일까요?

"실은 오늘 오후에 회사로 좀 들어가야 할 것 같아. 회사도 급한 일이 있다고, 계속 같이 못 있어서 미안해."

"아니야. 나도 종로에 또 애국전선 가족들 모임이 잡혀서 거기로 가봐야 돼. 오빠, 정말 고마워요."

"나 너무 배고프다. 저기 메밀국수라도 안 먹을래?"

그렇게라도 얘기하지 않으면 도무지 뭘 먹으려고 하지 않는 눈치라 그렇게 유도했습니다. 당신은 김포공항 라운지 국숫집에서 겨우 몇 젓가락을 먹었습니다.

"단식 끝난 게… 그러니까. 강제 급식 당했나 봐."

당신이 겨우 무거운 입을 열었습니다.

"뭐야! 이 새끼들 진짜. 강제 급식은 인권침해야, 고문이나 마찬가지라고. 이것들을 진짜!"

군인이나 산모는 단식해서는 안 되겠지만, 양심수의 단식은 그들이 가진 투쟁의 마지막 보루이며 자존심과 같은 것입니다. 구체적으로 뭘 어떻게 했는지는 모르지만 '강제급식'이란 단식자의 몸을 결박하고 강제로 식도에 호스를 투입하여 소금물이나 죽을 부어 넣는 것입니다. 단식으로 인한 불상사를 막는다는 행위라고는 하지만 본질적으로 그것도 일종의 고문 행위임은 틀림없습니다.

당연한 분개에 당신은 갑자기 내 손을 잡으며 고마워했습니다.

"그래. 그런 거지. 토 달지 않고 항상 이렇게 얘기해주고. 정말 오빠 같은 사람이 없어. 고마워."

"왜 이래? 쑥스럽게. 그것보다 그래서 지금 자기 제원 씨 상황이 어떤 거야? 다친 데는 없어?"

"응. 그것 때문에 제원 씨가 교도소에 강력하게 항의하나 봐. 그 과정에서 교도소랑 계속 마찰이 있으니까 교도소는 또 징벌 뜨네 안 뜨네 하는데. 면회 전에 보안과장이 잠깐 먼저 보자고 해서 만났는데. 제원 씨를 좀 설득시켜 달라고 하는 거야."

"뭐라고 그러는 건데?"

"뭐 매번 비슷한 거야. 이런 상황, 좀 진정시켜달라는 거지. 강제 급식 얘기 듣고 나도 엄청 소리 지르고 항의했어. 아 창피해. 예전엔 안 그랬는데 나도 자꾸 눈물이 나더라고. 에이씨."

"목포교도소 이 새끼들 진짜."

"보안과장이 자기네들도 강제 급식은 미안하다고 사과하더라고. 그래도 계속 마찰이 일어나면 제원 씨만 곤란하지 않겠냐고 진정시켜 달라고 부탁을 하는 거야."

"그래 징벌 뜨면 사람이 너무 힘들지. 그러면 안 되지."

"그러고 겨우 제원 씨를 만났는데. 애국전선 옥중 동지들하고 '국가보안법 철폐 투쟁'에 들어간 거라고. 그런 과정에서 단식한 거니 밖에서도 보조를 맞춰서 힘을 달라고 하더라고. 그러면서 일단 투쟁 취지에 대해서 한겨레신문에 의견 광고라도 몇 차례 내달래."

"음. 그런 거였구나. 우리가 그 정도는 해야지."

단식 투쟁을 했다는 내용과 '국가보안법 철폐' 같은 그런 주장과 몇 가지 내용인데, 몇 번의 의견광고로 그런 일이 쟁취되기는 만무하겠지만, 험난하게 육신을 던져 절규한 사람들을 위해서 그 정도는 해줘야 하는 것이 아니겠습니까?

"그래서 의견 광고는 내겠다고 했어. 그건 뭐 어떻게라도 해봐야지. 그런데 내가 교도소하고는 좀 진정하자는 방향으로 얘기를 꺼내자마자 제원 씨가 또 화를 내는 거야. 그런 소리 하려면 오지도 말라고 하면서 면회하다 다시 들어가려고 하는 거야. 정말 미치겠더라."

'미치겠더라.'라고 말하면서 당신은 또 감정이 북받치려고 했습니다.

"음. 진정해. 힘들면 그만 얘기해도 돼."

"아니야. 음음. 괜찮아. 많이도 실컷 울었는데 뭐. 그래서 겨우 옆에 입회 교도관이 말리고. 내가 또 울고… 그렇게 겨우겨우 달래고. 제원 씨가 의견 광고라도 잘 부탁한다고 하더라고."

당신은 목소리를 가다듬고 얘기를 이어갔습니다. 매끈한 메밀국수마저도 목에 걸리는 얘기였습니다. 끌끌해서 와사비를 왕창 풀어장국을 마시니 코가 뻥 뚫리는 것 같았습니다.

공항에서 택시를 타고 종로로 가자고 했습니다. 당신을 약속 장소에 먼저 바래다주고 싶었고 그런 다음 회사로 가도 될 것 같았습니다.

"은서 유치원 다니면서 돈이 좀 많이 들어가더라고. 갑자기 광고라니, 비용이 좀 걱정이네. 애국전선 옥중 사람들 가족들도 다 사정이 안 좋아. 나보다 더하면 더했지."

그런데 택시에서 당신은 돈 걱정을 하더군요. 한겨레신문에 내야 할 의견 광고비 걱정을 했습니다. 그러면서 이상한 농담을 하는 거예요.

"에이, 안되면 학원 끝나고 카페라도 나가봐야 하나? 서초동에 있는 그런 카페라도. 헤헤."

"에이. 자기, 술도 못 마시면서."

처음이라 당신의 농담을 그때는 쿨하게 받았지만 앞으로 다시는 그런 농담하지 마세요. 나도 화를 낼지 몰라요. 당신은 아시는지 모르겠지만 그런 농담, 남자를 가끔 미치게 합니다. 당신의 그 농담에 피가 거꾸로 솟는 기분을 느꼈습니다. 농담이라도 그런 얘기 하지 마세요.

별수 없이 내 책상 위에 놓여있는 LG 카드의 임직원 대출 안내문을 떠올렸습니다.

걱정하지 마세요. 내가 있잖아요.

목포에서 돌아온 다음 날 실은 정말로 가기 싫었던 당시 전업 카드사인 악명 높은 LG 카드 트윈타워 지점 임직원 상담 코너에 나는 앉았습니다. 상담하는 여직원은 아주 친절하더군요. 대리님은 한 천만 원 빌려 드릴게요. 딱 이런 내용이었습니다. 카드론 서류에 사인을 했습니다. 한 방에 해결되었습니다. LG가 만든 서류 위에는 당시 그룹이 밀고 있던 메인 카피 '사랑해요 LG'가 적혀있었습니다. 나도 참으로 사랑하지 않을 수 없는 LG 그룹이었습니다.

"지영아, 급하니까, 그냥 이체할게. 계좌 번호 불러봐."

하여튼 그렇게 의견 광고는 몇 차례에 걸쳐서 한겨레신문에 실렸습니다. '사상·양심의 자유 보장하고 국가보안법 철폐하라', '반제애국전선 사건 양심수 일동' 이런 내용이었을 겁니다. 내용은 애국전선 사건 가족들이 잡았고 나는 광고비만 댔습니다.

하지만 현실적으로 큰 의미는 없었습니다. 그 광고는 아주 작았고 뒷배를 받쳐줄 다른 세력이나 사건도 없었습니다. 하지만 사람들을 야속하다 할 수도 없었습니다. 그 당시 사람들은 더 큰 문제에 부딪쳐 있었습니다.

종금사에 대한 외화자금 긴급지원 검토 뉴스와 함께 재경원의 증시 안정화 대책이 발표되었습니다. 쌍방울그룹, 태일정밀이 부도에 들어갔고 대만이 외환 방어를 포기했다는 뉴스가 떴습니다. '아시아의 위기'라는 실로 거창한 카피가 들렸습니다.

기아자동차는 끝내 법정관리에 들어갔고 환시장 개장 8분 만에 달러 환율이 1일 변동 폭 상한선까지 또다시 폭등하여 사실상 거래가 중단되었습니다. 주유소는 미리 기름을 넣으려는 차량으로 북새통이었고 곧바로 유가 인상이 뒤따랐습니다. 해태그룹이 부도를 냈고 우리가 살림살이를 사러 갔던 킴스클럽을 운영한 뉴코아도 부도를 냈습니다. 원화환율이 처음으로 달러당 1,000원을 돌파했습니다. 그제야 김영삼 대통령이 외환위기의 심각성을 인지하고 '미국 등 우방으로부터 돈을 빌려 보겠으나 여의치 않으면 IMF로 가야 한다.'고

설명하기에 이르렀습니다.

마침내 정부가 IMF에 구제 금융을 공식 신청하겠다고 발표했습니다. 그해 12월 초 프랑스 국적이지만 코스모폴리탄이었던 미쉘 캉드쉬가 방한하여 정부중앙청사에서 임창렬 재경부 장관과 공식적인 'IMF 구제금융 합의서'에 서명했습니다. 결국 우리나라는 IMF 체제로 들어섰습니다. 며칠 뒤 IMF 1차 지원금 56억 달러가 제공되었습니다. 이 모든 것이 불과 50여 일 사이에 일어났습니다.

그 뒤로도 곧바로 고려증권 부도, 한라그룹 부도가 이어졌고, 환율이 폭등하여 외환시장은 개장 40분 만에 거래중단 되기도 했습니다. 미국 무디스와 S&P사는 한국의 국가신용등급을 계속 떨어뜨렸습니다. 회사채를 비롯한 금리는 천정부지로 치솟았습니다. 고금리는 부실기업뿐 아니라 대부분 채무자였던 서민들의 삶도 근저에서 흔들었습니다. 연쇄 부도로 휴짓조각이 된 어음이 수북이 날렸습니다. 종합금융사는 아예 침몰하고 있었고 제1금융권도 충격으로 휘청댔습니다. 자기자본비율 BIS 8%가 금융사의 삶과 죽음을 가르는 기준이 되었습니다.

'노숙자', '실업자', '부도', '구조조정'이라는 단어가 신문 지상에 매일 등장했고 멀쩡한 직장인들이 하루아침에 실업자가 되기도 했습니다. 다 같이 배를 타고 있으면 모두 빠져 죽으니 누군가는 물에 빠트리고 나머지라도 살자는 그런 말도 안 되는 딜레마가 현실이라는 얘기가 돌아다녔습니다.

그런 경제 위기 속에서도 그 해는 제15대 대통령 선거가 있던 해였습니다.

"어쨌거나 DJP 연합도 만들어졌고, 게다가 이인제가 영남표를 가르고 있고, 이렇게 되면 진짜 DJ가 될 수도 있을 것 같은데. 기대해

보자고."

　불가능하리라 여겼던 김대중의 '수평적 정권교체'가 꼭 한밤의 꿈은 아닌듯하게 다가왔습니다. 집념의 정치인이기는 했지만 견고한 지역주의와 색깔론에 갇혀 현실에서 승리하기는 어렵다고 보았던 그가 '준비된 대통령'을 내세우고 승리를 향한 비상한 연대를 실현했습니다.

　"김대중이 되면 뭐가 달라지려나?"

　"그래도 좀은 나아지지 않겠어? 사면은 아니라 하더라도, 가석방이나. 그것도 안 되면 형집행정지 정도는 가능할지도 몰라."

　"글쎄. 나는 잘 모르겠네. 오빠는 그래도 기대하나 봐?"

　당신은 세상과 정치에 대해 시니컬했습니다.

　당신이 임신한 몸으로 어느 날 남편과 배드민턴을 치고 돌아오다, 안기부 요원을 만나 그 자리에서 졸지에 남편을 뺏긴 뒤로 그 후로 오랫동안 남편을 그리워한 것을 나는 알고 있습니다. 때때로 남편이 밉기도 하고 섭섭하기도 했지만, 젊은 날의 순수했던 감정과 사랑을 누구도 쉽게 잊을 수는 없는 것입니다. 당신은 그렇게 옥중에 있는 남편에게 자신이 고민하고 겪은 아픔에 대해 아무런 얘기를 하지 않고 그때 이미 무려 만 5년을 넘게 기다리고 있는 중이었습니다.

　당신은 어느 때부터 나를 남자라고 느끼며 그런 자신의 마음을 숨기려고도 했지만, 사실 그럴 필요까지는 없습니다. 내가 언젠가 말했지요. 우리는 과거의 노예가 될 필요는 없지만 그렇다고 예수를 부정했던 베드로처럼 과거의 부인자(否認者)가 될 필요는 없다고요.

　"난 말이야. 우리가 과거의 노예가 될 필요는 없지만, 그렇다고 과거를 부인할 필요는 없다고 생각해. 내가 정치적으로 근신하겠다는

210

건 과거의 노예가 되겠다는 것도 아니고 그렇다고 부인(否認)하겠다는 것도 아니야."

"오빠가 뭘 그렇게 잘못했다고 근신을 해? 그러지 마."

"아니야. 사람이 생각이 바뀔 수도 있는데. 또 바뀌어야 한다면 바뀌기도 해야지. 하지만 생각이 바뀌었다고 금세 돌아서서 어제의 내 생각은 틀렸다고 나발을 불면서 마치 뭔가 깨달은 것처럼 지랄하는 것도 별로 진정성은 없어 보이더라. 그런 자식들도 있지, 있기야.

하지만 가슴 속에 묻어놓고 가야 할 때가 있고 표현해야 할 때가 따로 있는 거지. 진지한 생각이었던 만큼 적어도 일정한 공백을 가지고 그 정도의 성찰을 해볼 필요도 있다고 봐 나는. 걱정 마. 나도 파멸한 건 아니에요. 한지영 씨."

나는 어느 날 당신에게 그렇게 얘기했습니다. 하지만 그런 진지한 성찰은 비단 사상만이 아니고 사랑에게도 적용되어야 할 겁니다. 적어도 진지하게 사랑했다면 말입니다.

그리고 당신이 곁에 없는 남편을 그리워하는 마음은 비단 과거의 문제가 아니라 그때도 울컥울컥하는 작금의 문제이기도 했습니다. 당신의 사랑이며 남편이었던 그 사람은 당신에게는 완벽한 애증의 존재입니다. 그 사람은 당신 딸의 이름을 지어준 사람이며 그 아이의 아비이니까요.

그래요, 당신이 디디고 선 현실은 아직 구척 담장 아래 길고 깊은 그늘 밑입니다. 당신의 눈물은 아직 마를 수가 없었어요. 그래서 당신을 웃게 하겠다는 나의 이 미친 투쟁도 쉽게 끝낼 수가 없었습니다. 아직 당신이 울고 있는데 말입니다.

겨우겨우 그렇게 당신의 자율신경 실조를 완화시켜 놓았는데 그

211

한 번의 접견으로 당신은 그 병증을 고스란히 드러내 보였습니다. 결국에 이것이 당신이 디디고 선 현실이라는 것을 뼈저리게 깨달았습니다.

나는 아무것도 아니었습니다.

울지 마세요.

나도 연민병으로 당신의 눈물을 보는 것이 힘들었습니다.

지옥도(地獄圖)

"지영아, 지금 보고 있어? 지금도 계속 이기고 있어."

"그래. 보고 있어."

"이대로 계속 가면 약 2% 이길 것 같아. 그럼 DJ가 되는 거네. 야! 이렇게 정권교체가 이루어질 수가 있는 거구나!"

개표 방송을 보다 너무 감격스러워서 밖으로 나와 밤늦게 당신에게 전화를 걸었습니다. 자정을 넘어서자 김대중 후보의 승리가 점점 현실로 다가오고 있었습니다.

"수도권에서 이기는 것도 이기는 거지만, 충청도에서도 이기네. 지금 상태로만 쭉 가면 되는 거야. 방송도 점점 그런 쪽으로 기우는데."

그해 대통령선거는 합종연횡의 한판 승부였습니다. '살아있는 생물'이라는 정치의 모든 변화무쌍함을 보여주었습니다. 적과 동지, 아방(我方)과 타방(他方)이 구분되지도 않았고, 원래 그런 것은 존재하지도 않았던 관념의 산물처럼 여겨지게 했습니다. 오로지 승리를 향한 집념 앞에 어떤 이념과 통념도 사실 별것 아니라는 것을 보여준 스토리였습니다. 선거는 정체성을 확립하는 과정이 아니라 과연 누가 이길 것인가가 더 중요한 비정한 게임이었습니다.

213

김대중 후보는 처음부터 네 번째 도전이라는 노욕에 대한 비판과 정계 은퇴 번복에 따른 부정적 여론에 직면했습니다. 물론 그를 본질적으로 옥죈 것은 오래된 지역주의와 색깔론이었습니다. 그러나 김대중은 모든 것을 대선 승리에 맞추어 새로운 이미지와 플랜을 가동시켰습니다. '준비된 대통령'을 내세운 그는 10%대에서 출발하여 마지막 30%대에 이르기까지 차근차근 지지율을 높여갔습니다.

　하지만 그의 노력만으로 이루어진 것이라기보다는 객관적 환경의 변화도 결정적인 요인을 제공했습니다. 그렇게 선거는 과학적으로만 분석하기 어려운 한 편의 드라마와 같은 것이었습니다. 사람들의 욕망과 의지가 얽히고설켜서 벌이는 게임이기에 더욱 그러했습니다.

　계속되는 경제 위기와 IMF 구제 금융으로 문민정부의 지지도는 최악으로 치달았습니다. 하지만 지역주의의 견고함과 보수 세력의 기반도 만만치 않았습니다. 처음에는 여당 후보로 선출된 이회창 후보가 앞서는 듯했으나 두 아들에 대한 병역기피 의혹에 휘말리면서 그의 지지율이 급락했습니다. 이회창은 대통령 김영삼과의 차별화를 위해 신한국당을 해체하고 남아있던 민주당의 조순과 연대하여 한나라당을 창당했습니다.

　그러나 신한국당에서 대선 후보 경쟁을 벌였던 이인제가 경선 결과에 불복하고 대선에 독자 출마하면서 위기에 봉착했고 이는 이회창을 결국 패배에 빠뜨리는 결정적인 요인이 되었습니다.

　반면 김대중은 김종필, 박태준 등과 연대하여 이른바 'DJP 연합'을 구축하면서 충청권의 지지를 받아 낼 준비를 했습니다. 이인제의 표 잠식으로 인한 반대급부와 DJP 연합의 성공을 통해 김대중은 견고한 지역주의와 색깔론을 뚫고 앞서 나갔습니다.

　노동법 날치기 사건과 엄습하는 구조조정에 자극받은 민주노총을 중심으로 이른바 진보 진영은 독자 후보를 내세웠습니다. '국민승리 21'을 결성하고 당시 민주노총 위원장이던 권영길을 대통령 후보로 추대하고 대선에 뛰어들었습니다. 하지만 영향력은 미미했고 결과는 1.2%의 득표율에 그쳤습니다.

초저녁 개표에서는 이회창 후보가 2~3% 앞서가다 수도권과 충청 지역의 표가 쏟아지면서 김대중 후보가 역전에 성공했습니다. 이때 부터 TV 화면은 서쪽과 동쪽이 완전히 다른 색깔로 나누어졌습니다. 시소게임 끝에 자정이 가까워져 오자 김대중은 1~2%의 리드를 견고히 끌고 나갔습니다. 최종 결과는 1.6% 차이로 이회창을 따돌리고 김대중 후보가 대통령에 당선되었습니다. 호부 39만여 표차였습니다.

가능할 것 같지 않던 '선거를 통한 정권교체'가 이루어졌습니다. 당시 김대중의 일산 집 앞에 사람들이 모여들어 눈물을 흘리며 감격했습니다. '김대중! 김대중! 김대중!'을 연호하며 환호하는 모습이 TV로 방영되었습니다. 사람들이 입김을 불며 애국가를 부르고 어떤 이는 새벽에 폭죽을 터트리기도 했습니다.

그렇게 또 한 해가 갔습니다. 당신이 옥중의 남편을 기다리는 세월은 햇수로 7년째에 접어들었습니다.

"여보세요. 신안비치호텔이죠?"

벚꽃이 날리던 어느 봄날 우리는 두 번째 목포행에 나섰습니다.

"편지가 왔는데. 제원 씨가 접견을 좀 했으면 하는 얘기가 들어있었어. 그래서 다음 주 월요일로 접견 신청을 했어."

당신이 미리 얘기를 해주었기에 이번에는 지난번처럼 갑작스럽지 않게 미리 준비할 수 있었습니다. 여행사를 통하지 않고 비행편도 직접 티켓팅을 했고 호텔 예약도 마쳤습니다.

"예. 이번 일요일이고요. 체크인이 몇 시죠?"

호텔 쪽에서 전망을 바다로 할지, 산으로 할지 물었습니다. 당신을 생각하면 당연히 바다 쪽이겠지요.

우리가 김포공항에서 만나 목포행 아시아나 항공 OZ0733 비행기를 탄 것은 일요일 오전이었습니다. 이번에는 나도 몇 가지 여행 짐을 꾸렸고 당신은 또 빨간색 트렁크를 끌고 나왔습니다.

원래 군사용 공항인 목포공항은 바닷가에 붙어있는 아주 작은 공항이었습니다. 체크인 시간이 조금 남아 우리는 택시를 타고 오다 시내에서 먼저 점심을 했습니다. 기사가 알려 준 어떤 식당에서 우리는 생갈치조림을 먹었습니다.

"맛있다. 확실히 고소하다. 그치."

칼칼한 갈치조림에 양념이 진하게 배였고 살이 고소해서 제법 맛이 있었습니다. 먹고 나서 입이 비려 우리는 껌을 사서 같이 짝짝 씹었습니다. 접견은 내일 아침이고 우리는 이미 목포 시내로 들어왔기에 급할 일이 하나도 없었습니다.

"와! 페레 세일한다. 오빠, 우리 한번 보고 들어가자."

식당을 나섰는데 바로 인근에 페레 매장에서 세일을 했기에 당신이 나를 잡아당겼습니다. 날이 좋아 당신은 지난번 접견 때처럼 우울하지 않았고 봄 여행을 온 소녀처럼 들떠있었습니다.

"이거 예쁘다. 맘에 들어."

쇼퍼홀릭인 당신을 위해서 그때 그 매장에서 페레 진을 하나 샀습니다. 피팅이 딱 맞아서 바로 입어도 될 정도였습니다.

"와. 오빠, 저거도 예쁘다. 들어가 보자."

"안 돼. 이제 그만 가야지."

지안프랑코 페레 매장을 나와서 또 옆에 구두점 쇼윈도에 진열된 플랫슈즈에 눈독을 들이고 조르려고 하기에 내가 잡아당겼습니다. 계절에 어울리는 예쁜 단화였지만 대책 없는 소비 욕구를 자꾸 드러내서 내가 잘랐습니다.

삼학도라는 곳을 돌아 목포항을 지나 호텔에 도착했습니다. 호텔 뒤쪽으로는 유달산 자락이 바로 붙어 있었고 앞쪽으로는 바다였습니다. 호텔 방에서 여장을 풀었습니다. 방은 바다 쪽 전망이라지만 몇 개인지 모를 정도로 많은 섬들이 겹쳐서 확 터진 난바다는 아니 보였습니다. 섬 그늘 속에 바다가 호수처럼 느껴졌습니다.

당신은 벌써 쇼핑백에서 페레 진을 꺼내 침대 위에 펼쳐 놓고 감상하고 있었습니다. 방 안으로 오후의 봄볕이 가득 쏟아져 들어왔습니다. 창문을 열어놓고 같이 담배도 피웠습니다. 호텔 방에서 마주한 굵은 웨이브 머리의 여자가 점점 마음을 들띄웠습니다. 시간이 되면 읽으려고 빌 게이츠의 『미래로 가는 길』이라는 책을 한 권 들고 왔지만, 당신만 보면 놀고 싶은 생각이 일어나서 읽고 싶은 생각이 싹 사라졌습니다. 심심한지 당신이 또 홈쇼핑 채널을 돌려 보기에 이번에는 내가 리모컨을 뺏었습니다.

"자, 아가씨. 날씨도 좋은데. 호텔 방에서 이리 뒹굴지 마시고 어디 나가 볼까?"

"어디 아는 데 있어? 내가 아는 데라곤 교도소밖에 없어서. 나 한심하지?"

"나도 목포 처음이라 몰라. 호텔에 물어보든가 아니면 택시 기사한테 물어보지 뭐."

당신은 벌써 스커트를 벗고 새로 산 페레 진으로 갈아입었습니다. 교도소 접견은 내일이기에 우리는 어설픈 관광객으로 위장했습니다. 오후에 나섰기에 시간이 많지는 않았고 호텔에서 권한 곳은 유달산 조각공원이었습니다.

유달산 조각공원은 국내 최초의 야외 조각공원이라는데 유달산 자락 아래 잘 가꾸어진 아름다운 곳이었습니다. 조각도 조각이지만 얕은 구릉을 오르듯이 조성된 보도와 잘 보살핀 조경으로 산책하기 좋은 곳이었습니다. 이런 여유 있는 시간과 이런 곳에서 산책은 처음이라 우리는 저절로 마음이 포근해졌습니다.

깔끔한 잔디 위에 '기다림'이라는 제목의 석조 조각을 비롯하여 석조와 금속 재질의 여러 조각 작품들이 모두 하나씩 자기 자리를 널찍하게 차지하고 보기 좋게 놓여있었습니다. 길을 조금 오르니 트인 곳에서는 발 아래로 목포 시내와 멀리 다도해의 바다가 눈에 들어와 보는 맛도 시원했습니다.

은행나무와 벚나무, 철 따라 피고 지는 꽃들이 조각 작품과 함께 어우러졌습니다. 작은 소나무들이 사람 키보다 낮게 분재로 예쁘게 가꾸어져 있었고 은목서(銀木犀)가 단정하게 이발을 하고 봄맞이에 나섰습니다. 당신은 낯선 도시라 안전하다고 생각했는지 볕이 환하게 내리는데도 내게 팔짱을 끼고 붙었습니다. 일요일, 가족들과 연인들이 대부분이라 우리도 그들처럼 어울렸습니다.

당시에는 휴대폰에 카메라 기능도 없었고 그 시절 우리는 같이 사진을 찍을 생각은 전혀 하지 못했습니다. 보안 수칙에도 어긋날 뿐 아니라 우리는 젊은 시절부터 사진과 그리 친숙하지는 않았어요. 간혹 사진을 찍는 젊은 연인들을 아무 감흥 없이 그냥 지나쳐 보며 걸었습니다.

봄볕을 받으며 우리는 쾌활하게 걸었습니다. 휴게소에서 다리쉼을 하며 차를 같이 마셨습니다. 굽이 높은 힐을 신고도 곧잘 걷는 당신을 보니 아까 단화를 사줄 것 그랬나 보다 하는 생각이 들기도 했습니다.

어느새 날이 저물어 이미 길은 어두워졌고 간간이 가로등이 켜있었습니다. 그만 호텔로 돌아가기 위해 우리는 어두운 길을 걸었습니다.

"아야! 아!"

순간 당신이 짧은 비명을 질렀습니다.

"지영아! 왜?"

컴컴한 길에서 당신이 왼쪽 발을 접질렸습니다. 컴컴한데 발밑에 약간 패인 곳이 있어 당신도 어쩔 수 없었습니다. 게다가 굽이 좀 높은 힐을 신었기에 발이 젖혀졌나 봅니다. 내가 당신을 붙잡았습니다.

"이렇게 기대 봐."

"아아."

"많이 아파?"

"아니 견딜 만은 한데. 무게가 실리니까. 힐이라 발을 디디면 아프네."

"택시 타려면 저 밑에까지 한참 내려가야 하는데."

길은 완만한 내리막길이었습니다. 점점이 켜진 가로등이 호젓한 멋을 내고 있었습니다.

"이러자. 지영아, 내가 업어줄게. 자, 업혀."

"업히라고? 아이, 참."

당신은 혀를 살짝 내밀었습니다. 그리고 내 등을 보며 빙긋이 웃기만 했어요.

"그래. 뭐 어때? 자, 잠시의 쪽팔림이 당신을 엄청 편하게 해줄

219

거야."

내민 등의 유혹을 이기지 못하고 당신이 살짝 내게 업혔습니다.

"무거워?"

"글쎄. 아직까지는 모르겠고. 좀 더 걸어보고."

당신은 무게감을 줄이려고 몸을 딱 밀착시켰습니다. 치마가 아니고 바지로 갈아입었기에 그나마 다행이었습니다. 양손으로 당신의 허벅지를 꽉 받쳤습니다. 당신은 충분히 가슴이 느껴질 만큼 내 등에 바짝 붙었습니다. 그래서인지 전혀 무겁지 않았어요.

군락을 이룬 벚꽃 길은 아니었지만 가로등불 아래 어디선가 하얀 꽃잎이 소리 없이 날렸습니다. 그 아래로 나는 당신을 업고 천천히 내려왔습니다. 다행히 어둠은 우리를 더욱 감싸주었고 꽃잎은 당신의 등에도 내 머리 위에도 내렸습니다.

"아까 내가 단화 하나 사 달라고 했을 때 사줬으면 이런 고생 안하지."

"애인한테 신발 사주면 도망간대."

"으이그. 그런 미신을 믿냐? 괜히 사주기 싫으니까. 치. 나, 안 무거워?"

"왜 안 무겁겠어? 뼛골이 빠질 지경이야 지금."

"에이. 남자가 엄살은…."

내 등에서 당신을 살짝 들어 올려 한번 추슬렀습니다. 당신은 내 목에 팔을 두르고 매달렸습니다.

"아, 그래도 봄은 밤이 좋다. 여기 남도라 더 좋은데. 저기, 내가 업어주는 대신 자기가 노래나 하나 불러줘."

"지금 무슨 노래를 해?"

"그러니까 내 귀에만 대고 살짝 하면 되잖아. 안 그러면 그냥 내려

놓을 거야."

"알았어. 알았어. 뭐해?"

"오월의 노래 해줘."

"오월의 노래? 뭐, 봄볕 내리는 날?"

"그래. 봄볕 내리는 날."

"오월도 아니고 사월인데, 오월의 노래 부르라고?"

"어쨌든 오늘 봄볕 내리잖아. 그거. 지금 듣고 싶어."

"그래. 나를 업은 건 오히려 오빠가 영광인 거고. 이건 아까 바지 사줬으니까 해주는 거야. 1절만 한다."

　봄볕 내리는 날 뜨거운 바람 부는 날

　붉은 꽃잎 져 흩어지고 꽃향기 머무는 날

　묘비 없는 죽음에 커다란 이름 드리오

　여기 죽지 않은 목숨에 이 노래 드리오

　사랑이여 내 사랑이여 음~

작은 목소리로 불렀지만 바로 내 귀에 대고 노래를 하니 마치 헤드폰을 쓴 것처럼 생생했습니다. 마른 침을 삼키는 소리에 숨소리까지 들릴 정도였습니다. 귓속으로 당신의 부드러운 노랫소리가 스르륵 들어오는 것 같았지요.

"음. 짝짝짝. 참 잘했어요."

당신을 업고 있기에 손을 쓸 수 없으니 나는 입으로 박수 소리를 냈습니다.

"내가 박민수 씨 만나서 별거 다 해봅니다. 업혀서 노래도 하고."

"그건 나도 마찬가지죠. 나도 여자 업는 거 처음이야. 그래도 이런

221

게 나중에 다 추억이 된다고. 하하."

봄밤 유달산 아래로 그렇게 당신을 업고 천천히 내려왔습니다. 마주치는 사람도 별로 없었고, 있어도 그 생소한 도시에서 무슨 상관이 있으랴, 우리는 그만큼 뻔뻔해졌습니다.

"에이. 부었네. 내일 접견해야 하는데 이래가지고서…."

호텔 방으로 돌아와서 바지를 걷어 보니 당신의 왼발이 정말로 붓기 시작했습니다.

"자고 나면 나을래나?"

"음. 그냥 두는 거보다 찜질을 좀 해볼까?"

"아예 그냥 뜨거운 욕조에 푹 담그지 뭐. 아까 보니 욕조도 크더라고. 잘됐어."

당신이 몸을 담그겠다고 해서 내가 욕실에 들어가 물을 받았습니다.

"오빠, 큰 타월 하나만 던져줘요."

물을 받고 나와 보니 당신은 옷을 다 벗고 내가 던져준 타월만 몸에 감았습니다. 당신은 욕실로 들어갔습니다.

"오빠!"

"응, 왜?"

당신은 물소리를 찰랑찰랑 내면서 나를 불렀습니다.

"거기 있는 거지? 오빠, 어디 가지 마."

"가긴 어딜 가겠어?"

물소리가 찰랑거리더니 무료한지 당신은 '봄볕 내리는 날' 하며 오월의 노래를 다시 부르기 시작했습니다. '이렇듯 봄이 가고 꽃 피고 지도록' 하며 이번에는 2절까지 다 불렀습니다.

그냥 앉아 있다 멘소래담이라도 발라 주는 게 낫지 않을까 생각이 들었습니다. 어디 가지 말라니 사러 나갈 수가 없어 호텔 프런트에 전화를 걸어 혹시 멘소래담이 있는지 물었더니 비상약으로 준비되어 있었습니다. 친절하게도 호텔 측에서 방으로 갖다 주었습니다.

"누가 왔어?"

벨 소리를 듣고 당신이 물었습니다.

"아, 프런트에서 멘소래담 갖다 줬어. 지영아, 멘소래담이라도 바를래."

"응, 그래. 들어와, 오빠. 괜찮아."

그래서 나는 바지와 웃옷을 벗고 뽀얀 수증기로 가득 찬 욕실로 들어섰습니다. 이미 거울은 수증기로 뿌옇게 흐려져 있었습니다. 당신의 이마와 콧잔등에도 땀방울이 송골송골 맺혀 있었습니다. 나는 멘소래담 로션을 내 손에 듬뿍 발랐습니다. 그 소염진통제 특유의 냄새가 확 올라왔습니다.

"어느 발이야?"

"왼쪽이야."

당신은 욕조 속에서 왼발을 내밀어 욕조 턱에 걸쳐놓았습니다. 나는 쭈그리고 앉아 당신의 왼발을 잡고 멘소래담을 펼쳐 발랐습니다.

"아까… 진짜 신발 사 줄걸. 내일 시간 되면 사자."

"아니야. 그냥 한 얘기야. 괜찮아. 멘소래담 고마워."

"발이 이런데 힐만 계속 신기도 힘들잖아."

물기로 촉촉하게 젖은 당신은 흐뭇하게 미소를 띠며 나를 바라보았습니다. 내 입장에서는 멘소래담으로 당신의 발목을 미끄러지듯 만지는 재미가 상당히 좋았습니다.

"어때요?"

"응. 후끈후끈하고 좋은데. 근데 한 쪽만 하니까 느낌이 좀 이상해."

"그래? 오른쪽도 하지 뭐. 그럼."

그런데 오른발은 벽 쪽에 있으니 욕조 턱에 걸쳐놓기가 어려웠습니다. 당신이 몸을 뒤집어 비틀 수도 없었고요.

"오빠… 그냥 들어 와."

당신은 웃으면서 손으로 욕조 물을 두드려서 철썩거렸습니다.

"들어 와서… 발라 줘."

첨벙. 나도 욕조 안으로 들어갔습니다. 덕분에 순간 물이 넘쳐 흘렸습니다. 당신이 오른발을 내 허벅지에 올렸습니다. 오른쪽 발을 만지자 아프지 않은 쪽이라 감각이 살았는지 간지럼을 탔습니다.

"아이. 간지러워. 호호. 간지러워"

당신이 몸을 흔들어대며 요란을 떨었습니다. 물이 출렁거리며 욕실 바닥으로 넘쳤습니다.

"이 아가씨 왜 이래? 가만 좀 있어 봐."

"간지러워…"

당신이 앙갚음으로 오른발을 뻗어 내 가슴을 간지럽히러 들었습니다. 내가 경고로 물을 튀겨 당신의 얼굴에 뿌렸습니다. 당신도 지지 않고 손으로 물을 튀겼습니다. 이제 멘소래담은 내려놓고 우리는 여러 번 상대에게 물 튀기기를 했습니다.

그러다 물속으로 당신이 나를 끌어당겼고 나는 당신의 가슴으로 미끄러졌습니다. 따뜻하게 덥혀진 당신의 유두가 눈 앞에서 한층 분홍빛으로 도드라졌습니다. 참을 수 없어 한입 가득 물었습니다. 당신이 손을 뻗어 젖은 내 속옷을 벗겨 바닥으로 던졌습니다.

당신의 왼발을 욕조 턱에 그대로 걸쳐놓고 우리는 물속에서 엉켰습니다. 철퍽철퍽. 철퍼덕거리는 우리 때문에 물이 계속 넘쳐 바닥으로 흘러들어갔습니다. 그리고 울리는 당신의 소리. 출렁대는 물소리와 함께 당신의 소리가 증폭되어 스테레오처럼 울렸습니다. 그 아련하고 촉촉한 소리가 욕실에서 공명이 되어 내 귓전을 가득 채웠습니다.

멘소래담을 가져다준 호텔 측이 고마워서 아침에 나가면서 팁이라도 조금 놓고 나가야겠다는 생각이 들었습니다.

지난 가을에는 말라 죽은 줄 알았던 담쟁이 넝쿨이 한창이었습니다. 이번에는 봄꽃들의 전시장이었습니다. 봄꽃은 인위적 보살핌보다는 자연스러운 향연으로 펼쳐있었습니다. 교도소는 사람들의 사연이 칙칙해서 그렇지 풍광으로 보기에는 그리 어두운 곳은 아니었습니다. 오늘도 남도의 봄바람이 기다리는 나와 함께 해주었습니다.

이번에는 저번처럼 그렇게 오래 걸리지 않았고 당신도 울면서 나오지도 않았습니다. 하지만 이번에는 다리를 약간 절었습니다. 멘소래담 덕택에 다행이라고 말했지만 계속 조금씩 절기는 했습니다. 넝쿨 그늘 아래 잠시 같이 앉아 담배를 하나 피웠습니다. 당신은 손수건을 꺼내 이마와 입 주변을 닦고 화장이나 좀 보완하자는 바램이었습니다.

비행기 시간이 남아 어제 본 그 신발 매장에 들러 봄을 가득 담고 있는 것 같은 단화를 샀습니다. 굽 높은 힐은 트렁크에 집어넣었습니다. 아직 발이 아프니 힐은 위험했습니다. 예쁜 단화가 좋아서 당신은 왼발은 아프니 괜찮은 오른발 한발로 힘차게 깡충깡충 뛰었습니다. 거리에는 어제처럼 봄볕이 가득 내리고 꽃향기가 머물렀습니다.

비행기 시간에 맞추어 택시를 타고 공항으로 갔습니다. 비행기에 올라서 생수와 주스 한잔을 스튜어디스에게 청해서 받은 뒤에 당신은 입을 열었습니다.

"반성문이나 그런 거, 한 쪼가리도 제원 씨는 안 쓸 거야. 그랬다면 재판 때부터 그렇게 갔겠어?"

"왜? 국민의 정부가 그런 조건을 내건대? 전향을 조건으로 내건단 말이야?"

"아니. 아직은 모르겠는데. 제원 씨 얘기가… 그런 비슷한 얘기가 나온다나 봐. 준법서약서라고 이름은 다른 건데. 제원 씨는 그게 그거라는 입장이야."

'준법서약서?', 처음 듣는 용어였습니다. 언뜻 듣기에는 무슨 업무용 문서 같기도 했습니다. 인터넷에서 뉴스를 좀 검색해보아야겠다는 생각이 들었습니다.

"교도소에서 또 전화 오겠지. 나한테. 그런 거 생기면 모두 나한테 얘기한다니까. 그럴 때면 제원 씨한테 내가 볼모가 된 것 같아. 아. 씨발. 욕 나온다."

당신은 생수를 쭉 들이켜고 말을 이었습니다.

"생각해보면 그런 것 때문에 제원 씨랑 나랑 다투기 시작했는지도 몰라. 지금 이렇게 된 것도. 나도 이제 제원 씨에게 더 이상 그런 얘기 하고 싶지 않아. 내가 무슨 최제원 전향 공작조도 아니고. 오빠, 생각은 어때?"

"나? 글쎄? 내가 나설 문제는 아닌데."

주스를 마시는데 갑자기 생소한 이슈를 물어보니 금방 답할 수가 없었습니다.

"그래. 알았어. 오빠도 회사 일로 바쁜데. 이건 내 문제지. 그리고 제원 씨 혹시 이감(移監) 갈지도 모르겠어. 작년에 문제는 겨우 넘어갔는데 매번 행형(行刑)이 안 좋으니 이감 다니는 거지 뭐."

하늘 밑 풍경을 바라보며 당신은 남 얘기하듯 무심하게 읊조렸습니다. 그렇게 잠시 침묵이 흐르다 당신이 문득 물었습니다.

"오빠, 김대중 찍었지?"

"나? 응. 김대중 찍었어. 그럼 누구 찍어?"

"아냐. 잘했어. 나는 권영길 찍었거든."

"그래? 권영길 찍었다고?"

"응. 우리 노조 노래패 다 같이 찍고. 국민승리 21 문선대에 참가한 문화패들도 있는데 뭐. 나도 관련이 전혀 없다고 할 수는 없지."

나는 왜 당신이 아내나 나처럼 김대중을 찍었을 것이라고 지레짐작했을까요? 다른 표심(票心)을 가질 수도 있었는데 말입니다. 내가 당신을 다 알고 있지는 못했구나 하는 생각이 들었습니다. 이미 지나간 선거였고 특별히 그것으로 더 얘기를 진전시키지는 않았습니다.

우리는 그런 정치 토론으로 만나는 사이도 아니었고 그런 얘기는 별로 나눈 적도 없었던 것 같습니다. 다만 당신은 얼마 뒤 다가오는 자신의 생일을 잊지 말 것을 당부했고 그때는 양평군 서종면에 예쁜 카페가 있는 곳까지 꼭 가보자고 다짐을 했습니다. 곧 착륙 예정이오니 등받이를 바로 하고 안전벨트를 매라는 기내 방송이 나왔습니다.

"오빠, 나야 민희."

"응. 민희야. 그래 잘 지냈지. 애기는 잘 크니?"

"그럼. 애기야 잘 크지. 그보다 오빠, 언니 이사하는 거 알아?"

"이사?"

다소 오지랖이 넓은 내 여동생이 한 가지 일을 추진했습니다. 동생과 아내는 서로 성격이 아주 달랐고 시누이올케 사이였지만 같은 해에 같이 아이를 낳아서 기르면서 느끼는 여자들의 공감이 있었습니다. 그때, 여동생 민희는 우리 부부의 사정을 알고 유심하게 관찰하고 있었습니다.

성내동 집에 전세 기간이 다 끝나가니 여동생이 적극적으로 나서서 '언니, 홍은동에 괜찮은 전셋집이 있더라.' 하면서 집을 알아보고 멀리 성내동에서 힘이 빠져있던 아내를 추동했습니다.

나도 모르는 사이에 전셋집을 계약하고 이사를 추진한 겁니다. 홍은동은 성내동보다는 여의도와 가깝고, 또 성산동 본가와도 가까웠습니다. 회사에서 멀다는 표면적인 이유를 제거하려고 들었던 거지요. 전세금도 조금 올리고요. 집도 조금 넓어졌다고 했습니다.

"포장 이사 불렀지만, 성현이 데리고 혼자 이사하기 힘들 거야. 오빠가 가봐야지."

"그래. 당연히 그래야지."

그런 일이 생기면 당연히 내게 연락하기로 했는데 아내는 아무 연락을 하지 않았습니다. 전화 한 통이면 될 일인데 말입니다.

아내 혼자서 애를 데리고 이사까지 했다는데 그냥 모른 척할 수가 있겠어요? 내가 어찌 안 가볼 수 있겠습니까? 하긴, 이사한 집을 모르면 다시 성현이를 만날 수가 없잖아요.

민희가 집 주소를 알려주고 위치를 설명해주었습니다. 야근이 계획되어 있었지만 양해를 구하고 정시 퇴근을 하고 찾아갔습니다. 이사한 집을 찾아서 벨을 눌렀습니다.

"누구세요?"

"나야."

아무 소리가 없다가 잠시 후 그래도 문이 열렸습니다.

포장 이사가 짐을 풀어놓고 간 집은 아직도 엉망이었습니다. 뭘 어떻게 했는지 발로 밟은 자국이 남아있었고 아직 거실에 짐이 수

북하고 겨우 침대와 장롱만 자리를 잡고 있는 그런 어수선한 지경이었습니다.

"이사한다면서 왜 연락도 안 했어?"

나는 현관에 서서 겨우 그런 말이나 했습니다.

"무슨 상관이야?"

"아니 무슨 일 있으면 연락하기로 했잖아. 왜 그래?"

문은 열어주었지만 아내는 왜 왔냐는 투로 차갑게 받았습니다.

"저녁이나 먹고 하자. 급할 거 뭐 있어? 성현이도 밥 먹여야지. 요 밑에 나가서 먹고 오자고. 밥 먹고 본격적으로 치우면 되지 뭐."

종일 회사 일에 시달린 나는 당연히 배가 고팠지요.

"싫어. 너나 먹고 와."

"성현이도 뭘 먹여야지. 배달시킬까?"

"싫다니까. 먹고 싶은 생각 없어."

아내는 저녁을 안 먹겠다고 버텼습니다. 집이라지만 처음 오는 곳이라 어디다 시켜야 할지도 몰랐고 집에서는 룸서비스라는 것도 부를 수가 없었습니다.

"성현아. 그래 아빠야."

아내의 거부로 저녁을 포기할 수밖에 없었습니다. 하는 수 없이 아이를 들어 올려 조금 어르다가 내려놓고 거실에 쌓인 짐을 방으로 나누기 시작했습니다. 가로등 불빛이 유리창으로 스며드는 작은 방을 아이 방으로 설정했는지 성현이 장난감 같은 짐이 있어 그렇게 구분하고 이사하느라고 분리된 PC 시스템을 모으는 등 이삿짐 정리를 했습니다.

어느 때에 우리 성현이가 그 어지러운 집에서 무엇이 불만스러운지 앙하고 울었습니다.

"뭐해? 애가 울잖아. 여보."

그런데도, 세 살짜리 애가 울고 있는데도 아내는 쳐다보지도 않고 소파에 그냥 앉아만 있었습니다.

"아이참. 애가 울잖아. 왜 그래?"

할 수 없이 애를 달래려고 내가 안았습니다. 녀석이 잘 그치지를 않더군요. 겨우 애를 달래고 있는데도 아내는 그냥 정신없는 사람처럼 멍하게 앉아만 있었습니다. 집도 치워야 했기에 애를 계속 안고 있을 수가 없어 포대기를 찾아서 업었습니다. 그렇게 짐을 계속 정돈하고 욕실에서 걸레를 빨고 청소를 시작했습니다. 식탁도 삐딱해서 바로 잡아야 했습니다. 그 일은 혼자서는 힘들었는데도 아내는 그래도 그냥 앉아만 있었어요. 도와달라고 말을 붙이기도 뭐해서 혼자서 끙끙대면서 바로 잡았습니다. 회사에서 달려와 겨우 청소를 하는 나를 도와주지는 않고 아내는 우울해하기만 했습니다.

그러더니 이윽고 아내가 울기 시작하는 거예요. 아내는 혼자서 빈 집을 지키면서 애를 키우는 그런 생활을 아홉 달 가까이 했습니다. 도저히 달래야 할 어떤 말도 생각이 나지 않았습니다.

"수연아. 왜 그래?"

아내를 달래려고 다가가서 손을 잡으려니 나를 뿌리쳤습니다. 그리고 엄마가 우니 겨우 달래놓은 아이가 포대기에 싸여서 또 울기 시작했습니다.

"여보. 수연아. 울지 마. 그래. 그래. 성현아. 울지 마요."

아내는 가볍게 흐느끼는데 애는 우렁차게 울더군요. 소리꾼과 고수같이 모자(母子)가 서로 주고받으며 울었습니다.

내가 참으로 나쁜 놈이라는 생각이 들었습니다. 사상을 변절하고 조직을 변절하고 동지를 변절하고 또 아내를 변절하고, 이제 나는 더는 변절할 것도 남아있지 않는 비열한 존재였습니다. 참으로 나약한 인간의 이중성이 스스로도 끔찍하게 느껴졌습니다.

스물세 살에 만나 7년 만에 결혼하고 내 품에 안은 그토록 사랑하는 그 여자를 그렇게 내버려둔 내 모습은 악마 그 자체였습니다. 미아동 지하철역 앞에서 우산을 들고 그네를 기다리며 서성거렸던 내가, 커피숍에서 삐삐를 치고 그네의 전화가 오기를 두 시간도 넘게 기다렸던 내가, 성남에 간 그네가 그리워서 남쪽 하늘만 바라보았던 내가, 그런 내가 이런 짓을 하리라고는 어찌 상상조차 할 수 있었을까요?

백련산 골짜기 밑 전셋집에서 아내가 울었습니다. 여자들은 왜 그렇게 우는 겁니까? 그냥 보통 여자들도 아니고 나를 미치게 만들 수도 있는 그런 여자들이 눈물을 보였습니다. 미칠 것 같더라고요.

그 날 나는 처자(妻子)의 합동 울음을 들으면서 아무 말 못 하고 늦게까지 청소를 했습니다. 그리고 아직은 어수선한 그 집, 거실 소파에서 잠을 자고 출근을 했습니다. 내 짐은 찾을 엄두도 못 내고 자기 전에 또 신던 양말을 빨아서 말렸습니다. 집에 갔다 온 사람이 마치 외박을 한 사람처럼 똑같은 셔츠와 옷을 입고 그대로 출근을 했습니다.

그다음 날도 퇴근을 하고 다시 홍은동 이사한 집으로 갔습니다. 그 귀엽고 천진한 우리 성현이가 우는데도 그냥 내버려 두는 아내가 불안했습니다. 엄마가 우는 모습에 불안해서 우는 그 어린아이가 생각이 났어요. 그래서 염치도 없이 그 집을 다시 찾아갔습니다. 아이 과자를 사 들고 벨을 눌렀습니다.

"수연아. 나 왔어."

집인데도 나는 금방 들어서지 못하고 잠시 문 앞에 서 있었습니다.

"들어와."

집은 많이 정리되어 있었습니다. 아내도 어제보다는 차분하게 한 마디를 던지고는 부엌으로 가서 달그락달그락 부엌일을 했습니다. 식탁에 리처드 도킨스의『이기적 유전자』가 덮여있었습니다.

"여보. 성현이 좀 봐 줄래?"

부엌에 서서 아내가 말했습니다. 나보고 애를 보라고 하더군요. 원했던 바라 그 말이 반가웠습니다. 귀여운 성현이를 무릎에 앉히고 소파에 앉았습니다.

"저쪽에 작은 방이 성현이 방이야. 거기 개 장난감 좀 꺼내서 같이 놀아줘."

아내가 말한 대로 장난감을 몇 개 꺼내서 아이에게 쥐여주고 같이 놀았습니다. 이제 집은 말끔하게 치워져 있었습니다. 다만 작은 옷 방에 컴퓨터 책상이 있었는데 아내도 아직 PC 시스템을 설치하지 못했기에 이따 시스템 설치나 해야겠다고 생각했습니다.

"저녁 안 먹었지. 이리와 밥 먹어."

그래도 아내가 웬수같은 남편이 왔다고 저녁을 차려 주었습니다.

"자, 성현이도 밥 먹자."

두부를 넣고 보글보글 된장찌개를 끓였더군요. 오랜만에 아내와 식탁에 앉아 같이 밥을 먹었습니다. 그렇게 겨우 앉아서 먹는데, 먹는 중에 조금씩 목이 메서 무슨 맛인지도 모르고 먹었습니다. 체할 뻔했어요.

아내는 자기 한번 먹고 아이 한번 먹이면서 그렇게 천천히 밥을 먹었습니다. 저녁을 먹고 아내는 아이를 옆에 끼고 책을 펼쳤고 나는 작은 책상 밑으로 숙이고 들어가 PC 시스템을 설치했습니다. 그

날도 아내는 안방 침대에서 자고 나는 거실 소파에서 잤습니다. 전날보다는 많이 진정되어 있었고 겉으로 보기에는 아무렇지 않은 부부의 일상처럼 보였지만 기분은 서늘했습니다.

"오빠, 언니가 좀 이상해!"
정작 사건은 그다음 날 일어났습니다. 회사에서 일을 하고 있는데, 여동생의 급한 전화가 왔습니다.
"언니가 우리 집으로 전화를 걸었더라고. 그래서 이삿짐 정리는 잘 끝나 가냐고 묻는데. 영 다른 얘기를 하면서… 그런데 말투가 좀 이상하고 발음이 막 꼬이는 거야. 헛소리를 하더라니까."
"헛소리를…?"
동생 얘기가 아내가 전화를 걸어왔는데 말투가 이상하고 발음이 부정확하더랍니다.
"내가 언니 왜 그래? 하는데 전화가 뚝 끊겼어. 그래서 다시 바로 홍은동으로 전화를 걸었는데 받지를 않는 거야. 지금도 계속 안 받아."
불안한 마음이 들었습니다.
"오늘 회사 일 끝나는 대로 빨리 가봐. 아니, 아니. 뭔 일 있는 것 같아. 지금 바로 갈 수 있어? 오빠."
"그래. 지금 바로 가 볼게. 민희야, 너도 좀 와줄래?"
"알았어. 오빠, 먼저 빨리 가봐."
회사 근처에서 핸드폰으로 받은 동생의 전화였습니다. 동생의 얘기를 듣는 중에 나도 이미 불안해졌고 마음이 진정되지 않았습니다. 재킷도 입지 않고 셔츠 차림으로 택시를 잡아타고 홍은동 집으로 달려갔습니다. 택시 안에서 회사로 전화를 걸어 조퇴 처리를 부탁했습니다. 그리고 가면서 집으로 전화했는데 정말 전화를 안 받는 거예요.

뭐지, 어떻게 된 거지? 어디 나간 거라면 다행이지만. 왜 전화를 안 받는 거야?

아내에게도 당장 휴대전화를 하나 안겨야겠다는 생각이 들었습니다.

"기사님. 죄송하지만 좀 빨리 가 주실 수 있나요? 급해서요."

기사한테 부탁을 하면서 다시 집으로 전화를 걸었습니다. 역시 전화를 안 받았습니다. 점점 가슴이 쿵쾅쿵쾅 뛰기 시작했습니다.

택시에서 내리자마자 집으로 막 달려갔습니다. 다세대 주택 계단을 올라가는데 아이 울음소리가 들렸어요. 아이의 울음소리를 듣는 순간에 무엇인지 알 수는 없지만 두려움이 확 덮쳐왔습니다. 벨을 한번 누르고 기다리지 않고 급한 마음에 열쇠를 꺼내 바로 문을 열었습니다. 곧바로 들어섰습니다.

"수연아! 나야. 여보!"

집에 들어서서 내가 본 장면은 한 번도 상상하지 못한 것이었습니다. 아내가 거실 바닥에 쓰러져 있었고 아이가 그 옆에서 아내를 흔들면서 울고 있었습니다. 앙앙앙, 소리를 내면서 성현이가 제 어미를 흔들고 있었습니다. 아이가 얼마나 울었는지 목이 쉬려고 했습니다. 아내가 의식을 잃고 쓰러져 있고 아이가 엄마를 흔들면서 울고 있는 모습. 그건 한 편의 지옥도(地獄圖)였습니다.

"여보! 수연아! 수연아!"

우는 애를 버려두고 아내를 흔들었는데 아내가 눈을 뜨지 못했습니다. 아무 말도 없고 의식이 없는 듯했습니다.

"수연아! 수연아! 어떻게 된 거야? 수연아! 혹시 뭘 먹은 거니?"

아내는 아무 대답이 없었습니다. 아니 할 수 없었습니다. 눈을 까 보기까지 했으나 초점이 없었고 손을 놓으면 힘없이 눈꺼풀이 덮였 습니다. 흔들면서 손을 잡았더니 체온은 있었습니다. 그리고 잠깐 맥을 짚으니 맥도 뛰었습니다. 빨리 병원으로 가야겠다, 그렇게만 생각했습니다.

"수연아! 수연아!"

아내는 아무 반응도 없고 아무런 기척도 느끼지 못하고 축 늘어 져 있었습니다. 아내를 업고 병원으로 가야 하는데 아이는 계속 울 고 있고 의식 없는 아내의 몸은 늘어져서 어떻게 잡을 데도 없었습 니다. 이번에는 아내를 업어야 하는 때인데 말입니다.

그때 마침, 다행히 동생 민희가 들어섰습니다. 민희도 어린아이를 보아야 하니 제 딸을 같이 데리고 왔습니다.

"헉, 이게 어떻게 된 거야? 언니 왜 이래?"

민희도 들어서자마자 놀랐습니다.

"나도 몰라. 빨리 병원에 가야 될 것 같아. 민희야, 좀 도와줘."

119고 뭐고 다 필요 없고 업고 달려야겠다고 생각했습니다. 동생 의 도움으로 겨우 아내를 업었습니다. 그냥 업은 게 아니라 몸이 완 전히 늘어져서 걸쳤기 때문에 무게감이 엄청났습니다. 그러나 절대 로 쓰러지거나 멈추면 안 되는 상황이었습니다. 계단을 내려오면서 온몸으로 버텼습니다. 아내를 업고 있었기에 절대로 무너지면 안 되 는 상황이에요. 다리가 후들거렸지만 악물고 버텼습니다.

늘어진 아내를 들쳐 업고 길거리로 나왔는데, 치마가 말려서 아내 의 허벅지가 다 드러났습니다. 그러나 지금 그런 걸 신경 쓸 상황이 아닙니다. 민희가 앞장서서 재빨리 택시를 잡았습니다. 무조건 돈을 더 주겠다고 하고 그 택시를 잡아탔습니다.

"민희야, 일단 성현이를 좀 봐."

"그래, 알았어. 빨리 가. 뒤따라갈게."

민희는 일단 세 살짜리 두 아이를 챙겨야 했습니다. 아내를 뒷좌석에 눕히는데 다리가 걸려서 문을 닫을 수가 없었습니다. 할 수 없이 내가 뒷좌석에 같이 모로 앉아서 아내의 다리를 접어서 팔로 안았습니다. 아내는 어떤 사지도 움직이지 못하고 완전히 축 늘어진 시체와 같았습니다. 상황이 심각하니 그냥 앞으로 달렸습니다.

"어디로 갈까요?"

어디로 가지? 그래. 그래.

"세브란스로. 응급실로 가주세요. 빨리빨리."

기사는 비상등을 켰다 껐다 하며 달렸습니다. 응급실에 도착해서 기사가 도와주어 또 늘어진 아내를 업고 응급실 안으로 들어갔습니다. 사람을 업고 들어오니 간호사들이 묻지도 않고 재빨리 베드를 꺼냈습니다. 도움을 받아 살며시 아내를 베드에 내려놓았습니다. 치마가 다 말려 팬티까지 드러나서 엉덩이 밑에 말린 치마를 꺼내어 덮어주었습니다.

"의사! 의사 선생님!"

응급실 인턴이 달려왔습니다.

"선생님. 저기 뭘 먹은 것 같아요."

"뭘 먹었습니까?"

인턴은 맥박을 집어보고 몸을 만지고, 체온을 체크했습니다. 그리고 눈을 뒤집고 빛을 비추어 보았습니다.

"몰라요. 뭘 먹었는지는 모르겠고 하여튼 뭘 먹은 것 같아요. 의식이 없어요. 위세척해야 되는 것 같은데…."

"아이고, 뭘 먹었는지 알아야지. 그게 얼마나 힘든 건데. 위세척이 뭔지나 알고 하는 소리예요."

내가 뭐 의사도 아닌데 뭔지 어떻게 알아. 그럼 나도 할 수 없네.

"의사 선생님. 좀 살려주세요."

"저기 일단 팔다리를 따뜻하게 주무르고요. 뭘 토할 수도 있으니까, 받을 준비 하세요. 셔츠 좀 더 풀어주고요."

"예."

아내의 셔츠를 풀어서 목덜미를 드러냈습니다. 그런 말을 주고받고 있는데 아내가 '으으' 하면서 고통스런 신음 소리를 한번 툭 던졌습니다. 사실, 그 소리는 아주 작아서 나만 겨우 들을 수 있었어요. 그래도 의식을 잃은 아내가 처음으로 내는 소리였습니다. 그 소리가 희망의 큰 울림처럼 들렸습니다.

"수연아. 수연아! 뭘 먹었니? 수연아."

하지만 지금 아내의 상태에서 내 질문은 아무 의미가 없었습니다. 아내는 눈도 뜨지 않고 아무 말을 하지 못했습니다. 아주 조그맣게 '으윽'하면서 신음만 가늘게 했습니다. 이제 의사도 그 소리를 들었습니다.

"의식을 자꾸 깨우려고 해봐요. 까무러치지 않게 의식을 빨리 찾는 게 좋죠."

"예, 수연아. 수연아. 정신 차려. 수연아, 수연아, 수연아, 수연아."

그 응급실에서 아내의 이름을 부르고 또 불렀습니다. 다른 환자들에게는 시끄러웠을 겁니다. 아내의 이름을 오십 번도 백 번도 더 불렀을 겁니다.

수연아, 내가 잘못했어. 수연아, 수연아, 수연아, 수연아. 제발 눈을 떠. 제발 대답을 해. 수연아. 수연아.

그때 여동생 민희가 핸드폰으로 전화가 왔습니다.

"오빠, 언니 아무래도 술을 먹은 것 같아."

"술?"

"응, 식탁에 보니까, 양주병이 있는데… 근데."

"근데? 얼마나 먹은 건데?"

"응, 많이 먹었어. 양주병이 거의 다 비었어. 그리고 잔도 양주잔이 아니고 그냥 맥주잔이야. 이거 다 마셨는가 봐. 안주 이런 것도 없고 그냥 마셨나 봐."

아이구, 이거 큰일 났구나. 아내의 주량이 겨우 맥주 두 잔 정도인데… 양주를 맥주잔에다 마셔… 그것도 한 병을 거의 다. 미치겠네.

"선생님, 술, 양주를 먹었다고… 술 못하는데."

나는 민희에게 들은 정황을 의사에게 막 설명했습니다. 의사는 다시 아내의 눈을 살펴보고 입을 열어 보았습니다.

"이거 알코올 쇼크예요. 얼굴이 붉은 게 아니라 지금 창백하잖아요. 계속 주무르세요. 이거 토하는 게 좋은데. 그리고 의식을 자꾸 차리게 해 주세요. 이건 위세척할 수가 없어요. 이미 알코올이 혈액으로 다 들어갔기 때문에…"

"예."

"이거 토하다가 기도(氣道)가 막히거나, 호흡곤란이 오면 죽어요. 토할 때 붙잡아주고 조심하시고. 아니, 왜 그렇게 술을 먹은 거야? 양주를 맥주잔으로 먹었다니 참. 잘못하면 죽어요."

죽을 수 있다니… 아니 죽으려고 하다니.

"기도 확보하게 옆으로 좀 누이시고 환자를 자꾸 주물러 주세요. 그리고 의식은 깨우는 게 좋고. 옷도 벗기는 게 좋겠지만 여기서는 그러니 좀 풀어주시고요."

아내의 몸을 밀어 옆으로 누였습니다. 셔츠 단추를 세 개나 열었습니다. 그리고 나는 아내의 사지를 마구 주물렀습니다. 정신없이…
세브란스 응급실 구석 베드에서 아내의 의식을 깨우기 위해 계속
주물렀습니다.

그러기를 한참 만에 아내가 갑자기 '우엑'하며 무언가를 토하려고
몸을 흔들었습니다. 토사물을 받으려고 입 주변에 병원에서 준 비닐
봉지 같은 것을 대었는데, 그러나 먹은 게 없나 봐요. 쓴 위액만이
식도를 거슬렀나 봅니다. 아내는 침을 뱉다가 반은 입가에 흘렸습니
다. 그리고 너무 속이 쓰린지 몸을 괴롭게 흔들었습니다. 하지만 그
런 행동은 그래도 의식이 돌아오는 과정이기에 너무나 다행스러운
모습이었습니다.

티슈로 입과 얼굴을 닦아주었습니다. 다시 이름을 부르며 사지를
계속 주물렀습니다. 그렇게 2시간이 넘었습니다. 민희가 아이들을
데리고 병원에 와서 상황을 보았고 내가 성현이를 부탁했습니다. 그
때서야 상황이 이만저만 했습니다.

"그래. 오빠는 언니나 잘 보살펴. 성현이는 내가 데려갔다 우리 집
에서 재울게."

민희가 아이들을 데려가고 3시간쯤이 지나서야 아내가 조금씩 뒤
척이기 시작했습니다. 아내가 답답한지 몸을 흔들면서 셔츠를 막 벗
으려고 하더군요. 그래서 단추를 다 풀어줬는데도 계속 옷을 잡아
당겼습니다. 하도 그래서 결국 셔츠를 벗겨주어 브래지어 차림이 되
었습니다. 병원 응급실이라 시트를 끌어 덮어주었습니다.

"어어… 집에… 가…."

이윽고 의식이 돌아온 아내가 가느다란 목소리로 처음으로 한 말
입니다.

"괜찮아. 여기 병원이야. 괜찮아. 걱정하지 마."

아내가 살짝 눈을 떴습니다. 병원 응급실은 어수선하고 빛이 너무 환한지 아내는 가뭇없이 다시 눈을 감았습니다.

"싫어. 나… 집에 가고… 싶어…."

"그래. 그래. 알았어."

그렇게 병원에서는 별다른 치료는 없었고 집에서 계속 간호하는 것이 좋겠다고 하여 다시 아내를 업고 집으로 돌아왔습니다. 이번에는 의식이 그나마 있어 등에 붙었기에 무게감이 훨씬 덜 했습니다.

집에 와서 침대에 눕혀 놓고 토하면 재빨리 받을 준비를 했습니다. 찬물과 약간 미지근한 물을 준비하고, 수건을 적셔서 몸을 닦고 주물러 줄 준비를 했습니다. 아내는 다시 눈을 감고 옷을 갑갑해 했습니다. 셔츠를 다시 벗기고 이번에는 집이니 브래지어도 풀어주었습니다. 계속 뒤척이면서 치마도 불편해해서 치마도 벗겨주니 팬티만 입은 차림이 되었습니다. 이불로 덮은 다음 계속 주물러줬습니다.

부드럽고 따뜻하게, 아내의 숨소리에 맞추어서 계속 주무르고 수건을 미지근하게 식혀서 몸을 닦아 주었습니다. 그렇게밖에 할 수가 없었어요. 아내는 계속 윽윽 대면서 신음을 토해냈습니다. 그 한소리 한소리가 가슴을 찌르더군요.

이제 의식은 있는데, 어떤 비몽사몽에 빠져서 흑흑대는 아주 작은 흐느낌과 신음이 묘하게 뒤섞인 소리가 끊어지고 이어지면서 밤을 지나갔습니다. 깊은 밤을 지나 새벽이 되어가자 아내의 숨소리가 조금씩 고르게 들리기 시작했습니다. 그제야 나도 긴장이 풀어지고 지쳐서 꾸벅꾸벅 졸았습니다. 새벽빛이 희끔하게 밝아오는 때에 결국 나도 아내 옆에서 엎드려서 잠깐 잠이 들었습니다.

어디 내놓아도 빠지지 않게 늘씬하고 예쁜 아내. 누구를 만나도

240

진지하고 담담하게 대화하는 아내 수연. 소박하고 담백하면서도 가볍지 않은 지적인 여자입니다. 자기감정을 폭발시키기보다는 조용히 갈무리하는 조금은 침잠하면서도 목소리가 귀엽고 눈빛이 고요한 내 여자입니다.

사시사철 자기 옷 한 벌 잘 안 사면서도 손에서 책을 놓지 않는 교양 있는 여자입니다. 조직에서 나보다 선임이고 윗선이었지만 끝내 조직을 버리고 나를 다시 찾아온 그네입니다.

내가 기무사 지하실에서조차 지키고 싶었던 그 여자를. 내가 그렇게 그곳에서 일종의 전향(轉向)과도 같은 눈물을 흘리면서도 지키고 싶었던 그네를, 어쩌다 이 지경까지 만들었단 말인가요?

겨우 출근을 하고 졸음을 이기며 오전 회의를 마친 뒤 LG 텔레콤 내부 고객 담당자에게 전화를 했습니다.

"예. 결제 계좌는 제 걸로 하고요. 개통 명의자는 오수연이고요. 바로 개통 좀 시켜주세요."

아내 명의로 된 휴대전화를 개통시켰습니다. 내일쯤 휴대폰을 가져다주겠다고 담당자가 말했습니다. 내가 신청한 여자 명의로 된 두 번째 PCS 개통이었지만 담당자는 실적이 중요하지 그런 건 하나도 신경 쓰지 않았습니다.

그런 다음 민희 핸드폰으로 전화를 했습니다.

"민희야. 오늘 홍은동에 좀 들러 볼래?"

"벌써 와 있네요."

"그래. 성현이 엄마는 좀 어때? 뭐 좀 먹었어?"

"응. 같이 해장국 한 그릇 사 먹었어. 조금 먹더라. 그리고 언니, 목욕하고 싶다고 해서 내가 성현이 집에서 봐주고 지금 목욕탕 갔어."

"그래. 고맙다. 민희야."

"오라버니, 짐도 엄마가 홍은동에 갖다 놨으니까. 이제 홍은동으로 들어와. 언니 아직 아프다. 오늘 회사 끝나고 빨리 들어와."

"음. 그래. 알았어. 그럴게."

나의 가출은 그렇게 9개월 만에 끝이 났습니다.

그 시절, 마음의 저울로 달아보면 팽팽한 무게의 두 여자가 있었습니다. 각자 서로 다른 내용물을 가지고 저울 위에 올라있었지만 언제나 긴장된 균형을 맞추며 갸우뚱거렸습니다.

나는 어떤 도덕적 의무감이나 내 아이의 엄마라서 아내를 생각하는 것만은 아니었습니다. 아내를 원망하고 미워하기도 했습니다. 당신에 대한 연민이 커질수록 아내에 대한 원망은 더 커져갔습니다. 그러나 나는 아직도 아내에 대한 애착이 남아있었습니다. 아내에 대한 내 마음이 완전히 백지로 돌아간 것도 아니었습니다. 첫사랑인 아내 수연에 대한 추억과 사랑과 갈망도 뿌리 깊은 것이었습니다.

아내는 묘하게 얽힌 인연의 문제와 옛날의 문제로 저렇게 내게서 소외받고 깊은 마음의 상처를 입었습니다. 누구보다 냉철하고 지적이었던 아내가 저지른 그 날의 행동에 나는 충격을 받았습니다. 내가 저지른 그 악행의 업은 내가 오래오래 두고 갚아야 할 것이 되었습니다.

그러나 그 시절 내 마음속에는 완벽한 양가감정(兩價感情)의 시소가 놓여있었습니다. 두 개의 오브젝트가 기우뚱대면서도 좀처럼 긴장감 넘치는 균형을 무너뜨리지 않고 있습니다.

두 여자가 서로 다른 사연과 서로 다른 내면의 욕망을 가지고 울었습니다. 머릿속에서는 날마다 비상대책위원회가 열리고, 천사와 악마가 번갈아가면서 나타나 퍼덕거립니다. 생각 속이 마치 날치기를 시도하는 국회 본회의장같이 어수선합니다. 여당과 야당이 몸싸움을 하고 명패를 집어던지고 삿대질을 하고 욕을 하고 서로를 죽일 듯이 저주하고 격렬하게 싸웁니다. 고지전(高地戰)처럼 날마다 고지의 점령자가 바뀌기도 했습니다.

홍은동에서 이수동을 생각하고 이수동에 가면서 홍은동을 생각하는 혼돈의 소용돌이가 휘몰아쳐 갑니다. 당신을 만나면서 아내를 생각하고, 아내와 밥을 먹으면서 당신을 생각하는 그런 미친 세월이 이어졌습니다. 폴리아모리(polyamory)의 형틀에 묶여서 양쪽에서 잡아당겨 마침내 내 마음이 능지처참을 당하고 있었습니다.

나는 그때쯤 알았습니다.

이건 고통입니다. 일체개고(一切皆苦).

러브홀릭(loveholic)

"지영아, 내가 백만 원을 벌면 오십만 원씩 나누어 쓰고, 내가 이백만 원을 벌면 백만 원씩 나눠쓰자. 삼백만 원 벌면…."

이렇게 말한 적이 있습니다.

"피, 행여나. 그냥 말이나마 고맙네요."

'우리 함께 나누자.' 참 좋은 말입니다. 그러나 언제나 돈은 충분하지 않지요.

내가 LG에 입사하기 위해 밤을 새워 자기소개서와 비즈니스 의견서를 쓰고 제출한 가장 큰 동기는 역시 페이를 좀 더 받기 위해서입니다. 돈, 돈, 돈이 필요했습니다. 그러나 역시 월급만으로는 힘들었습니다.

'수연아, 계좌추적만 안 해준다면 내가 뭐든지 할게.'

나는 마음속으로 빌고 또 빌었습니다. 그건 다 죽는 길이기 때문입니다.

'여보, 일단 사는 것이 가장 먼저이고 가장 중요한 가치가 아니겠어요. 비열한 삶이라도 비루한 존재라도 일단 이승에서 뒹굴어보자고요.'

서로 살기 위해 저지른 행동 속에 서로를 죽일 수도 있는 기록이 남는다는 극도의 모순이 내재된 것이 우리의 얽힌 인연이었습니다. 이 부분은 어떠한 설명도 어떠한 이해도 구할 수 없는 오로지 보안 투쟁만이 필요했습니다.

가장 먼저 비밀 데이트를 해야 하니 돈이 필요했습니다. 당시에 계좌 추적이 가장 위험한 일이 될 만큼 이 부분은 복잡해서 정리하지 않고 막 나열하겠습니다. 솔직히 인간이 이런 것을 다 기억할 수는 없습니다. 이 회상도 사실 좀 쫀쫀하기는 해요.

먼저, 은서 교육부금을 붓기로 했습니다. 그 교육부금은 원래 당신이 은서의 미래를 내다보고 붓고 있었습니다. 그 얘기를 듣고 나도 조력하겠다고 자청했습니다. 짝수 달은 당신, 홀수 달은 나, 뭐 그런 식으로 약속을 했습니다. 100% 지켜지지는 않았지만 한 80%는 지켰습니다.

은서 한글 공부시킨다고 해서 책을 시리즈로 샀습니다. 은서 유치원 입학금을 냈습니다. 매월 유치원비도 내가 반을 부담하겠다고 나섰습니다. 나중에 당신이 토요일마다 하는 음악 강습을 받겠다고 해서 매달 음악 강습비를 15만 원씩 내다가 20만 원으로 올렸습니다.

당신은 보습학원 강사에 노조 노래패 강사였습니다. 가끔씩 프로젝트 공연이나 집회 공연도 했고요. 남들 앞에 서는 일이 많았습니다. 그래서 그런 데를 다니는데 초라하게 보이는 게 싫어서 백화점에서 당신의 옷을 샀습니다. 원피스를 사고 스커트를 사고 코트를 사고 부츠를 사고 나중에 미용실에도 같이 갔습니다. 아내와 달리 당신은 옷 탐을 많이 냈습니다. 어느덧 당신 옷장의 반이 내가 사준 옷으로 채워져 갔습니다.

나중에는 겉옷만이 아니라 속옷도 산 적이 있습니다. 브래지어를 한 치수 크게 사러 간 적이 있었지요. 당신의 긴 생머리는 실은 자연 그대로가 아니었습니다. 그건 약 3시간이 넘는 복잡한 화학처리 과정을 미용실에서 거친 결과물로 그런 머리를 찰랑거렸습니다.

'양심수의 날' 공연이 끝나고 그다음에 만났을 때 내가 수고했다면서 금일봉을 줬습니다. 양심수 가족들을 후원하고 싶었던 것이었지만 어차피 주최 측에 내나 당신에게 주나 용도는 같았으니까요. 그리고 명동성당 앞 공연이나 가끔 노조 노래패 공연을 하면 나는 마치 초청받은 귀빈처럼 몰래 당신에게 금일봉을 주고 아무도 모르게 귀신처럼 사라졌습니다. 당신이 사람들도 만나고 회식도 하고 하려면 돈이 필요할 것으로 생각했습니다.

홈쇼핑에서 PC를 샀습니다. 한겨레신문 의견광고를 내야 하니 LG카드에서 빌린 돈으로 광고를 냈어요. 이건 앞에서 얘기했군요. 광고비 명세서를 보고 집행해 준 것도 아닙니다. 그게 얼마인지는 별로 중요한 게 아니었습니다. 새로 집을 구했으니 살림살이가 무지하게 필요했어요. 킴스클럽도 가고 시장도 가고 했는데 이런 건 너무 잡다해서 잘 모르겠습니다.

또 우리에게는 우아한 저녁 식사가 필요했습니다. 어차피 매일 볼 수 있는 것도 아니고, 우리가 뭐 집에서 밥을 해 먹을 처지도 아니었고요. 그 저녁 식사 시간은 우리가 만나는 데 있어서 가장 로맨틱하고 중요한 시간이었습니다. 저녁만 먹고 헤어진 적도 많았으니까요. 그런 중요한 시간에 설렁탕이나 김치찌개 따위를 먹고 있을 수는 없었습니다. 당신은 해산물을 좋아해서 주로 그런 쪽으로 메뉴를 짰습니다. 이것도 복잡해서 그만할게요.

생일이라 생일선물을 샀어요. 핸드백을 사고 이스트 백을 사고 청

바지를 사고 귀걸이도 사고 목걸이까지 샀습니다. 만날 변비로 끙끙
대서 변비약 '변락'을 샀습니다. 하여튼 그 '변락'은 무지하게 샀습니
다. 우편 영치금도 보냈습니다.

은서 생일에 좋은 장난감으로 삼성 피코를 샀습니다. 피코를 사니
소프트웨어가 필요해서 소프트웨어를 한 10개 샀습니다. 또 다른 은
서 물건도 사고 옷도 샀는데 너무 잡다해서 기억이 나지 않습니다.

좋은 중고 신시사이저가 나왔다고 해서 그것도 샀습니다. 영어 강
사라 필요할 것 같아 샤프 어학 전자사전을 샀습니다. 나이 들어가
니까 화장품을 샀어요. 색조보다는 주로 기능성을 샀습니다. 에이
징 스페셜 뭐 그런 건데 내가 아는 게 별로 없었습니다. 그냥 하자
는 대로 했을 뿐입니다. 남자는 욕실에 면도기와 비누, 수건, 칫솔,
치약 등 한 5가지 정도가 필요한데 뭔지는 몰라도 여자는 482가지
가 필요하다는 얘기가 있더군요.

11시쯤 늦게 끝나는데 초밥 도시락을 원해서 그걸 사서 들고 1시
간을 기다렸습니다. 기다리는데 비가 와서 우산도 샀습니다. 또 비
를 맞힐 수는 없으니까요.

병원비 등 여러 가지 이유로 돈이 필요했어요. 그래서 그냥 주면
모양이 이상할 것 같아서, 무이자로 300만 원을 빌려줬습니다. 전혀
받을 생각은 없었어요. 또 나중에 200만 원을 빌려주고, 또 100만
원 주고 또 주고 했나요?

그때 반드시 의도한 바는 아니지만 모든 돈은 마치 뇌물처럼 공교
롭게 현금으로만 전달했습니다. 아주 특별한 경우를 빼고는 계좌이
체조차 할 수 없는 상황이었거든요. 인터넷 뱅킹이 아직 없던 시절
이라 계좌이체를 하면서 내 계좌에 당신의 이름을 남길 수는 없었
습니다. 그러나 신문 광고비는 급하게 처리하느라 딱 한 번 당신의

이름을 남겼습니다.

PCS가 처음 나오고 그 핸드폰을 내가 사줬습니다. 명의는 당신 것으로 했지만 핸드폰 요금은 내 통장에서 결제하기로 했어요. 사실 이런 잡다한 거 다 필요 없고, 집이나 자동차를 한번 사줬어야 가슴에 팍 꽂혔을 텐데 그 정도 수준은 못 됐습니다. 물론 차는 당신이 원래 친정집에 있었다면서 가져왔어요. 그러니 주유비가 필요했습니다. 가끔 차량을 수리도 해야 했고요.

차에서 듣게 김광석, 퀸, 아바, 이승철 CD를 사고 음악책도 샀습니다. 돌아다니다가 먹게 간식을 사고 차에 CD플레이어가 없어 차량용 CD플레이어를 따로 샀습니다. 그리고 당신 백에 들어갈 수 있는 포터블 CD플레이어도 샀습니다.

추석이 되어서 추석 선물을 샀습니다. 나아가 당신도 인간관계가 있어 모래내 선배님을 비롯한 다른 분들에게 선물도 해야 했기에 당신이 주위에 해줄 선물까지 다 같이 샀습니다. 지하철 신림역에서 만나기로 해서 지하철을 한번 탄 것 이외에는 전부 택시를 탔습니다.

당신이 다른 곳으로 갈 때는 몰라도 집으로 들어갈 때는 거의 혼자서 보낸 적이 없습니다. 항상 택시를 타고 집 앞까지 가서 골목길 앞까지 바래다주었습니다. 하지만 거기에 어떤 선이 그어져 있어서 집으로 초대를 받지 않는 이상 더 이상은 절대 전진하지 않았습니다.

면회를 급하게 가야 하니 비행기를 탔습니다. 지방 도시에서 썰렁한 모텔에 눕힐 수 없어서 무조건 호텔을 잡았습니다. 당신은 쇼퍼홀릭(shopaholic)이었어요. 그 호텔에 누워서도 당신은 홈쇼핑 채널을 돌렸습니다. 그러나 당신은 그런 거로는 절대 채워지지 않습니다.

소비는 욕망입니다. 상품은 당신의 욕망을 건드리기 위해 만들어진 것입니다. 혁명이 왜 마케팅에게 졌겠습니까? 혁명가와 운동가가 왜 마케터와 세일즈맨에게 졌겠습니까? 인간의 내밀한 욕망, 무의식에 단단히 뿌리박은 그 욕망을 알고 바라보는 데 소홀했기 때문입니다.

사람들이 가진 욕망에 맞추어 상품을 만들어내는 것이 상품 기획과 서비스 기획의 첫 출발입니다. 그것을 LG 그룹은 다른 이름으로 바꾸어 표현하기도 합니다. '고객을 위한 가치 창조'라고요.

상품을 분석해보니 자본주의의 모순이 발견되었다고요. 그건 20세기 정도의 얘기입니다. 21세기의 상품은 유형으로 존재하지 않고 무형의 욕망으로 존재합니다. 이제 상품을 분석해보면 인간의 내밀한 욕망이 적나라하게 드러납니다.

스타벅스는 커피를 파는 것이 아니라, '이걸 마시면 좀 더 세련돼 보일 거야.'라고 말합니다. 기능성 화장품은 피부를 댕겨주는 것이 아니라, '이걸 바르면 좀 더 젊고 아름다워질 수 있어요.'라고 속삭입니다. 사교육은 뭘 가르치는 것이 아니라, 경쟁에서 이길 수 있다는 욕망을 부추깁니다. 보험은 사고 나면 보험금을 주는 서비스가 아니라, 불안을 두려워하고 회피하려는 사람의 마음을 어루만져주는 서비스입니다.

패션은 그 자체로 당신의 외피이며 외모이고 당신의 아비투스(habitus)입니다. 이 넘치는 욕망에 공급이 부족한 그 무언가를 찾아내는 것이 마케팅의 블루오션(blue ocean) 전략입니다.

그러므로 마케팅은 상품을 파는 것이 아니라 본질적으로 소비자의 내재된 욕망을 끄집어내는 것입니다. 여러 가지 이유로 초자아에 잡혀있는 이드(id)를 표출시키는 행위입니다. 욕망의 '지름신'을 불러

오는 하나의 푸닥거리입니다.

그리고 우리 마케팅팀은 소비자의 내밀한 욕망을 찾아서 상징화를 시도합니다. 상징화는 현대 상품 시장에서 광고와 홍보, 이미지화에 대단히 유용하기 때문입니다. 욕망을 잘 조합해서 하나의 이름. 즉, 브랜드를 만들어냅니다. 그럼 소비자들은 뭐가 뭔지를 모르고 그 상징 조작에 빨려 들어옵니다. 이것도 눈에 콩깍지가 씌는 것과 본질적으로 다를 것이 하나도 없습니다.

1980년대와 달리 1990년대는 상품 시장이 활짝 꽃을 피우는 시대였습니다. 그리고 브랜드가 그 이름을 하나둘 얻어가던, 마케팅적으로 볼 때 실용의 시대에서 가치의 시대, 브랜드의 시대로 넘어가고 있었습니다.

이제 우리나라 사람들은 추워서 옷을 사는 그런 시대의 사람들이 아닙니다. 이제 상품은 단지 필요해서 사는 것이 아니라 허전한 무언가를 채우고 내재된 욕망을 어루만져주기 위해 갈구하는 그런 시대가 열렸습니다.

문제는 그 욕망의 바닥이 쉽게 채워지지 않는다는 데 있습니다. 욕망의 항아리는 밑 빠진 항아리와 같은 것입니다. 그것을 채우기 위해 물을 붓고 부어도 어느새 다 새어나갑니다. 하루만 지나면 새로운 욕망이 자라고, 하루만 지나면 욕망이 끊임없이 업그레이드를 요구합니다.

그 시절 당신의 내밀한 욕망 속에 자리한 나는 그래서 하나의 소비이며 상품으로서 존재해야 했습니다. 내가 그래야 했던 것은 당연합니다.

"오빠는 혹시 생일이 언제야?"

당신이 어느 날 물었습니다.

"왜? 뭐, 생일 선물하게?"

"응."

"그런 거 하지 마. 나 생일 없어."

내가 그렇게 말한 이유는 간단합니다.

당신이 보습학원에서 일하고, 노래패 강사로 일해서, 그런 비정규직으로 일해서 겨우 번 그 돈을, 내가 어떻게 그 돈을 한 푼이라도 쓸 수 있겠습니까? 애를 업고 한밤중에 시댁에서 뛰쳐나온 당신의 그 돈을, 물에 빠져서 죽다 살아나서 자율신경 실조로 몸을 덜덜 떠는 당신의 그 돈을 내가 어찌 축낼 수 있겠어요?

절대 당신을 무시하고 싶었던 건 아니었습니다. 사실 돈이 있어야 딸도 키우고, 돈이 있어야 우편 영치금도 보낼 수 있는 겁니다. 나한테 무슨 마음을 보이려고 생일선물 같은 것 사려고 할 이유가 없습니다. 그런 돈 있으면 은서에게 뭐라도 하나 더해주고 영치금이라도 조금 더 넣으세요. 그냥 말씀만으로도 받은 것으로 하겠습니다.

그리고 귀신이 생일이 어디겠습니까? 나 죽는 날이 내 생일입니다.

문제는 그런 게 아니고, 진짜 문제는 현실적으로 돈이 잘 안 벌린다는 겁니다. 내가 억대 연봉자가 아니고, 집이 유복해서 유산이 있거나 자산이 많은 것도 아니었습니다. 오로지 받은 월급만 돌리는 그냥저냥 월급쟁이였습니다. 그리고 나도 아이가 있고 살림을 꾸려가야 하는 가정이 있었습니다.

그래서 지출이 수입을 넘어섰습니다. 3개월마다 한 번씩 오는 보너스를 받는 달은 어찌 좀 버티겠는데 그렇지 않은 달은 정말 어렵더군요. 그런데 당시 실업자가 득시글해서 돈을 빌려줄 데가 마땅치 않던 은행과 신용카드사가 내게는 미친 듯이 돈을 빌려주었습니다. 4대 대기업 집단의 계열사 직원이라는 이유만으로 재직증명서 한 장당 오백만 원씩 무조건 빌려주는 겁니다.

LG 카드는 계열사 직원이라고 아예 일천만 원으로 카드론 신용을 잡아 놓았더라고요. 신나게 빌렸습니다. 그런 데서 돈을 빌리는 일은 아주 쉬웠습니다. 어쩌겠습니까? 국가도 달러가 없으면 IMF에게 가서 빌려야 하는데 개인도 돈이 없으니 빌릴 수밖에요.

결국 나중에는 채무가 한 3천만 원을 넘어서 금방 3천5백만 원에 달했습니다. 물론 그게 전부 사용된 것은 아닙니다. 그중에 한 오백만 원은 이자로 흘러갔겠지요.

문제는 이제 부채가 부채를 낳는 구조가 되기 시작했다는 겁니다. 카드 돌리기의 속도가 점점 빨라지고 있었습니다. 나는 아예 엑셀로 '카드 돌리기 프로그램'을 짰습니다. 결제일, 카드 한도와 현금서비스 한도, 이자율 등을 조합하여 그 프로그램에 넣으면 얼마를 어디에 언제 넣으라 하는 뭐 그런 결과를 계산해주는 프로그램이었습니다. 날짜와 돈을 정확하게 계산해서 돌리지 않으면 그 미친 돌리기가 디폴트에 이를 수 있었습니다.

"박 대리. 자기가 만든 그 엑셀 프로그램 있잖아. 하우 투 리볼빙(how to revolving). 그거 좋더라. 우리도 한 카피해줘."

웃긴 것은 내가 짠 엑셀 프로그램을 누군가 어깨너머로 보고는 그게 좋다고 회사에서 동료 몇 명이 받아갔습니다. 게네들도 무슨 이유인지는 몰라도 열심히 카드를 돌리고 있었거든요. 어디 가면 더 빌려준다고 하면서, 채무자들끼리 서로 노하우도 공유하다가 나중에 아예 맞보증까지 섰습니다. 그러고 보면, 미친놈들 참 많아요.

서울역에서 노숙하고 밥을 얻어먹는 사람들의 줄이 자꾸만 길어

252

져 가는 그 시절은 대한민국 전체가 죽겠다고 난리 치던 IMF 시절이었습니다. 그때 내 직장은 마치 노아의 방주처럼 그 난리통 위에 떠 있었습니다. 다행스러운 일이었습니다.

사실, 준다는 것은 참으로 기쁜 일입니다. 줄 수 있다는 그 자체는 누구도 느끼지 못할 행복입니다. 다른 이들이 어떻게 생각할지 몰라도 내가 당신에게 작은 것이라도 줄 수 있었던 능력과 동기를 가졌던 것은 내게 있어 행복한 일이었습니다.

나는 당신과 단순한 연애를 하고 있는 것이 아니었겠지요. 일반적인 데이트를 하는 것이 아닐 것입니다. 어떻게 이 삶을, 이 길고 긴 고통의 터널을 빠져나가야 할지 길을 찾고 있는 과정이었을 겁니다. 그 과정 속에서 나는 당신에게 모르핀이며 진통제로서의 역할을 다해야 했습니다.

그 시절, 내가 볼 때 당신은 사실 화가 나 있었어요. 당신은 무언가에 분노하고 있었습니다. 당신은 보통의 여자들이 누렸을 소소한 행복을 채우지 못했습니다. 밤에 혼자 몸살로 아파서 애원해도 아무도 약을 사 오지 않았습니다. PC 한번 설치하려고 나를 나흘이나 기다렸습니다. 이제 어느 교도소로 가는 낯선 길에 동행해 줄 사람도 없었습니다.

당신은 보통의 여자들이 겪어보지 못했을 고통에 몸부림쳤습니다. 신혼 시절 졸지에 남편을 뺏기고, 물에 들어가서 죽으려고 했고, 자율신경 실조로 마음의 고통이 육체의 고통으로 전이되었습니다. 누려보지 못한 것과 겪지 말아야 할 것으로 인해 어떤 분노가 내면에서 타올랐습니다.

그러니 반대로 무언가에 심한 갈증을 느꼈습니다. 내가 볼 때 당신은 행복의 결핍과 고통의 과잉으로 판단력이 흐려지고 있었습니다. 당신이 그렇게 쇼퍼홀릭처럼 갈구하는 것조차 보기가 안쓰럽더군요.

나는 마치 당신을 곱게 씻기고 빗기고 입혀서 세상에 딸을 내보내듯이 그렇게 절치부심했습니다. 끙끙댔습니다. 정말 '불면 날아갈까, 쥐면 꺼질까'의 심정이었습니다. 그건 나도 미쳐가고 있었다는 겁니다. 상대에 대한 과도한 의미부여, 도저한 상징 조작. 이건 미쳐가는 현상 중의 하나일 것입니다.

같이 골프를 날리고 함께 해외여행을 가고 그렇게까지 놀지는 못했습니다. 그리고 뭐 집을 사고 차를 산 것도 아닙니다. 능력 부족이었어요. 4억도 아니고 돈 4천만 원에 허덕였습니다. 더구나 그 빚은 아내가 알지 못하는, 절대 알면 안 되는 빚이기 때문에 더 했습니다.

소소했지만 가랑비에 옷이 젖듯이 쏟아지는 물량 공세에 당신도 결국 굴복했습니다.

"오빠, 내가 일전에 학교 친구들 모임에 갔거든. 애들 만나서 사는 얘기, 이런 저런 얘기 들어보니까. 내가 정말 사랑받는 거더라고. 애들이 남편이나 애인한테 불만이 많더라고. 어떤 여자도 나처럼 이렇게 사랑받기는 어려울 것 같아. 그치."

당신은 나를 칭찬했습니다.

솔직히 말해서 그건 나의 허세였어요. 나는 당신에게 남자로서 잘 보이고 싶었던 겁니다. 일체의 갈등이 없이 평온한 사람이며 능력 있고 호쾌하고 매력적으로 어필하고 싶었습니다. 당신에게 그렇게 인정받고 싶었던 거겠지요.

아이러니하지만 우리가 만약 일상을 공유하는 부부였다면 그렇게까지 헌신하지는 않았을 겁니다. 허영심보다는 좀 더 실용주의로 나아갔을 것이고 더욱 현실적이고 미래지향적으로 판단하고 행동했을 겁니다. 어떤 면에서 보면 그건 당신과의 관계에서 장기적 미래에 대한 계획이 없었고 그 순간의 안위와 단말마적인 쾌락만을 추구했던 반증일 수도 있습니다.

돈만이 문제가 아니라 정작 중요한 것은 시간이었습니다. 돈은 빌릴 수라도 있다지만 결코 빌릴 수도 없는 것이 시간입니다. 당신과 만나기 위해서 나는 시간 전략을 아주 잘 짜야 했습니다. 정작 중요한 것은 돈이 아니라 시간입니다. 당신과 만날 수 있는 시간 말입니다.

회사라는 곳은 근본적으로 사람을 한가하게 놓아두려고 하지 않는 곳입니다. 그냥 쉬고 있으면 안 되는 곳입니다. 뭐든지 닥치는 대로 뭘 하고 있는 모습을 보여주어야 좋아하는 곳입니다.

가장 쉽고 안전한 것으로 그냥 토요일마다 회사에 나왔습니다. 당시 회사는 격주로 토요 휴무였는데, 그냥 그런 것 없이 매주 토요일에 출근을 했습니다. 그런데 당신은 나중에 그 귀중한 토요일에 음악 강습을 받고 싶다고 했어요. 그래도 토요일은 밤 10까지는 있을 수도 있었는데 그 강습 때문에 오후 6시면 헤어져야 했습니다.

토요일마다 정상 출근하여 늦게야 움직이는 당신을 기다리며 하염없이 앉아 있었습니다. 그냥 있자니 뭐해서. 하긴 회사에서 뭘 하겠습니까마는 밀린 업무를 했습니다. 업무 리포트를 쓰고 맥킨지의 '7S 모델'을 자습하고 거래처에 전화도 돌리고, 웹 서핑도 좀 했습니다. 어느 때는 당시 회사에서 조직론으로 공유하고자 했지만 쉽게 이해하기 어려운 피터 셍게의 『학습조직(learning organization)』을 읽고 정리하다 회사 내 '뉴비즈니스 모델 TFT' 세미나 발제 준비도 했지요.

어떨 때는 당신이 작곡을 한다고 작사를 좀 해달라고 해서, 노래

가사를 생각하며 끄적거릴 때도 있었습니다. 내가 서정적인 것 1편, 서사적인 것 1편을 써서 2편의 가사를 만들어 주었지요. 당신은 좋다고 하며 그 가사에 곡을 붙여보려 했습니다.

또, 어느 때는 당신이 부탁한 숙제를 했습니다. 자료를 잔뜩 주면서 학원 시험지, 교재 등을 타이핑해서 아래 한글 파일로 만들어 달라는 부탁이었습니다. 그런 것 파워포인트로 하면 더 쉽고 빠르게 잘할 수 있었지만, 당신이 그 프로그램을 이해하지 못하니 불편하더라도 아래 한글로 할 수밖에 없었습니다. 2단 편집으로 단 설정을 하고 작업을 했습니다. 나중에 회사 레이저프린트로 뽑고 아예 스태플 제본도 깔끔하게 했습니다.

"와! 되게 잘했어요. 오빠, 진짜 잘하는데."

당신은 내게 '참 잘했어요.'라는 점수를 줬습니다.

그럼요, 그런 거 내 전공에 가까운 것인데요, 뭘. 그 시절 나는 프로 마케터였습니다. 문서를 빔프로젝터로 뿌리면서 까다로운 사람들 앞에서 프레젠테이션을 해야 하는 사람이었습니다. 우리 회사는 그때 내용은 둘째 치고 파워포인트로 문서 예쁘고 멋지게 만들기에 빠져서 과도한 시간을 낭비하고 있었습니다. 맥킨지가 하도 시켜가지고요.

워커홀릭(workaholic)이라 할 수밖에 없는 예일대 석사 출신의 사장님도 매주 토요일에 회사에 나오셨습니다.

"오. 박 대리. 이번 주도 나왔네. 일이 그렇게 많은가 봐?"

"예. 저번 주부터 뉴비즈니스 TFT에 저도 인발브(involve) 했습니다. 다음 주 세미나 발제 준비하느라고요."

그런데 사장님이 보시기에 토요일을 전혀 쉬지 않고 나오는 내가 좀 신기했나 봅니다. 생각해보세요. 저 자식이 뭘 하는지는 몰라도 주 5일제 근무가 시행되었는데도 당직도 아니면서 매번 토요일 날 출근을 하는 거예요. 지가 무슨 팀장도 아니면서. 그것도 한두 달도 아니고 1년 내내 그렇게 나오는 겁니다. 그룹 창립 기념일은 전 그룹 차원에서 기념 휴무일인데 그때도 나오는 겁니다.

물론 토요일 나오는 사람이 나 혼자는 아닙니다. 다른 동료, 후임들도 있었지만 그들은 가끔 돌아가면서 나오고 나는 아예 고정멤버로 출근했습니다. 그런 토요 멤버들만 아는 일이 하나 있었는데 사장님께서 토요일에 나온 사람들을 위해 가끔 점심을 사주셨습니다. 감사한 일이었지요.

"박 대리는 말이야. 좀 워커홀릭(workaholic)인 거 같아."

어느 날 토요일 점심을 사주시던 사장님이 나에게 한 말입니다. 참 웃기더군요. 난 러브홀릭(loveholic)인데.

그런 토요일 점심 미팅을 통해 사장님과 나는 서로를 많이 알게 되고 이해하게 되었습니다. 물론, 업무적으로요.

나는 사장님의 추천과 좋은 평가로 그해 하반기 순조롭게 과장으로 진급할 수 있었습니다. 그해 10월에는 '이달의 사원상(社員賞)'을 수상하기도 했습니다. 나는 군대에서도 그랬지만, 회사에서도 상을 좀 이상한 사연으로 받는 그런 사람인가 봐요. 당신을 기다리다 회사에서 상을 받았으니 말입니다. 상도 좋았지만 사장님이 주시는 금일봉이 있어서 더 좋았습니다. 돈이 생겼잖아요. 물론 동료들과 같이 한잔하는 것은 반드시 해야 할 일입니다.

당신은 나를 회사에서 진급시키려고 했나 봐요. 그래서 그렇게 하염없이 기다리게 했는지 모르겠지만, 결과는 그랬다는 겁니다. 그렇게 스탠바이 하지 않으면 만날 수가 없는 걸 어떡하겠습니까? 그 시절의 토요일은 우리가 가진 유일한 시간의 통로가 되어갔습니다. 우리는 서로 너무 바빴거든요.

어떤 때는 당신을 만나러 인덕원까지 2시간이 걸려 찾아가서 또 1시간을 기다리고 만나서 겨우 20분간 롯데리아 햄버거만 먹고 그냥 돌아온 적도 있습니다. 어떤 때는 당신 동네 커피숍에서 당신이 머리를 말리고 나온다고 2시간을 기다린 적도 많았습니다.

그러나 그런 것도 나는 다 행복했습니다. 당신을 만나러 가는 길도 당신이 오기를 기다리는 시간도 그 자체로 내게는 다 행복한 시간이었습니다.

"여보. 커피 한 잔 할래?"

초여름 밤, 산 아래 마을로 부는 바람은 시원했습니다. 창문을 활짝 열고 바람이 우리 부부가 마주 앉은 식탁에까지 불어오게 했습니다. 아이는 꾸벅꾸벅 졸다 저녁이 지나자 살포시 잠이 들었습니다.

집으로 돌아온 나는 아내가 끓여주는 된장찌개를 꽤나 먹었습니다. 알코올 쇼크 사건 이후 아내는 책 읽기에 더 매진하며 때때로 작은 방 PC 앞에 앉아 있는 시간이 많아졌습니다. 야근이 많아 매번 일찍 들어오지는 못했지만 저녁을 같이 한 날은 아이를 데리고 집 뒤에 있는 백련산 약수터로 자주 산책하러 갔습니다. 이제 성현이도 곧잘 걸어 다녔고 녀석이 칭얼대면 내가 업고 내려왔습니다. 아내는 아이를 업고 내려오는 나를 뒤에서 흐뭇하게 바라보며 따라왔습니다.

커피를 사이에 놓고 식탁에 앉아 우리 부부는 오랜만에 진지하고도 건설적인 대화를 나누었습니다. 아내는 이제 더 이상 급여통장에 대하여 문제제기를 하지 않았습니다.

"민수야."

"응"

아내가 오랜만에 내 이름을 불렀습니다.

"나. 새로 일을 하고 싶어."

"일?"

"그래. 일. 애기만 보는 거 말고."

아내가 일을 하고 싶다고 말했습니다. 그래요, 대학까지 나온 아내를 그렇게 집에만 있게 할 이유는 없습니다. 출산과 육아로 인해 사회 활동이 끊어졌지만 새로운 준비를 할 수 있는 여건은 되었습니다.

"성현이도 크면 계속 집에 있는 것보다 뭔가 나도 일을 해보고 싶어. 그래서 맞벌이로 하면 좋잖아. 당신 혼자서 버는 것도 힘들잖아. 앞으로 성현이 유치원도 가고 하면. 지금 당장 급하게 생각하는 게 아니라 차분히 준비해서 진출하고 싶은데. 어떤 분야가 좋을까? 뭘 하는 게 좋은지? 당신 생각은 어때?"

아내도 영어 정교사 2급 자격증이 있었지만 교사에는 도통 관심이 없었고 임용 고시에 대한 생각은 없었습니다. 교육계에 경력도 없었으므로 또 다른 준비가 필요했습니다.

"음. 수연아. 내 생각인데. 내가 볼 때는 IT가 좋을 것 같아."

"IT?"

"응, 일단 현재 인력이 적어. 막 확대되고 발전하는 업계이니까. 벤처도 많고. 날마다 구조조정이 이루어지는 이 IMF 시대에 현재 유일하게 인력이 부족한 곳이야. 실은 나 같은 비전공자보다도 진짜 전문가들이 필요하지. 아니, 좀 비전공이라도 새롭게 나오는 내용이 너무 많으니 지금부터 공부해서 따라잡으면 그 사람이 전문가가 되는 거지 뭐. 업무 자체에서 배우는 것이 더 필요하다고. 나를 봐. 내가 공부한 게 옛날 미아동 있을 때 DOS 학원 3개월 다닌 것밖에 더 있어? 다 회사 다니면서 알게 된 거지."

돌이켜보면 특별히 다른 분야를 아는 것이 없어서 했던 말이었지만 IT는 새롭게 확대되고 발전하는 산업임은 틀림없었습니다. 그 시절이나 지금이나 정보통신은 항상 새로운 기술과 문화가 넘치는 곳이고 새로운 상상력을 요구하는 분야였습니다.

"음. 그래?"

"그리고 옛날과 같은 굴뚝 산업이 아니니까. 뭐랄까. 그래 남녀차별이 적고. 그리고 지금 일하는 사람들도 뭐 별로 경력이 화려한 건 아니야. 업계의 역사가 짧으니까. 이제 1세대로 진입하는 것이라 할 수도 있지."

우리 회사에도 여성 동료들이 수두룩했습니다. 게다가 어찌나 드세던지 그룹에서 'LG 온라인'은 '여대(女大)'라고 농담을 할 정도였습니다. 아내는 커피를 마시며 눈을 반짝였습니다. 내 의견을 금방 깊이 받아들였습니다.

"그래. 그렇담 어떻게 그 분야로 갈 수 있을까? 내 입장에서 한번 생각해줘."

"그래. 한번 생각해 보자. 음."

아내가 내 설명에 동의했기에 대화는 금세 단계를 높여갔습니다.

자, 전체적인 얘기는 그렇고 아내가 어떻게 진입해 들어가는가 하는 것이 문제였지요. 아내도 이제 30대이고 아기 엄마이고, IT 회사 경력은 없고, 전공자도 아니고. 음. 그리고….

아닙니다. 그런 건 다 문제가 아닙니다. 용감하게 부딪치면 다 극복 가능한 겁니다. 우리는 그것보다 더한 것도 부딪치면서 살아왔는데요, 뭘. 아내는 교문 앞의 잔 다르크였고 반제애국위원회의 비밀 중앙 위원이기도 했습니다. 나도 LG에 들어갔듯이 좀 더 정교하게 생각해봅시다.

좋은 것은 이력, 경력을 만들어야 하는데 이력을 만들려면 일단 관련 업계 어딘가에 들어가서 일을 하면서 시간이 좀 흘러야 합니다. 지금 상태에서 그런 관련 업계 어딘가에 들어가려면.

"그래, 일단, 뭐 자격증 같을 것을 따자. 그리고 그걸로 일단 일자리를 찾는 거야. 임시직이라도. 그리고 적성에 맞으면 계속 공부를 병행하면서 나가는 거지."

말은 쉽지만, 현실적으로 그게 그렇게 쉬운 일은 아니지요. 그때 아내는 집에 있는 PC를 겨우 켰다 끄며 아래 한글 정도만 썼으니까요. 그리고 내가 설치한 LG 온라인 브라우저로 인터넷을 조금 했을 정도였습니다. 하지만 방향성은 정해졌습니다.

"자격증? 무슨 자격증?"

"여러 가지가 있는데… 삼성 SDS 아카데미 같은 것도 있고, MS에서 하는 것도 있고. 한데 그건 너무 길고 처음에는 좀 어려워. 일단 간단하게 할 수 있는 게. 그래 요즘 '정보검색사'라는 게 있거든. 1회는 지났고 인제 2회를 하는 거니까. 인터넷에는 딱 맞고 아주 간단한 자격증 같은 거야."

"정보검색사?"

"응, 정보검색사. 지금 초창기이니 획득하면 나름 경쟁력을 갖출 수 있을 거야. 학원도 있지만 집에서 책을 보면서 해도 할 수 있어. 그걸 하면서 HTML을 좀 해봐. 책은 내가 사줄게. 잠깐만 자세한 건 인터넷에 다 나와 있어."

나는 작은 방에 있는 PC 앞으로 가서 인터넷에 접속했습니다. 정보검색사 관련 페이지를 찾아 간략한 개요와 시험 일정을 그 자리에서 프린트했습니다. 아내는 유심히 그 프린트물을 쳐다보았습니다.

"이게 무슨 말인지? URL? HTML? 코덱? 홈페이지 어드미니스터(administer)?"

아내는 생소한 용어와 익히 알지 못하는 개념 때문에 당혹해했습니다.

"지금 언뜻 읽어 보면 무슨 말인지 잘 모를 거야. 근데 별거 아냐. 그게 다 일종의 용어의 장벽이니까. 사실 그렇게 어려운 건 아니야. 내가 아는 한도 내에서 가르쳐줄게. 책이 있으니까 처음부터 차분히 읽어보면 별것 아닌 개념들이야."

"음. 그래 알았어. 해보자."

이윽고 아내는 하겠다고 했습니다. 망설이던 아내가 용기를 냈습니다.

문과 출신인 아내가 볼 때 생소한 용어가 난무하는 그 공부를 하겠다고 하더군요. 아내가 왜 그런지 짐작하는 바가 있기에 나는 마음이 울컥했습니다.

"여보 참. 정보검색사도 검색사지만, 먼저 이 책부터 읽어봐. MIT 네크로폰테 교수가 쓴 『디지털이다』라는 책인데. 인화원으로 연수 갔을 때 읽은 거야."

책장에서 책 한 권을 꺼냈습니다. 그 책이 인문학적 소양이 깊은 아내의 흥미를 당겨줄 것 같았습니다. 그 책은 '디지털 세계'에 대한 새로운 상상력과 이상적인 개념을 불러일으켰거든요.

"비잉 디지털(being digital)?"

아내가 책을 이리저리 둘러보며 원제를 소리 내어 읽었습니다.

"응. 물질의 최소 단위가 아톰(atom)이라면, 정보의 최소 단위는 비트(bit)라고 할 수 있는데. 앞으로 미래는 물질의 최소 단위인 원자의 시대에서 정보의 최소 단위인 비트 중심의 시대로 바뀐다고 예측하고 있어."

아내는 내 얘기를 들으며 벌써 책장을 넘기기 시작했습니다.

"그러니까 예를 들어 피자를 팔기 위해서 대량 생산 체제에서는 피자를 많이 싸게 만들어 놓는 것이 중요했지만. 이제는 누가 지금 피자를 먹고 싶어 하느냐 하는 정보를 파악하는 것이 중요하다는 거야. 피자를 먹고 싶다는 생각은 일종의 정보이기 때문에 비트화할 수 있고. 이 비트는 네트워크를 타고 널리 공유되고 수집될 수 있는데. 이 피자를 먹고 싶다는 생각, 즉 비트를 잡는 자가 결국 피자를 팔 수 있다는 얘기야."

아내는 온화한 눈빛으로 참으로 오랜만에 나를 사랑스럽게 바라보았습니다. 아내의 용기가 너무 고마워서 그 날은 나도 아내를 따뜻하게 안았습니다. 아내도 나를 거부하지 않았습니다.

"민수야."

내 품에 안긴 아내가 어둠 속에서 속삭이듯이 내 이름을 불렀습니다.

"수연아."

침대에 누워서 나도 아내의 이름을 속삭이듯이 불렀습니다. 조금 열어 놓은 창문으로 밤바람이 들어왔습니다. 아내의 가슴 속으로 손을 넣었습니다. 아내가 내 얼굴을 쓰다듬었습니다. 그리고 서늘했지만 춥지는 않았기에 아내는 옷을 벗었습니다. 아이를 재우고 우리는 오랜만에 한 침대에서 사랑을 나누었습니다.

"박 과장님. 저 사실 개인적으로 고민이 좀 있어요."

다음 날 야근 때문에 저녁을 같이 한 자리에서 반주 한 잔을 할 때 입사 동기이긴 했지만 신입 사원으로 입사한 후배 윤성환 대리가 고민이 있다고 말문을 열었습니다.

"무슨 고민인데?"

"솔직히 회사랑 좀 맞지 않아서요."

"왜? 윤 대리도 잘해왔잖아."

그는 반주로 시킨 소주 한 잔을 탁 털어 마시고는 얘기를 털어놓았습니다.

"언젠가부터 LG 온라인은 벤처라기보다는 그룹 계열사의 하나가 되고 있어요. 그룹 내부 거래 없으면 뭐 매출이 있나요? 지금."

"그거야 지금 상황이 그렇잖아. 그룹도 구조조정 문제로 정부에서 압박이 많고. 게다가 빅딜이 더 이슈라니까. LG 반도체 문제가 더 심각하잖아. LG 텔레콤도 시장에 안착하느냐 마느냐 이게 더 문제고 지금."

"그건 전체적인 상황이고요. 우리 온라인 입장에서 보면… 솔직히 우리 이대로 가면 전망이 없어요. ADSL이 나오면 우리가 하는 접속 서비스는 의미가 없어요. PCS 나오니까 1년 만에 사라진 시티폰(city phone) 같은 운명이 되는 거죠. 과장님도 그렇게 얘기하셨잖아요."

당시 우리 회사는 인터넷 접속 서비스 이외에 다양한 시도를 했지만 확실한 수익 모델을 잡지 못하고 있었습니다. 단지 LG 그룹이라는 든든한 뒷배가 있어 버티는 형국이었습니다. 물론 결단과 변화의 기회는 아직 남아있었습니다.

"사실, 리크루트 프로포잘(proposal) 받았어요."

"아. 음. 그래?"

그건 새로운 회사로부터 어떤 제의를 받았다는 얘기입니다.

"대학 선배님이 오너로 있는 회사인데. 인터넷 벤처이고. 뭐 지금은 작은 회사죠. 정직원이 한 15명 정도밖에 안 됩니다. 연봉도 오히려 내려갈 것 같고요."

"그래? 연봉도 깎이고. 어렵지 않겠어?"

"그래도 그런 곳에서 한번 도전하고 싶습니다."

윤성환 대리는 연세대 경영학과 출신이었습니다. 연봉이 내려감에도 그는 젊은이답게 새롭게 도전하려고 했습니다. 그렇게 이런 저런 얘기를 들어보니 그의 생각은 거의 굳어있었습니다.

"그 정도면 윤 대리 생각은 거의 굳은 것 같네. 음. 무슨 회사야?"

"예. 지금은 웹 메일 회사라고 하는데. 앞으로 포탈로 확실히 방향을 잡고 나가기로 했어요. 회사 이름은 다음커뮤니케이션이에요. 아시죠?"

"아, 한메일. 알지 알기야."

"과장님은 어떠세요? 과장님 생각대로 포탈 전략으로 가고 싶으시다면서요. 실은 제가 과장님 얘기도 했습니다. 과장님만 결정하면 얘기해서 충분히 같이 옮길 수도 있는데요."

그가 또 다른 얘기를 덧붙였습니다.

하지만 20대 총각인 그 친구에 비해 나는 이미 몸이 무거워져 버렸습니다. 아이도 있고 아내도 있고, 그리고 당신도 있었습니다. 들고 있는 부채도 무거웠습니다. 그렇게까지 생각할 필요가 있었는지는 모르겠지만 나는 그 시절 처자와 함께 항상 당신도 고려했습니다. 무슨 허위의식이었는지는 잘 모르겠습니다.

투쟁도 벤처도 언제나 일종의 용기를 필요로 하는데 현재의 안정된 조건을 뿌리치고 쉽게 움직일 수가 없었습니다. 그리고 이런 내 고민을 아내에게도 당신에게도 설명하거나 상담받기가 당시에는 무척 어려운 문제였습니다. 여자들만 그런 것이 아니고 이해해 줄 수만 있다면 남자들도 언제나 당신들에게 고민을 얘기하고 상담 받고 싶은 심정입니다 그려.

윤 대리와 그런 얘기를 마치고 집으로 들어가니 아내는 평소보다 한결 밝은 표정이었습니다.

"비잉 디지털. 이 책, 음. 상당히 재미있는데. 시간과 공간의 제약을 뛰어넘어서 창의적이고 자유로운 개인들이 새로운 네트워크 공동체를 만든대. 그게 미래사회의 가장 바람직한 가치라고 보고 있어."

"아니, 벌써 다 읽었어?"

준비된 독서가이며 학습인인 아내에게는 300페이지도 안 되는 책은 하루 거리였습니다. 나는 웃으면서 들고 온 종이백을 내놓았습니다.

"이거 뭐야?"

"여보. 내가 책 사 왔어. 정보검색사. 그리고 이건 HTML 책."

조금이나마 아내에게 남편의 역할을 할 필요가 있었습니다. 낮에 서점에 들러 바로 책을 샀습니다. 한 권 두 권 골라서 종이백에 담았는데 들기가 무거울 정도였습니다. 『인터넷 정보검색사 1급, 2급 필기 실기 대비』라는 책 시리즈와 '실전 모의고사 문제집', 『홈페이지와 HTML』이라는 책을 쭉 꺼냈습니다.

그 책과 함께 그 시절 아내는 용어도 몰랐던 그 새로운 분야를 공부하기 시작했습니다. 나도 주로 주워듣는 정도였지 체계적인 공부는 어려워했던 그 공부를 했던 것입니다. 처음에는 내게 기초적인 질문도 했습니다.

"OS하고 어플리케이션이 뭐야?"

266

"OS는 오퍼레이팅 시스템인데 쉽게 생각해서 PC에서 그걸 구동시키는 가장 기본적인 프로그램이라 생각하면 돼. 간단하게 말해서 윈도우즈가 OS야. 그 위에서 작동하는 적용 프로그램이 어플리케이션인데. 아래 한글이 일종의 어플리케이션이 되는 거지. 윈도우즈를 뺀 나머지 그러니까 엑셀, 파워포인트, 포토샵 이런 건 다 어플리케이션이야."

"그럼 여보. TCP/IP가 뭐야? 프로토콜(protocol)이라는대…?"

"프로토콜은 말 그대로 규약 그러니까 일종의 약속이라고 직역하면 되고. 인터넷을 할 때 두 컴퓨터 간에 직접 연결이 없는데 어떻게 메시지가 서로 전송될 수 있겠어? 이 문제를 TCP/IP가 해결하면서 그때부터 본격적인 인터넷이 되었다고 볼 수 있는데. TCP는 트랜스미션 컨트롤 프로토콜(Transmission Control Protocol)의 약자고, IP는 인터넷 프로토콜(Internet Protocol)의 약자잖아.

여기서 TCP는 데이터 전송을 위해서 파일이나 메시지를 더 작은 덩어리로, 그러니까 패킷(packet)으로 쪼개고 나중에 수신된 패킷을 다시 원래 형태로 재조합하는 기능을 담당하는 규약이야. IP는 이 패킷들이 경로를 찾아서 목적지로 갈 수 있게 인도해주는 규약이고. 그러니까 인터넷에서 모든 데이터는 마치 책을 분철하듯이 쪼개서 옮겨 다니고 최종 목적지에서 다시 합쳐져서 보이게 된다는 거지."

아내는 내 비유가 재미있는지 웃으면서 고개를 끄덕였습니다.

"책을 분철한다? 아, 인터넷에도 규약이 있구나. 호호. 강령은 없나 봐. 그럼 패킷 방식이라는 게 쪼개서 보낸다는 얘기야?"

"그렇지. 인터넷에서는 데이터를 다 쪼개서 주고받는 거야. 안 그러면 무거워서 못 돌아다녀. 비유하면 데이터를 패킷으로 쪼개고 거기에다 찾아갈 주소와 번호를 붙이는 거지. 그래서 최종 목적지에서 다시 재조립하면 원래의 파일이 된다는 거야."

나 역시 그런 기술적인 부분에는 전문 지식이 없었기에 비유적으로 설명해 줄 수밖에 없었습니다. 나는 엔지니어가 아니고 마케터였습니다.

"ISDN은 뭐고? ADSL은 뭐야?"

"그거. 그거는 약자는 책에서 보면 되고. 그냥 쉽게 생각해서 지금 우리가 인터넷 접속하는 방식이 ISDN인데. 이제 더 빠르고 강력한 ADSL이 나온다고 생각하면 돼."

"오, 그럼 ADSL이 되면 인터넷이 빨라지는 거야?"

"응. 지금보다 몇 배 이상 빨라진대."

"하긴 어떨 때는 너무 느려서 화면이 너무 늦게 떠. 그래픽이 많으면 특히 늦지. 인터넷은 참 좋기는 한데 그게 너무 답답하더라."

"그런 문제는 이제 기술이 발전하니까 점차 해결되겠지. 근데 문제는 여보. ADSL이 나오면 우리 회사가 문제다."

"왜 문젠데? 빨라지고 좋아진다면서."

"우리 LG 온라인의 인터넷 접속 서비스가 그 ADSL에 대비하고 있지 못하고 어떤 비교우위가 없기에 경쟁력을 상실하게 될 수 있어."

"어머, 그럼. LG 온라인, 없어질 수도 있는 거야?"

KT가 준비 중인 ADSL은 기존 전화선 망을 통해서 더욱 빨라진 인터넷 접속 서비스를 제공하는 기술적 발전이었고 업계 뉴스로 볼 때 그 실현은 거의 눈앞에 와 있었습니다. 사장님을 비롯한 회사 내의 많은 이들이 그 기술적 실현에 대한 준비가 없는 우리 회사의 미래에 대해 걱정하기 시작했습니다. 하나로통신까지 ADSL에 뛰어들면서 ISDN은 역사 속으로 사라질 운명에 처해 있었습니다.

"솔직히 그럴 수도 있지. IT는 구시대의 무덤 터이기도 하거든. 이

동네는 전통이란 게 없어. 죽으면 뒤도 돌아보지 않는다니까."

질문의 내용이 점차 업그레이드되는 것을 느낄 때 아내가 진짜 공부를 하고 있다는 것을 알았습니다. 그 생소한 분야를 말입니다. 나는 점점 답해주기가 어려워졌습니다.

역사와 사회과학뿐 아니라 물리학과 생물학책까지 보았던 폭넓은 독서가 아내를 더욱 통섭적인 지식인으로 만들어 용어의 장벽을 뚫자 대부분 금방금방 이해해나갔습니다.

"당신, 먼저 자. 아침에 출근해야 되니까. 나는 조금 더 보고 잘 게."

작은 방에 있는 PC를 켜고 그 작은 책상 위에 책을 펼쳐놓고 밤늦도록 불이 꺼지지 않았습니다. 아내가 잘할 것이라 나는 믿었습니다. 그럼요, 여고 시절 전교 1등도 했던 아내가 그 까짓것 못하겠습니까?

나는 공부에 방해될까 아이를 보다가 아이가 울면 들쳐 업고 밖으로 나가 동네 한 바퀴를 돌았습니다. 아내가 조금이라도 더 공부에 집중할 수 있도록 도와주어야 했습니다. 새벽이 되어서야 잠든 내 옆에 아내가 누웠습니다.

"아, 여보. 지금 몇 시야? 지금까지 공부한 거야?"

"응. 깼어? 당신 자야지. 아침에 출근해야 되잖아."

"음. 나, 자다 깼어."

나는 내친김에 살며시 아내를 안았습니다. 아내는 가만히 내 품에 안겨있었습니다.

그 시절 진정으로 맞벌이시키고 싶어서 그랬던 건 아닙니다. 애도 아직 어리고 발육이 늦은 데다 배변훈련도 다 된 애가 아니었습니다. 그러나 아이는 어떻게든 하면 됩니다. 맞벌이가 필요한 게 아니고 아내가 다시 자기의 일과 자리를 찾는 것이 필요했던 것입니다.

사람에게 있어 자신이 할 수 있는 일과 경제적 능력이란 굉장히 중요한 것이지요. 아내가 음침한 산 아래 전셋집에서 계속 혼자 있다가는 또 이상한 일이 안 생긴다고 보장할 수 있겠어요? 무언가 분위기를 바꿀 일이 필요합니다. 나는 절박했어요. 아내 수연은 더 절박했습니다.

"이거 한번 볼래? 내가 텔레토비 홈페이지 만들었어."

그런 어느 날 저녁을 먹고 아이를 데리고 백련산 약수터로 같이 산책을 갔다 온 뒤에 아내는 나를 PC 앞으로 불렀습니다. PC 화면에 아이가 좋아하는 텔레토비 캐릭터들이 뛰어놀고 그 텔레토비에 대한 정보를 제공하는 홈페이지가 펼쳐져 있었습니다.

"오, 수연아. 이거 당신이 만든 거야?"

"응. 알고 보니 LG 온라인에서 개인계정을 주더라고. 그러니까 내 아이디가 하나의 홈페이지 계정이었든 거야. 호호. 이제 알았지. 디자인은 못 해서 보기는 꽝이지."

"아니야. 디자인 보다… 이거 다 링크 걸어 준거야?"

이리저리 마우스를 굴려 클릭해보았습니다.

"그럼. 링크를 걸어야 하이퍼텍스트가 되지. 자료는 영국 BBC 사이트에 많아. 주로 그쪽으로 링크 걸고 번역해줄 거는 조금 번역해줬어. 게시판도 프리보드 따다가 붙였다. 방문자도 있어. 이거 봐. 오늘만 3천 페이지 뷰가 넘었어. 성현이도 이거 보고 좋아한다."

"오. 그러네. 3천 페이지 뷰면 대단한 건데."

성현이와 같은 아이들이 참으로 좋아했던 그 시절의 '꼬꼬마 텔레토비'들이 우리 집 PC 화면을 가득 채웠습니다. 그런 중에도 아내는 소스 코드를 열어 몇 가지 HTML 소스를 손보았습니다.

그 시절 아내는 단순히 알고 싶어서 공부를 하는 것이 아니라, 살기 위해서 공부를 시작했습니다. 나로 인해 자신의 고귀한 인생이 더는 비참할 것이 없는 나락으로까지 떨어졌습니다. 아내는 차분하고 끈기 있게 자기 인생을 준비했습니다. 자신을 보위하고 자기 삶의 존엄을 위한 험난하고도 귀중한 투쟁 전선으로 한발 한발 걸어 나갔습니다.

그네는 더 이상 나를 종속변수가 아니라 일종의 조건 변수로 바라보았습니다.

준법서약서

"나 여기 여의돈데. 오빠, 여의도에 있다면서. 근처에 있는 거 아냐?"

"그렇지. LG가 여의도에 있잖아. 여의도에 갑자기 웬일이야? 말도 없이."

"응. 국회 의원회관에 왔다가. 이제 끝났어."

당신이 갑자기 여의도에 나타났습니다. 하지만 그날 나는 당신에게 제대로 식사 대접도 하지 못했습니다. 점심은 회의를 겸한 마케팅팀 전체 회식이 잡혀 있었고 오후부터 삼성동 코엑스에서 박람회 참가 업무가 잡혀 있었기에 이래저래 바쁜 날이었어요. 그 박람회 업무 담당자가 나였습니다. 저녁 무렵에 박람회 심포지엄에서 홈페이지 계정 서비스 런칭에 대한 프레젠테이션까지 맡았습니다. 그 때문에 전날 이발을 했고 머리에 젤도 좀 바랐습니다.

우리 회사는 벤처 분위기를 살리기 위해 당시 그룹에서 제일 먼저 캐주얼이나 노타이 세미 정장을 업무 복장으로 채택했지만, 그날은 상황에 맞추어 짙은 감색 슈트를 걸치고 타이도 단단하게 매었습니다. 내가 스티브 잡스도 아닌데 청바지 차림은 할 수 없었고 대중에 대한 예의를 차려야 했습니다.

"여긴 커피숍이 분위기가 좀 다르네. 천정도 높고, 창도 크고 멋있다."

당신은 자리에 앉아 내가 안내한 커피숍을 이리저리 둘러보았습니다.

"요새 새로 생긴 건데. 점심시간에는 자리가 없어. 특히 여직원들이 엄청 오더라. 그래서 알게 됐어. 커피가 아주 좋지."

"테이크아웃(take out)이라는 걸 보니 가져가게 포장도 해준다는 거야?"

"응. 그런 거야. 사람들이 테이크아웃도 엄청 하더라. 하나씩 들고 여의도 공원으로 가더라고."

그 시절 이탈리안 커피의 한국 상륙이 막 시작된 때입니다. 스타벅스가 국내에 막 상륙하던 시기였으니 대중화의 문 앞에 서 있었습니다. '테이크아웃'이라는 개념도 등장했습니다. 세련된 여의도의 직장인 특히 여직원들이 그 커피 문화에 열광했습니다. 봄부터 초여름에 이르기까지 여의도 공원 벤치는 테이크아웃 커피의 물결이 일었습니다. 이제는 너무나 일상적인 풍경이 되어버렸지만요.

"여기 카푸치노라고 있는데… 커피에 우유가 거품처럼 들어간 건데."

"그래. 그냥 오빠가 알아서 시켜줘."

당신에게 처음으로 카푸치노를 사 준 사람이 그러니까 또 내가 되는군요. 당신은 마시자마자 카푸치노의 하얀 거품을 인중에 묻혔습니다.

"와아. 나 커피 잘 안 먹었는데. 와, 커피가 이렇게 맛있을 수도 있는 거야? 계피 향도 나네."

당신의 감탄에 그것 보라는 듯 나는 슬쩍 웃었습니다. 우리 앞에 놓인 테이블은 작은 원형이었고 당신과 나는 서로 바짝 붙어 마주 보았습니다.

"근데 이건 또 무슨 향인데 이렇게 좋아? 은은한 게 어찔어찔하네요. 오빠, 향이야?"

"이거. 뭐? 아, 그냥 애프터셰이브 한 거야. 아침에 바르다가 손에 쏟아가지고 막 발랐더니."

"오. 오늘 왜 이렇게 멋있게 하고 있어? 아주 댄디한데."

"그래? 응. 오늘부터 컴텍스 코리아, 그러니까 박람회가 있어. 우리 회사가 거기 나가는데 내가 담당자라 정장한 거야. 어때 괜찮아?"

"응. 그러니까 진짜 회사원 같네."

"언젠 아니었나?"

"그동안은 뭐랄까. 좋게 말하면 좀 방송국 PD 스타일이었지."

"우리 회사 드레스코드가 캐주얼도 무방하기 때문에 그랬는데. 오늘은 프레젠테이션도 있고, 그러니까 일종의 행사가 있으니까."

당신은 충분히 이해했다는 듯 고개를 끄덕였습니다.

"그래. 여의도는 웬일이야? 아 참 의원회관 갔다고 했지. 의원회관에는 왜 간 거야? 국회의원 만나러."

"아니, 국회의원은 아니고. 보좌관인데. 제원 씨를 아는 사람이고 지금 보좌관 하는데. 한번 보자고 하더라고. 얘기할 게 있다고. 야당이었다가 인제 여당 의원 보좌관이 된 거지."

"무슨 얘기로?"

내 질문에 당신은 금방 답하지 않고 처음 먹어 본다는 카푸치노의 향과 맛을 조금 더 즐겼습니다. 혀를 내밀어 인중에 묻은 카푸치노 거품을 살짝 핥아냈습니다. 그러더니 지나가는 투로 말을 툭 던졌습니다.

"법무부에서 이번에 양심수들 사면이나 가석방 조치를 내리려고 한대."

"오. 그래! 야, 잘됐다."

드디어 국민의 정부가 IMF 위기 극복에 매진하면서 차근차근 문제를 풀어내려고 하는군요.

"응. 8·15 때쯤 하려고 하나 봐."

"와! 그럼 이제 두 달 정도만 있으면 되네."

아, 드디어 당신이 6년 전 이별한 남편을 다시 철창 없는 하늘 아래에서 만날 수 있는 시간이 눈앞에 다가왔습니다. 모든 것을 다 떠나서 순간 감격스러운 마음이 들었습니다. 나는 그렇게만 생각했습니다. 그러나 당신은 너무 차분했습니다. 아니 차분하다 못해 다소 침잠하는 분위기였습니다.

"응. 그런데 준법서약서를 안 쓰면 해당 사항이 없다는 거야. 그게 결국 조건이라는 건데."

"에이씨. 치사하네."

'준법서약서'라는 그 용어에 대해 인터넷 뉴스에서 미리 살펴보았기에 알고 있었습니다. 김대중 정부는 일제 때부터 내려오던 '사상전향제'를 폐지했지만 그 대체로 '준법서약서'를 내밀었습니다. 법무부의 가석방(假釋放) 심사 규정에 '국가보안법 위반, 집회 및 시위에 관한 법률 위반' 등의 수형자에 대하여는 가석방 결정 전에 대한민국의 국법질서를 준수하겠다는 '준법서약서'를 제출하게 하겠다는 겁니다.

'준법서약서'. 이름은 그럴듯하지만, 그러나 그건 '성혼 서약서'와 같은 아름다운 약속을 증명하는 것이 아니라 또 다른 의미에서 '사상과 양심의 자유'를 침해하는 일종의 전향서일 수도 있었습니다. 민가협과 민변에서 당장 반대하고 나왔고 한겨레신문에 심심찮게 그 부당성을 지적하는 칼럼들이 작게 실렸습니다.

그러나 그 시절 현실적으로 정부는 그걸 고수하고 있었습니다. 당시 야당인 한나라당은 준법서약서고 뭐고 공안사범을 풀어주는 것 자체를 반대하고 나섰기에 강고한 보수 세력의 여론과의 타협점을 정부는 그렇게 찾은 것으로 보입니다만.

"제원 씨는 그런 거 절대 안 쓸 거야. 아마 그것 때문에 이번에도 못 나올 것 같아. 그 보좌관 하는 말이 법무부의 방침이 확고해서 다른 방법이 없대. 제원 씨에게 잘 좀 전달하고 나보고 또 설득 좀 해보라는 거지. 뭐 있는 그대로 말은 전달하겠지만, 제원 씨를 설득하려고 달려들거나 또 울면서 매달리지는 않을 거야. 이번에는 그냥 제원 씨 뜻을 따를래."

"정말 그걸 쓰면 나오고, 안 쓰면 못 나오는 거야?"

"그렇다네."

당신은 마치 남 얘기하듯이 대답했습니다. 절벽에 핀 꽃처럼 눈앞에 두고도 손으로 잡지를 못하는 형국이었습니다. 참으로 더욱 안타까운 딜레마였습니다.

"김대중 정부도 기본적으로 보수 정권이야. 그래서 내가 별로 기대하지 않는다고 했지."

당신은 냉소적으로 덧붙였습니다.

"그래도 좀 다른 건 있지. 김대중 대통령도 색깔론으로 엄청 시달렸어. 지금 우리 사회에서 사람들의 반북 이데올로기는 강고하다고. 쉽지 않아. 정부도 부담이 있겠지. 어려운 입장이 있을 거야. 그런데 자기 제원 씨는 전혀 생각이 없을까?"

"오빠, 이제 만 6년이 다 됐어. 제원 씨가 무엇 때문에 그렇게 버텼는데. 제원 씨가 그럴 것 같아? 참, 제원 씨 안동교도소로 이감 갔어. 이번에는 안동교도소에서 또 연락 오겠지. 나를 붙잡아서 또 제원 씨 설득시키려고. 그런 식이라니까. 나도 제원 씨한테 지금 와서 그런 것까지 울면서 권할 생각은 없어. 나 아니라도 제원 씨 자기 집에서 나설 수도 있고."

그래요, 만 6년이 다 되었군요. 당신이 남편과 졸지에 헤어진 지 2,000일이 넘었습니다. 그 사이에 당신은 20대를 다 보내고 30대에 들어섰습니다. 배 속에 있던 아이는 커서 내년이면 초등학교에 입학할 예정이었고요.

"그래도 '사상전향서'하고는 다르잖아? 그냥 준법 서약하는 거니까."

"그게 그거지. 누가 준법하기 싫다는 게 아니잖아. 그걸 문서로 서약해서 제출하라는 게 문제지. 그럼 지금까지 준법을 하지 않겠다고 해서 양심수로 잡아넣은 거야? 이게 준법이냐 아니냐 문제도 아니잖아."

나는 옥중의 그 사람과 당신의 처지가 안타까웠을 뿐입니다. 나도 어떤 식이든 강요된 '전향'에 대해서는 반대입니다. 하지만 당신이 얽혀있으니 도저히 마음의 평정을 찾지 못하겠더라고요. '양심의 자유', 그런 가치를 지키기 위해 모두 좀 더 견디고 고통받으세요, 내가 그렇게 말할 수는 없었습니다.

"지영아, 우리만 사는 세상이 아니야. 지금은 IMF 극복이 더 문제라고. 사람들 금 모으기 운동하는 거 봐. 정부도 이 위기를 탈출하기 위해서 여론의 지지가 필요할 거야. 자기 최제원 씨도 너무 많이 살았고 그런 걸로 이제 사람들이 뭐라고 하지도 않는다고."

"오빠까지 왜 이래?"

"아니. 내 뜻이 아니고 상황이 그렇다는 건데. 신문 보니까 준법서약서 쓰는 사람들도 있었어."

"그 사람들은 그 사람이고. 사상의 문제는 본질적으로 자기 내면의 양심 문제야. 왜 그걸 다른 사람하고 비교하는데? 다른 사람이 내 양심을 살아주는 게 아니잖아."

당신의 아비투스는 자유주의적이었지만 이데올로기는 진보주의적이었습니다. 나는 민주당스러웠고 당신은 진보적이었어요. 그래요, 당신이 옳습니다. 하나도 틀린 게 없어요. 단지 내가 말한 것은 옳고 그름의 얘기는 아니었습니다.

하긴 혼인서약서도 지키지 않는 내가 준법서약서를 말하다니 가당찮은 일이었습니다. 우리 사이에 어색한 침묵이 흘렀습니다. 맛있는 카푸치노의 거품이 혼자서 꺼져갔습니다.

"어머. 박 과장님! 여기서 뵙네요."

그때 침묵에 놓인 우리 사이에 끼어든 한 여자가 있었습니다. 우리가 앉은 테이블 옆에 서서 내게 인사를 했습니다.

"아, 정 실장님. 안녕하세요."

그 여자는 오늘 박람회에 나레이터 모델 등을 공급하고 이벤트 준비를 같이 해주는 에이전시 회사의 오너 겸 실장이었습니다. 그녀 역시 나레이터 모델 출신이라고 알고 있는데요. LG 전자 마케팅팀으로부터 소개를 받아 이번에 처음으로 거래를 텄고 그 담당자가 역시 나였습니다.

그녀는 목련 같은 하얀 블라우스에 선글라스를 머리에 끼고 다소 요란한 네크리스를 걸치고 있었습니다. 나이는 나와 같은 것으로 아는데 플라워 프린트의 플레어 미니스커트를 입어서 젊고 발랄하게 보였습니다. 하는 일이 주로 남들에게 보여주는 직업이었고 그런 생활을 하니 차림은 늘 눈에 띌 만큼 세련된 편이었지요.

그녀는 당신과 눈이 마주치자 잠시 끼어든 것에 양해를 구하듯 살짝 눈인사를 했고 당신은 어쩔 수 없이 카푸치노를 혼자 마셨습니다. 그녀가 지금 코엑스에서 오는 길이라고 했습니다.

"부스 세팅은 끝났던가요?"

"예. 부스 세팅은 끝났고 오디오하고 오퍼레이팅 체크 중이더라고요."

"저녁에 PT 있고 쇼는 이번 주말까지 계속되는 거 아시죠?"

"그럼요. 실망하시지 않게 준비하겠습니다. 이따 뵐게요."

그녀가 당신에게 가볍게 고개를 까닥하고 돌아서려고 하다 한마디를 덧붙였습니다.

"참, 과장님, 이번 거래 정말 감사드려요. 언제 시간 한 번 내주세요. 저녁 한번 같이하시죠?"

"아예, 알겠습니다."

그리고 그녀는 커피숍 문 쪽으로 총총히 사라졌습니다.

그녀가 사라지자 당신은 언짢은지 탕하고 커피잔을 내려놓고 이번에는 냅킨으로 입을 닦았습니다.

"누구야? 저 여자는?"

"응. 마케팅 쇼 비즈니스 하는 에이전시 실장이야. LG 전자하고, 우리 거래처이기도 하고."

"그리고 오빠, 과장 됐어?"

"으응. 지난달에."

"왜 그런 얘기를 나한테는 안 해?"

"내가 안 했나?"

아내에게는 당연히 말했는데 당신에게는 말하지 않았군요.

"저 여자는 뭐 하는 여잔데 알고 있어? 같은 회사도 아닌데."

"거래처라고 했잖아. 이번 박람회 도와주는 에이전시인데. 뭐 이벤트 회사 같은 거라고 생각하면 돼."

"그런데 왜 오빠한테 저녁을 먹자고 그래? 맨날 저런 여자들하고 만나는 거야?"

당신은 다소 억지스러운 말을 했습니다.

"아니, 거래처라니까. 그냥 회사 일이야. 업무상."

"업무상이면 회사에서 만나면 되지. 왜 저녁을 먹자고 하냐고?"

"그게, 그런 게 있어. 그 여자는 그냥 영업 멘트를 한 거야. 내가 클라이언트니까. 회사 업무도 사람이 하는 일이잖아."

"그러니까 낮에 일하면서 만나면 되지. 밤에 왜 그 여자를 만나느냐고?"

"뭐가 여자를 만난다는 거야? 뭘 만났어 내가? 왜 이래? 그냥 비즈니스라니까."

당신은 그때까지 회사 생활을 해본 적이 없었지요. 그래서 그런 의례적인 말과 영업적인 만남에 대한 이해가 없었던 것인가요?

"됐어. 알았어. 그놈의 비즈니스. 쯧."

그리곤 한 마디를 덧붙였습니다.

"내가 뭐 마누라도 아니고."

당신은 더 따질 수 없는 것이 속상한 듯 뿌로통하게 얼굴을 돌렸습니다. 회사 생활이라고는 해본 적이 없는 당신에게 화를 낼 수도 없었습니다.

"에고 참, 내가 오빠에 대해서 아는 게 별로 없구나."

나를 거의 다 가져가고도 이리 말하는 당신에게 어떻게 설명을 해야 할지요. 답답할 노릇이었습니다.

당신은 여의도에 괜히 왔다는 표정으로 남은 카푸치노를 들이켰습니다.

"그나저나 이 바람둥이 아저씨. 점점 멋있어지고. 큰일이네."

"나보다 당신이나 걱정하세요. 주변에 껄떡쇠들 항상 조심하시고요."

괜한 농담으로 받았나 봅니다. 당신은 눈을 흘겼습니다. 창밖에는 6월의 햇살이 가득 내리고 점심 회의 약속 때문에 나는 핸드폰을 열고 시계를 들여다보았습니다.

당신은 그날 내가 멋있어진다고 말했지만 나는 그리 멋있지 않았습니다. 내 몸에 대해 불만이 생겼습니다. 잦은 회식과 술, 운전, 운동 부족으로 복부비만이 좀 생겼습니다. 대학 시절 60kg을 한 번도 넘지 않았던 몸이 어느새 70kg에 육박했습니다. 옛날 유비가 넓적다리에 살이 붙은 것을 슬퍼했듯이 거울에 비친 내 모습이 슬프고 보기 싫었습니다. 그러나 아내나 당신은 몸무게가 한결같았습니다. 아내는 임신 때도 가벼워 보일 정도였으니까요.

이런 회상은 나도 좀 부끄럽지만, 키는 아내가 조금 더 컸고 가슴도 아내가 더 컸습니다. 허리선에서 둔부로 이어지는 곡선은 당신이 더 매끈하고 볼륨감이 있었습니다. 쏟아지는 머리칼, 날렵한 빗장뼈, 시큼하게 분홍빛이 감도는 유두, 아담한 둔부. 흔들리는 당신의 몸매는 보기가 너무 좋았습니다. 애무는 아내가 적극적이었고 당신은 받기를 잘했습니다. 특히 당신의 소리는 매혹적이라 하지 않을 수 없었습니다.

그 시절 나는 당신처럼 무엇을 기록하지는 않았지만 당신과 관계한 날에는 아내와의 관계를 피하려고 했습니다. 그 반대의 경우도 있었고요. 꼭 힘이 들어서 그랬던 것은 아닙니다. 완벽히 지켜지지는 못했지만 그나마 그렇게라도 하는 것이 두 사람을 존중해주는 태도라고 생각했습니다. 병든 비구(比丘)가 어쩔 수 없이 고기를 먹되 삼정육(三淨肉)을 취해야 하듯이 말입니다. 그 말할 수 없는 태도가 어떤 의미를 가지는지 아무도 인정하지 않더라도 내 내면에서 그냥 그랬습니다. 내 사랑은 공허하고 콤플렉스 덩어리였지만 그렇다고 거짓된 것은 아니었습니다.

도식화시킨다면 그 시절 아내 수연에게는 자신의 일과 함께 자존감을 높여줄 진실한 사랑이 필요했고, 당신에게는 일상의 행복과 함께 불안이 없는 편안한 사랑이 필요했던 것 같습니다. 이런 접선 같은 끝없는 보안 투쟁을 필요로 하는 전쟁 같은 사랑이 아닌 평화로운 사랑 말입니다.

나도 누군가로부터 위로받고 상담받고 싶었습니다. 남자도 어두운 동굴에서 지친 자신의 상처를 스스로 핥아야 할 때가 있습니다. 다가오는 새로운 물결과 기술의 진보 앞에서 방향을 찾지 못하는 우리 회사가 처한 문제가 있었습니다. 그러나 아내에게도 당신에게도 그런 문제를 설명하고 논의할 수가 없었습니다. 내 주변은 나를 어떤 전투로 내모는 독려 소리만 가득 차 있었고, 약한 모습을 내보이면 따뜻하게 상담해주기보다는 냉정하게 평가하려는 시선으로 둘러싸여 있었습니다.

당신과 함께 울었던 비 오는 일요일 밤, 그날 이후 이제 2년이 흘렀습니다. 진실한 사랑은 배신했고 편안한 사랑은 어려웠고, 어느 것 하나 온전히 만족시켜주기가 쉽지 않았습니다.

과장 진급을 미처 말하지 못한 것처럼 나는 당신에게 나의 귀가를 금방 말하지도 못했습니다. 그런 내 환경의 변화를 금방 보고하지 못했습니다. 왜 그랬을까요? 문제는 거기서부터 출발했던 것 같은데.

홍은동 집으로 들어가면서 저녁에 핸드폰을 끌까 말까부터 고민했습니다. 핸드폰을 끄면 또 당신이 어떤 년 만나느냐고 오해할 수도 있고, 켜 놓으면 혹시 당신 전화를 아내 앞에서 받아야 하는 그런 일이 벌어질 수도 있습니다. 어떻게 하는 것이 좋을까요? 고민하다가 내린 결론이 벨을 무음으로 하고 가방 속에 집어넣는 것이었습니다. 그러다보면 어떨 때는 배터리가 방전되어 그냥 꺼져버릴 때도 많았습니다.

그러나 그런다고 집에서는 당신의 전화를 받을 수 없다는 현실이 전혀 달라지지는 않았습니다. 이제 저녁때는 당신이 내게 전화를 할 수가 없었습니다. 한가한 일요일에도 당신은 내게 전화를 할 수 없었습니다. 어떤 사람한테 전화를 하는데 언제는 되고 언제는 안 되면 도저히 헛갈려서 전화를 걸어 줄 수가 없겠지요.

결국 다시 당신은 내게 전화를 먼저 걸 수 없는 초반기의 상태로 돌아갔습니다. 나만 당신에게 전화를 걸 수 있었습니다. 나의 귀가로 우리는 양방향 통신에서 한방향 통신이 되어 버렸습니다. 이제 쉽게 당신의 반가운 전화를 받기가 어려워졌습니다.

나의 귀가와 그런 행동이 당신에게 어떤 분노를 안겨주었나요? 아니면 은연중에 당신은 그것을 나의 배신행위로 받아들였나요? 법적으로는 서로 유부남 유부녀 사이의 관계였지만, 당신은 혼자 사는 아가씨 같은 생과부였고 나는 그야말로 정확하게 처자가 있는 유부남이었습니다.

집으로 돌아온 나는 서서히 백련산 밑 홍은동의 주민이 되어갔습니다.

"잠깐 기다려. 성현이 짐 좀 챙기고."

야근이 없어 일찍 퇴근하고 저녁을 같이 한 날이면 아내와 함께 아이를 데리고 집 뒤에 있는 백련산 약수터로 산책하러 갔습니다. 이제 아이는 곧잘 타박타박 다녔고 엄마 아빠의 손을 양쪽으로 잡고 걷기도 했습니다. 그러다 걷기 싫다고 칭얼대면 내가 녀석을 업고 천천히 내려왔습니다. 아내는 아이에게 필요한 자잘한 물건이 든 가방을 메고 따라왔습니다.

그러다보니 성내동에서와는 달리 산책길이나 약수터에서 동네 이웃들과 어울려 인사를 나누게도 되었습니다. 아이가 있다 보니 비슷한 또래의 아이들이 먼저 어울리고 그 엄마들이 아이를 중심으로 대화를 가지게 되고 그러면 또 옆에 있던 남자들이 안면을 트는 그런 과정이었지요. 동네 여자들은 생소하고 어려운 책을 곧잘 들고 다니는 아내를 다소 신기하게 보기도 했습니다. 솔직히 말해서 대화를 나누기는 했지만, 아내가 깊이 있게 교류할만한 이웃은 얼른 눈에 띄지 않았습니다. 다만 어스름 저녁에 일상을 함께하는 이웃들이라 서로 경계하지는 않았습니다.

산책 뒤에는 아내가 커피를 준비해주어 식탁이나 PC가 있는 작은 방에 앉아 같이 마셨습니다. 그때 아내는 정보검색사뿐 아니라 진정으로 IT 이론서와 미래학 서적에 관심을 두기 시작하면서 그런 주제에 대한 얘기를 많이 나누기도 했습니다. 아내 수연과 나는 대화 주제에서 패러다임의 변화를 겪게 되었습니다.

어느 일요일에는 자동차에 아이와 아내를 태우고 원당 삼송리 종마 목장에도 갔습니다. 그곳은 마사회가 운영하는 종마 목장으로

TV 드라마나 영화의 멋진 장소로 로케이션이 많이 된 곳이기도 합니다. 입구부터 진입로 양쪽에 늘어선 은행나무가 멋진 그늘을 만들어 주었습니다. 호젓한 오솔길을 지나면 넓고 푸른 초원에 하얀 방책이 둘러쳐져 그림 같은 풍경이었습니다. 야트막한 언덕이 펼쳐져서 유럽의 어느 목장 같은 그 초원 위에 말들이 뛰어놀고 아이는 신기하게 바라보았습니다. 온순한 말들은 아이가 손으로 잡을 수 있을 만큼 가까이 와서 콧김을 내뿜었습니다.

작은 바람에도 끊임없이 흔들리는 은사시나무 사이로 햇살이 수줍게 내리는 언덕길을 지나니 조선 왕조의 가족 묘지인 서삼릉(西三陵)이 나왔습니다. 활엽수림이 울창한 그곳에는 곳곳에 벤치가 있어 아내와 같이 앉았습니다. 아이는 모처럼 흙을 밟고 뛰어다니다 넘어졌지만 울지 않고 금방 일어났습니다. 우거진 숲 사이로 시원한 바람이 불어 왔고 매미 소리가 어울렸습니다. 돌아오는 길에 외식으로 그 인근에서 통오리 밀쌈을 먹었습니다. 잔디 마당에 날아갈 듯한 한옥 기와집이 두 채나 붙어 있는 멋진 식당이었습니다.

"여기 내가 중학교 때 소풍 온 데다. 그때는 어딘지 잘 몰랐는데."

어느 때는 중학생 시절 소풍을 갔던 서오릉(西五陵)을 찾아갔습니다. 차들이 많아 겨우 주차를 하고 능으로 들어갔습니다. 주로 왕비들의 능인 서오릉은 그 자체로 소나무가 울창하고 탁 터진 능의 풍경이 어우러진 멋진 산책길이었습니다. 한참 걷다 힘들어진 아이를 업고 대충 한 바퀴를 돌아본 다음 어느 소나무 그늘 아래 돗자리를 폈습니다.

아내는 준비해온 유부초밥을 꺼내놓고 과일을 깎았습니다. 일요일 가족 피크닉이었지요. 나는 노곤해서 아내의 허벅지를 베고 누웠고 아이는 내 배 위에서 놀다 살포시 잠이 들었습니다. 살며시 감았던 눈을 떠보니 아내의 머리칼 사이로 햇빛이 반짝이는데 아내가 읽는 책이 빌 게이츠의 『미래로 가는 길』이었습니다. 돌아오는 길에 우리밀 칼국수를 먹었습니다. 아내는 어떤 식탐(食貪)조차 없어지고 점점 먹는 양이 줄었습니다.

"여보, 성현이가 이거 좋아하겠다. 남자애라 그런지 비행기, 소방차 이런 걸 되게 좋아하더라고."

회사가 '서울 에어쇼' 홍보 협력사로 MOU를 맺으면서 에어쇼 티켓이 나왔습니다. 그 티켓은 가격도 상당했고 관람객 제한이 있어 귀한 것이었습니다. 남자아이에게 멋진 비행기를 보여주는 것이 좋겠다는 아내의 바람으로 다가오는 가을에는 멀리 성남 서울공항에 에어쇼를 보러 가자고 약속을 했습니다. 아이가 있었기에 그런 일상이 다 보람된 휴식이었고 양육이었습니다.

그렇게 그 시절 표면적으로는 아이 하나를 둔 단란한 젊은 부부의 일상을 빠르게 회복했습니다. 아내의 꼭 다문 입술과 찬찬한 눈빛에는 흔들림 없는 삶의 의지가 비쳤습니다. 쉽게 흥분하지도 않고 쉽게 좌절하지도 않는 의연한 눈빛이 아내 수연의 표정에 담담하게 어렸습니다.

"여보, 그런데 포탈(portal)이 뭐야? 뭘 포탈이라고 하는 거야?"

저녁을 먹고 쉬고 있는데 책을 보던 아내가 이렇게 물어왔습니다.

"응, 사전적으로는 관문, 현관, 입구 이런 뜻인데. 여기서는 좀 더 감각적으로 말해서 당신이 인터넷에 접속했을 때 맨 처음 방문하는 페이지, 바로 그 사이트가 포탈이 되는 거지. 그건 왜?"

"그게 그렇게 중요한 거야? 인터넷에서 ISP보다 중요한 거야?"

"그래, 난 아주 중요하다고 보는데. 그 첫 번째 페이지로 권력이 이동할 것이라고 생각해."

"권력이 이동한다고?"

"그냥, 내가 생각하는 하나의 표현인데. '포탈로 파워 시프트 될 것이다.' 그런 사이트를 해보고 싶은 거야. 사실은 내가."

"그래 그럼. 포털이 LG 온라인이야, 야후야, 아니면 한메일이야? 뭐가 포탈 사이트야?"

"다 조금씩은 그런 성격을 가지고는 있지. 근데 사람들이 첫 번째 페이지를 설정하는 것은 상황이나 개인차에 따라 변하지 않겠어. 난 어느 시점에서 그 포탈이 거대한 사이트로 커질 거라고 보는 거야. 말은 관문인데 관문의 역할을 넘어서 하나의 새로운 세계를 만들 수도 있다고."

"그러니까 내가 첫 번째로 들어가는 사이트가 포탈이 된다고? 그렇다면 앞으로 내가 인터넷 접속할 때 어느 사이트를 제일 먼저 들어가는지 한번 체크해봐야겠네. 지금은 LG 온라인도 많이 들어가는데."

"그거야 전용 브라우저니까 그렇고. 범용 브라우저에서 그래야 한다는 거지. 그래서 난 우리 회사도 포탈로서의 지향점을 분명히 하자는 것인데… 접속서비스와 뒤엉켜서 개념 잡기가 쉽진 않네. 나도 생각이 명쾌하지는 않아. 검색도 필요하고 이메일 서비스도 필요하고 홈페이지 계정도 필요하고, CUG도 필요하고. 어디가 킬러 어플리케이션인지는, 좀 더 생각해 봐야지."

"음. 그래? 그래도 권력이 이동한다는 표현은 신선한데. 내 남편이 이렇게 표현이 신선하다니까. 호호."

"어쨌든 당신, 정말 공부 많이 하는 것 같다. 인제 내가 설명하기가 힘이 부친다."

"난 말이야. 급변하는 정보화 기술과 사회와의 관계 부분에 좀 관심이 가네. 이런 기술이 사회를 어떻게 변화시키고 어떤 새로운 문제를 던져주며 사람들은 거기에 어떻게 대처할 것인가? 그리고 정보화 세상은 사람들의 관계를 어떻게 변화시킬 것인가? 그런 거. 아직은 잘 모르겠어."

아직은 잘 모르겠다고 아내는 말을 했지만, 난 그네의 눈이 샛별처럼 반짝이고 있는 것을 보았습니다. 아내 수연은 일종의 화두선(話頭禪)을 하고 있다고 생각했습니다. 가증스러운 나의 태도와 엉켜있는 눈물의 인연을 끊기 위하여 자기의 삶을 위한 어떤 가치 있는 화두를 찾고 있었어요.

'여보, 잘 생각했어요. 당신이 관심을 가진 그 문제, 너무나 가치 있고 훌륭한 의문이라고 생각해요.'

좋은 화두를 아내가 가졌다고 생각했습니다.

이제, 이데올로기의 시대는 갔습니다. 이제는 소통의 시대입니다. 이제는 네트워크와 커뮤니케이션의 시대입니다. 아방가르드의 시대는 갔습니다. 그들은 역할을 잃었어요. 이제는 네티즌의 시대입니다.

이데올로기의 전위들이 가진 사상적 리더십을 앞으로 세상은 인정하지 않으려 할 것입니다. 그들을 대신하여 네트워크와 소통으로 무장한 네티즌들이 새로운 세상을 만들어 갈 것입니다. 이제 그들의 세상이 올 것입니다.

아내는 드디어 '정보검색사' 시험에 응시했습니다. 아내가 조금이라도 더 공부할 시간을 가질 수 있게 조금 더 일찍 집에 들어갈 필요가 생겼습니다. 아이를 봐 주어야 했습니다. 시험 날이 가까워질수록 가능한 한 야근을 줄이려고 노력했습니다. 물론 쉽지는 않았습니다.

"이번 26일 일요일 날 오후에 출발해서 안동 갈 건데."

당신이 전화를 걸어왔습니다.

"안동은 왜?"

"제원 씨가 안동교도소로 이감 갔다고 했잖아."

"아 참, 그랬지. 접견 갈려고?"

"응. 이번 일요일 날 오후에 자동차로 출발하자고. 전에 오빠가 접견 갈 때 같이 가자고 했잖아. 미리 알려달라면서. 월요일 오전 접견하고 돌아오는 걸로 하고. 서로 운전하면서 같이 가면 좋잖아. 내차로 가자. 이번에는 내가 오빠 데리러 갈게."

8. 15 사면 조치를 앞두고 '준법서약서' 제출 시한이 막바지에 이르렀습니다. 이미 제출한 시국 사범들도 있지만 아직 제출하지 않은 양심수들도 있어 법무부 장관이 마지막까지 기다리고 결정을 내리겠다는 인터뷰 기사가 있었습니다. 그러나 그 서약서가 전제 조건임을 분명히 밝혔습니다.

그리고 이전에 내가 교도소 접견 갈 때는 항상 같이 가주겠다고 당신에게 말을 했었습니다. 그러나 처음부터 지킬 수가 없었습니다.

"어떡하지? 이번 일요일은 회사 일이 있는데."

실은 그 일요일 날, 아내의 정보검색사 시험이 있었습니다. 아내가 시험 장소까지는 올 필요 없고 그냥 아이만 봐 달라고 했지만, 내가 시험 장소까지 아이와 함께 자동차로 데려다주겠다고 했습니다. 그리고 아이와 집으로 돌아와 같이 있을 테니 걱정하지 말고 시험에 집중하라고 했지요. 당연히 그래야 했습니다.

"일요일인데도 회사 일이 있어?"

"응. 요새 회사가 좀 비상이라서."

나는 당신에게 사실대로 얘기하지 않았습니다.

"이번 면회에서 준법서약서 문제 완전 결정 보려고 하는데. 가면서 오빠하고 상의도 좀 하려고 했더니만…"

"미안해. 일이 그렇게 됐어."

"에이. 같이 가준다고 했잖아. 어떻게 안 돼?"

당신은 못내 아쉬워했습니다.

"미안해. 이게 시급을 다투는 일이라, 피할 수가 없어."

있는 그대로 말할 수는 없었고 당신이 알지 못하는 회사 일 핑계를 댈 수밖에 없었습니다.

"알았어. 할 수 없지 뭐. 나 혼자 운전해서 가야겠다."

"지영아, 길도 먼데, 혼자서 운전하는 건 위험하지 않을까?"

"피, 그럼 같이 가주든지. 그럴 것도 아니면서. 버스 타고 어떻게 거기까지 왔다 갔다 해?"

"그래도 혼자는 좀 무리야."

"언제는 내가 뭐 혼자 안 다녔나. 더한 데도 다녔어. 오빠는 내가 왜 운전을 그렇게 악착같이 배우려고 했는지 모르지. 내가 알아서 할 테니까 신경 꺼요."

당신은 먼저 전화를 탁 끊었습니다.

아내는 열심히 공부했고 그 결과 단번에 '정보검색사'에 합격했습니다. 시험에 합격하자마자 아내는 바로 일자리를 알아보기 시작했습니다. IMF 시절이라 정규직은 드물었지만, 공공근로와 같은 임시 계약직을 정부 차원에서 많이 내밀었습니다.

특히 그 시절 김대중 정부는 IT 산업의 활성화를 중요한 경제 정책 중의 하나로 내세웠습니다. 생각대로 '정보검색사' 자격증은 그런 일을 찾는 데에는 안성맞춤이었습니다. 정보화 시대의 문이 활짝 열리기 시작한 그 시절, 아내의 자격증은 아주 적절한 것이었습니다.

얼마 지나지 않아 국가기관에서 시행하는 정보화 관련 업무를 찾을 수 있었습니다. 정보검색사가 된 아내가 인터넷에서 그런 정보를 찾아내는 것은 아무것도 아니었습니다.

"여보, 정보통신진흥센터에서 연락이 왔어. 나, 면접 보러 오래."

"그래? 언젠데?"

"응. 오는 토요일 날인데. 성현이 때문에 어떡하지? 당신은 회사 가야 하잖아. 어머님께 부탁드려야 하나?"

"당신, 면접인데 꼭 가야지. 그날은 내가 회사에 얘기해서 휴가 내고 집에 있을 게. 걱정하지 마. 성현이는 내가 볼 테니까. 면접 준비나 잘해."

말은 그렇게 했지만 사실 그냥 쉬어도 되는 토요일이니 회사에 얘기할 필요까지는 없었습니다. 면접을 보러 가는 아내를 당연히 도와야 했습니다.

문제는 그 토요일, 당신과 약속한 일이 있었습니다. 대단히 중요한 것은 아니었지만 당신의 모교 앞에 가서 부츠를 사고 당신이 음악 강습받는 곳까지 데려다주는 데이트 일정이었습니다. 저번에 안동교도소에 같이 못 간 미안함도 좀 있었고요. 그리고 얘기를 나누어야 할 쟁점은 역시 '준법서약서'와 이번 8·15 사면에 대한 문제였습니다.

다음날 오전 내내 망설이다 어쩔 수 없이 오후에 당신에게 전화를 걸었습니다. 당신도 나도 점점 바빠져서 겨우 어렵게 잡았던 토요일 데이트 약속을 그렇게 취소해야만 했습니다.

"지영아, 저기… 미안한데. 이번 토요일 약속 좀 어렵겠다. 회사에 일이 생겼어."

"또 무슨 일? 토요일은 회사 휴무일이라면서…."

"응. 그날 LG 전자 청주공장으로 출장을 가야 돼. 그렇게 됐어. 미안해."

또 하얀 거짓말을 할 수밖에 없었습니다.

"치. 회사 일은 혼자서 다 하는 것 같네."

"다음번에 부츠 사러 꼭 가자. 내가 약속한 건 지킬게."

"됐어. 내가 뭐 부츠 못 사서 환장했나 뭐."

당신이 또 먼저 전화를 끊었습니다.

"왜 전화를 안 받아? 어제 할 얘기가 있었다고. 몇 번이나 전화한 줄 알아? 그렇게 안 받을 거면 핸드폰은 뭐하러 가지고 다녀? 회사 원이 그래도 되는 거야?"

며칠 뒤 전화를 건 당신은 이미 화가 나 있었습니다.

"어, 미안. 그래 무슨 얘긴데?"

나도 모르는 사이에 전날 저녁에 당신이 내게 전화를 했었나 봅니다. 집에 있던 내 전화는 가방 속에서 배터리 방전으로 꺼져 있었고 그걸 모르는 당신은 애타게 몇 번이나 전화를 해댔다는 겁니다.

"얘기는 됐고. 김샜어. 나중에는 전화기 아예 꺼져있더라. 혹시 그 때 여의도에서 본 그런 여자 만난다고 그런 거야?"

"에이고, 무슨 여자를 만나? 왜 그래? 저녁에 회의가 있어서 어차 피 못 받으니. 그냥 꺼놓은 거야."

"그게 말이 돼. 회의 있다고 전화를 꺼놓는다는 게. 매너 모드로 하면 되지. 또 거짓말."

당신은 금세 내 거짓말을 알아챘습니다. 상대적으로 더 미묘한 거짓말도 찾아내는 당신이 그런 앞뒤 안 맞는 말이야 더 물을 것도 없습니다.

"저기. 지영아, 만나서 얘기할게."

"왜 자꾸 거짓말을 해? 내가 부담스러워?"

"부담스럽긴… 무슨 말이야? 내가 무슨 거짓말을 한다고 그래? 만나서 다 얘기할게."

"이보세요. 거짓말하려면 좀 그럴듯하게 하든지. 그 목소리만 들어도 거짓말이라고 다 알아듣겠다. 됐어. 자기 전화 꺼놓든 말든 자기 자유지. 나한테 뭘 얘기한다는 거야? 맘대로 해."

당신은 화를 내며 전화를 끊어버렸습니다.

돌이켜보면 아무것도 아닌 사연들인데 쓰다듬지 못한 까칠한 말 한마디를 우리는 다음번 만날 때까지 가슴속에서 간직하고 계속 찔려야 했던 시절이었습니다. 우리를 이해해주는 단 한 사람만이라도 있어 조금만 도와줬다면 그렇게 첨예하지는 않았을 텐데 말입니다. 그러나 그런 이가 있을 리 만무했습니다.

나는 왜 솔직하게 내 일상의 변화를 당신에게 말하지 못했을까요? 허영심이 넘친 것인지 아니면 내 처지를 부인하고 싶었던 것인지 우물쭈물했습니다.

그날 회사를 마치고 당신에게 전화를 걸면서 이수동 쪽으로 움직였습니다. 당신도 전화를 받지 않았습니다. 그 시절은 문자가 활성화된 시대가 아니었습니다. 발신자 표시 서비스도 없던 시절이었습니다. 계속 전화를 할 수밖에 없었습니다. 당신도 받지를 않으니 부재중 전화만 잔뜩 남길 수밖에 없습니다.

이렇게 그냥 며칠을 보내면 감수성이 예민한 당신이 또 이상한 상상과 오해를 계속하면서 스스로 힘들어할 것 같아 빨리 풀어보려고 했습니다. 나 역시 그런 상태로 지속되면 일손이 잘 안 잡힐 것 같았고요.

"이거 오빠가 계속 전화한 거야?"

이수동에 도착했을 때쯤 고맙게도 당신이 전화를 걸어왔습니다.

"응. 내가 한 거야. 어디야? 지영아."

"몰라. 내가 그렇게 할 때는 받지도 않더니. 나도 일하고 있단 말이야."

"미안해. 내가 지금 이수동 쪽으로 가고 있어. 지금 만나자."

"몰라. 나도 일이 있단 말이야. 내가 집에만 있는 사람이야? 그냥 무턱대고 오면 어떡해?"

"내가 그냥 기다릴게. 할 얘기도 있고. 사과할 것도 있고. 일 다 보고 집으로 올 거잖아. 나, 이수역 구산타워 옆에 카페 스노우볼에 서 있을게. 괜찮아. 일 다 보고 오면서 연락해. 기다릴게."

일을 마치고 내가 기다리고 있던 곳으로 온 당신은 그래도 살짝 웃음을 띠어주었습니다.

"이렇게 막 오면, 많이 기다리잖아. 저녁에 나 일 많은 거 알면서. 내가 미안하잖아."

"괜찮아. 읽을 책도 있고. 조용하고 좋았어."

당신은 긴 시간 기다림에 지쳐가는 나를 측은하게 바라봐주었습니다. 서늘한 손을 내밀어 내 얼굴을 쓰다듬어주었습니다.

그렇게 차를 시키고 마주 앉았습니다. 일을 마치고 돌아온 당신은 그 시간까지 화장이 지워지지 않고 액세서리도 찰랑거리고 있었습니다.

"홍은동?"

"응."

"집에 들어갔다고?"

"응. 저기. 애도 키워야 하고."

당신이 전화 문제로 이상한 오해를 하려고 하니 귀가 사실을 말할 수밖에 없었습니다. 그렇다고 아내의 알코올 쇼크 사건을 말할 수는 또 없었습니다.

"얼마나 된 거야?"

"한, 한 달쯤 됐어."

사실은 석 달이나 되었지만, 그냥 그렇게 말했습니다. 당신 말대로 자꾸 거짓말을 하게 되네요.

당신은 말을 멈추고 담배를 꺼내 물었습니다. 그 모습을 나는 아무 말 없이 지켜보았습니다.

"애 키우고 자기 집에 들어가는 걸 내가 뭐라 할 수 있겠어? 그런데 왜 그런 얘기를 나한테 안 해? 나는 오빠한테 뭐야?"

"아니. 뭐. 어떻게 하다 보니."

"그럼, 내가 뭐가 되냐고? 나는 그것도 모르고 막 전화했잖아. 그러다 혹시 언니가 받으면 나는 어떡해야 돼? 왜 나를 그렇게 나쁜 년으로 만들려고 그래?"

"미안해. 그렇게 됐어. 이해해줘."

이제 화를 내지는 않았지만 당신은 길게 담배 연기를 내뿜으며 침울해 했습니다.

"자기도 무슨 할 얘기 있다고 했잖아? 무슨 얘긴데?"

화제를 바꿔보려고 던졌습니다.

"솔직히 말하고 싶지 않은 기분이야. 나도."

"미안하다고 하잖아. 내가."

"오빠, 나는 여자야."

그 당연한 말을 하면서 당신은 감정이 북받치는지 약간 떨리는 음성이 되었습니다.

"솔직히 쪽팔린다. 어제는 막 전화해대고, 오늘은 내가 오빠한테 여자 얘기나 하고. 오빠는 나를 이렇게 초라하게 만들면 기분이 좋냐? 나도 마음이… 몰라."

당신은 자꾸만 우울해졌습니다. 달래는 말을 했는데 무슨 말인지 상황에 전혀 맞는 말을 찾을 수가 없었습니다. 그냥 당신의 미묘한 감정이 가라앉기를 기다릴 수밖에 없었습니다. 침묵이 한참 흘렀습니다.

사랑이란, 배려란, 이해란 결국 기다리고 기다리고 또 기다릴 수밖에 없는 구부득고(求不得苦)였습니다. 기다릴 줄 모르는 사람은 사랑을 모르는 인생들일 거예요. 당신도 내내 기다리는 인생을 살았지요.

"이번에 제원 씨 못 나와."

겨우 다시 입을 연 당신이 말한 사연이었습니다.

"결국 준법서약서 때문이니?"

"응. 안동 갔을 때 그렇게 확정적으로 얘기 들었고. 영치금만 넣어주고 돌아왔어."

씁쓸했습니다. 그래도 지난 몇 달간 당신도 일말의 희망을 전혀 갖지 않았다고 할 수 없는데 말입니다. 이렇게 되면 다시 만기출소까지 2년을 더 기다려야 하는 처지였습니다. 양심수 사면 소식이 뜨면서 여기저기 알게 모르게 알아보고 다녔던 당신. 사람에게 작게나마 희망을 갖게 하다가 다시 내려놓는 것은 안 하니만 못한 일종의 고문입니다 그려.

"제원 씨는 당연히 서약서 절대 안 썼지. 그리고 그 의원 보좌관한테도 확인해보니까 제원 씨는 포함되지 않았대. 형집행정지에도. 서약서 쓴 사람들만 해당된대. 그 얘기 좀 하려고 했지. 어제 기분도 그렇고… 오빠 만나서 못하는 술이라도 한잔하고 싶더라고."

결국 그해 8. 15 사면에서 당신의 남편은 나오지 못했습니다. 최종 시한까지 전사 최제원은 준법서약서를 쓰지 않았고 가석방 대상에 포함되지 못했습니다.

종이 한 장에 끝내 서명을 하지 않아 돌아오지 못하는 그 사연이 안타까웠습니다. 당시 준법서약서를 쓴 사람들은 나왔습니다. 같은 조직 사건 내에서도 쓰는 사람과 쓰지 않는 사람이 나누어졌습니다. 그런 거로 서로를 탓할 수도 없었습니다.

당시 야당인 한나라당은 공안사범에 대한 사면 조치 자체에 대해 공격했고 법무부는 '준법서약서'를 내세우며 방어를 했습니다. '준법서약서'를 쓴 시국 사범에 대해서만 가석방이나 형 집행처리를 취했다고 했습니다. 준법 서약으로 특혜를 베풀어주려고 하는데 그것조차 거부하는 사람들을 고려할 수는 없다고 했습니다. 나아가 준법서약서를 거부한 사람들은 '법을 지키지 않겠다는 사람'이라고 은근슬쩍 뒤집어씌우는 데는 나도 화가 났습니다.

나도 상황 논리 때문에 그런 정도로 타협해보자는 것이었지 '준법서약서'는 본질적으로 헌법 제19조가 보장하는 '양심의 자유'를 침해하는 것이라는 생각입니다.

"민변에서 '준법서약서'는 양심의 자유에 위배되는 것이라는 거야. 앞으로 위헌 신청 들어가기로 했대."

당신이 말미에 앞으로의 계획을 말해주었습니다. 그러나 그 일도 오랜 기다림을 필요로 하는 사연이었습니다. 기다리고 기다리고 또 기다려야 할 수많은 세월이 겹겹이 쌓여있는 듯했습니다.

시대는 바야흐로 이동통신의 시대, 바로 휴대전화의 시대였습니다. 무선호출기는 삐삐치고 기다리는 순간에 전화가 오지 않을 때의 답답함과 지루함도 있지만 어쩔 수 없이 기다리는 동안 즉자적인 감정을 한고비 넘기게 해주는 사색의 시간을 주기도 하지요. 핸드폰은 '밤 11시에 산책하면서 전화 걸기'라는 그런 불편함은 없애주었지만, 누구나 당신에게 전화를 걸 수 있어서 기실 나만이 가졌던 비밀의 통로가 뺏긴 꼴이기도 했습니다.

휴대전화는 우리가 갖고 싶었던 내밀한 연락망이었고 너무나 편리한 커뮤니케이션 도구였지만 한편 정보와 감정을 여과 없이 쏟아낼 수 있게 하는 위험한 기술이기도 했습니다. 좋은 상태의 감정 전달이나 기쁜 소식, 미처 정확한 장소와 시간을 잡지 못했을 때는 그만큼 편리한 기기가 없었습니다. 그러나 즉자적 불만과 화를 실시간으로 전달할 수 있는 그런 위험성을 내포하고 있습니다. 모든 미디어가 진실과 왜곡의 양면을 가지고 있듯이 모든 커뮤니케이션 수단은 화해의 도구이기도 하면서 오해의 기기이기도 합니다.

주로 이런 거였지요. 내가 전화를 했습니다. 당신이 받았습니다. 무언가 내가 당신에게 할 얘기가 있었는데 곧바로 '통화 중 대기'라는 그 빌어먹을 서비스가 뜨는 겁니다.

"전화 왔어요. 잠깐 기다려요."

그리고 '뚜뚜뚜'. 이런 무례한 빌어먹을 서비스를 누가 개발했는지.

아니 맥도널드 앞에서도 줄을 서서 햄버거를 사야 하고, 은행 ATM 앞에서도 모두 줄을 서서 자기 차례대로 일을 보아야 하고, 그 급한 화장실도 발을 굴리면서도 차례를 기다려주는 이 질서 있는 나라에서 저런 새치기 통화를 서비스라고 개발한 작자와 회사가 누구란 말입니까? 왜 LG 텔레콤은 저런 엿 같은 서비스를 제공하느냐 말이죠?

그리고 당신은 어디서 배운 예의로 내게 그런 귀가 아파서 듣기도 싫은 '뚜뚜뚜'만 계속 들려주는 겁니까? 기다리라면서 그 소리를 피할 수도 없게 만들어 놓고 말입니다.

"휴, 이제 됐어. 급한 통화가 있어서 미안. 무슨 얘기였지?"

당신이 다시 통화를 연결했다 해도 기분이 팍 상해서 그리고 '뚜뚜뚜'에 최면이 걸려서 내가 지금 무슨 얘기를 하는지 하나도 생각이 나지 않더군요. 그래도 한두 번은 참고 참았습니다. 그런데 그런 짓이 몇 번 되니 나의 인내심도 바닥이 드러나더군요.

'뚜뚜뚜'는 결국 너보다 더 급하고 중요한 통화이니 너는 그만 끊든지 말든지 하라는 그런 메시지가 아닌가요? 그래서 나는 '뚜뚜뚜'가 들리자 곧바로 전화를 끊어버렸습니다.

당신은 기다려달라고 했지만, 미안하지만 나도 바빴습니다. 당신은 어땠는지 몰라도, 나는 그날 아침 8시에 출근해서 팀 조회를 마치고, 관련 업체들 체크하고 서비스 기획팀과 미팅하고, 서울역 근처 다동 빌딩으로 이동해서 LG 전자 마케팅팀과 만나고, 다시 오후에 LG 애드에서 가지고 온 광고 시안 회의에 참석하여 열띤 토론을 거친 다음에 동료들과 늦은 저녁을 먹었습니다. 그리고 모레까지 제출해야 하는 업무수행 리포트와 LG IBM 평택 공장을 이번 주 내로 방문해야 하는 그런 과제를 떠올렸습니다. 또 그런 사이사이에 나는 LG 카드를 찾아가서 대출 연장을 하고, 국민카드에서 돈을 찾아서 신한은행 대출금 이자를 막기 위해 ATM기도 찾아가야 했습니다.

"기다리라니까 왜 끊어?"

당신은 한참 뒤에 전화를 다시 나에게 걸더니 적반하장으로 목소리를 깔더군요. 당신이 다정하게 대해주지 않으니 나도 반발심이 생겼어요.

"아니, 내가 왜 기다려야 하지? 그렇게 급하면 끝나고 니가 다시 걸어 주면 되잖아."

"오빠, 내가 '너'라는 말, 하지 말라고 했지. 싫다고."

당신은 이상스럽게도 '너'라고 하는 말을 싫어했습니다.

"아니, 너를 너라고 안 하면 뭐라고 할까?"

뚝.

당신은 '너'라는 말이 정말로 듣기 싫은지 내 말이 다 끝나기도 전에 전화를 끊어버렸습니다. 나는 순간적으로 핸드폰을 확 집어 던져버릴 뻔했습니다. 그러나 참았습니다. 그게 우리의 마지막 비선(秘線)인데 어쩌겠습니까?

우리를 기쁘게 했던 그 휴대전화가 우리를 자꾸만 말다툼에 이르게 했습니다. 그때에 이르러 핸드폰은 바빠서 못 보는 우리를 이어준 것이 아니라 이상스럽게 우리 사이를 갈라놓기 시작했습니다.

정말로 나는 바빴어요. 당신이 보고 싶었지만, 회사 일도 많았고 이제 아들 성현이가 있는 집에도 빨리 들어가 봐야 했습니다. 더구나 아내 역시 바빠지면서 조금이나마 도움이 되게 애라도 봐주어야 했습니다. 아니, 도움이라는 소극적 의미를 넘어 부부 공동의 책임이라 할 수 있는 육아 문제가 현실적인 문제로 떠올랐습니다.

"여보, 나 취직됐어. 다음 주 월요일부터 나가야 돼."

"진짜, 취직된 거야? 어디?"

"그럼. 연락 왔지. 정보통신진흥센터야. 강남역까지 가야 돼. 사무실이 서초동 쪽으로 가는 방향에 있더라고."

"무슨 일 맡았는데?"

"자세한 건 나가봐야 더 잘 알 수 있는데. 일단 홈페이지 어드미니스터(administer)야. 그리고 관련 정보 검색하는 거 하고."

아내는 드디어 계약직이나마 취직을 했고 그 상태에서 나는 더욱 시간을 쪼개야 하는 상황이 되었습니다.

"여보. 그럼 성현이는 어떡해?"

"요 밑에 연홍빌라 102호에서 성현이 봐주기로 했어. 월 40만 원 주기로 하고. 그 집에 성현이보다 한 살 많은 딸애가 있거든. 그 아줌마는 좋아하던데."

직장에 나서기 위해 아내는 어느 정도 현실적인 준비도 마쳐놓았습니다.

"성현아. 아줌마 말씀 잘 듣고 있어. 엄마 이따 저녁때 올게."

월요일 아침, 아내는 아이와 아이에게 필요한 물건이 든 가방을 약속된 이웃에 맡겼습니다. 그리고 오랜만에 스타킹을 끌어 올리고 스커트를 입고 재킷을 걸치고 이른 아침 집을 나섰습니다. 아침 바람에 상쾌한 단발머리를 날리며 숄더백을 메고 지하철을 타러 총총히 걸어갔습니다.

그 전날 일요일 저녁에 반바지를 입고 카레라이스를 해주던 하우스 와이프에서 팽팽한 오피스 레이디로 바뀌는 데 하루도 걸리지 않았습니다. 아내도 언뜻 보면 아기엄마의 느낌은 전혀 보이지 않고 그냥 직장 여성이었습니다.

"여보, 나도 내일 아침에 회의가 잡혀서 일찍 가야 되는데. 성현이 어쩌지?"

"내가 나가면서 그 집에 맡길게."

강남까지 출근하기 위해 오히려 나보다 더 일찍 집을 나서는 아내 대신 이제 내가 아이를 약속된 집에 맡기고 허겁지겁 회사로 달려가야 했습니다.

"여보. 오늘 좀 늦겠다. 팀 회식이 잡혔어. 성현이 찾아야 되는데. 당신은 회사 언제 끝나? 아줌마가 좀 늦어도 괜찮다지만 너무 늦으면 미안하잖아."

아침은 그렇다 쳐도 문제는 아내가 직장에서 늦을 때입니다. 그때는 또 빨리 집으로 달려가서 나의 세 살 난 아들을 찾아야 했으니까요.

다행히 워킹맘이 된 아내 수연은 활기찼습니다. 한 달쯤 지나면 힘들만도 한데 그동안 집에만 어떻게 붙어있었는지 모를 정도로 활동적이었습니다. 역시 그동안은 아이가 너무 어려서 그랬던 것뿐이었군요.

아내는 일을 마치면 아이를 찾아서 돌보고 저녁을 차려놓고 책이나 문서를 읽거나 밤늦게 이메일을 열어 답장을 작성하기도 했습니다. 아이는 종일 엄마가 그리웠는지 저녁에는 아내의 치맛자락을 붙잡고 매달리다시피 따라다녔습니다.

"자, 우리 성현이. 밥 먹자. 당신도 빨리 씻고 와."

아내는 천연스럽게 아이를 다독였습니다. 아이는 아직 내가 생소한지 죽자고 지 엄마에게 매달렸습니다. 천생 죽고 못 사는 모자지간이었습니다.

나와 대화가 잘 통한 밤이면 아내는 침대에서도 적극적이었습니다. 피임을 단단히 하면서 나를 충분히 만끽했습니다. 옛날의 잔 다르크가 다시 나타났습니다.

그런데 당신도 바쁘나 봅니다. 내가 너무 바빠서 당신이 여의도로 다시 한번 와주었으면 했는데 당신은 절대 여의도에 나타나지 않았습니다. 조금씩 당신이 섭섭하고 야속하더군요.

'당신을 보고 싶어 하고, 그리워하는 나를 조금만 배려해주면 안 돼요.'

그래도 내가 참았어야 했는데 모르핀의 역할을 해야 하는 내가 초발심을 잃고 주제넘게 당신에게 화를 내기 시작했습니다. 내가 왜 그런 교만에 빠졌을까요? 나는 어떤 핸드폰 통화가 중요한 게 아니고 단지 당신이 보고 싶었을 뿐인데도 말입니다. 예전에 당신이 내게 말했던 'I miss you'를 내가 당신에게 돌려줘야 할 판이었습니다.

어느 날 아내가 직장에서 늦어서 저녁에 먼저 집으로 들어와 아이를 보다가 당신이 생각나서 전화를 걸었습니다.

"지영아, 나야."

"오, 오빠. 웨얼 아 유(Where are you)?"

"응. 집이야."

나는 무심코 있는 그대로 '집'이라고 했습니다.

"헉! 집에서 어떻게 전화한 거야? 뭐야, 또 얘기한 거야? 언니, 또 옆에 있어?"

순간 당신은 예전의 기억으로 아예 경기(驚氣)가 들었습니다.

"아니. 아니야. 나 혼자 있어. 괜찮아. 그런 거 아니야."

"휴. 난 또. 놀랐잖아. 왜 이렇게 사람을 놀래켜?"

참으로 우리는 어려운 관계였습니다. 어렵다 못해 '집'이라는 말 한마디에 가슴을 쓸어내려야 하는 우리의 처지는 사실 슬프기까지 했습니다.

"그래. 혼자서 뭐해. 언니는?"

"응, 아직 직장에서 안 돌아왔어. 나 혼자 애보고 있어."

"언니, 직장 다녀요?"

"응. 얼마 전부터."

"그랬구나. 오빠, 저녁은 먹었어?"

"아니, 아직….'"

"나도 아직인데… 배고파."

내가 전화를 걸었는데도 더는 할 말이 떠오르지 않았어요. 이렇게 통화되었는데 당장 달려가서 만나고 싶지만 아이를 데리고 움직일 수는 없었습니다.

"지영아, 어떻게 요새 전화 한 통 없니?"

"도대체 내가 언제 전화를 할 수 있는 거야? 언제는 하면 되고, 언제는 하면 안 되는 거야? 헷갈려서 할 수가 없어. 언제는 되고 언제는 안 되는지 좀 적어줘. 나보고 어쩌라고 진짜!"

그냥 애타는 마음을 말했을 뿐인데 당신은 부아를 냈습니다.

"알았어. 지영아. 그냥… 보고 싶다."

내가 침울하게 말했습니다.

"……."

싱겁지만 그게 다였습니다. 당신도 좀 짜증이 났을 거예요. 천리만리 떨어져 있는 것도 아닌데 도대체가 만나기가 어려웠습니다. 아내가 조금 있으면 퇴근해서 들어올 텐데 애를 데리고 가출을 할 수도 없잖아요.

"그래, 알았어. 애기나 잘 보고 있어요."

당신도 더 할 얘기가 없었습니다. 그렇게 짧은 통화가 끊어졌습니다.

거리가 조금 더 멀어지고 일상의 시간이 조금 더 빗나가고 다시

가정의 틀에 묶이자 내가 처한 본질적 처지가 분명하게 드러났습니다. 아니, 문제는 나아가 이 쉽지 않은 역경을 부수기 위한 어떠한 동력이 우리에게 없었다는 겁니다. 나는 햄릿과 같은 우유부단함으로 양가감정의 시소 놀이를 계속하고 있었고, 당신은 일상과 활동, 육아, 생계를 위한 일에 바빴고 대답 없는 메아리 같은 관계에 허무함을 느끼기 시작했습니다.

그때쯤 당신은 이제 자율신경 실조증에서 거의 벗어났습니다. 그 병증을 벗어난 것은 나의 지원과 원호도 있었지만, 근본적으로는 당신 육신의 자기 복원력에 의한 내적 균형으로 이루어졌습니다.

생각해보면 당신도 진짜 자유로운 영혼이에요. 다 잡았다 생각했는데 어떤 그물에도 걸리지 않는 바람과 같이 당신은 당당했습니다. 한 손으로 아이를 안고 대지 위에 당당하게 디디고 선 당신은 누구의 아내 이전에 그 자체로 삶의 여전사였습니다. 소리에 놀라지 않는 사자와 같이, 그물에 걸리지 않는 바람과 같이, 당신은 무소의 뿔처럼 그렇게 혼자서 갔습니다.

긴 생머리를 찰랑거리며 훌쩍이는 청순가련의 화신, 그런 건 애초에 없었어요. 당신은 내가 만든 내러티브와 이미지에 갇혀 징징대는 그런 나약한 존재가 아니었습니다. 당신은 자기 삶의 주인공이며 자기 결정의 주권자였습니다. 오히려 찌질대고 있었던 사람은 나였습니다.

이때에 이르러 나도 잦은 실수를 했습니다. 내 내면의 성질머리를 들여다보니 내가 사태를 장악하고 주도하려는 욕심 덩어리가 있었습니다. 이것이 잘 안 될 때, 나는 가끔 짜증을 내거나 내면에 화를 키우고 있었습니다. 한편으로 이런 짜증을 감추기 위해 상당한 인내와 관용의 가면을 뒤집어쓰고 있었습니다. 그러나 그런 인내가 2년을 넘어가니 나도 조금씩 사악한 내면을 내비치기 시작했습니다.

무언가 사태는 파탄으로 가야 하는데 도대체가 어떤 전략도 전술도 쓸 수가 없는 거예요. 최제원이 빨리 나와야 무언가 결판을 낼 텐데. 이 전사는 도대체 나올 생각을 안 하네요. 아내도 나를 바로 버리지 않고 아이는 빨리 크지를 않고 당신도 나를 버리지 않고 질질 끌고 다녔습니다.

엄청난 귀책사유를 가진 내가 할 수 있는 일이 하나도 없더군요. 수양이 덜 된 내가 자기 문제를 이기지 못해 탐욕과 분노와 어리석음의 삼독(三毒)에 휘말렸습니다. 내 처지와 상황에 대하여 참을 수 없는 짜증이 나기 시작했습니다.

사실, 누군가에게 어떤 상황에 짜증을 낸다는 것은 그 사람과 그 상황에 대해 사심(私心)을 가지고 있다는 증거입니다. 예전에 당신이 아프다고 나에게 짜증을 낼 때, 나는 당신이 유감없이 자신의 사심을 나에게 드러내고 있다고 생각했습니다.

사심이 없는데 왜 쪽팔리게 짜증을 내겠습니까? 그럴 필요조차 없는 것이지요. 어리석은 날들이었습니다.

흙비가 내리던 날

"What are you doing now?"

"I am working for a company."

"오늘 저녁에 다른 여자랑 약속 없어? 호호."

"없다. 씨."

그날은 그래도 당신이 오후에 전화를 해주었습니다.

"Would you like to meet me? I wish you tonight."

당신이 저녁에 만나기를 원했습니다.

도대체가 바빠서 당신을 겨우 한 달 만에야 만나게 되었습니다. 얼굴을 보지 못하는 핸드폰 통화는 어떤 얘기도 다 마치지 못하게 했고 어떤 감정도 올바로 공유하지도 못하게 했습니다. 조금씩 미쳐가던 나에게 그 핸드폰은 없느니만 못했습니다.

때론 썰렁하기는 해도 그래도 가끔은 참신하다고 당신이 칭찬했던 나의 특유의 유머도 점점 잃어버리게 되었고 자꾸만 당신과 전화로 다투게만 되었으니까요. 다툴 만한 별다른 이유도 없었기 때문에 기억할만한 것도 없었습니다.

우리가 잘 알던 방배동 카페 '헤븐스'에서 만나기로 했는데 그사이 카페가 바뀌어 있었습니다. 업종이 바뀐 것은 아닌데 이름과 함께 주인이 바뀐 것 같았습니다. 실내조명은 좀 더 밝아졌고 인테리어는 미니멀리즘으로 확 바뀌었고 커피는 이탈리안 커피가 그대로 밀고 들어왔습니다. 훨씬 세련되게 바뀐 것이지만 어두컴컴했던 그곳의 추억이 사라지는 것 같아 조금 아쉽기도 했습니다. 일단 음악이 전혀 달라져서 대체로 가벼웠습니다.

"만나면 이렇게 좋은 사람이. 왜 그렇게 전화에 대고는 힘들게 하니?"

당신은 나에 대해 칭찬도 해주고 질책도 해주었습니다.

"미안해. 좀 답답해서…."

"얼굴 좀 찡그리지 마. 웃으면 예쁘다니까 왜 그렇게 자꾸 찡그리고 있어?"

그날은 그래도 답답하다고 말하는 나를 전화에서처럼 탓하지 않고 좀 위로해주려고 하더군요.

조명 아래 당신은 서늘한 눈매와 도톰한 입술이 입체적이었습니다. 그날따라 발그레한 볼 터치에 눈 화장을 얼마나 색감 있게 했는지 오랜만에 보는 당신은 관능미가 뚝뚝 떨어졌습니다. 내가 사 준 부츠를 신고 우리가 함께 시도한 굵은 웨이브펌을 그때까지도 잘 간직한 당신은 그러나 그림 속의 미인도(美人圖)처럼 잘 잡히지 않았습니다.

마치 '왜 내가 잘 안 잡히니? 뜻대로 안 돼서 답답한 거야?' 하고 말하는 것처럼 당신은 저만치서 빙긋이 웃고 있었습니다.

그때 내게 어떤 전화가 왔습니다. 받아보니 연체 중인 LG 카드였습니다.

"잠깐 전화 좀 받고."

그런 전화를 당신 앞에서 받기 싫어서 양해를 구하고 자리를 피해

밖으로 나갔다 왔습니다. 당시 그 악명 높은 카드사는 낮에 통화를 못 했다고 밤에도 전화를 걸 정도였습니다. 연체를 빨리 해결하라는 뻔한 독촉 전화였어요. 다음 주까지 연체가 해결되지 않으면 다른 카드 서비스도 제한이 들어갈 수 있다는 경고 내용입니다.

부채 상황이 엑셀 프로그램으로도 막을 수 없는 지경에 이르렀습니다. 하긴 엑셀 프로그램이야 계산을 해주는 것뿐이지 돈 한 푼 보태주지 않았습니다.

"또, 무슨 전화야?"

"아니야. 별거."

"좀 나한테도 얘기를 해봐. 별거 아니긴. 거짓말이라고는 잘할 줄도 모르는 사람이. 표정만 봐도 다 알 수 있어. 언니, 전화야?"

"아니야."

"그럼. 누구? 오빠 무슨 고민 있어?"

당신이 계속 물고 늘어질 것 같았고 또 말도 안 되는 오해를 할 것 같아 사실을 말했습니다.

"카드사…."

그날 그렇게 우연히 처음으로 돈 문제에 대한 얘기가 나왔습니다. 그 시절 나는 이 은행에서 돈을 찾아 저 은행에 넣고 이 카드사에서 현금서비스를 받아 저 카드사에 결제하는 일을 거의 이틀 단위로 하고 있었거든요.

일단 당신은 자신이 의심하던 여자 문제가 아니니 그 문제에 활발하게 의견을 내놓기 시작했습니다.

"그래서. 요새 많이 힘들어했구나. 그래 맞아. 오빠가 돈을 많이 쓰긴 썼어."

나는 그런 화제를 이 자리에서 얘기하고 싶지 않았는데 당신이 어떤 방안을 얘기했습니다.

"저기 오빠, 내가 부탁하면 돈을 좀 빌려 볼 데가 있긴 있는데. 한 오백만 원 정도는 될 거야."

"괜찮아. 하지 마."

"왜? 어차피 오빠도 돈 구해야 하잖아. 또 빌리든지. 당장 연체라며."

"됐어. 내가 알아서 할게."

돈은 필요했지만 처음에는 거절했습니다. 이유는 이상한 나의 자존심 때문입니다. 다른 건 없었어요. 나는 당신에게 아무런 갈등이 없는 아주 담대하고 당당한 사람으로 보이고 싶었습니다. 안 그래도 삶이 힘든 당신에게 내가 가진 어떤 고민의 실오라기조차도 안겨주고 싶지 않았던 거죠. 그렇게 항상 평온하고 유능한 사람으로 보이고 싶었는데 그런 내가 당신에게 어떻게 돈을 빌리겠습니까?

하지만 나의 그런 허세가 아내나 당신 같은 수준 있는 여자들한테 계속 먹히겠습니까? 짧은 기간은 그런 허풍으로 넘길 수 있다 하더라도 당신들이 어떤 여자들인데, 그런 나의 어린아이 같은 치기가 계속 먹힐 수는 없었지요. 당신은 이상한 자의식과 죄의식에 주눅 들고 조금씩 미쳐가는 나를 느꼈을 거예요. 그렇게 혼자서 지랄하는 내가 같잖게 보였을지도 모릅니다.

카드 돌리기의 숨통이 꽉 막히고 엑셀 프로그램의 계산력으로도 무언가 펑크가 나기 시작하는 그때, 결국 내가 당신으로부터 오백만 원을 꾸게 되었습니다.

"한 석 달 정도 빌려볼 게. 나도 그분에게 이자는 줘야 되는데."

당신도 누군가로부터 빌려서 건네주는 것이기 때문에 이자도 내야 했고 변제 기일을 잘 지킬 필요가 있었습니다. 물론 그 돈과 그 정도 기간으로 근본적인 부채 문제가 해결되지는 않겠지만, 카드 돌리기에는 도움이 되었고 무언가 시간 끌기는 되겠지요.

"자. 오빠, 돈 가져왔어."

웃긴 것은 당신이 그 오백만 원을 모두 현금으로 찾아서 가져왔더군요. 아예 쇼핑백에 담아서 왔습니다. 그리고 그걸 테이블 밑으로 건네는 거예요. 종이 쇼핑백에 담긴 현금 오백만 원을 테이블 밑으로 주고받는 당신과 나, 우리 뭐 하는 거죠?

그러나 역시 당신을 통해 그 돈을 빌리지 말았어야 했어요. 당신이 내 어려운 처지를 알고 도와주고자 한 것은 감사한 일이지만 궁극적으로 해결책이 될 수도 없는 그 돈을 당신으로부터 빌릴 필요는 없었습니다. 돌이켜보면 그때 당신으로부터 돈을 빌린 것, 그건 나의 실수였습니다. 결과적으로 당신과 나의 그 돈거래가 우리에게 어떤 오해를 불러왔습니다.

당신은 내가 돈이나 여타 문제로 자신을 부담스러워 한다고 느끼기 시작했습니다. 당신도 나를 조금 연민하게 되면서 나와의 관계를 본질적으로 고민하기 시작했던 것 같아요. 삶에 당당하고자 했던 당신은 자신을 부담스러워하는 남자에게 매이거나 얹히고 싶지는 않았을 것입니다.

나는 나대로 주눅이 들었습니다. 얼마든지 새로운 인생을 개척할 수 있는 매력적인 당신에게 혹시 내가 어떤 걸림돌이 되는 것은 아닐까라고 나는 회의적 성찰, 본래적 자문을 던질 수밖에 없었습니다.

이건 우리 관계의 사회 도덕적 문제와는 또 다른 차원의 시련이었습니다. 돌이켜보면 그 시련은 서로 간의 오해에서 비롯된 것입니다.

그러나 특유의 운동권적 자존심이 강했던 우리는 오히려 그런 오해 앞에서 더 약했습니다.

그렇게 나는 당신이 나를 부담스러워 하는 것 같아 걱정하였고, 당신은 내가 당신을 부담스러워 하는 것 같아 고민했습니다. 그런 과정에서 염려했던 대로 우리의 작은 오해마저도 풀어줄 단 한 사람의 지지자나 지원자가 없었기에 우리는 차단된 언로와 대화 속에서 각자의 혼자 생각을 키워갔습니다. 어떤 완충 지대나 통역 기관이 없었습니다. 오랜 기간 많은 얘기와 몸과 마음을 섞었던 우리는 용감하게 서로를 굳게 믿지 못하고 비겁하게 자기 방어기제를 작동하기 시작했습니다.

쉽게 가질 수도 없고 쉽게 버릴 수도 없었던 우리의 관계. 풀기 어려운 감정의 실타래였습니다. 당사자인 우리조차도 우리 관계를 스스로 이해하기가 어려웠는데 세상의 어떤 다른 사람에게는 설명하기조차 어려웠던 것이 당시 우리의 감정과 관계였습니다. 이 시절, 이 부분은 쉽게 잘 분석이 되지를 않는군요.

오랫동안 당신을 보지 못했습니다. 당신의 목소리도 듣지 못하고 당신의 웃음도 눈물도 아무것도 보지 못했습니다. 당신에게 빌린 오백만 원을 빨리 갚아야겠다는 생각만 들었습니다. 왜냐면 그때 나는 당신에게 빌린 돈을 갚기 전에는 당신을 만나고 싶지 않다는 생각을 하고 있었거든요. 왜 그랬을까요? 그냥 나의 치졸한 자존심이 딱 그 수준이었습니다.

그날은 저녁부터 비가 왔어요. 비 오는 날에는 무언가 최면이 걸려있던 나는 그 저녁 당신에게 전화를 했습니다. 답답한 마음을 안고 당신의 핸드폰으로 전화를 했는데 당신은 받지 않았습니다. 그

래서 오랜만에 당신의 집으로 전화를 했습니다. 너무 당신이 보고
싶었어요. 그 허기진 그리움을 채우기 위해 할 수 있는 것이 당신의
목소리라도 듣기 위해 전화벨을 누르는 것밖에 없었습니다. 가정과
육아, 직장에 단단히 매여 있는 내가 하늘을 날아갈 수는 없었으니
까요.

집으로 전화를 해도 받지 않았습니다. 다시 핸드폰으로 해보고
집으로 해보아도 당신은 안 받더군요. 그냥 '여보세요'하는 당신의
목소리만이라도 듣고 싶었던 것뿐인데 그조차도 잘 되지를 않았습
니다.

뿌연 물안개가 가로등 밑에서 피워 오르고 비는 어느덧 창문과 벽
을 때리고 있었습니다. 밤이라 당신은 내게 전화를 할 수가 없었고,
당신은 내 전화를 받지 않고 야속한 비는 그렇게 내렸습니다.

아내가 잠이 들자 밖으로 나와 담배를 한 대 피웠습니다. 그러다
그 날 새벽 2시인가 2시 30분쯤인가 당신의 집으로 전화를 했습니
다. 나도 그렇게 늦게 당신의 집으로 전화한 것은 그것이 처음이었
습니다. 안 받더군요. 너무 늦게 실례하는 것 같아서 벨 소리가 몇
번 울리고 나서 끊었습니다. 그게 다였습니다. 아무런 소통의 통로
가 없는데 어떡하겠습니까? 차가운 비가 오는 빌라 처마 밑에 서서
떨다가 나도 핸드폰을 끄고 집으로 다시 들어갔습니다.

다음날 당신의 전화가 왔어요.

"혹시 어제 밤늦게 우리 집에 전화했었어?"

"응, 핸드폰을 안 받기에…."

"아니, 그렇게 늦게 집으로 전화하면 어떡해?"

당신은 화를 냈습니다. 뭐 할 말이 없더군요. 물론 밤 11시에 한
것은 아니지만, 실은 11시에도 안 받았잖아요. 핸드폰도 안 받았고.

나만이 가졌던 비밀의 통로는 완전히 없어졌습니다.

"내가 그렇게 밤에 오빠한테 전화하면 좋겠어? 여자 혼자 산다고 그러는 거야?"

당신은 밤늦게 전화한다고 이제 화를 내는 지경이었습니다. 그리고 이해해줄 만도 한 내 감정을 폄하하고 뒤집어씌웠습니다. 솔직히 섭섭했습니다. 순간 당신이 보고 싶어서 했다는 그런 말을 하고 싶지도 않았습니다.

빨리 돈이나 갚아야겠다는 생각이 들었습니다.

내가 왜 쓸데없이 당신에게 돈을 빌려가지고… 언 발에 오줌 누기 같은 그런 일을. 이제 그 오줌이 다시 얼어붙기 시작하는데.

나는 그때까지 부채 변제에 대한 생각만 하고 있었습니다. 나중에 알고 보니 당신의 불친절은 사실 좀 다른 의미를 지니고 있었어요.

"삼성 SDS 아카데미 끊었다고?"

"응. 일단 MCP(Microsoft Certified Professional) 과정 먼저 수강 신청했는데. SQL도 좀 알아야 할 것 같아서 나중에 MCDBA(Microsoft Certified DataBase Administrator) 과정도 이어서 하려고 생각 중이야."

계약직이나마 자기 월급을 받으니 아내는 경제적으로 좀 나아졌지만 역시 옷 같은 건 사지를 않고 착실하게 그 돈을 자기 개발을 위해 알뜰하게 사용하였습니다. 학원에 다니고 학교를 알아보고 아이를 위한 물건을 사고 가장 의미 있게 돈을 쓰는 사람은 아내였습니다.

직장을 나간 지 석 달쯤 이르러 업무가 쉽지 않다고 말하며 공부가 더 필요하다는 걸 깨달았답니다. 그래서 삼성 SDS에서 운영하는 마이크로소프트 자격증 과정 아카데미에 지원했다고 했습니다. 그

분야는 이제 내가 잘 모르는 설명해줄 수도 없는 일종의 전문가 과정으로 들어서는 것이었습니다.

아내는 선릉역에 있는 삼성 SDS 아카데미 새벽반을 수강하기 위해 일주일에 삼일은 새벽에 일어났습니다. 그때는 나도 아이도 아직 잠에서 깨지도 않을 시각입니다. 아내가 없는 아침에 전날 저녁에 준비해놓은 음식을 대충 먹이고 아이를 약속된 이웃에 맡기는 것은 내 몫이 되었습니다.

아내의 책장에는 마이크로소프트 전문가 과정의 책들이 쭉 꽂혔습니다. 나는 보아도 알 수 없는 네트워크와 프로그래밍 언어들이 적혀있었습니다. 물론 나는 엔지니어가 아니니 몰라도 상관없지만, 아내의 도전은 내가 애초에 상상했던 그 이상이었습니다.

아내는 주말이면 전문가 과정의 교재를 들고 끙끙대었고 나는 돈 문제로 끙끙댔습니다. 하지만 아무리 어려워도 아내에게 돈 좀 꿔달라고 하지는 않았습니다. 아무리 내가 인간말종의 지경까지 갔다 하더라도 인두겁을 쓰고 그런 짓을 할 수는 없었습니다.

자기 치장에 별 관심이 없는 아내는 월급을 받으면서도 아이 물건과 책 이외에는 자기 물건 하나 사지를 않았습니다. 직장 다니는데 그래도 계절이 바뀌었으니 옷이나 한 벌 사자고 오히려 내가 현대백화점에 데리고 가서 아내에게 정장 한 벌을 사주었습니다. 아내 생일에는 MCM 백도 하나 사 들고 들어갔습니다. 회사 여직원에게 물으니 그런 게 좋겠다고 어드바이스 해주어 그렇게 했습니다.

"누나. 나야."
"그래. 잘 지내니? 성현이 엄마, 회사 다닌다면서?"
과도한 신용대출로 더는 융통이 어렵게 되자 나는 결국 누나를 찾아갔습니다. 초등학교 교사로 스스로 경제력을 가지고 있었던 누나에게 구차하게 혈연의 끈으로 매달렸습니다.

"민수야. 표정을 왜 그렇게 어둡게 하고 있어? 무슨 고민 있니?"

누나 집에서 같이 저녁을 먹고 차를 한잔 마셨는데 누나가 금세 내 표정을 보고 말문을 열어 주었습니다.

나도 그 시절 부도에 이른 수많은 기업과 같은 처지였습니다. 약속한 생활비가 막힐 목전에 이르렀으니 연쇄 부도 직전이었습니다. 겨우 회복한 평온한 가정에 또 다른 문제를 일으킬 수는 없었습니다. 긴급 협조 융자가 절실했습니다.

"야, 그래도 밥심으로 사는 건데. 밥이나 잘 먹고 다녀. 얼굴도 시커멓고 왜 이래? 성현이 잘 키우고. 어려운 건 누나가 좀 도와줄게."

누나는 크게 이유를 따지지 않고 협조 융자를 해주었습니다. 누나는 아예 천만 원을 무이자로 넉넉하게 빌려주었습니다. 고마워요, 누나.

누나의 도움을 받는 날 나는 그날 바로 당신에게 오백만 원을 변제했습니다. 이번에는 당신이 지정한 계좌로 당시 우리 회사가 막 개발한 인터넷 뱅킹 초기 버전을 이용하여 내 명의를 쓰지 않고 다른 가명으로 바꾸어서 날려 보냈습니다.

그러는 사이 석 달이 지나갔고 어느덧 해가 바뀌었고 한겨울에 접어들었습니다. 그 사이 첫눈이 내리고도 남았는데도 당신은 아무 연락이 없었습니다. 당신은 마치 나를 잊은 듯했습니다. 나도 직장과 학원으로 바쁘게 움직이는 아내의 빈자리를 메우기 위해 아이를 맡기고 찾는 일만 해도 정신이 없었습니다.

우리는 서로를 인지한 이후 가장 오랫동안 서로를 보지 못했습니다. 당신에게 빌린 돈을 갚는 데까지 3개월이 걸렸기에 그동안 우리는 만나지 못했습니다. 당신에게 빌린 돈을 갚은 날, 우리는 오랜만에 만남 약속을 했습니다.

하지만 당신의 저녁 일이 있었기에 식사 약속은 아니었고 9시쯤 이수동에서 차 한잔하자는 정도였습니다. 그날은 1월의 맹추위가 찾아와서 길이 얼고 거리에는 찬바람이 몰려다녔습니다. 코끝이 쩅하게 추운 날씨라 거리도 한산했습니다.

중간에 당신이 일정이 아직 끝났지 않아 한 30분 늦겠다고 연락이 왔습니다. 나는 또 책을 읽으며 당신을 기다렸습니다.

"롱 타임 노 씨(Long time no see)."

"이게 얼마만이야? 진짜. 이렇게 보니 좋잖아. 오빠."

한겨울이라 따뜻하게 차를 시키고 우리는 3개월 만에 그렇게 마주 앉았습니다. 중간에 돈 문제와 관련하여 또는 안부로 전화 통화가 있기는 했지만 그런 거로 우리는 서로가 채워지지 않았습니다. 그리고 그사이에도 통화하면서 서로 빗나가는 감정으로 약간씩 다투기도 했습니다. 다 이유 같지 않은 이유였기에 분석할만한 가치도 없는 말다툼이었습니다.

'어떻게 지냈어?' 라는 서로의 인사와 '뭐 그냥 바빴지' 하는 것이 서로의 비슷한 대답이었습니다. 그런데 당신은 그 날 유독 내 근황을 묻더군요.

"언니랑 다시 합치니까. 어때? 좋아?"

"왜, 그것 때문에 맘 상했어?"

"아이고, 내가 왜? 자기 집에 자기가 들어가는 건데."

"성현이를 키워야 하니까."

"그래, 아기는 잘 커?"

"응. 잘 크더라."

오랜만에 만났는데도 별로 할 얘기가 없더군요. 오랜만에 만났다는 연인들이 이런 얘기를 나누고 있으니 이게 무슨 사랑의 대화인가요? 서로 멀어졌던 일상을 탐색하느라 긴장이 팽팽했습니다. 처음으로 어색함을 느꼈습니다.

"머리, 다시 바뀌었네."

그 사이 머리도 예전의 생머리 스타일로 다시 바뀌었고 컷도 좀 달라져 있었습니다.

"응. 웨이브 풀려서 또 계속 파마해야 되고. 귀찮더라고. 한번 해봤으니까 스트레이트로 바꿨어 다시."

내게 말도 하지 않고 당신은 헤어스타일을 바꿨습니다. 물론 그랬다고 내가 따지거나 뭘 주장할 수는 없지만 말입니다.

가까이 앉아 있는 데도 점점 멀어지는 느낌이 들었습니다. 서로의 대화가 완전히 겉돌고 있다는 생각이 들었습니다. 역시 연인들은 자주 만나야 한다는 것을 느꼈습니다. 2년을 넘게 만났지만 3개월의 공백이 이런 서먹함을 안겨주는군요.

그런 서먹함을 깨고 드디어 당신이 그 날의 얘기를 시작했습니다.

"저기, 오빠. 내가 할 말이 있어."

"뭔데…?"

"뭐 일종의 제안인데… 오랜만에 만나서 좀 생소하니까. 오늘은 그거 하지 말자."

"그거, 뭐?"

"그거, 같이 자는 거…."

당신의 오바 질이란. 내가 뭔 얘기를 했나요? 나도 집에 일찍 들어가야 합니다. 아니, 그런 얘기는 남자가 그런 제안을 했을 때 정중하게 거절하면서 말해도 되는데, 아무 말 안 하는 남자에게 먼저 그런 얘기를 한다는 것은 일종의 모욕입니다. 남자는 뭐 무조건 잠재적 성범죄자라도 된단 말입니까? 내가 당신을 강간하던가요? 아쉬운 게 아니라 그냥 맘이 상하더군요. 그런데 당신은 아주 한술 더 떴습니다.

"사실, 그거 좀 쉬었으면 해."

"뭘 쉬어?"

"섹스 말이야. 우리 그거 안 하고는 볼 수 없나?"

아니, 우리가 만날 때마다 그런 건 아니잖아요. 그리고 지금 우리 3개월 만에 만난 겁니다. 왜 이상한 복선을 깔려고 하는 거죠. 당신의 그 얘기를 거꾸로 돌리면 우리가 섹스를 하려고 만난다는 얘기가 될 수도 있어요. 내가 잠시 생각하느라 아무 말이 없자, 당신은 조금 더 진도를 나갔습니다.

"오빠 생각은 어떤지 모르겠는데… 난 좀… 뭐랄까 당분간 안 했으면 해. 꼭 그런 거 아니라도 우리 충분히 얘기할 수 있고 만날 수 있잖아."

당신은 마치 나를 미팅에서 만난 한 대학교 2학년쯤으로 취급하더군요. 나는 그런 애가 아니라 이제 30대 남성입니다.

여자의 심리가 아무리 복잡미묘하다 하더라도 내가 당신의 그런 어설픈 감정 복선을 눈치채지 못한다고 생각하나요? 아니면, '니 맘대로 생각하세요.' 하는 자세인가요? 당신의 그 말은 몸이 피곤하다는 것도 아니고 급격하게 성적 기능이 후퇴했다는 것도 아니고, 액면 그대로는 더더욱 아닙니다.

그것은 무언가 심리적 부담을 느끼는 상황이 발생했다는 겁니다. 그게 정확하게 무엇인지는 몰라도, '내 주변에 변화가 있어요.' 하는 애기입니다. 물론 내 입장에서는 결코 좋은 변화는 아닙니다. 그건 '당신과의 관계에서 좋은 변화가 있어요.' 하는 애기는 더더욱 아니니까요. 이쯤에서 그만 생각하기로 했습니다. 아니, 오랜만에 만났지만 더 애기하고 싶은 생각이 없어졌습니다.

"그래, 그러자."

'그만 집에 가자.' 라는 말도 하고 싶었지만, 그렇게 말하면 당신의 제안에 내가 아쉬워서 화내는 것으로 보일까봐 그 말은 참았습니다. 그래서 박차고 일어나고 싶은 자리를 좀 더 앉아있었습니다.

당신은 그 날 하고 싶었던 중요한 애기를 다 말하고 나의 동의까지 얻었으니 더 바랄 바가 없었습니다. 당신도 그만 가보고 싶었겠지만, 그냥 일어나면 그 제안을 하려고 만난 것 같으니까 좀 더 버티더군요.

그 뒤로 우리는 완전 건성으로 애기를 했기에 무슨 애기인지 하나도 기억이 나지 않습니다. 그냥 시간 때우기만을 서로 원했으니까요.

이윽고 밖으로 나와서 그만 각자 집으로 돌아가기로 했습니다. 밤이 늦었는데 그나마 섹스할 생각도 없으니 더 할 것도 없어진 건가요. 당신은 주차장에서 자기 차를 빼겠다고 했어요. 나는 추운데도 당신이 차를 빼기를 기다리고 있었습니다. 당신은 그때서야 밝은 미소를 보여주며 그만 들어가라는 손짓을 보냈습니다. 그래도 나는 당신이 차를 가지고 나오기를 기다리고 있었습니다.

당신의 차가 천천히 빠져나오다 주차장 출구 쪽에 서 있는 나를 보고 속도를 늦추었습니다. 차가 내 옆으로 오자 나는 운전석 차창을 두드리며 창문을 내려달라고 손짓했습니다. 당신은 차를 멈추고 내 옆에서 윈도우를 내렸습니다.

"지영아."

내가 낮은 목소리로 당신의 이름을 불렀습니다.

"추운데 들어가요."

당신은 다시 얌전해지고 차분해지고 눈을 반짝이고 있었습니다.

"지영아, 잠깐…."

그 말을 하면서 나는 내려진 차창에 얼굴을 대고 손을 집어넣어 당신의 얼굴을 끌어당겼습니다. 그리고 밖에 서서 기습적으로 당신에게 키스를 시도했습니다. 예고 없는 행동이었지만 그래도 당신은 거부하지 않았습니다.

하긴, 이건 키스지 섹스는 아니잖아요. 우린 섹스만 한 게 아니에요. 키스도 많이 했잖아요.

천천히 그러나 깊게 이어갔는데도 당신은 그냥 다 받았습니다. 나는 조금 더 전진해서 한 손을 내려 당신의 가슴 위를 어루만졌습니다. 당신은 운전석이라 피할 길이 없어서인지 그런 무딘 터치조차 그냥 놔두었습니다.

바로 당신의 셔츠 단추를 풀고 브래지어 속으로 손을 집어넣어 당신의 유두를 만졌습니다. 내 손은 차가웠고 당신의 가슴은 따뜻했습니다. 아하, 하고 엷은 신음이 새어 나왔습니다.

잠시 당신은 키스에 정신이 팔려있다가 그런 내 행동을 저지하기 위해 내 손을 붙잡았습니다.

"아하… 오빠…"

당신은 입술을 떼고 나를 바라보았습니다. 불안한 눈빛이 지나갔습니다. 당신은 한 손으로 겨우 자기 가슴 속에 들어있는 내 팔목을 잡고 있었습니다.

"오빠, 추워. 들어가요. 나도 들어가야 해."

당신은 살며시 입술을 닦으며 애원하듯 말했습니다.

"그래, 알았어. 먼저 들어가."

그만 당신을 놓아주기로 했습니다.

당신은 윈도우를 올리고 어두운 주차장을 천천히 빠져나갔습니다. 사라져가는 당신의 차를 바라보면서 나는 담배를 한 대 빼어 물었습니다. 칼바람이 불어서 날은 매섭게 추웠지만, 나는 생각에 빠져 그런 것쯤은 잊고 있었습니다. 내가 그때 그런 행동을 한 것은 기실 당신의 내면을 한번 엿보려고 한 의도적인 행동이었습니다.

당신의 변화를 추리했습니다. 당신은 무언가 고민하고 있었습니다. 키스를 받으면서 내 손을 저지했습니다. 그 전에 당신은 내 손길을 저지했던 적이 한 번도 없었습니다. 그 의미가 무엇일까요?

그건 혹시 누군가에게 그나마 순결해지고 싶어졌다는 것의 반증이 아닐까 생각도 해보았습니다. '준법서약서'의 위헌적 문제만 해결된다면 출감할 수도 있는 남편 때문인지, 아니면 어떤 새로운 사람 때문인지는 모르겠지만, 당신은 나를 부담스러워하고 있다는 자신의 내면을 그대로 드러냈습니다. 그리고 당신은 나를 어떻게 처리할까 고민하고 있더군요.

적어도 당신은 나에 대해 고심하고 있었습니다. 내가 모르핀이 아니었다면 금방 말할 수 있었는데 말입니다. 알다시피 모르핀이 중독성이 좀 있잖아요. 값도 싸고.

당신의 그런 고민까지는 도와주고 싶지 않았습니다. 나에 대한 처리는 당신이 혼자서 풀어야 할 과제입니다. 살리든지 죽이든지 간에 말입니다.

당신이 어떻게 생각할지는 모르겠지만, 그 시절 내게 또 다른 이유로 깊은 의미를 준 사람은 최은서였습니다. 내게 있어 레미제라블

322

의 코제트는 당신이 아니라 은서였는지도 모릅니다. 물론 스토리텔링과 상징에 천착하는 내 특유의 감정 과잉에서 비롯된 것일 수도 있습니다만.

우리는 어쨌든 성인이 되어 학생운동을 했고 조직 활동도 스스로의 선택에 의해 한 것이었습니다. 그것이 어떤 시대적 환경과 시절인연에 의한 것이라 하더라도 자기 의지와 선택으로 했던 행동이었습니다.

그러나 은서는 자기 선택을 할 수 없었던 어린 생명이었고 우리 시대가 잉태한 여린 희망이었습니다. 은서는 분명 당신의 딸이지만 내게 있어서는 우리의 젊음과 미혹과 아픔과 성찰을 올올히 상징하는 아이였습니다. 그리고 끝내 희망이 되어야 할 아이라고 생각했습니다.

당신에게 헌신하고자 했던 내면의 밑바닥에는 당신을 통해 은서를 조금이나마 돌보고 싶었던 바람이 있었습니다.

"내거 사줄 때는 그렇게 따지면서 그래도 은서 거는 금방금방 잘 사주네. 오빠도 참."

물론 당신도 말은 그렇게 했지만 섭섭해 하기보다 빙긋이 웃으면서 흐뭇해했지요. 은서와 관련된 것이라면 나는 두말하지 않고 돈을 준비하고 기꺼이 내놓으려 했습니다. 그렇다고 잘난 척하고 싶은 생각은 전혀 없습니다. 그런 숨은 바람을 티 내지 않으려고 노력하기도 했습니다.

아무리 그랬다 하더라고 은서는 내게 있어 하나의 상징에 불과했고 당신에게는 언제나 돌보아야 할 자식이었습니다. 물론 은서는 나를 모릅니다. 나를 인지하지 못합니다. 나도 은서에게 나를 인식시키려는 그런 욕심은 없습니다. 이 감정은 그런 욕심과는 다른 의미입니다.

당신, 혹시 은서 유치원 졸업식 날을 기억하시나요?

그날을 위해 우리가 생각한 선물은 디지털카메라였습니다. 당신은 그게 자신에게 주는 선물이라 생각했는지 모르지만 실은 은서의 졸업식을 당신이 담는다고 해서 준비했던 선물이었습니다.

"오빠, 오늘 졸업식인데 카메라가 아직도 안 와. 뭐로 찍지? 어떡하지? 이거."

인터넷으로 주문했는데 택배가 오지 않았답니다. 내가 주문 내역을 확인하고 추적을 해보니 아직 용산에 있는 카메라 매장에서 배송 직전에 머물러 있었습니다. 컴플레인(complain)을 했더니 판매자가 사과는 하는데 그런 걸로 해결될 수 있는 상황이 아니었습니다.

"내가 찾아서 갖다 줄게. 확인해 보니까 아직 용산에 있더라고."

주문 내역과 신분증을 들고 차를 몰아 용산에 있는 그 카메라 매장으로 직접 찾아갔습니다. 그 토요일, 거리는 온통 자동차의 물결이었습니다. 여의도에서 용산까지 가는 데도 한참 걸렸습니다.

"오빠, 어디야? 지금 나는 유치원으로 가고 있어."

"나도 가고 있어. 유치원, 정확하게 어디라고 했지?"

"응. 방배역에 와서 전화하면 돼. 바로 그 옆에 있어."

용산에서 카메라를 찾아 방배동으로 향했습니다. 그날 길이 엄청 막혀서 나는 쩔쩔매면서 초긴장 상태였습니다. 졸업식 할 때까지 가져다주어야 사진을 찍을 수 있을 테니까요. 당신도 초초해서 어디쯤이냐고 내게 핸드폰을 엄청 눌러 대며 위치를 물었습니다.

악명 높은 이수 사거리를 곡예 운전하듯이 돌파하고 꼬리 물기가 이어진 이수역 사거리는 차 머리부터 집어넣고 뚫어냈습니다. 2차선에서 불법으로 바로 좌회전을 타면서 겨우겨우 시간에 맞추어 도착했습니다.

당신은 뒤쪽에 학부모들이 모인 곳에 서 있었습니다. 내가 왔다고 전화를 하니 살짝 나왔습니다. 복도에 서서 당신에게 바로 카메라를 전달하고 나는 귀신처럼 휙 사라졌습니다. 택배가 아니니 사인을 받을 필요도 없었어요.

결국 우리의 만남은 일상과는 전혀 다른 형태가 되어갔습니다. 뭐랄까 일종의 접선과 같은 형태가 되어 가고 있었습니다. 사실 본질적으로 우리의 관계는 비합법 지하투쟁과 비슷했습니다. 끝없는 보안 투쟁을 벌여야 했으니까요.

"은서, 입학한다. 이제. 초등학교."

"와. 그렇게 됐구나. 이제 학생이네. 자기는 학부모고."

당신이 상기시키지 않아도 사실 나는 기억하고 있었습니다. 모르는 척한 것이지요.

"지영아, 내가 은서 입학 선물이라도 하고 싶은데."

"입학 선물?"

"응."

"오, 나도 생각한 거 있었는데. 고마워. 잘 됐다."

"뭐 생각했는데?"

"은서 방에 가구 좀 사요. 인제 학생이 되니까. 학생 책상하고 책장 같은 거."

"굿 아이디어야. 어디서 볼까?"

"이수동으로 와. 여기 가구 거리가 있잖아."

이수동에서 당신과 만났습니다. 약속대로 우리는 가구점을 몇 군데 들렀습니다. 눈에 딱 들어오는 것이 없었어요.

"오빠, 뭐가 좋을까? 잘 모르겠다. 뭐 생각해본 것 있어? 오빠, 그런 거 검색 잘하잖아."

"'일룸'이라고 새로 나온 브랜든데. 인터넷에서 찾아보니까 그게 괜찮더라고. 평도 좋고. 이수동에도 매장이 있다고 했는데."

은서를 위해 미리 복안도 가지고 있었습니다.

"오, 저기 있다."

이수역 사거리 끝쪽에 '일룸' 입간판이 작게 보였습니다.

"여기 거 진짜 괜찮다."

성장하는 아이에 맞추어 높낮이가 조정되고 가방걸이 같은 세심한 액세서리가 붙어있어 실용적이었습니다. 초등학교 입학 테마로 책상, 의자, 책장들이 어울리게 구성되어 있어 선택하기도 좋았습니다. 그래서 그 매장에 들어오면서 우리는 금방 그날의 할 일을 마쳤습니다.

문제는 당신이었습니다.

"오빠, 이왕 온 거 침대도 하나 사자."

"침대는 왜? 오늘, 은서 거 사러 온 거잖아."

당신은 철퍼덕 전시된 침대에 누워 매트리스의 쿠션을 실험하고 있었지만 나는 싫었습니다.

"사실, 나. 침대 진짜 필요해. 매트리스 다 망가져서 허리도 아프고. 그리고 꿈자리도 시끄럽고."

오, 나는 정말로 침대는 사기 싫었습니다. 설명할 수 없는 직관과 예감이 있었기 때문입니다.

당신의 초대를 받아 이수동 빌라 당신의 집에 몇 번 갔을 때 나는 절대 당신의 침실로는 가지 않았습니다. 우리는 작은 방에서만 있었잖아요. 당신의 침실은 무서운 곳이고, 무서운 것이 있었기 때문입니다. 바로 당신이 혼수로 가져갔다는 그 침대 말입니다. 그 침대는 당신이 은서를 잉태한 침대입니다. 내가 아무리 짐승 같은 놈이라도 거기를 올라갈 수는 없었습니다.

"지금 침대는 진짜 싫어."

내가 동의하지 않고 아무 말이 없자 당신은 계속 재촉했습니다.

"진짜, 아파. 잠도 잘 못 자고…."

아프다는데 어쩌겠습니까? 아프다는데 모르핀인 내가 어쩌겠어요.

나는 할 수 없이 카드를 꺼냈습니다. 예산을 초과하여 그때 나는 실수를 했는데 그것은 결제를 일시불이 아니라 할부로 했던 겁니다.

당신에게 뭐라도 해주고 싶었던 내가 왜 그렇게 침대는 사 주기가 싫었을까요? 나의 그 방어기제에 대한 응답은 그로부터 머지않아 찾아왔습니다.

"박 과장, 내일부터 출장이지?"

"예, 광주에 점심쯤에는 도착해야 하기 때문에 새벽에 집에서 바로 출발해야 할 것 같습니다."

출장 전날 마케팅팀 팀장이 내 일정을 체크했습니다.

"그래, 그럼 아침 회의부터 없겠네. 그럼 인터넷뱅킹 프로모션은 누가 진행하기로 했나?"

"일단 김 대리에게 인수인계했습니다."

"그래. 그럼 잘 다녀와. 길이 먼데 항상 조심하고…."

"예."

그때 나는 전국 LG 전자 서비스센터 교육 지원을 자청했습니다. 그 일은 전국에 산재해 있는 LG 전자 서비스센터를 돌면서 우리 회사 상품과 서비스를 교육시키는 일입니다. 그 서비스센터 기사들을 통해 LG 온라인 가입자를 늘리기 위한 방편이기도 했고 기사들을 대상으로 인센티브를 지급하는 프로모션 계획이었습니다. 내가 그 출장 업무에 지원한 것은 단지 돈이 필요해서였습니다.

그러나 그 일은 말입니다. 혼자서 호남권으로 5일을 돌고 서울로 올라와서 이틀 뒤 다시 영남권으로 7일을 돌고 서울로 올라왔다 충청권으로 내려가서 3일을 돌고 다시 서울로 올라와서 업무를 보다 다시 강원권으로 3일을 돌아야 하며 이어서 다시 경기권, 마지막엔 제주도까지 가는 살인적인 일정이었습니다. 12개의 고속도로를 타고 43개의 국도를 지나서 32개의 도시를 혼자서 방문하는 그런 계획이었습니다. 마지막 제주도만 비행기였습니다.

내 승용차를 직접 몰고 한 달 반이 넘는 그 일정을 소화하기 위해 어느 때는 새벽 두 시까지 운전을 했습니다. 나는 단지 출장 지원수당 삼백만 원이 더 필요했던 겁니다.

"전국 출장이 잡혔어. 광주를 시작으로 계속 왔다 갔다 하면서 돌아야 돼."

그 과정에서 나는 아내에게 성실하게 보고했습니다. 회사에서 복사해 온 출장품의서와 계획서까지 작은 방 PC 책상 위에 올려놓았습니다. 혹시 어떤 오해를 할 수도 있으니까요.

그러나 아내는 촌스럽게 안절부절못하지 않았습니다. 아이를 보는 것이 문제라는 정도였습니다. 가까이 살았던 내 동생 민희에게 전화를 걸어 부탁했습니다.

새벽에 길을 나서는 내게 아내는 그냥 '잘 갔다 와.' 하는 정도로만 내보냈습니다. 지방 출장 중에 아내는 나에게 전화 한 통화 걸지 않더군요. 물론 내가 성실하게 보고 전화를 올렸습니다. 아내는 어디인지 뭐 하는지 아무것도 묻지도 않았습니다.

나아가 당신조차도 새벽별을 보며 나와서 깜깜한 밤길을 달리는 나에게, 어느 도시 모텔 방에서 혼자서 교육 자료를 뒤적이던 나에게 도대체 전화 한 통 걸어주지 않더군요. 출장 때문이긴 하지만 혼자 있는 시간이 많아졌으니 저녁과 밤에 당신에게 전화를 걸었는데 도대체가 통화하기가 힘들었습니다.

왜 이렇게 전화를 받지도 않고 걸어주지도 않는 거예요?

눈이 와도 연락이 없더니 꽃이 피어도 연락이 없었습니다.

아내와 당신. 예전에 한때는 나와 헤어지겠다고 두 여자가 동시에 합의하고, 또 나에게는 헤어질 수 없다고 동시에 번복하더니, 이제는 두 여자가 나 없는 어떤 자신들의 삶을 생각하고 있습니다. 절대 가벼이 다루어서는 안 되는 두 여자를 데리고 양가감정의 시소 놀이를 한 대가를 이제 내가 받아야 할 차례가 오고 있었습니다.

삶은 번잡하면서도 한가합니다. 인생은 본래가 외로운 나그네의 먼 길과 같습니다. 어떤 사랑도 메꾸어 줄 수 없는 한줄기 외로운 길입니다. 내 앞에는 홀로 가야 할 외로운 먼 길만이 놓여있었습니다.

만남은 헤어짐의 시작이며 헤어짐은 만남을 위한 약속입니다. 은서가 희망의 상징이었듯 당신은 사랑의 상징이었습니다. 당신의 서늘한 눈매와 부드러운 입술은 언제나 사랑을 하겠다는 하나의 기호가 아니겠어요.

나를 바라보던 당신의 얼굴은 세상 무엇보다 풍부한 의미를 담은 하나의 상징이며 기호였습니다. 그 아름다운 상징을 나는 제대로 해석하지 못했습니다. 인생은 오해의 연속이고 세상은 오류로 가득 차 있습니다. 모든 상징이 그렇듯 당신은 완전히 드러내지도 않고 완전히 감추지도 않았습니다. 나에게 해독을 요구하는 로제타스톤 (Rosetta Stone)과 같이.

그래요, 나는 아직도 당신에게 감히 사랑한다고 말하지 못했습니다. 그러나 소쉬르가 말한 대로 컵을 물이라 하고 물을 컵이라 하지 않을 이유가 없다면, 당신을 향해 부는 이 꽃바람도 '내가 당신을 사랑한다.'는 뜻이 아니라고 말할 수 없지 않을까요?

내리는 비에서 비릿한 흙냄새가 났습니다. 뿌옇고 침침한 하늘에서 한두 방울 빗물이 떨어지더니 이내 누런 비가 오락가락 내렸습니다. 세워 놓은 자동차에 줄줄이 누런 빗물 자국이 흘러내리며 시꺼멓게 더러워지고 있었습니다.

그 전날 밤 드디어 나는 화가 났습니다. 분개했습니다. 대전으로 혼자 출장을 왔다가 당신을 생각하며 전화를 걸었습니다. 나도 바빴고 당신도 연락이 없었기에 일주일 만에 겨우 걸어본 전화였습니다.

그런데 핸드폰이 정지되어 있더군요. '고객의 요청으로…' 어쩌고 저쩌고하면서요. 언제부터 정지시켰는지는 몰라도 그렇게 일방적으로 우리의 접선 라인을 차단해버린단 말입니까?

무슨 이유인지 우리의 유일한 연락망이 끊어졌는데도 이를 미리 알려주지도 않는 그 태도에 나도 참을 수가 없었습니다. 어떤 모욕감을 느꼈습니다.

집으로 전화하니 처음에는 안 받더군요. 밤늦게 혼자서 모텔에 있다가 다시 당신 집으로 전화했습니다. 어쩔 수 없이 아주 늦은 밤이었습니다. 전화벨이 몇 번 울리더니 상대가 받았습니다.

"여보세요. 여보세요."

내 목소리를 듣고도 분명히 당신일 수밖에 없는 상대가 전화를 그냥 뚝 끊어버렸습니다. 다시 전화를 했는데 전화선을 빼놓았는지 이번에는 아예 받지를 않았습니다. 눈으로 그려지는 당신의 태도에 모멸감과 함께 분노했습니다. 그 피곤한 출장 일정인데도 잠을 이루기가 어려웠습니다.

집 전화는 늦어서 차단하고, 핸드폰은 고객의 요청으로 차단하고 도대체 뭐하자는 겁니까? 수배 떨어져서 잠수 타는 겁니까? 아니면 당신도 안기부가 데려갔나요?

대전에서 아침에 일을 보고 서울로 올라오면서 고속도로 위에서 당신의 집으로 전화를 했습니다. 오전이라 이번에는 받더군요. 잡혀간 것은 아니군요.

"한지영. 너, 안기부가 잡아간 줄 알았다."

처음부터 '너'라고 시작했습니다.

"무슨 소리야?"

"지금 고속도로 타고 서울로 가는데… 한 시간이면 도착하거든. 내가 지금 너네 집으로 갈게. 좀 보자."

"아니, 오빠가 우리 집에는 왜 오는데… 지금. 안 돼. 여자 혼자 산다고 이런 식이야."

"누가 집에 들어간대. 얘기 좀 하자는 거지. 핸드폰은 왜 정지시킨 거야?"

"여기가 오빠네 동네야? 그리고 밤에 집으로 전화 좀 하지 마. 내가 오빠한테 집으로 전화하면 좋겠어? 그러면 받아줄래? 집 전화번호 좀 대봐."

세상에 말로 여자를 어떻게 이기겠습니까?

"아니, 핸드폰은 왜 정지시킨 거야? 뭐하자는 거야? 지금!"

나도 맞서서 내질렀습니다.

하지만 당신은 결국 전화에 대고 근본적인 불만 하나를 터트렸습니다.

"핸드폰 정지하든 말든… 뭐, 내가 니 첩이냐?"

첩?

물론 아닙니다. 절대 그럴 리가요. 맹세컨대 꿈속에서도 그런 생각을 해본 적이 없습니다. 그런데 나는 당신에게 순간적으로 시의적절한 반론을 펴지 못했습니다. 말문이 막혀서요.

그 사이 당신이 뚝 전화를 끊어 버렸습니다. 순간 너무 감정이 격해져 핸들이 흔들렸습니다. 차가 위험하게 차선을 넘어갔습니다. 고속도로에서 잘못하면 사고 날 뻔했어요. 위험해서 도저히 안 되겠더라고요. 서울 가서 전화해야 되겠다고 생각했습니다.

그런데 잠시 후에 당신으로부터 전화가 걸려왔습니다.

"그래 와라. 나도 할 얘기가 있거든. 그 대신 집으로 오지 말고 근처 와서 전화해, 집으로. 내가 나갈게."

고속도로에서 서울로 올라오면서 당신이 무슨 얘기를 할까 짐작해 보았습니다. '굿 뉴스와 배드 뉴스, 둘 중에서 절대 좋은 소식은 아니겠구나.' 생각했습니다. 얼마나 나쁜 소식일까?

서울로 오는 내내 기분이 너무 나빴습니다. 언제부터 핸드폰을 정지시켰는지는 모르겠지만, 도대체 핸드폰을 정지시키고 내게 그런 사실을 말도 하지 않다니요. 만약 핸드폰 번호를 바꾸는 것이라면 그 번호를 내게 알려줄 생각도 없다는 거잖아요.

인간적으로 어떤 모욕감을 느꼈습니다. 나를 무슨 스토커나 치한으로 취급하는 것밖에 안 되잖아요. 아무리 그래도 나를 어떻게 그렇게 취급할 수 있나요? 도대체 당신이 뭘 원하는 것인지, 가슴속에서 의혹과 분노가 치밀어 올랐습니다. 위험한 고속도로라 더는 생각하지 않기로 했습니다. 액셀만 힘껏 밟았습니다. 비릿한 비가 오락 가락해서 날씨마저 기분 더러운 날이었습니다.

　이수동에 와서 당신을 불러냈습니다. 당신은 어디 커피숍 같은 데 갈 것도 없이 그냥 차에서 잠깐 얘기하자고 하더군요. 점심부터 움직여야 할 일도 있다고 했습니다. 사실 나도 서울로 복귀하면 회사로 들어가야 했으나 당신을 먼저 만나러 오는 길이었습니다.

　"이수역 구산타워 옆에 차 있으니까 걸로 와. 그럼."

　지금 데이트하는 것 아니니까, 상관없어요. 차에서 얘기해봅시다. 중요한 것은 당신이 하고 싶은 얘기이니까요.

　당신은 내 옆자리 조수석에 타자마자 씩씩댔습니다. 당신은 그날 작년 목포에서 내가 사준 단화를 신고 왔습니다. 계절에 맞는 신발이었기에 당신은 무심코 신고 왔겠지만 그 신발이 내 눈에 띄었습니다.

　"그래, 왜 그렇게 밤에 집으로 전화하는데? 여자 혼자 산다고 오빠 마음대로 야."

　"그래서 전화선 빼놓은 거야?"

　"그래. 시끄러워서 잘 수가 있겠어? 내가 못 살아. 진짜. 밤에 집에 전화 좀 하지 마."

　아니, 예전에는 모닝콜을 해 달라, 밤 11시에 집으로 전화해달라고 하던 여자가 정말 너무하는군요. 나는 밀려오는 어떤 예감을 감당할 수 없어서 실은 참기로 했습니다. 정말로 당신과 다투기 싫었습니다.

　"알았어. 집으로 전화 안 할게. 니가 하도 핸드폰을 안 받으니까."

　"너라고 좀 하지 마. 너, 너 하면 좋아? 야, 니가 전화하면 나는 무조건 받아야 되니? 내가 니 첩이라 그래야 되는 거야? 너네 집으로 전화하면 너는 받을래. 난 오빠한테 전화도 못 하잖아."

당신은 정말 사악한 마녀로 변했더군요. 막말을 해댔습니다.

어떻게 내게 그렇게 말할 수가 있나요? 나는 할 말이 없었습니다. 아니, 내가 당신에게 무조건 뭘 하라고 했다는 겁니까? 그래요, 당신이 내 집으로 전화하면 내가 받을 수가 없지요. 그러니까 내게는 낮에 핸드폰으로 하면 되잖아요. 꼭 집 전화가 중요한 건 아니잖아요.

그리고 '첩'이라는 그 이상한 말, 돌아버리는 것 같았습니다. 지금 세상에 그런 게 어디 있다고? 나와 당신, 둘 중에 하나는 미쳤던가 아니면 둘 다 미쳤던 게 분명합니다.

그래요. 내가 아직 이혼하지 않고 아내와 아들과 함께 살고 있는 것이 이렇게 아무 말 할 수 없는 죄가 되었군요. 당신에 대한 나의 연민병과 낭만적 열정이 끝나지 않았는데, 당신은 나를 사랑의 포로로 잡아놓고 마구잡이로 난도질 쳤습니다. 그리고 또 이상한 말이 터져 나왔습니다.

"나는 남의 애 못 키워. 아니, 내가 왜 남의 애를 키워? 지금 내 애도 키우기 힘들어 죽겠는데."

도대체 당신이 말하는 남의 애가 누굽니까? 우리 아들을 말하는 겁니까? 그 모욕에 나도 더 이상 참지 못하고 소리를 질렀습니다.

"무슨 소리야? 진짜. 보자보자 하니까. 너 미쳤어!"

이게 무슨 말이에요. 그래요, 당신은 요 몇 달에 걸쳐서 나를 이런 지경까지 아주 노련하게 몰고 왔습니다. 진짜, 당신의 주장을 한번 들어봅시다. 도대체 뭐가 문제이고, 뭘 하고 싶은 건지.

당신도 자기 얘기가 뜬금없다고 생각했는지, 바로 화제를 돌렸습니다.

334

"아냐, 아냐. 내가 말할게. 그래, 그냥 말할게. 그래, 나 남자 있어."

"그래?"

이제야 자백을 하는군요. 예감이 현실이 되는 순간입니다.

그래도 좀 차분해보자. 최대한 멋있게 한번 해보자.

"그래. 나, 그 사람 사랑해. 그 사람은 외로운 사람이야. 나, 그 사람하고 같이 있고 싶어."

"그래? 그랬으면 진작 얘길 하지. 누군데?"

"옛날부터 알던 사람이고. 같이 활동도 하는 사람이야. 작년 말에 사람들이랑 같이 지방으로 공연 갔다가 마음이 통해서. 그래서…."

"그래서?"

"그래서… 같이 잤어. 어제도 집에 같이 있었고."

"그래서 내가 밤에 전화하면 곤란했겠구나. 난 몰랐잖아. 뭐 하는 사람이야?"

여기까지는 나도 차분했습니다. 엄청나게 인내하며 최대한 쿨하게 대처하고 있었습니다.

"그냥 활동한다고 했잖아. 누군지 말하기 싫어. 내가 오빠한테 꼭 말해야 돼?"

당신의 얘기를 들으며 윈도우가 너무 지저분해서 워셔액을 뿌리고 와이퍼를 작동시켰습니다. 탁한 먼지가 번지듯이 씻겨나갔습니다. 잔뜩 흐린 날 잠시 비가 그쳤다가 다시 흙비가 되어 내리기 시작했습니다.

그런데 당신은 그날 아주 정을 떼려고 작정을 했더군요.

"나 그 사람하고 살고 싶어. 그리고 그 사람 애가 없거든. 그 사람 애도 낳아주고 싶어. 나 이제 나이도 많잖아."

나한테 끝내 한 소리 듣고 싶어서 별 얘기를 다 하는군요.

침대. 내가 그렇게 싫다고 했는데… 그래, 서로 다른 씨를 한 침대에서 잉태하기는 좀 찜찜했나 보죠. 그래서 침대를 바꿀 필요가 절실했나 봐요. 그런데 그걸 왜 나한테 사달라고 하는 건데. 씨발.

드디어 나도 화가 났습니다. 당신은 나를 화나게 하는 데 성공했어요.

"너, 그래서 침대 필요했던 거야? 무슨 씨받이냐 이 미친년아! 애를 낳든 말든 그건 둘이서 얘기해. 나한테 그런 얘길 왜 해? 그리고 너, 핸드폰 아주 잘 바꿨다. 정지시키지 말고 아예 해지시켜. 돈 나가. 씨발!"

도저히 참을 수가 없었습니다. 차분이고 뭐고… 씨발, 진짜 화가 나더라고요. 그래서 나도 내가 가진 사악한 한 측면을 드러내 보였습니다. 당신도 내게서 욕을 들으니 화가 나서 눈을 새파랗게 뜨고 노려보더군요.

"인제 집에 전화하지 마. 나 잘살 거야. 그리고 우리 동네에도 오지 마."

"알았어. 너도 전화하지 마. 그리고 너! 반드시 최제원 씨하고 이혼해. 너는 자격이 없어."

나는 아주 단호하고 무섭게 얘기했습니다. 당신이 싫다고 하는 '너'를 아주 강하게 발음하면서요.

"야. 내려. 나 회사 가야 돼."

비가 오는데도 당신을 차에서 내리게 했습니다. 보통 때처럼 당신을 집 앞까지 바래다주지 않았습니다. 당신도 바라지도 않았습니다. 차에서 내린 당신은 잰걸음으로 걷다 빗방울이 머리를 더럽히자 나중에는 아예 뛰어갔습니다. 룸미러로 그 야멸찬 모습을 지켜보았습니다. 당신은 작년 어느 봄날 목포에서 내가 사 준 그 단화를 신고 그렇게 달아났습니다. 흙비가 내리던 날이었습니다.

당신은 대못을 박고 돌아섰습니다. 바로 앞에서 직격탄을 날렸습니다.

인간에게 있어서 애인이 알 수 없는 사연으로 다른 사람과 자고 있는 것을 목격하는 것도 기분이 별로이겠지만 또 새로운 사랑에 빠져서 눈이 멀어가는 애인의 고백 아닌 고백을 듣는 것도 결코 유쾌한 일은 아닐 것입니다.

더구나 '그 사람 애도 낳아주고 싶다'는 당신의 그런 바보 같은 말. 어처구니없고 화가 나더군요. 도대체 당신이 무슨 애 낳아주는 사람입니까? 둘째 애를 못 가져서 안달이 났습니까? 내가 아는 한지영이 겨우 그 정도예요.

나를 단칼에 끊어내려는 폭력적이고 다소 과장된 얘기가 숨어있다고 생각하지만 도도해야 할 당신이 도대체 그런 저자세로 꼭 새로운 사랑을 시작해야 하냔 말이죠? 내가 분개한 것은 그 점이었습니다. 왜 자중자애하지 않느냔 말입니다.

하긴 당신은 나를 어느 정도 잘 알고 있으니 나를 화나게 하는 방법도 알고 있었고, 나를 어떤 자괴감 속에 빠뜨려 남은 에너지도 어떤 미련도 가차 없이 없애버리는 방법도 알고 있었겠지요. 이별을 선택했다면, 그런 점으로 본다면 당신은 잘하고 있는 것입니다만.

하지만 모든 것이 인과응보입니다. 새로운 사랑에 빠져서 눈이 멀어져 가는 애인의 악다구니를 듣는 것, 내가 아내에게 저질렀던 그 악행 그대로 당신으로부터 내가 받는 것이겠지요. 허나 당신이 또 나에게 저지르는 이 악행은 어찌할 참인지, 걱정입니다 그려.

당신의 침대를 사기 위해 바보같이 할부 처리한 그 카드 대금을 그 후로도 몇 개월 동안 내가 계속 결제를 해야 했던 것을 당신은 알고 있나요? 남자들 사이에서 이런 얘기가 있어요. 의심 가는 애인에게는 뭘 선물할 때 절대 카드 할부는 안 하는 것이 좋다고요. 나는 잊고 싶어도 절대로 잊지 않고 날라 오는 그 카드 할부 내역을 보고 있노라면 어느 순간 유체이탈을 하는 자신을 볼 수도 있을 겁니다.

비 오는 그 일요일 밤, 그날 이후 2년 9개월쯤 지나 더러운 흙비가 내리는 날 당신에게 그런 얘기를 듣고 돌아가는 내 기분은 그야말로 엉망진창이었습니다. 그 엄청난 상실을 위로해 줄 사람도 없었고, 함께 산과 바다로 여행을 떠나줄 친구들도 이제는 없었습니다.

그 대신 나에게는 그다음 날 강원권으로 혼자서 출장을 가야 하는 엿 같은 직장생활이 기다리고 있었습니다.

강릉 밤바다

"사랑해요 LG. 강릉 서비스센터입니다."

"안녕하세요. 저는 LG 온라인 과장 박민수입니다. 센터장님 계십니까?

"센터장님 지금 외근 중이시고 안 계십니다. 어떤 일로 그러시는지? 메시지 남겨드릴까요?"

"아, 오늘 온라인 프로모션 교육 때문에 지금 가고 있는데 센터장님과 통화를 좀 해야 해서요."

영동고속도로 진부 IC를 지날 때쯤 강릉 서비스센터로 업무 전화를 걸었습니다.

"전화번호 남겨주시면 센터장님 들어오시는 대로 전화 드리도록 하겠습니다. 과장님."

그날 나는 강릉으로 가기 위해 대관령을 넘었습니다. 대관령 휴게소는 먼 길 가는 나그네를 편히 쉴 수 있게 인도하지 못했습니다. 휴게소 주차장에 그려진 주차선이 보이지 않을 정도의 짙은 안개로 뒤덮였습니다. 태어나서 처음으로 만나는 엄청난 안개의 숲이었습니다. 안개 군단이 한 백만 대군은 몰려온 것 같았습니다.

겨우 휴게소에 주차를 하고 등받이를 젖히고 몸을 뻗었습니다. 그리고 또 잠시 당신을 생각했습니다. 그냥 기분이 더럽고 정말 당신이 밉더라고요.

내가 정말로 당신이 밉게 느껴진 말은 '새로운 남자가 있다', 뭐 그런 얘기만은 아닙니다. 사랑 게임에서는 질 수도 있고 이길 수도 있습니다. 물론 당신의 방법은 기습적이었고 전격적이었습니다. 그리고 우리의 전쟁 같은 사랑에서 내가 거의 전멸에 가까운 패배를 맛본 것은 꼭 당신의 책임만은 아닙니다. 예감하면서 대비하지 못했던 내 잘못도 있는 겁니다. 그러나 어제 그 과정에서 아무리 당신이지만, 당신이 잘못한 것이 있습니다.

당신은 내 아들을 모독했어요. 아무리 그래도 내 아들은 어린아이입니다. 나와의 인연으로 나를 빌어 태어났지만 나와는 전혀 다른 존재입니다. 나와는 다른 꿈을 가져야 하고, 나와는 다른 인생을 살아가야 할 고귀한 존재입니다.

당신이 그래서는 안 됩니다. 내가 당신의 딸을 그런 식으로 대접한 적이 있던가요? 이건 당신과 나의 문제이며, 나아가 우리 성인들의 문제입니다. 아무 상관없는 어린아이를 끌고 들어가지 마세요. 그 모독은 참을 수가 없더군요.

내 아들은 엄연히 엄마가 있고 할머니가 있고 고모들이 있고 또 내가 있습니다. 내 아들이 당신에게 의지해야 할 그런 불쌍한 존재가 아닙니다. 내가 아무리 당신에게 미쳤다 하더라도 그 이유가 내 아들을 모욕할 이유가 될 수는 없습니다. 나는 절대로 인정할 수 없습니다. 내 잘못으로 인해 모체에서 3일을 굶은 애입니다. 당신이 나를 어떻게 해도 좋지만, 그렇게 내 아들을 건드리면 안 됩니다. 나도 마지막 자존심이라는 것이 있어요. 당신은 나의 역린(逆鱗)을 건드린 겁니다. 위대한 모성애에 비할 바는 아니지만 비루한 아비들에게도 부정(父情)이라는 것이 있습니다.

만약 당신이 새로운 인생을 살기 위해 새로운 사람을 만나서 사랑에 빠졌는데, 그 사람이 당신의 딸을 부담스러워하고 당신에게 딸을 버리고 오라고 한다면 당신은 어떤 기분이 들겠습니까? 나는 당신에게 내 처지와 조건을 기망한 적이 없습니다. 내가 언젠가 당신에게 말했잖아요. 과거의 노예가 될 필요는 없지만 과거를 완전히 부인할 필요도 없다고요. 자식은 내가 과거에 낳아서 현재까지 이어지는 인연입니다. 세상에 아무도 미래에 자식을 낳았다고 할 수는 없잖아요. 물론 우리는 과거보다는 새로운 미래를 위해서 노력하고 정진해야 합니다. 그러나 새로운 미래를 살기 위해서 과거의 자식을 부인할 수는 없는 겁니다.

아니면 아닌 겁니다. 갈려면 그냥 가세요. 왜 내가 가장 죄책감을 느끼고 있던 내 아들을 언급합니까? 내가 비록 투쟁 전선에서 비겁하게 물러났지만 이제 남은 하나의 투쟁이 있다면, 그것은 내 아들을 키워야 하는 것입니다.

안개 자욱한 대관령 휴게소에서 커피 한잔을 사서 차에 앉아있는데 그때 어떤 전화가 왔습니다. 느낌에 당신의 전화 같기도 했습니다. 아니면 혹시 강릉 센터장의 전화일 수도 있었고요. 받을까 말까 잠시 생각하다 누군지 알 수가 없으니 받았습니다. 그때는 발신자표시가 없었으니까요.

그 전화를 받지 말았어야 했는데 말입니다.

"여보세요."

상대가 아무런 말이 없었어요. 전화를 끊지는 않는데 아무 말이 없더군요. 당신이군요. 나도 더 이상 응답하지 않고 아무 말 없이 전화를 들고 있었습니다. 우리는 그렇게 서로 핸드폰을 사이에 놓고 침묵으로 노려보고 있었습니다.

"여보세요."

이게 뭐하자는 수작이죠? 당신은 도대체 몇 명을 데리고 살 작정을 한 겁니까? 옥중의 남편에, 애 낳아주고 싶은 사람에, 치명상을 입고 비틀거리는 나까지. 당신과의 사랑 전쟁에서 전멸한 나를 아예 포로로 데리고 다닐 생각인가요? 도대체 뭘 어떻게 할 생각인지 당신은 사악하기 이를 데가 없었습니다.

"한지영 씨?"

내가 차갑게 당신의 풀네임을 불렀습니다. 그제야 당신이 자신을 밝히더군요.

"오빠…."

오빠? 지랄하네. 언제부터 내가 너 오빠였는데.

"야, 장난치지 마. 나 바빠."

"어디야?"

"우리 서로 연락 안 하기로 했잖아. 왜 또 무슨 수작을 부리려고 이러는데?"

"오빠. 침대… 그런 거 아니야. 진짜."

그 말을 하고 싶었던가요.

"침대? 아 그거. 그런 거든 아니든. 결과적으로 그렇게 되는 거지 뭐. 너 하는 행태로 볼 때. 내가 너를 전혀 모른다고 할 수는 없잖아. 내가 미친년한테 물린 셈 치고 참으려고 하니까. 이런 전화 하지 마."

물론 당신의 얘기에서 이른바 '정 떼기'를 위한 어떤 위악(僞惡)이 있다고는 생각했습니다. 그러나 어떤 말에도 일면의 사실은 존재하는 것이고 그 자체만으로도 기분은 충분히 더럽습니다. 더 이상 비참해지고 싶지도 않고요.

"오빠, 어디에요?"

화가 머리끝까지 나 있는 내게 이런 전화해서 뭘 어쩌겠다는 겁니까? 욕밖에 더 먹겠어요. 진정한 사랑의 고수가 되겠다면 딱딱 끊어낼 줄 알아야죠. 당신이 날 잘라내는 게 잘 안되면 내가 먼저 끊어드릴게요. 화도 나는데 잘됐네요. 내가 한번 도와드리죠.

"어딘지 알 필요 없고, 내 얘기나 들어봐. 너, 내가 너랑 한 오십 번 했다고 치자. 내가 한 5천 썼으니까. 그래도 한 번에 백만 원씩 준 거야. 너 대학 나왔다고 해서… 이대 나왔다고 해서 그래도 많이 쳐준 거야. 그렇게 알아."

정말 말로 당신을 한번 죽여주려고 했는데, 당신은 화도 내지 않더군요.

"어디에요?"

왜 이렇게 차분하죠. 화 안 나요? 그래요, 나중에 생각해보면 굉장히 화날 겁니다. 이런 걸로도 안 되면 그냥 단도직입적으로 해야죠 뭐.

"어딘지 알아서 뭐하게? 앞으로 나한테 전화하지 마. 너, 재수 없어. 씨발. 끊어!"

나는 핸드폰을 끊어서 옆자리로 아주 집어던져 버렸습니다.

빌어먹을 핸드폰. 창밖으로 확 집어던지고 싶었지만, 업무를 해야 하니 그럴 수도 없었습니다. 그래서 다시 주워서 아예 꺼놓았습니다. 언제나 당신이 전화를 해줄까 노심초사하면서 핸드폰을 보고 또 쳐다보던 내가 아예 꺼버렸습니다.

겨우 대관령을 넘었습니다. 짙은 안개 속에서 앞차의 경고등을 따라 같이 경고등을 켜고 차량들은 서로서로 부둥켜안고 그 높은 고개를 넘었습니다. 짙은 안개 속을 뚫고 넘어서 도착한 강릉은 마치 다른 세상 같았습니다. 나를 아는 사람이 아무도 없었습니다. 아직 철이 되지 않은 경포대는 관광지의 난잡함이 밀려오지 않은 조용한 바다 그 자체였습니다.

  강릉 밤바다, 경포대에서 갑자기 일어난 이 이야기는 당신도 아내도 우리 가족 누구도 결코 모르는 얘기입니다. 나도 전혀 계획한 바가 아니었기에 누구에게도 얘기한 적이 없습니다. 나만의 비밀이 생겼지요.
  오후에 강릉 시내 서비스센터에서 일을 마치고 저녁 무렵에 경포대 어느 모텔에 방을 잡았습니다. 강릉을 떠나 이동해도 되는데, 피곤한 데다 머릿속을 떠나지 않는 당신 생각에 아예 더 지쳤습니다.
  강릉을… 그 바다를 떠났어야 했는데…
  어두운 방에 혼자 앉아있으니 잠도 오지 않고 너무 답답하고 무언가 자꾸 나를 짓눌렀습니다. 밖으로 나왔습니다.
  "혼자 오셨어요?"
  "예. 아줌마. 여기 소주 한 병 하고 안주는 대충 알아서 주세요."
  경포호 근처 어느 술집에서 혼자서 소주를 마셨습니다. 평일이라 손님도 몇 테이블 없었습니다. 그런데 혼자서 아무리 술을 마셔도 쉽게 취하지가 않더군요. 나는 가끔씩 내 주량이 싫었습니다. 한때 어려운 접대 자리에서 호기를 부리는 상대를 만나 폭탄주 12잔을 연거푸 마시고도 정신을 차리고 있는 나를 발견하고 스스로 놀라기도 했습니다.
  "여기요! 소주 한 병 더 주세요."

"너무 많이 드시는 것 같은데."

"이거 한 병만 할게요. 그냥 주세요. 딸꾹."

주문을 하는데 딸꾹질이 일어났습니다. 그렇게 나는 좀처럼 취하지 않는데 드디어 그날은 나도 취해버렸습니다. 소주병을 한 4병 아니 5병이나 굴리고 있었습니다. 육신은 피곤하고 정신은 아득한데, 사람을 죽이기로 작정을 했는지, 밖에는 고마운 빗님까지 오시고 있더군요. 봄비라 많이 오지는 않았지만, 부슬부슬 아주 멋지게 내리고 있었습니다.

어느덧 그 가게에 나 혼자 앉아 있었고 주인도 그만 끝내겠다고 재촉했습니다. 경포호는 가물거리는 가로등 아래 비에 젖고 있었습니다. 그 가게를 나와 휘청이는 몸을 가누지 못하고 바닷가 쪽으로 걸어갔습니다. 그곳은 아마 비 내리는 경포대 해수욕장 한구석이었을 겁니다.

어느 순간에 보니 철 이른 바닷가 모래사장에 내가 앉아있더군요. 어깨 위에 빗물이 흘러내리고 머리칼은 속까지 젖어갔습니다. 유명한 관광지다 보니 멀리 군데군데 우산을 쓴 연인들이 보였습니다.

비 내리는 어두운 바다를 가만히 들여다보았습니다. 바다는 가만있어도 되는데 끝없이 하얀 포말을 일으키며 으르렁댔습니다. 바다만은 비에 젖지 않았습니다. 수많은 상념이 밀려오고 밀려가듯 수없는 고뇌가 생멸(生滅)하듯 모래사장에 앉아 그 파도를 바라보았습니다.

얼마나 바라보았을까요? 한참을 바라보았습니다. 혼자 생각이 미친 망아지처럼 날뛰었습니다.

당신이 밉다가 어느덧 당신이 가여워지더군요. 아내와 내 아들도 가엾더군요. 최제원도 불쌍하더군요. 그리고 내가 밉다가 결국에는 나조차 불쌍해지더군요.

어떻게 내가 당신에게 그런 말을 했다니… 아무리 화가 나도 그렇지 내가 당신을 창녀 취급했다니 정말 미안해요. 죽고 싶도록 미안합니다.

또 한편으로는 마치 잘 짜진 한편의 복수극 같더군요. 그래요, 처음부터 나를 원망했던 당신이 나를 사랑했을 리가 없습니다. 수십 번 등장하는 공소외 박민수와 귀신 박민수와 혹시 프락치일지도 몰랐을 박민수를 당신이 사랑했을 리가 없습니다. 실은 당신도 애국전선의 조직원이었을 겁니다. 어떤 복수가 필요했을 수도 있습니다.

자신의 비극에 일조한 나를 당신이 안아줄 이유가 없더군요. 오히려 당신의 복수극을 완성시켜 줄 필요를 느꼈습니다. 알코올은 이미 내 혈관 전체를 돌아 뇌 속으로 밀려 들어오고 있었습니다. 당신이 맨 처음 내게 귀신인 줄 알았다고 했지요. 예, 진짜로 귀신이 되어줄게요.

당신을 창녀라고 모독한 나를 내가 용서할 수가 없었습니다. 말로 당신을 죽여주겠다는 그 망발이 거꾸로 자책이 되어 나를 죽이려 들었습니다.

바다도 술을 먹은 걸까요? 파도가 휘청대더군요. 가만히 보니 그건 바다가 아니라 그냥 포근한 어둠이었습니다. 무섭게 울어대던 파도도 어디로 갔는지 사라졌습니다. 그냥 어둠 속에서 하얀 물새가 춤을 추는 것 같았습니다. 으르렁 쏴아 대던 소리도 더 이상 들리지 않고 너울대는 하얀 살풀이같이 나를 불렀습니다.

뭐야, 아무것도 아니잖아. 바다는 어디로 간 거야?

빗물인지 눈물인지 알 수 없는 액체가 자꾸 얼굴을 타고 내리면서 간지럽혔습니다. 열이 나는지 몸이 더웠습니다. 자꾸만 무언가 어깨를 짓눌렀습니다. 육신이 답답하고 갑갑했습니다.

왜 그랬는지는 몰라도 나는 신발을 벗었습니다. 그리고 젖은 양말도 벗었습니다. 젖은 모래가 발가락 사이로 끼어들어 왔습니다. 일어나서 바다를 향해 걸어갔습니다. 가볍게 물에 들어갔어요. 발가락 사이에 끼여 서걱거리던 모래가 기분 좋게 빠져나갔습니다. 어둠 속에 숨어있던 바닷물이 몸을 슬쩍 적셔왔습니다. 그런데 봄인데도 바닷물이 차갑지가 않은 거예요. 그래서 한 발 더 들어가 보았습니다.

물이 조금 더 올라왔지만 전혀 차갑지가 않았습니다. 오히려 바닷물이 포근하고 따뜻하게 나를 감싸는 것 같았습니다. 어깨를 짓눌렀던 무언가가 파도에 쓸려 가는 그런 좋은 느낌이 들었어요. 조금 더 들어갔습니다. 동해는 가팔라서 그런지 금방 물이 가슴까지 차오르더라고요. 그러나 역시 하나도 차갑지 않았습니다. 물이 얼굴까지 들어왔습니다. 그러니 비에 젖은 건지 눈물에 젖은 건지 축축한 내 얼굴도 말끔해지는 느낌이었습니다.

결국 바다는 없었어요. 그냥 어둠과 내리는 빗물만이 있었습니다. 숨을 크게 쉬고 폐에 가득 공기를 집어넣었습니다. 그 들숨만으로도 충분하리라 생각했습니다. 한 발, 한 발 계속 내딛었습니다. 그런데 숨을 쉴 수가 없었어요.

아주 오랜 옛날 돌고래가 그랬던 것처럼, 육지라는 2차원 세계를 떠나 바다라는 3차원 세계로 나는 들어온 것뿐인데 숨을 쉴 수가 없었어요. 분명히 어둠뿐이었는데, 갑자기 숨을 쉴 수가 없더라고요. 어디선가 보이지 않는 바닷물이 눈과 귀와 코로 쏟아져 들어왔습니다.

거기에는 내리는 비도 없었고 포근했고 짓누르던 무엇도 없어 참으로 편안했는데 단지 숨을 쉴 수가 없었습니다. 발이 닿지 않았습니다. 몸을 가눌 수도 없었습니다.

물 밖 세상과 이별하고 단지 어둠 속으로 들어갔을 뿐인데 그 큰 바다가 어디에 숨어 있다가 나를 덮친 겁니다. 숨을 쉬고 싶어도 숨을 쉴 수가 없었습니다. 깊은 잠이 찾아오는 듯했어요. 단지 그 느낌뿐입니다.

"혹시 실직했습니까?"

실직한 것이 아니라 실연했지만 그 얘기는 하지 않았습니다. 총각도 아니고 유부남인데 실연해서 그랬다고 말하면 더 복잡해질 테니까요.

"아닙니다. 회사원이에요."

아직 젖은 머리를 파출소에서 내준 수건으로 닦으면서 대답했습니다. 옷에서 아직 바닷물이 뚝뚝 떨어지고 있었습니다.

"회사원이라면. 명함 같은 거 있습니까?"

벗어놓은 잠바에서 지갑을 찾아 명함을 내밀었습니다.

"아니, LG 과장이네요. 참 네. 여기는 어쩐 일로 온 거예요?"

"출장차 온 겁니다."

한밤중에 경포대 해변 파출소에서 간단한 조사를 받았습니다.

"아니, 직장도 있는 분이. 바다에 왜 들어간 겁니까?"

IMF 시대에 수많은 실직자도 있는데 멀쩡한 직장인이 왜 죽으려고 하는지 그 순경은 고개를 갸우뚱거렸습니다.

"아니, 술을 좀 먹었는데… 너무 더워가지고."

"비가 오는데 더워요?"

"아휴, 완전 취한 거죠. 죽는 줄 알았네."

아무렇지 않게 여유를 부렸습니다.

"아저씨, 거기 있던 그 사람들이 신고 안 해줬으면 아저씨 죽었어요. 술 취해서 밤에 바다로 들어가면 어떡합니까? 파도가 약해서 다행이지. 아저씨가 거기 계속 앉아있을 때부터 좀 이상했다고 하드만. 신발 벗고 비 오는데 바다엔 왜 들어가요? 그 사람들이 물에서 나오라고 아저씨를 계속 불렀는데도 그냥 계속 들어갔다면서요."

그 바다 근처에서 우산을 쓰고 비 오는 호젓한 바다의 낭만을 즐기던 어떤 이름 모를 인연들이 내 행동이 이상해서 유심히 쳐다보았다고 했습니다.

"기억이 없습니다. 잘 모르겠습니다. 미안합니다."

"그 아가씨가 신고 안 해 줬으면 박민수 씨 진짜 죽었을지도 모릅니다."

경포대 해변 119구조대는 그날도 근무 중이었습니다. 사람이 바다에 빠졌다는 급한 신고를 받고 구조대원들이 나왔을 때 비는 거의 그쳤답니다. 나를 찾기는 아주 쉬웠답니다. 신발을 벗었으니 위치가 바로 잡히더랍니다. 다행히 파도도 약해서 헤드라이트를 비추면서 구조대원이 바로 들어와서 정신을 잃고 물 위에 떠다니는 나를 끌어냈답니다. 그들은 그런 일에는 아주 전문가들이었습니다. 여름 성수기가 시작도 안 했는데 재수 없게 시체부터 찾으러 다닐 수는 없으니까요.

"박민수 씨, 신발은 왜 벗어놓은 겁니까?"

순경은 이상하게 신발에 집착하더군요. 그게 무슨 자살의 증거라도 된다고.

"술을 많이 먹었더니… 더워서 그랬나 봅니다. 미안합니다."

나는 결코 죽으려고 한 게 아니겠지요. 술에 취해 더워서 들어갔다고 계속되는 추궁을 나는 부인했습니다. 기무사에서 거짓말탐지기까지 탔던 나인데 이런 시골 순경쯤이야 설득시키지 못하겠습니까? 하긴 시골 순경이 생각하기에 실업자도 아니고 LG 그룹의 과장이 왜 이런 데서 죽으려고 하는지 알 수가 없었습니다. 신분이 너무 확실하니까 더 이상 캐묻지는 않더군요. 더구나 우리나라에서 자살은 죄형법정주의에서 범죄도 아닙니다.

"숙소는 어디에요?"

그래도 걱정이 됐는지, 순경이 내가 묵는 모텔까지 나를 동행해주었습니다. 경찰과 같이 나타나니 모텔 측에서 잠시 놀랐지만 금세 이해하고 수건을 더 가져다주었습니다. 옷을 다 벗어 널어놓고 뜨거운 물로 샤워를 했습니다.

진심으로 경포대 119구조대와 해변 파출소에 감사드립니다. 구조 요청 신고를 해 준 이름 모를 연인들에게도 깊은 감사를 드립니다.

나는 다시 물 밖 세계에서 깊은 잠에 빠졌습니다. 나는 그날 내 아들과 아내, 어머니, 내 형제 그리고 당신에게 결국 다시 살아서 돌아올 수 있었습니다. 때늦은 감기가 왕창 걸려가지고요.

당신이 왜 그렇게 나를 배신했는지 나는 어느 정도 알 것도 같습니다. 이런 거겠지요.

33개월이 지났지만, 낭만적 사랑을 향한 나의 도파민 분비는 계속되고 있었습니다. 당신과의 불안한 인연, 쉽고 편하게 만날 수 없었던 현실, 과다한 채무, 아내와 아들에 대한 미안함과 죄책감, 끝이 보이지 않는 보안 투쟁과 도덕적 부담감. 이런 것들은 오히려 나의 도파민 분비를 계속되게 했습니다. 그 모든 어려움은 오직 당신이 있음으로 해서 이겨낼 수 있었기에.

그러나 당신은 어느 순간부터 도파민 분비가 줄어들고 옥시토신이 생성되기 시작했습니다. 당신의 옥시토신은 나로 인해 더해졌지만 그 사랑의 호르몬은 이중성을 띠고 있습니다. 당신은 편안한 관계, 당신이 만들어 놓은 그 공간에서 편안하게 밤을 보낼 수 있는 그런 사랑이 필요했던 겁니다. 당신은 이제 방배동 모텔의 침대 시트에서 나는 락스 냄새가 지겨웠던 겁니다.

네, 참으로 이해해야겠지요. 당신이 오랫동안 꿈꿔온 것은 사랑하는 사람과 같은 공간 속에 거하는 것이었습니다. 사실 그것은 그리 원대한 꿈도 아닙니다. 여자나 남자나 할 것 없이 사랑하고 싶은 사람들이 꿈꾸는 소박한 꿈입니다. 당신은 그런 소박한 행복도 별로 누려보지 못했잖아요.

솔직히 말씀드려서 당신이 '첩'이냐고 분개했던 것이 현실입니다. 내가 당신을 만난다고 아내와 이혼하겠다고 생각했을까요? 내 아내는 내 아이의 엄마입니다. 그리고 나의 첫사랑입니다. 당신은 이 범접하지 못할 경계 앞에서 화가 났을 겁니다. 나의 우유부단한 양가감정 때문에 회의가 들었을 겁니다.

"당신도 책 좀 읽지."

리처드 도킨스의 『이기적 유전자』를 읽고 나에게 말을 걸어오는 지적인 아내.

"오빠, 이거 들어봐."

누워있는 나에게 뚱땅뚱땅 '지금은 우리가 만나서'를 신시사이저로 쳐주는 예술적인 당신.

나는 저 놀부처럼 두 손에 떡을 들고 어쩔 줄을 몰랐습니다.

나만 집으로 돌아가는 당신의 뒷모습을 본 것은 아닐 것입니다.

당신도 집으로 돌아가는 내 뒷모습을 보면서 조금씩 초라해지는 자신을 느꼈겠지요. 그래요, 당신이 나에게 그런 대접을 받을 필요는 없습니다.

누구인지 몰라도 당신의 새로운 그 사람은 그래도 주변에서 조금 인정받는 사람일 겁니다. 뭐 그때까지는 '반합법(半合法)' 정도라고 할까요? 그래도 '반합법'은 이후에 '합법'이 될 가능성을 가진 것입니다. 친구와 상의를 해볼 수도 있고, 당신의 의지만 있다면 가족들에게 소개해 볼 수도 있겠지요.

그런데 온전히 비합법적인 나는 어느 순간 당신에게 부담으로 작용했을 겁니다. 나에게는 아무것도 할 수가 없었으니까요. 어쨌든 남편의 학교 선배라는 것, 같은 사건 연루자라는 것, 나의 실수로 내 아내를 만난 것, 나아가 표면적이나마 아직도 혼인 생활이 유지되고 있는 유부남이라는 것까지 당신에게 쉽게 감당할 수 없는 부담을 안겨줍니다.

당신이 몸담았던 문화 운동 판에도 다소 책임감은 떨어지지만 자유로운 영혼을 가진 멋진 남자들이 많습니다. 그들이 당신 같은 여자를 발견하지 못할 리가 없지요. 하긴, 책임감으로 말하자면 나만큼 없는 놈이 있겠습니까?

기다리고는 있지만 어차피 남편과 이혼하겠다고 결심하며 살아온 나날들, 그리고 한편 고맙지만 궁극적으로는 불편한 나, 그때 다가오는 어떤 가능성을 가진 새로운 사람과의 연애 감정, 이제 고난에 지쳐 편안한 사랑을 희망했던 당신은, 당신의 선택은 여지가 없었습니다.

그러나 말입니다. 당신은 이기적입니다. 그런 과정에서 그것은 일시적이나마 '양다리'가 되어버린 겁니다. 나름 쿨하다는 20대들도 양다리를 애정 전선에서 죄악의 범죄로 생각하며 견디지 못하고 분개합니다.

그러나 사실 양다리는 우리 인생에서 쉽게 볼 수 있는 사랑의 혼돈 상태입니다. 그리고 유부남인 내가 당신의 양다리를 어찌 탓할 수 있겠습니까? 말도 안 되는 얘기이지요. 그래서 당신의 그 실수를 이렇게 표현해드릴게요.

'트랜스퍼(transfer) 과정에서 오버랩(overlap)이 걸렸다.'고요.

'양다리'가 아니라 우리 업계에서 자주 쓰는 스타일로 표현해드리겠습니다.

한편으로 나는 별 의미 없이 한 것이지만 새로운 사랑과 같이 집에 있는데 밤늦게 전화가 오면 상당히 곤란했겠지요. 그런 사람을 만나면서 내가 사준 핸드폰과 그 번호를 쓴다는 것도 좀 그렇고요. 사랑하겠다는 사람에게 그런 비밀을 가지고 다가가는 것은 기본적인 예의가 아닙니다. 그래서 당신의 그런 행동조차 이해합니다.

사랑 게임은 더 많이 사랑하는 사람이 언제나 지는 게임이라고 하더군요. 당신과의 1차전 사랑 전쟁에서 나는 대패했습니다. 그러므로 그 시절 당신보다 내가 더 많이 사랑했음을 당신도 인정해야 할 것입니다.

내 실수로 이루어진 '큐피드'에서의 대면 말고는 우리가 33개월 동안 서로의 지인들 누구에게도 존재 자체를 감추었다는 것은 우리가 완전히 비합법이라는 것을 스스로 자인하는 것입니다. 따지고 보면 우리도 서로를 공통으로 알고 있는 지인들이 꽤 있었습니다만, 인지력이 없는 우리 아이들 말고는 서로를 통해서 어느 사람도 소개받은 적이 없었습니다.

그건 반대로 일체의 제3자 없이 서로에게 집중할 수 있고 오직 서로를 통해서만 서로의 감정과 관계를 시험받게 하는 집중도에서는 최고의 환경입니다. 하지만 우리가 2년을 넘게 만나고도 약간의 다툼과 오해에서 쉽게 벗어나지 못했던 것은 주변의 도움이 하나도 없었기 때문이기도 합니다. 정상적인 관계였다면 사랑의 위기가 왔을 때 그들을 지지하는 지인들로부터 어떤 도움을 받을 수도 있습니다. 물론 그런 도움이 절대적이지는 않지만 가끔은 그런 조력을 통해서 위기에서 탈출하기도 합니다. 내가 아내와 위기에 봉착했을 때 당시 태식이가 도와주었던 것처럼 말입니다.

그러나 우리 같은 관계는 어떠한 도움도 기대할 수가 없었습니다. 더구나 무덤까지 가져가야 할 비밀을 만들어 버린 우리는 그 존재 자체가 주위로부터 짜증이고 흉물이고 죄악일 수밖에 없기 때문입니다.

그래서 말입니다. 그때 내가 경포대 앞바다에서 혹시 죽었다 해도 당신은 오랫동안 그 사실을 알 수 없었을 겁니다. 당신의 연락처는 내 머릿속에 있지 당신처럼 핸드폰에 저장되어 있지 않습니다. 왜 그런지 아시지요.

그때 내가 죽었다 해도 당신에게는 어떤 부고도 연락도 날아가지 않았을 겁니다. 나와 당신을 아는 사람은 우리 이외에는 아무도 없었으니까요. 우리의 비합법적 사랑은 보안 투쟁에서는 일단 성공적이었습니다.

다음 날 춘천에서 일을 마치고 서울로 향했습니다. 강원권 일을 다 마쳤고 이제 집으로 가서 쉬기만 하면 되니 길은 여유로웠습니다. 서울로 돌아오는 길은 다시 봄 햇살로 반짝였습니다. 북한강을 따라가는 46번 국도의 아름다운 풍광이 조금이나마 위안이 되었습니다. 옛날 아내 수연과 함께 왔던 남이섬 옆을 지나가면서 빨리 집으로 돌아가야겠다는 생각이 들었습니다.

그런데 운전을 하다 무심코 이승철의 베스트 테이프를 듣는데 '그대가 나에게'가 흘러나왔습니다. 순간 테이프를 뽑아 옆으로 던졌습니다. 그 노래를 들을 자신이 없었어요. 콘솔에서 손에 집히는 대로 다른 테이프를 넣었습니다.

이번에는 '너무 아픈 사랑은 사랑이 아니었음을'이 흘러나오는 겁니다. 참으로 위험한 노래였어요. 김광석의 노래는 대부분 슬픈 데다가 당신의 차에서 하도 같이 들었기 때문입니다. 테이프를 뽑았습니다. 김광석은 아예 테이프를 다 쥐어뜯어버렸습니다. 다시는 나오지 못하게.

듣다가 그 가수처럼 죽을 수도 있을 것 같았습니다. 아차 하고 감정이 복받치면 핸들을 꺾어 그대로 북한강으로 뛰어들어갈 위험에 나도 겁이 났습니다. 강변도로에 차를 잠시 세우고 숨을 깊게 쉬고 내뱉으며 스스로를 진정시켰습니다. 담배를 한 대 피우며 아지랑이 너머로 의연하게 흘러가는 북한강을 바라보았습니다.

다시 차에 올랐습니다. 조심조심했습니다. 그런데 청평을 지나서 양평 서종면으로 오니 당신의 생일날 같이 왔던 카페가 도로 옆을 지나갔습니다. 마음이 또 울컥하면서 요동쳤습니다.

'제발 좀. 좀 잊자. 그리고 추억을 흘리고 다니지 말자. 감정을 질질 흘리지 말자. 보안 투쟁은 아직 끝나지 않았다. 잘 살겠다고 했으니 된 거잖아. 넌, 뭘 원하는 거니? 그냥 잊자. 아니면 죽든지. 이 바보야.'

미혹과 미련이 쉽게 사라지지 않았습니다. 특히 술을 조심해야겠다고 생각했습니다. 과음은 절대 금물입니다.

주위는 무언가 연기가 피워 올라 뿌옇습니다. 사방을 둘러보니 골목길이 하나 보이고 그 끝에 어떤 조그마한 여자아이가 있었습니다. 그 아이는 새까맣고 꼬질꼬질한 작은 손으로 땅바닥에 떨어진 무언가를 주워 먹고 있었습니다. 내가 다가가서 보니 은서였습니다.

오! 은서야. 너 왜 이러고 있니? 엄마는 어디 갔니?'

엄마는 일하고 있어요. 아저씨.

무슨 호프집 같은 데가 나왔습니다. 들어가 보니 담배 연기는 자욱하고 이상하고 까칠한 손님들이 시끄럽게 떠들고 있었습니다. 당신을 찾았는데 보이지 않았어요.

참, 은서가 일하고 있다고 했지.

주방으로 들어가 보니 어떤 여자가 주방 일을 하고 있었습니다. 시꺼먼 구정물 같은 데에 무슨 설거지 같은 것을 하고 있는 거예요. 그 여자는 너무 남루한 옷을 걸치고 있었습니다.

다가가서 보니 당신이었습니다. 아니, 내가 사 준 그 예쁜 옷들은 다 어디 가고, 왜 이런 너무 초라한 옷을 걸치고 여기서 이런 일을 하는 거지.

이런 데서 뭐하는 거야?

내가 물으니 당신은 아무 대답 없이 그냥 일만 했습니다.

내 말 안 들려?

내가 소리치며 당신의 얼굴을 보니 글쎄 당신의 눈 주위가 부어있고 멍이 들어있는 거예요. 누구에게 맞은 그런 얼굴이었습니다.

이거 누가 이런 짓을 한 거야?

나는 엄청 놀라서 소리쳤습니다. 당신은 창피한지 얼굴을 가리고 울더군요.

어떤 새끼가 이런 거야?

356

나는 막 화를 냈습니다. 당신은 울면서 말했습니다.

그러지 마요. 그러지 마요.

남편이라는 놈은 어디 간 거야?

남편은 지금 없어요. 멀리 갔어요.

이거 남편이 한 짓이야?

나는 울분에 차서 물었습니다. 당신은 아무 말이 없었습니다.

나는 불같이 화를 내는데 당신이 울면서 계속 나를 말렸습니다.

짹짹짹, 새가 우는 소리가 들렸습니다. 백련산에서 자고 마을로 내려온 참새가 이른 아침부터 짹짹대고 있었습니다. 꿈은 더 이상 이야기를 전개하지 못했습니다.

꿈이었습니다. 침대에서 일어나 거실로 나와 앉았습니다. 마치 신 (神)꿈을 꾸고 아침부터 뒤숭숭한 무당처럼 머리에 새집을 짓고 말입니다.

내가 당신에 대한 미움과 미혹에서 벗어나게 조금이나마 도와준 것은 아이러니하게도 그 한 편의 악몽이었습니다. 그 악몽 때문에 나는 다시 당신이 가여워졌습니다. 그 거짓말 같은 꿈 한 편 때문에 또 갑자기 당신이 보고 싶고 걱정이 되었습니다. 하여튼 꿈을 꾸던 그 날도 피곤했던 것 같습니다.

꿈은 소망의 반영이거나 반대로 어떤 공포의 실현 아니면 어떤 기억의 재현에 불과할지도 모릅니다. 꿈은 정말 무의식의 통로인가요? 전오식(前五識)이 문을 닫고 의식마저 잠든 사이에 슬며시 산책을 시작하는 무의식의 흐린 영상인가요?

만약 꿈이 진정으로 무의식의 발현이라면 적어도 현실과 동일시까지는 못하더라도 꿈을 존중하기는 해야 한다고 생각합니다. 우린 사상과 이념을 가졌다고 의식은 너무 대접하면서 욕망의 진정한 고향이라고 할 수 있는 무의식은 너무 무시했던 것이 아닐까요?

나는 그 꿈을 통해 사색과 반성의 기회를 가지게 되었습니다. 순수하게 당신을 염려하고 걱정했던 나의 깨끗한 초발심을 꿈속에서 만났습니다. 꿈속에서 본 당신의 모습을 현실처럼 염려하고 걱정하고 당신의 적들에게 분노하는 내 마음을 바라보았습니다.

처자를 부양해야 하는 남자의 역할과 운명은 동시에 어떤 강력한 동기와 에너지를 주기도 합니다. 거기에 당신마저 안고 가야 했던 나는 삶에 대한 전의에 불탔습니다. 그것이 어떤 허위의식이라 할지라도 국가보안법 2범이라는 전과에 자격정지 4년이라는 그 형틀을 뒤집어쓰고라도 나는 이 사회의 시스템에 비집고 들어오기 위해 비상한 노력과 투쟁을 기울였습니다.

그렇게 두 여자를 모두 들고 간다는 것이 얼마나 가증스럽고 탐욕스러운 집착인지 깨닫지 못하고 결국 내 '연민병'은 폴리아모리(polyamory)적인 정신이상(精神異常)을 합병증으로 불러왔습니다.

생각해보니 언제인가부터 당신을 염려하고 걱정했던 나의 깨끗한 초발심을 잃고 당신을 가지고 싶다는 탐욕에 사로잡혀 혼자서 난리치는 형국을 만들었습니다. 탐욕과 화냄과 어리석음의 삼독이 휘몰아쳐 간 어리석은 날들이었습니다. 지켜보는 당신도 꽤 많이 짜증이 났겠지요.

탐욕에 사로잡혀 평정심을 잃어버린 나의 작태. 그리고 아무도 모르는 일이고 취중에 일어난 일이지만 강릉 경포대에서 행한 나의 그 부끄러운 행동. 내가 얼마나 반제애국전선의 맹동주의를 경계하였는데 그랬던 내가 그런 정신없는 맹동주의적 자살 행위를 감행했다니

어처구니가 없었습니다.

수양의 부족을 느꼈습니다. 내가 얼마나 미쳤든가 깊은 반성이 일어났습니다. 당신이 볼 때도 그렇게 찌질댔던 내가 얼마나 짜증스러웠는지 오히려 미안한 마음이 들 정도였습니다. 한심했을 거예요.

딴에 생각해보면 여자로서 당신도 더 이상 쓸 무기가 없었습니다. 비록 시작은 충동적이었지만 내게 애원도 해보았고 옅은 질투도 내보였고 웃음도 던져보았고 농염한 유혹의 눈빛도 던져보았고 마음도 한번 줘 보았고 사랑한다는 말도 해보았는데 말입니다. 결국 집으로 돌아가는 내 뒷모습에서 또 다른 초라함과 답답함으로 어떤 분노마저 불러일으킬 수 있었겠습니다. 거듭 말하지만, 당신이 내게서 그런 대접까지 받을 필요는 없습니다.

우리는 항상 관계를 맺고는 해야 할 일이 일어나 각자 서로의 집으로 돌아가는 것이었습니다. 그 피곤하고 나른한 침대에서 젖은 솜처럼 늘어진 몸을 일으켜 세우는 것은 마치 늪 속에서 스스로 빠져나오는 것만큼 어렵기도 합니다. 가끔은 깜박 잠이 들기도 했지만, 그 잠은 항상 요상한 꿈과 뒤섞인 풋잠일 수밖에 없었어요. 둘 중 하나가 으스스 깨어나 시계를 찾기 시작하면 또 다른 하나도 몸을 뒤척이며 잠을 깨는 그런 불륜의 베드 위에서 우리는 어떤 미래도 밝혀오지 못했습니다. 어쨌든 책임은 남자인 내가 더 져야 한다고 생각합니다.

미래에 대한 기약이 없다는 것, 어떤 장기적 약속이 없다는 것, 그래서 계속 어둠 속에서만 헤매야 한다는 것. 그렇게 33개월이 넘게 지낸 것도 사실 대단한 일입니다. 그러고 보면 우리도 참 지독한 사람들입니다. 그런 답답한 관계와 꽉 막힌 과정 속에서도 서로 만나면 헤헤대고 좋아했던 우리는 한편으로는 한심스러운 인간들이기도 합니다.

생각해보니 내가 당신에게 아무런 약속을 해 준 것도 없는데 당신이 내게 반드시 지켜주어야 할 무엇도 없었습니다. 욕심꾸러기 당신이 겨우 반쪽을 받아들고 진정으로 기뻐했을 리도 없었습니다. 분명히 당신 삶의 결정권자는 당신 자신입니다. 아이 아빠이며 남편인 사람과도 이혼까지 결심하는 당신이 '나'라는 인간에 대하여 망설이고 챙겨줄 필요까지는 없더라고요.

LG 그룹이 그토록 '사랑해요'를 외쳤던 시절이었건만, 세상에 그 흔해 빠진 '사랑한다.'는 말 한마디조차 해주지 않았던 나였습니다.

당신이 떠나간 다음다음 달부터 당신의 휴대전화 요금이 빠져나가지 않았습니다. 딱히 알아보지는 않았지만 그 전화를 해지했다는 걸 알게 됐습니다.

그나마 나에게 다행인 것은 일이 엄청나게 많았다는 겁니다. 그리고 회사 초창기와 달리 여러 가지 복잡한 사정들이 발생해서 당신을 추억할 잡생각을 많이 줄여주었습니다.

드디어 등장한 ADSL의 상용화 개시, IT 업계의 급변하는 비즈니스 환경, 투자에 비해 성과가 적다는 그룹의 질책, 치열한 경쟁 관계, 서서히 드러나는 사내의 파벌과 역관계, 내가 찾아가야 할 '갑'과 나를 찾아오는 '을'에 둘러싸여 흘러가는 시간들. 야근과 회식, 회의와 출장.

우리는 그룹이 기대하는 이렇다 할 성과를 내지 못했습니다. 법인 설립 2년을 맞이하여 그룹의 경영을 총괄하는 구조조정본부는 우리 회사에 비상 경영을 선포하고 새로운 관리자를 내려보냈습니다. 그런 과정에서 공모로 온 사장님은 직책을 잃고 퇴사를 할 수밖에 없었습니다. 마케팅팀과 함께 마지막 회식을 하였고 나는 사장 이임식장에 씁쓸하게 앉아 있었습니다.

"요새 박 과장, 왜 이렇게 바빠?"

"뭐 이것저것. 맡은 게 많네. 내 일 좀 몇 개 가져갈래?"

"오. 노 탱큐라고 리플라이(reply) 달아줄게."

평소와 비슷하게 마케팅팀 몇몇 동료들과 야근을 마치고 트윈타워 지하에 있는 '트윈팰리스'에서 맥주를 나누었습니다. 그곳은 그룹 본사 빌딩 아케이드 안에 있는 레스토랑 겸 호프집으로 맥주가 맛있는 곳으로 널리 공유되고 있었습니다. 외부에서도 올 수 있지만 아무래도 그룹 직원들이 대부분이고 다른 호프집에 비하면 상당히 조용하여 대화하기가 좋아 애용했던 곳입니다.

"얘기 들었어? 회사 이사 간다는 얘기?"

"이사를 간다고? 몇 층으로?"

"몇 층이 아니고. 아예 여기를 떠난대."

"그래? 그럼 우리 트윈타워 떠난다는 거야?"

"그래. 경영지원팀에서 다 결정 났대. 계약까지 끝난다는데 뭐. 3개월 뒤에 이전한대."

벤처다운 새로운 기운을 위해 아무래도 그룹 본사 빌딩인 트윈타워를 떠나서 새롭게 독립적인 공간이 좋겠다는 결정으로 그리되었다는 얘기가 있었습니다.

"데이콤 인수전이 더 중요하잖아. 빅딜로 반도체 뺏기고, 구조본에서는 총력전이야. 지금."

우리의 이전은 데이콤 인수를 위한 사전 포석이라는 분석도 있었습니다. 그래서 LG 전자의 인큐베이팅에서 데이콤이 그룹 계열로 인수되면 바뀔 수도 있다는 겁니다.

"근데 어디로 간다는 건대?"

내가 아무 생각 없이 물었습니다.

"응. 경영지원팀 애기가 이수역에 구산타워로 간다고 하더라고."

"뭐라고? 어디라고?"

순간 마시던 맥주를 벌컥 쏟았습니다.

"이 사람이 뭘 놀래서 술을 흘리고 그래? 구산타워라고 이수역 사거리에 있대."

내가 왜 이수역 사거리에 있는 그 빌딩을 모르겠습니까? 그 빌딩 옆에서 당신에게 이별의 직격탄을 맞았는데.

"아니 왜? 거기로 왜 간다는 거야?"

놀래서 나는 소리를 높였습니다.

"구산타워가 뭐 어때서? 서울 시내 어디나 다 마찬가지지. 박 과장이야 좀 멀어지지만, 강남 쪽에서는 오히려 가깝지."

"그래. 나는 잠실이니까 옮기면 나는 더 좋지."

"거기도 교통이 그렇게 불편한 데는 아니야. 내년에 7호선도 개통된다잖아."

나 말고는 모두들 그리 불만이 없었습니다.

"아니, 왜 하필 이수역으로 가는 거야? 참 네. 미치겠네."

"박 과장, 이수역이 뭐 어땠어? 뭐가 문젠데?"

"아냐. 아냐. 그냥 그렇다고."

동료들에게 그 이유를 설명할 길도 없었습니다. 회사 이전 업무를 결정하는 경영지원팀이 내 사정을 알 리도 만무했고요.

당연히 회사가 사무실을 이전할 수도 있습니다. 그런데 그게 문제였습니다. 이수역 사거리에 있는 구산타워라니.

맙소사! 그 빌딩에 올라서면 당신이 사는 빌라가 아득히 내려다보입니다. 이수동 사거리와 그 인근에 당신과 뿌려놓은 수많은 감정의 파편들이 널려있습니다. 만약 거기로 끌려 들어간다면 당신이 사는 집을 창밖 풍경으로 깔아놓고 일을 해야 되는 지경입니다.

'미끄러지지 않으려면 미끄러운 곳으로 가지 말라'는 경구가 있습니다. 내가 치명상을 입은 '당신 동네', 그곳까지 회사를 따라갈 자신이 없었습니다.

그래, 당신을 전혀 생각할 수 없을 정도로 더 많은 일이 기다리고 있는 곳, 빚을 갚기 위해 더 많은 연봉을 주는 곳, 그리고 여의도나 서부 지역에 퍼질러서 절대 이수동이나 강남으로 가지 않을 회사를 찾아보자!

자격정지에 걸려있던 나를 고맙게도 경력으로 뽑아주고, 4천만 원의 신용대출을 할 수 있게 신분을 보장해주고, 모두가 죽겠다고 하는 IMF 시절을 당신과 편안하게 보낼 수 있게 해준 그 고마운 LG 그룹을 서서히 떠나기로 했습니다.

물론 다른 이유도 있었습니다. 그러나 그렇게 이수역 사거리까지 회사를 따라갈 수는 없었습니다. 당신도 자기 사는 동네에 오지 말라면서요. 애들도 아니고 치사하게 '우리 동네 오지 마'가 뭐예요? 이수동이 다 당신 것도 아니면서.

아니, 그것보다도 아직 내 마음으로 거기 갔다가는 제 명에 못 살 것 같았습니다. 나는 살기 위해 새로운 준비에 착수해야 했습니다.

"여보. 민수야. 나 MCP 마쳤다. 통과했어."

"이야. 당신 대단하다."

아내가 드디어 마이크로소프트가 인증하는 전문가 과정을 마쳤습니다. 새벽바람에 빨갛게 볼이 얼어가면서도 아내 수연은 그 아카데미 과정에 한 번도 결석하지 않았습니다.

"다음 주에 자격증 나온대. 나오면 보여줄게. MCP 자격증은 미국 본사에서 온다더라."

미국 마이크로소프트 본사에서 아내 앞으로 자격증을 국제우편으로 보내왔습니다. 'Microsoft Certified Professional', '마이크로소프트가 인정하는 전문가'라는 자격증에는 'Oh Soo Yeon'이라고 아내의 이름이 영문으로 적혀 있었고 하단에는 마이크로소프트 CEO 빌 게이츠의 친필 사인이 인쇄되어 있었습니다.

"내년에는 대학원을 알아볼까 해."

"대학원까지?"

"응. 정보통신학과로 갈려고."

"회사 다니고 성현이 보고 힘들지 않아? 대학원까지 어떻게 다니려고? 힘들어서 어떡해?"

"힘이야 좀 들지. 그래도 하려고. 당신만 해도 계약직의 서러움을 몰라서 그래. 지금 직장도 계속 다닐 수 있을지 없을지 모르기 때문에 준비를 해야 한다고. 지금은 Y2K로 인력이 필요하다고 난리지만 언제 바뀔지 모른다고."

내가 직장을 옮기려는 마음과 아내가 다가올 미래를 준비하는 마음이 이토록 달랐습니다. 다 살아남기 위해서 하는 노력이지만 비교할 수 없을 정도로 근본 철학이 달랐습니다.

"그래도 오늘은 기분도 좋고. 여보, 성현이랑 약수터로 산책가자."

이런 날 아내와 함께 아이를 데리고 외식이라도 해야 할 판이었습니다.

새로운 천년이 다가오고 있었습니다. 광고나 카피 속에서만 존재하는 것 같았던 21세기가 눈앞에 다가왔습니다.

20세기의 마지막 해, 국민의 정부는 다시 한번 대규모 사면(赦免)을 단행했습니다. '20세기, 마지막 광복절을 앞두고 용서와 화해의 정신으로 새천년을 기약하고 온 국민의 대화합을 토대로 한 국가발전과 통합을 위해 이번 사면을 결정했다.'라는 것이 사면의 변이었습니다. '새천년', 참 멋진 말입니다. 숫자에 불과한 것이지만 두 개의 천년에 걸쳐 살게 된 우리는 모두 행운의 인류였습니다.

그리고 작년에는 '준법서약서' 없이는 절대 안 된다는 입장이 바뀌었습니다. 역시 내가 생각했던 상황 논리에 불과한 것이었습니다. 집권 2년 차에 접어든 김대중 정부의 논리는 간단명료했습니다. '새천년'이 온다는 것이었습니다. 그러므로 이념의 문제는 그만 20세기의 유물로 돌리자는 겁니다. 그 해를 넘기면 천년이 넘어가기에 새로운 천년을 맞아 모두 다 털고 가자는 그런 얘기였습니다. '준법서약서' 문제는 실재했지만 충분한 우회로가 생겼습니다. 새로운 천년이 다가오므로 20세기의 문제는 20세기 마지막 해에 모두 해소하겠다는 얘기에 큰 반발이 없었습니다.

오히려 새천년을 앞두고 우리 업계가 시끄러웠습니다. 21세기를 맞이하여 이른바 'Y2K' 문제로 몸살을 앓고 있었습니다. 연도 표기를 두 자리로 한 프로그래밍에 어떤 문제가 발생할지 모르니 '밀레니엄 버그'를 잡겠다고 전 세계 IT 업계가 떠들썩했습니다. 이미 세상은 엄청나게 디지털화되었고 컴퓨팅이 없이는 세계를 유지하고 관리할 수 없는 지경에 이르렀습니다. 그래서 반대로 그 소동은 백신, 프로그래밍, SI, 네트워크, 데이터센터, 초고속 통신망 등 IT 업계의 호황을 불러왔습니다. 마치 연금술이 화학과 과학의 발전에 엄청난 기여를 한 것처럼 말입니다.

그리고 나중에 알게 되지만 김대중 대통령은 이념과 분단의 장벽을 넘어 새로운 천년에 더 크고 원대한 계획을 준비하고 있었습니다. 이미 정주영 회장이 소 떼를 이끌고 휴전선을 두 번이나 넘었습니다. 그 놀랄만한 이벤트와 집념 어린 노력이 정부의 이른바 '햇볕 정책'과 맞물리면서 분단의 빗장을 열고 금강산 관광을 실현시켰습니다. IT처럼 세상도 세월이 지나니 도저히 상상할 수 없었던 일도 아무렇지 않게 현실이 되기도 했습니다. 그리고 미래로 가는 길도 꼭 하나는 아니었습니다.

그러나 세월이 가도 쉽게 변하지 않는 통념과 관습의 벽도 높았습니다. 민변은 그해 '준법서약서'에 대해 헌법 소원을 제기했습니다.

그렇게 그해 8월 15일 사면 때 최제원이 나왔습니다. 신문에 형집행정지 대상자로 그의 이름이 나온 것을 보았습니다. 그가 당신을 떠나 20대를 다 보내고 30대가 되어서야 옥문이 열렸습니다. 거의 만 7년 만이었습니다.

그때 당신은 내게서 떠나버렸지만 그 긴 세월을 기다리는 동안 내가 조금이라도 의지가 되었다고 말해준다면 참으로 고맙겠습니다. 당신이 어찌 생각할지는 알 수 없지만, 나와의 추억이 그래도 그 세월을 견디는 데 조금이라도 도움이 되었다고 당신이 생각해준다면 그것만으로도 충분히 보람된 일입니다.

법정에서 전혀 굴하지 않고, 준법서약서 한 장 쓰지 않고 전사 최제원은 당당히 나왔습니다.

혹시 그를 만난다면 당신의 아내, 한지영을 절대 모독하지 말 것을 당부하고 싶습니다. 거센 세파와 운명으로 인해 부부의 연이 혹시 끊긴다 하더라도 7년을 가슴 속에서 기다렸던 그 여자를 당신은 추억해야 한다고 일러주고 싶습니다. 타인의 인생에서 주로 저속한 것만을 찾아 씹어보려는 세상 사람들의 그런 잣대를 들이대지 말기 바란다고 부탁하고 싶습니다. 적어도 당신의 아내는 고상하고 매력적인 사람이었다고 나는 진심으로 증언해주고 싶습니다.

세월이 흘러 우리의 요동쳤던 감정이 모두 가라앉고 미혹과 욕망이 빛바랜 사진첩처럼 남는 그런 시절이 온다면 말입니다.

옥중에 있는 동안 그는 알 수 없었지만 그와 직간접적으로 관련된 세 사람의 자살 시도가 있었습니다.

맨 먼저 당신이 우울증으로 자살을 시도하였고 그 후유증으로 오랫동안 자율신경 실조증을 앓았습니다. 그리고 나는 약도 없는 연민병을 앓게 되었고요. 나로 인해 아내 수연은 배신감과 소외감에 알코올 쇼크로 자칫 죽을 뻔했습니다. 마지막으로 내가 상실감과 자책감과 도파민 중독에 의한 충동으로 바다에 들어갔다가 익사 직전에 끌려 나왔습니다.

반제애국전선(反帝愛國戰線), 재수 없게 조직 이름에 사랑 '애(愛)' 자와 싸울 '전(戰)' 자를 같이 넣어놓으니 사랑과 관련된 싸움이 끊이지 않는군요. 그 반제애국전선 대변인 전사를 위해 한때 그 조직의 조직원이었던 당신과 아내와 나까지 모두 한 번씩 죽다 살아났습니다.

최제원, 그도 7년의 세월이 고통스러웠겠지만 밖에서도 할 만큼 했습니다.

아차 하면 모두 죽을 뻔했으니까요.

[4권에서 계속]